SCHERZ

PERNILLA ERICSON

IM FEUER

Ein Fall für Lilly Hed

Aus dem Schwedischen
von Friederike Buchinger

SCHERZ

Aus Verantwortung für die Umwelt hat sich der S. Fischer Verlag zu einer nachhaltigen Buchproduktion verpflichtet. Der bewusste Umgang mit unseren Ressourcen, der Schutz unseres Klimas und der Natur gehören zu unseren obersten Unternehmenszielen.

Gemeinsam mit unseren Partnern und Lieferanten setzen wir uns für eine klimaneutrale Buchproduktion ein, die den Erwerb von Klimazertifikaten zur Kompensation des CO_2-Ausstoßes einschließt.

Weitere Informationen finden Sie unter: www.klimaneutralerverlag.de

FSC www.fsc.org
MIX
Papier | Fördert gute Waldnutzung
FSC® C083411

Erschienen bei FISCHER Scherz
2. Auflage Juli 2022

Die schwedische Originalausgabe erschien 2020 unter dem Titel »300 Grader« im Verlag Romanus & Selling, Stockholm

Satz: Pinkuin Satz und Datentechnik, Berlin
Druck und Bindung: CPI books GmbH, Leck
Printed in Germany
ISBN 978-3-651-00109-1

Einfach nur ein weiterer heißer Sommer.

1

Erst begreift Kenneth gar nicht so richtig, was ihn aufgeweckt hat. Es ist so gemütlich unter der Decke, und er ist noch ziemlich verschlafen. In dem bisschen Dunkelheit, das man von einer Sommernacht im Juli eben erwarten kann, sieht das Zimmer fahl und grau aus. Der Wecker auf dem Nachttisch zeigt mit leuchtend roten Ziffern 02:03 Uhr an. Aber als sein Körper allmählich wach wird und sich seine Sinne schärfen, bemerkt er ihn. Den Geruch. Es riecht nach Feuer. Nach brennendem Holz und schmelzendem Plastik, irgendwo ganz in seiner Nähe. Eigentlich kann das gar nicht sein. Feuermachen ist überall streng verboten, man darf ja nicht einmal grillen. Welche Vollidioten sind denn so bescheuert und machen es trotzdem?

Er richtet sich auf, schlägt die Decke zurück und schaut aus dem großen Fenster gegenüber von seinem Bett. Brennt es bei den Nachbarn? Hat jemand im Wald gezündelt? Er blinzelt, versucht, etwas zu erkennen. Aber alles, was er ausmachen kann, sind der Nachthimmel und die dunklen Umrisse der Bäume. In der anderen Richtung erahnt er das Schimmern der neu angelegten Teiche. Keine Glut, kein Rauch.

Aber als er die nackten Füße auf den Fußboden setzt, fällt ihm auf, dass die Bodendielen warm sind. Viel zu warm. Erst da wird er richtig wach. Die Erkenntnis wirkt wie eine Alarmsirene. Er springt auf.

Der Brandgeruch wird jetzt immer beißender, der Rauch brennt ihm in den Augen, reizt die Atemwege. Er fängt an zu schwanken, verliert fast das Gleichgewicht und muss sich auf dem Bett abstützen. In seinem Kopf dreht sich alles, es fällt ihm schwer, einen klaren Gedanken zu fassen, irgendwie zu funktionieren. Alles erscheint so unwirklich, er kommt sich vor, als würde er träumen. Kurz denkt er, was für ein Glück es ist, dass seine Frau die Kinder mit zu ihrer Mutter genommen hat. Dass sie ihm gesagt hat, er solle zur Hölle fahren. Seit ihrem kurzen, aber heftigen Wutausbruch hallen ihre Worte immer noch in ihm nach. Auch wenn sie dabei natürlich ganz leise war, damit die Kinder sie nicht hören konnten. Seitdem hat sie sein Handy mit vorwurfsvollen Nachrichten bombardiert. Jetzt ist er fast dankbar für ihre Wut, denn nun muss er nur sich selbst retten. Er ist ganz allein.

Wo hat er sein Handy hingelegt? Steckt es noch unten in der Jackentasche? Ja, da hat er es gelassen, um sich nicht länger ihre wütenden Nachrichten ansehen zu müssen. Er weiß sowieso nicht, was er ihr darauf antworten soll.

Er hat nur ein T-Shirt und seine Unterhose an, also greift er nach einer Jogginghose, steigt in ein Hosenbein und zieht sie hastig hoch. Ein Gedanke schießt ihm blitzartig durch den Kopf. Verdammt, er muss den Laptop aus dem Arbeitszimmer holen! Der Schlussbericht mit den Ergebnissen einer zweitägigen Sitzung, die bis tief in die Nacht ging, ist nur auf der Festplatte gespeichert. Wieso hat er keine Sicherheitskopie der Dateien angelegt? Wie konnte er so leichtfertig sein?

Fluchend reißt er die Tür auf und ist schon halb auf dem Weg ins Arbeitszimmer den Flur hinunter, als ihn die Hitze trifft wie ein Hieb. Er taumelt rückwärts. Jetzt sieht er den Rauch, der aus dem Erdgeschoss schwarz nach oben quillt. Er hört das Feuer. Es knistert und prasselt wie ein ausgehungertes Tier, das sich durch die Treppe frisst. Mit einem Mal fällt ihm das Atmen schwer. Die Augen tränen. Unten in der Küche knallt es, als würde jemand gegen die Wände schlagen. Kleine Explosionen, Entladungen.

Kurz bleibt er wie erstarrt auf der Schwelle stehen, dann macht er kehrt. Den Schlussbericht hat er längst vergessen, er verschwendet auch sonst keinen Gedanken daran, noch irgendetwas aus dem Haus zu retten. Die Panik vernebelt alles, sein Herz pocht so heftig, dass es ihn zu zerreißen droht. Er rennt zum Fenster. Von dort kann er nach draußen aufs Vordach springen und sich so retten. Er schiebt den Fensterhaken auf, und dann zieht und zerrt er am Griff. Erst entschlossen, dann immer hektischer. Er reißt und müht sich, aber das verdammte Drecksfenster geht einfach nicht auf. Es bewegt sich keinen Millimeter, es klemmt. Er versucht es mit den anderen Fenstern im Zimmer, aber es ist überall dasselbe.

Er schaut nach draußen in den Nachthimmel, sieht die Spiegelung seines verzweifelten Gesichts. Den Wahnsinn in seinem Blick. Er erkennt sich kaum wieder. Das Gesicht dort im Fenster scheint ihn für einen Moment anzugrinsen, breit zu lachen. Hat er vor Entsetzen endgültig den Verstand verloren? Seine Augen tränen von dem Rauch, er blinzelt erneut und starrt das verzerrte Grinsen an. Irgendwo in seinem Hinterkopf taucht eine Erinnerung auf, verhöhnt ihn, drängt sich in den Vordergrund. Nur ein kurzes Blitzlichtgewitter in seinem Kopf, aber sein ganzer Körper schreit zur Antwort. Panik erfasst ihn. Er muss hier raus!

Jetzt handelt er nur noch instinktiv. Hastig dreht er sich um und reißt den kleinen Nachttisch an sich. Die Lampe knallt auf den Boden und zerbricht, der Digitalwecker flackert noch einmal auf, dann erlischt die Anzeige. Die Zeit bleibt stehen. Mit aller Kraft schleudert er das Tischchen gegen die Fensterscheibe. Glassplitter fliegen ihm entgegen. Das Fenster ist dreifach verglast, die innere Scheibe zerspringt ganz, die beiden anderen nur teilweise. Das Loch ist so groß wie ein Fußball. Er steckt die Finger in die Öffnung und reißt mit bloßen Händen an den gesprungenen Scheiben. Das Knistern hinter ihm wird immer lauter, während sich das Feuer durch die Tür frisst. Der Sauerstoff, der durch die kaputte Scheibe strömt, verleiht der Bestie neue Kraft. Schwarzer Rauch quillt ins Zimmer, raubt ihm die Sicht und nimmt ihm die Luft zum Atmen.

Seine Lunge verkrampft. Er merkt, dass er langsam das Bewusstsein verliert. Sein Körper gehorcht ihm nicht mehr. Er hat das Gefühl, als würde ihn jemand von innen erwürgen. Die Hitze, dieses hungrige Raubtier, ist jetzt überall. Die Glut beißt und schnappt nach seinen Kleidern.

Als das Feuer ihn verschluckt, starrt sein Blick leer auf das gesprungene Fenster, in dem sich nur noch der heller werdende Nachthimmel spiegelt. Leise, ganz leise, sind in der Ferne die ersten Sirenen zu hören.

2

20. Juni NYNÄSHAMNSPOSTEN

Die Feuergefahr ist alarmierend hoch. Bereits ein einziger Funke kann schwere Brände verursachen. In vielen Bezirken gilt daher ab sofort striktes Grillverbot – auch auf Privatgrundstücken.

Durch die extreme Wetterlage mit hohen Temperaturen und anhaltender Trockenheit sehen sich mehrere Bezirksregierungen veranlasst, das geltende Feuerverbot auszudehnen. In diesen Gegenden ist das Grillen nun auch in privaten Gärten nicht mehr erlaubt. In Nynäshamn gilt seit Montag, 10 Uhr, ein totales Feuerverbot im Freien.

Lilly Hed ließ die Lokalzeitung sinken und legte sie neben sich auf den Sitz. Krigslida, Tungelsta, Hemfosa. Draußen vor dem Fenster glitten Pendlerbahnhöfe und die Sommerlandschaft vorbei. Stellenweise sah es aber eher nach Herbst aus, dachte Lilly. Die lange Trockenheit hatte vielerorts den Boden völlig ausgetrocknet, das Gras war gelb und verdorrt. Die Lupinen am Bahndamm ließen durstig die Köpfe hängen. Es war nicht zu übersehen, warum jeder Funke eine Bedrohung darstellte. An der Station Segersäng zuckte sie zusammen. Eine graue Rauchwolke zeichnete sich am Himmel über den Baumwipfeln ab, wie um den Zeitungsbericht zu untermauern, den sie gerade überflogen hatte. Die Feuerwehr hatte sicher gut zu tun, dachte sie.

Der Zug fuhr weiter, der Himmel vor dem Fenster klarte wieder auf, aber der Ausblick wurde von schmierigen Fingerabdrücken getrübt. Vermutlich Spuren der Familie mit Kindern, die den Platz verlassen hatte, als sie eingestiegen war. Menschen, die ihre Sommerferien genossen, immerzu unterwegs, zum Badestrand oder anderen Ausflugszielen. Der Zug passierte eine dunkle Wand aus Kiefern und Fichten. Sie standen völlig reglos da, nicht der leiseste Windhauch regte sich in den Zweigen. Es waren nur noch ein paar Stationen bis Nynäshamn und allem, was sie dort erwartete. Beim Gedanken daran bekam Lilly feuchte Hände. Sie rieb sie an ihrer Jeans trocken, dann holte sie tief Luft und betrachtete sich selbst in der sonnenwarmen Fensterscheibe. Ihre blauen Augen wirkten entschlossen. Alles würde gut werden. Es musste gut werden.

Ihr Blick wanderte weiter über die vollgestopfte Reisetasche neben ihren Füßen zu der Handtasche, die neben ihr auf dem Sitz lag und in die sie jetzt die Zeitung schob. Die Tasche war aus weichem Leder, ein Geschenk ihrer Mutter Eva. Hätte Lilly sich nach unten gebeugt und daran geschnuppert, hätte sie den leichten Duft von Patschuli erahnen können, der immer noch im Innenfutter hing. Das Souvenir an eine Frau, die in den tanzenden Siebzigern aufgewachsen war, mit Blumen im Haar, in einer offenen Welt, und die das ewige Fest in die Achtziger mitgenommen hatte.

Gedankenverloren spielte Lilly an einer der Schnallen herum, die schon ganz abgenutzt war. Aus einem der Innenfächer ragte eine Blisterpackung heraus. Schlaftabletten. Sie stockte mitten in der Bewegung und dachte an die mahnenden Worte der Ärztin, »allerhöchstens eine am Tag«, als sie ihr das Rezept ausgestellt hatte. Es war ein Versuch ohne große Erwartung gewesen. Sie hatte nicht daran geglaubt, je wieder schlafen zu können. Dass sie nicht mehr unter Hochspannung im Bett liegen und auf jedes Geräusch lauschen müsste, ja, dass ihre Nächte sogar wieder erholsam sein könnten, diese Vorstellung war ihr geradezu verrückt vorgekommen. Sie war so müde gewesen und so traurig. Sie hatte es sattgehabt, immer auf der Flucht zu sein. Aber tatsächlich – die Tabletten hatten gewirkt. Als hätte jemand das Licht ausgeknipst. Ein Notausgang, als ihr Leben ein einziges Chaos gewesen war.

Bäume erhoben sich vor dem Fenster, das Sonnenlicht flackerte wie blendende Streifen zwischen den hohen Stämmen auf. An dem Abend, an dem sie ihren Entschluss gefasst hatte, war das Licht anders gewesen. Die Sonne hatte das Zimmer orangerot gefärbt, als stünde der ganze Himmel in Flammen. Das Gefühl in ihrer Brust war immer stärker geworden, sie musste raus, weg. Also hatte sie angefangen, die ausgeschriebenen Stellen zu sichten. Hatte alle Polizeibezirke und Einheiten durchgescrollt, und von denen gab es viele. Eine Menge Kollegen quittierten derzeit den Dienst, viele klagten über das Gehalt und die Arbeitsbelastung. Schließlich hatte eine der Anzeigen ihre Aufmerksamkeit geweckt, sie hatte sie angeklickt und gelesen. Da. Nur knapp sechzig Kilometer entfernt. Aber vielleicht reichte das schon. Vielleicht würde es ihr eine Atempause verschaffen.

Jetzt bremste der Zug mit einem sanften Ruck ab, der sie aus ihren Gedanken riss, und sie zuckte zusammen. Die Türen gingen auf. Schon da. Sie schnappte sich ihre Reisetasche und die Handtasche und sah sich noch einmal hastig um. Nichts vergessen. Sie stolperte aus dem Zug, nur Sekunden bevor die Türen sich wieder schlossen.

Die Nachmittagssonne brannte auf den Bahnsteig herunter und machte sie blinzeln. Sie hörte ein leises Lachen, es klang freundlich. Lilly ließ die Handtasche in die Ellenbeuge rutschen und hielt die Hand zum Schutz vor dem hellen Licht über die Augen. Vor ihr stand eine uniformierte Polizistin, die Hände in den Hosentaschen. Lilly musterte sie. Sah störrische, schulterlange rotbraune Haare unter der Uniformmütze und jede Menge Sommersprossen auf der Nase. Lilly schätzte, dass sie etwa in ihrem Alter war, Mitte dreißig, vielleicht schon Richtung vierzig. Sah die Neugier in den Augen, als ihre Blicke sich trafen.

»Lilly Hed? Unser Neuzugang? Ich heiße Katja. Katja Bromander.«

Sie streckte die Hand aus. Ihr Händedruck war kräftig. Lilly lächelte, zum ersten Mal seit sehr langer Zeit.

»Ja, die bin ich. Du kannst einfach Lilly zu mir sagen.«

3

Das Polizeirevier in Nynäshamn hatte auf dem Papier angeblich einunddreißig Angestellte, den Chef und die Verwaltungsmitarbeiter eingerechnet. Doch als sich Lilly im Auto nach der Personalstärke erkundigte, schnaubte Katja nur.

»Dreiundzwanzig kommt schon eher hin. Aber zeig mir eine Einheit der schwedischen Polizei, die nicht unterbesetzt ist. Du wirst schon sehnlichst erwartet, das kannst du mir glauben!«

Besonders heiß ersehnt kam Lilly sich allerdings nicht vor, als sie schließlich vor ihrem neuen Chef stand. Mehr als »Kommen Sie rein« hatte er noch nicht zu ihr gesagt.

Sein Büro war klein und bis unter die Decke vollgestopft mit Aktenordnern. Leicht belustigt nahm Lilly zur Kenntnis, dass dem Leiter der örtlichen Polizeidienststelle die digitale Speicherung von Informationen offenbar nicht zuverlässig genug erschien oder er ganz einfach zu bequem war, seine Ausdrucke wegzuwerfen.

Einige simple Aquarelle hingen an der Wand, vielleicht hatte eines seiner Kinder sie in der Schule gemalt. Das Fenster stand halboffen, und eine ansehnliche Menge Staubkörner tanzte im Gegenlicht. Es roch ein bisschen stickig, wogegen auch der Fensterspalt nicht viel ausrichten konnte. Im eingetrockneten Kaffeebecher vor Dienststellenleiter Bertil Strömberg lagen fünf Beutelchen Snus-Tabak, obwohl sich der Papierkorb in unmittelbarer Reichweite befand. Lilly stand aufrecht vor ihm, die Hände hinter dem Rücken verschränkt, und beobachtete den Mann jenseits des Schreibtischs. Sie schätzte ihn auf eher Ende als Anfang fünfzig, er hatte raspelkurze, stahlgraue Haare und hohe Geheimratsecken. Und ja, auch einen leichten Buckel und einige Falten, aber der Blick unter den buschigen Augenbrauen war scharf. Bertil Strömberg blätterte einen Papierstapel durch, hob ab und zu die kräftigen Brauen und sah sie an.

»Lilly Vendela Hed«, sagte er schließlich und summte leise. »Sie haben in Skärholmen angefangen. Gutes Revier.«

Sie nickte schnell. Er kam unüberhörbar aus Schonen. Bertil Strömberg stammte ursprünglich also auch nicht aus dieser Gegend, notierte sie gerade noch in Gedanken, als der durchdringende Blick sie schon wieder ins Visier nahm. Der Ausdruck in den braunen Augen war nicht kritisch, aber ein wenig skeptisch.

»Sie waren wirklich nicht faul. Sie sind in der Abteilung für Jugendkriminalität des Landeskriminalamts innerhalb kürzester Zeit zur leitenden Ermittlerin aufgestiegen, nur um wenig später zur jüngsten Sektionschefin ernannt zu werden, die die Nationale Einsatzabteilung je gesehen hat. Es ist noch nicht lange her, dass ich die fetten Schlagzeilen über einen Fall gelesen habe, den Sie geleitet haben. Sie sind erst vierunddreißig und haben sich schon einen Namen in der Truppe gemacht.«

Als er schließlich ihre Personalakte beiseitelegte, klang seine Stimme ein wenig schroff: »Da stellt sich mir die Frage, wieso zur Hölle sind Sie hier?«

Lilly hob die Augenbrauen.

»Wie bitte?«

Er sah sie unverwandt an. Mit gerunzelter Stirn löste sie die Hände hinter dem Rücken und verschränkte die Arme vor der Brust.

»Ich bin hier, um meinen Dienst anzutreten. Wie besprochen.«

Jetzt lächelte er, und ein Netz aus attraktiven Lachfalten wurde an seinen Schläfen sichtbar. Er tippte mit dem Zeigefinger auf die Akte, die vor ihm lag.

»Das ist schön, aber was mich interessiert ist: Warum ausgerechnet hier? Oder sportlich ausgedrückt: Ihre Erfolge sind so offensichtlich, was will eine Spitzenspielerin wie Sie bei uns im Breitensport?«

Ihr hätte natürlich klar sein müssen, dass diese Frage irgendwann kommen würde, aber trotzdem war Lilly nicht darauf vorbereitet. Sie wich seinem prüfenden Blick nicht aus, aber sie biss die Zähne zusammen. Auf die Schnelle fiel ihr keine gute Antwort ein, also entschied sie sich für die erstbeste.

»Ich hatte das Bedürfnis nach einer Luftveränderung.«

Er hob prustend die Hände, als hätte sie einen schlechten Scherz gemacht.

Lilly unternahm einen neuen Versuch.

»Meine Tante wohnt hier. Ich möchte in ihrer Nähe sein. Sie wird langsam alt. Sie braucht mich.«

Die Tante, zu der Lilly nie besonders engen Kontakt gehabt hatte, wohnte schon seit Jahren in einem Seniorenheim in Haninge. Aber das wusste Bertil Strömberg ja hoffentlich nicht.

Er musterte sie einen Moment, und Lilly ahnte, was für ein Gefühl es sein musste, von diesem Mann verhört zu werden, schwitzend vor diesen unbewegten Augen zu sitzen. Dann breitete sich ein Lächeln auf seinem Gesicht aus, als hätte er das Rätsel endlich gelöst.

»Sie sind nicht die Erste, die genug davon hat, Vorgesetzte zu sein! Unglaublich, was die einem alles aufhalsen! Und es wird immer noch schlimmer.« Er wartete nicht ab, dass sie seine Theorie bestätigte, sondern zuckte nur mit den Schulten. »Na ja. Aber gut für uns.«

Lilly entspannte sich ein wenig und lächelte erleichtert.

»*Yes.*«

»Okay, dann also willkommen im Team. Wir sind hier alle beim Du – mein Name ist Bertil. Bei uns läuft es folgendermaßen: Der Dienst ist hälftig aufgeteilt. Eine Hälfte im Funkwagen, eine Hälfte Sachbearbeitung. Ich denke da an sechs Wochen Streife, sechs Wochen Innendienst. Mitunter kann es vorkommen, dass du in einem der beiden Bereiche aushilfsweise einspringen musst. Du fängst draußen an. Dienstbeginn ist morgen um 15 Uhr.« Sein Gesichtsausdruck veränderte sich, er schien fast ein schlechtes Gewissen zu haben. »Und es ist wirklich kein Problem für dich, dass wir deinen Urlaub in den Herbst gelegt haben? Es war ein echter Kampf, diesen Sommer alle Wünsche unter einen Hut zu bringen.«

Sie nickte. Natürlich schrie ihr Körper nach einer Pause, aber vor allem brauchte sie Beschäftigung. Ablenkung.

Er lächelte erleichtert.

»Bei uns in der Gegend gibt's keine großen Schlagzeilen, nur den üblichen Kleinkram, Einbrüche und Familienstreitigkeiten ...« Er fuhr sich durch die kurzen, borstigen Haare. »Aber du hast gerade eine Sache verpasst, die beinahe richtig hässlich geworden wäre. Das Haus der Robertssons in Segersäng ist abgebrannt. Es hat noch Tage später geraucht und gequalmt. Die Feuerwehr und die Besitzer der umliegenden Grundstücke haben geschuftet wie die Tiere, um den Brand zu löschen und die Umgebung zu sichern. Wir hatten höllisches Glück, dass das Feuer nicht weiter um sich gegriffen hat. Kenneth Robertsson hatte vor, in seiner Freizeit Forellen und Saiblinge zu züchten, deshalb gab es rund um das

Haus genügend Wasser. Ohne seine Fischteiche wäre das Ganze wohl ziemlich übel ausgegangen, so trocken wie es hier überall ist. Stell dich schon mal darauf ein, dass du dir eine Menge Gejammer über das Grillverbot anhören musst. Wir bekommen viele Anrufe deswegen. Ein *brenzliges* Thema unter Nachbarn.« Er lachte über seinen eigenen Scherz und fuhr fort. »Katja hast du ja schon kennengelernt, sie zeigt dir gleich alles.«

»Sehr schön«, antwortete Lilly lächelnd.

»Ja, ich denke, das war dann wohl alles«, sagte Bertil abschließend. Und dann leise: »Ich habe nur keine Ahnung, wie ich verhindern soll, dass du hier nicht vor Langeweile umkommst.«

Der Mann verstand nicht, dass er gerade ihre Rettung beschrieben hatte. Dieser friedliche kleine Ort war ihr Notausgang. In Stockholm zu bleiben hätte bedeutet, Stück für Stück kaputtzugehen und der Dunkelheit zu erlauben, sie am Ende mitzureißen. Hier konnte sie ganz neu anfangen. Es musste klappen.

4

11. Juni 2001
Sie waren wieder da. Haben mich mit Steinen beworfen.

Seine Hände zitterten. Die Schrift wurde undeutlicher als sonst. Er machte eine Pause bei seinem Tagebucheintrag, sah aus dem Fenster und dachte an das, was geschehen war. Der erste Stein hatte ihn im Nacken getroffen. Ein Kiesel aus seiner eigenen Einfahrt. Kaum größer als ein Fingerhut. Aber es war ein harter Wurf gewesen, und er hatte den schmerzenden Rücken aufgerichtet, die Mistgabel fallen lassen und sich umgedreht. Um ihn herum herrschte Totenstille. Außer dem heiseren Krächzen einer Krähe hatte er kein Geräusch gehört. Niemanden gesehen. Vielleicht würde es diesmal bei dem einen Stein bleiben.

Er hatte sich wieder an die Arbeit gemacht. Unkraut gejätet, den Löwenzahn, der sich überall in seinem Kartoffelacker breitmachte. Er ging methodisch vor, sorgfältig. Ließ nur herrlich feuchten schwarzen Mulch und zarte Triebe übrig.

Es war eine Arbeit, bei der er immer leise vor sich hin summte, ein Singsang ohne tieferen Sinn. Über wachsende Kartoffeln. Das Krankengeld schwand, er hatte weniger zur Verfügung, also war ihm alles eine Hilfe, was er selbst anbauen konnte. Wobei ihm natürlich bewusst war, dass auch das Geld kostete, aber zumindest machte die Arbeit ihm Freude. Er brachte das Saatgut aus und sah das Ergebnis. Er allein.

Ein brennender Schmerz durchfuhr seinen Rücken, als der zweite Stein ihn traf. Hart. Dieser war größer und traf genau das Schulterblatt. Keuchend richtete er sich wieder auf und tastete mit den Fingern nach seiner Schulter. Das T-Shirt war zerrissen. Er betrachtete seine Hand. An seinen Fingern war Blut. Er war verletzt. Der nächste Stein kam angeflogen und landete direkt neben ihm. Dann noch einer. Noch größer. Hätte er ihn am Kopf getroffen, hätte es richtig übel ausgehen können. Er musste ins Haus. Die Hände schützend über dem Kopf, rannte er geduckt und ungelenk zur Verandatür. Noch ein Geschoss flog auf ihn zu, prallte auf die Steinfliesen und schlitterte unter den Gartentisch.

Unbeholfen riss er die Tür auf und brachte sich hastig in Sicherheit. Seine Hände zitterten, als er versuchte, die Tür zuzuziehen. Sein Herz schlug so heftig, dass es weh tat. Immer mehr Steine prasselten gegen das Holz. Das Letzte, was er hörte, als sich die Tür endlich hinter ihm schloss, war ihr schrilles Gelächter.

5

»Wohin fahren wir, sagtest du?«

»Änggatan 12.«

Ein schneller Blick in Lillys Richtung. Ein bisschen neugierig.

»Zum alten Enbom-Leuchtturm?«

Lilly nickte. »Danke übrigens, dass du mich fährst, das ist supernett von dir.«

»Ach, ich kann auch gern noch den restlichen Tag Privatchauffeurin für dich spielen.«

Katja feixte. Sie kannte sich in der Gegend aus und fuhr entspannt mit einer Hand am Lenkrad. Die andere hob sie zum Gruß, als ein grüner Volvo in der Gegenrichtung an ihnen vorbeifuhr. Lilly nahm gerade noch ein Winken auf der Fahrerseite wahr. Katja schien hier überall gut bekannt zu sein.

»Denkst du nicht, es wird Richtung Winter ganz schön kalt da?«

Lilly zuckte mit den Schultern und bemühte sich, sorglos auszusehen.

»Es gibt wohl einen Kamin, habe ich gelesen. Aber Hauptsache, im Bett ist es warm. Mehr brauche ich nicht«, sagte sie und fügte hinzu: »Wobei ich mich im Moment ehrlich gesagt eher nach Frieren sehne. In diesem Sommer habe ich wahrscheinlich mehr geschwitzt als in allen vorherigen zusammengenommen.«

Katja lachte. »Da sind wir schon zwei.«

Enboms Leuchtturm war irgendwann in den siebziger Jahren gebaut worden. Ein enthusiastischer Leuchtturmliebhaber namens Sigvard Enbom hatte sich mit Eifer in das Projekt gestürzt mit nichts als einem abgebrochenen Architekturstudium im Rücken und seiner Begeisterung für die Historie schwedischer Leuchttürme. Enbom brauchte fünf Jahre bis zur Fertigstellung des aufwendig verzierten Bauwerks, und das ganze Unterfangen riss ein ordentliches Loch in seine Finanzen. Der Leuchtturm war auf seinem eigenen Grundstück errichtet worden, auf einer Landzunge, die von Schilf umgeben war. Ursprünglich hatte er vorgehabt, den fertigen Turm der Gemeinde zu stiften. Nun war es allerdings so gewesen, dass Sigvard Enbom die notwendigen Genehmigungen fehlten und ihm noch dazu ein paar grundlegende Fehler bei der Konstruktion unterlaufen waren. Er war ein Träumer ohne richtigen Plan, und so wurde der Leuchtturm nie in Betrieb genommen. Es hieß, das habe Enbom das Herz gebrochen und ihn am Ende dazu gebracht, hoch in den Norden zu ziehen. Die Verantwortung für das Gebäude blieb an seiner Schwester Hilda hängen. Da die Behörden gnädig ein Auge zudrückten, durfte Sigvards Schöpfung aber auf dem Grundstück stehen bleiben.

Seitdem vermietete Hilda Enbom den Leuchtturm, zuerst an abenteuerlustige Touristen und inzwischen an Mieter, die mindestens ein halbes Jahr bleiben wollten. Die Anzeige war eine ganze Weile online gewesen. Vermutlich, weil es nicht gerade von Menschen wimmelte, die davon träumten, nur zum Spaß länger als ein paar Wochen in einem fehlkonstruierten Leuchtturm zu wohnen. Aber Lilly hatte zugegriffen. Die traurige Geschichte des Enbom-Turms hatte sie erst später im Internet gelesen.

Das Auto bog ab und schwankte bedenklich, als es sich eine holprige Straße hochkämpfte, deren Asphaltdecke von eigensinnigen Wurzeln aufgeworfen wurde. Die Bäume, die eben noch dicht zwischen den Häusern gestanden hatten, gaben plötzlich den Blick auf das Wasser frei. Sie näherten sich der Zieladresse, einem rot gestrichenen, knubbeligen Leuchtturm, der auf der Landzunge thronte, elf Meter hoch, wie es auf der Wikipediaseite hieß. Er erinnerte ein bisschen an eine stämmige Matrone, die ihre Arme in die Seiten stemmte, dachte Lilly. Ein paar große Felsblöcke ragten aus der Wiese, die den Leuchtturm umgab, und der raue Eindruck wurde von Sträuchern abgemildert, die mit kleinen gelben Blüten übersät waren.

In der einen Richtung lag der Bootshafen der Nickstabucht, und in der anderen Richtung breitete sich die Nynäsbucht aus, die in der hellen Nachmittagssonne glitzerte. Das Wasser stand tief. Am Strand zeichnete sich eine Kante aus getrockneten Algen ab, wie der Schmutzrand in einer Badewanne. Sie hielten vor einem Haus an. Das musste die Villa Enbom sein, in der Hilda Enbom mittlerweile allein lebte.

»Hast du die Schlüssel?«, fragte Katja und zog die Handbremse an.

»Sie sind im Briefkasten der Villa Enbom für mich deponiert«, antwortete Lilly. Ächzend wuchtete sie die knallvolle Reisetasche aus dem Kofferraum und hängte sich den Riemen ihrer Handtasche über die Schulter.

Katja ging zum Briefkasten und kam kurz darauf wieder, den Schlüsselbund zwischen Daumen und Zeigefinger schwenkend. Sie legte ihn in Lillys ausgestreckte Hand.

Das neugierige Funkeln in Katjas Augen war zurück.

»Kommst du jetzt allein zurecht?«, fragte sie freundlich.

In der Frage schwang noch etwas anderes mit. Vielleicht erahnte sie Lillys Gemütszustand, auch wenn sie nichts über die Hintergründe wusste.

Lilly holte tief Luft und zwang sich zu einem Lächeln. Es gab kein Zurück. Jetzt war sie hier.

»Alles gut. Danke fürs Bringen.«.

»Dann sehen wir uns morgen im Dienst«, sagte Katja und öffnete die Autotür.

Mit einem leisen Knarren öffnete sich die Tür zum Leuchtturm. Lilly stellte ihre Tasche ab. Vor ihr lag der größere Teil ihres neuen Zuhauses, das einzige Zimmer. In dem runden Wohnraum gab es ein schmales Bett, geschätzte neunzig Zentimeter breit, das neben einem eisernen Holzofen stand. Auf einem Regal über dem Bett thronte eine hübsche alte Öllaterne aus Messing. Außerdem gab es eine kleine Pantryküche und eine separate Kabine mit Dusche und Toilette. Das Wasser für beides kam aus einem Schlauch, der von außen durch ein Loch in der Wand geschoben worden war. Da der Leuchtturm seine eigentliche Aufgabe ja nicht erfüllen konnte, war er immer wieder umgebaut und nachgebessert worden, um Gäste beherbergen zu können. Ein kreisrundes Fenster stand einen Spaltbreit offen, aber als Lilly es zumachen wollte, sperrte es sich, als wären die Scharniere schief angebracht. Vielleicht einer von Sigvard Enboms Fehlern. Auf einmal überkam sie ein eigenartiges Gefühl von Zusammengehörigkeit mit diesem dysfunktionalen Gebäude.

»Wir sind offenbar beide ein bisschen kaputt, du und ich. Aber von außen sieht man es uns nicht an«, murmelte sie vor sich hin und tätschelte die kühle Wand. Hier im Leuchtturm war es zumindest etwas angenehmer als im Polizeirevier. Katja hatte wahrscheinlich recht mit ihrer Vermutung, dass das spätestens im Herbst zu einem Problem werden würde. Auch wenn Lilly das jetzt noch unendlich fern erschien.

Über ihrem Kopf schlängelte sich eine eiserne Treppe hoch in den Turm. Sie legte eine Hand auf das Geländer und spürte die abblätternde Farbe in der Handfläche, während sie Runde um Runde in engen Kreisen nach oben stieg. Sie hielt die Luft an, als sie endlich in der Glaskuppel mit der riesigen Lichtanlage stand. Mit der Laterne, die wohl nie geleuchtet hatte. Die Aussicht war umwerfend. Wald, prächtige Villen, ein leuchtend weißes Motorboot auf dem Weg hinaus aufs offene Meer, badende Menschen am Strand. Sie atmete aus. Das hier war ihr neuer Ausblick. Alles würde gut.

»Hallo?«

Von unten klang ein fragender Ruf nach oben. Lilly drehte sich um und schaute die Wendeltreppe hinunter. Ein pausbäckiges Gesicht sah lächelnd zu ihr herauf.

»Hallo, Sie müssen Lilly sein. Ich bin Hilda Enbom. Ich hatte den Schlüssel zur Sicherheit in den Briefkasten gelegt, aber da ich jetzt doch zu Hause bin, wollte ich meiner neuen Mieterin wenigstens Guten Tag sagen«, rief sie.

Lilly ging schnell die Treppe hinunter und begrüßte ihre Vermieterin. Hilda Enbom hatte einen überraschend kräftigen Händedruck und machte überhaupt einen ziemlich handfesten Eindruck. Ein leuchtend gelbes Kleid verpackte gekonnt ihre üppigen Kurven. Kinnlange Locken in einem schönen Bleigrau rahmten das fröhliche Gesicht ein. Lilly vermutete, dass sie um die siebzig war.

»Denken Sie, dass Sie sich hier wohlfühlen werden?«, fragte Hilda, die Arme vor der Brust verschränkt. Sie lächelte mit tiefen Grübchen in den runden Wangen. »Ich bin nur einen Steinwurf entfernt und freue mich immer über Gesellschaft, also klopfen Sie ruhig, wenn irgendetwas sein sollte.«

Sie duftete süßlich nach Vanille, wahrscheinlich ein Parfüm, das eher auf Mädchen im Teenageralter zielte. Was nicht so richtig zu der ansonsten eher robusten Gesamterscheinung zu passen schien.

»Auf jeden Fall«, sagte Lilly höflich. »Das ist ein unglaublich spannendes Haus. Und die Aussicht da oben ist ja wirklich phantastisch.«

»Mein Bruder konnte stundenlang dort oben stehen und einfach nur schauen. Er hat sich immer ausgemalt, dass sein Projekt einmal Leben retten würde.« Hilda zuckte mit den Schultern und seufzte dann leise. »Aber daraus ist leider nichts geworden.«

»Waren Sie auch am Bau des Leuchtturms beteiligt?«, erkundigte sich Lilly.

Hilda lachte, ein Lachen, das in ein leises Schnauben überging.

»Nein, danke, wirklich nicht. In unserer Familie war nur Platz für einen Träumer. Und als sein Traum schließlich geplatzt ist, hatte ich mit den ganzen Kosten wahrlich genug zu tun.« Dann fügte sie schnell hinzu: »Ich habe viele Jahre in der Schulkantine gearbeitet, aber dann habe ich umgesattelt und bin Physiotherapeutin geworden. Inzwischen bin ich seit sieben Jahren in Rente.« Sie lächelte. »Sie vergeht ganz schön schnell, diese verflixte Zeit.«

Lilly bückte sich und hob ihre vollgepackte Tasche hoch. Ja, das hoffe ich, dachte sie.

6

Die gelben Aufnäher der Feuerwehruniformen bildeten einen leuchtenden Kontrast vor dem aschgrauen Bild der Verwüstung.

»Hier hat es angefangen. Es deutet alles darauf hin.«

Sein Kollege nickte und verschwand Richtung Waldrand, um einen Anruf entgegenzunehmen.

Von dem Einfamilienhaus, vor dem Jesper Hansson stand, war nur noch ein verbranntes Skelett übrig. Durch das Gerippe hatte er freie Sicht auf die künstlich angelegten Teiche und den angrenzenden, verkohlten Wald. Der Schornstein ragte wie ein schwarzer Turm aus der Brandruine, und die letzten Überreste des Hauses schienen sich an ihn zu lehnen wie ein Betrunkener, der sich nur noch mit Mühe aufrecht halten kann.

In den ersten Berichten hatte gestanden, dass das Haus mutmaßlich leer gewesen sei, der Nachbar, der ein ganzes Stück weg wohnte – und offenbar gern aus dem Küchenfenster schaute –, hatte das Auto der Familie wegfahren sehen und erinnerte sich noch deutlich an die Kinder auf dem Rücksitz. Aber dann hatte es sich doch anders herausgestellt: Ein armer Teufel war zurückgeblieben, dachte Jesper Hansson, Wehrführer bei der Feuerwache in Nynäshamn.

Techniker der Polizei und Brandermittler der Feuerwehr hatten sich schon vor Ort in dem ausgebrannten Haus umgesehen, genau wie ein Mitarbeiter des Nationalen Forensischen Centrums NFC, der Unmengen von Proben genommen hatte.

Das obere Stockwerk war bei dem Brand eingestürzt, aber die Stelle, an der Kenneth Robertsson gefunden worden war, ließ darauf schließen, dass er bei dem Versuch, aus einem der Fenster im Schlafzimmer der Eheleute zu flüchten, ums Leben gekommen war. Aus irgendeinem Grund war es ihm nicht gelungen hinauszukommen. Vielleicht war er betrunken gewesen, das war häufig der Grund, wenn Menschen in ihrem Zuhause verbrannten. In Panik taten auch die Finger nicht immer, was sie sollten. Und häufig setzte der Rauch seine Opfer viel früher außer Gefecht als die Flammen. Aber die Rettung – auf das Dach der Veranda zu springen und von dort auf die Wiese – musste sich frustrierend nah angefühlt haben. Mit einem Metalllineal stocherte Jesper Hansson in einem Haufen Asche, schob die rußigen Überreste einer Puppe zur Seite. Er hob den Blick.

Der Löscheinsatz in der Umgebung war so gut wie abgeschlossen, aber die Nachlöscharbeiten würden sicher noch einige Tage andauern. Wenn der Boden so ausgetrocknet war wie im Moment, war es besser, doppelt sicherzugehen. Das Risiko aufflammender Glutnester war unverändert hoch. Die Glut versteckte sich in Ameisenhaufen und Baumwurzeln, jederzeit bereit, sich wieder auszubreiten, sobald sie nur Luft und Nahrung bekam. Aber zum jetzigen Zeitpunkt war die Lage unter Kontrolle.

Hohe Bäume umgaben das große Anwesen. Er griff nach einem schwarzen Stück Holz, auf dem dreihundert Grad Celsius ihre Spuren hinterlassen hatten – das entsprach der Oberflächentemperatur, bei der sich trockenes Holz entzündete. So heiß waren die Flammen gewesen, die an diesen Ästen geleckt hatten. Unter bestimmten Voraussetzungen genügten Sekunden, um eine Feuersbrunst zu entfachen. Eine Flamme, ein Funke zur richtigen Zeit, mehr brauchte es nicht. Sie hatten wahnsinniges Glück gehabt mit diesem Brand, dachte Jesper Hansson düster. Ein paar große, erst kürzlich angelegte Fischteiche hinter dem Haus hatten die Ausbreitung des Feuers aufgehalten, und sie hatten es rechtzeitig einkreisen können. Dass es nahezu windstill gewesen war, hatte ebenfalls geholfen, aber nicht so sehr, wie es ein kräftiger Schauer getan hätte. Und es sah nicht danach aus, als ob in nächster Zeit mit Regen zu rechnen wäre.

Für Jesper Hansson gehörte es zum Alltag, Risikobewertungen vorzunehmen, und er versuchte immer, die Ursachen der großen Brände in der Umgebung aufzuklären. Aber dieser Sommer war ein einziges großes Warnsignal. Er merkte, dass er nicht mehr so entspannt schlafen konnte wie sonst, dass sein Körper in ständiger Alarmbereitschaft war. Die Allgemeinheit war nicht bereit, sich umzustellen: Familien beim Picknick, die sauer wurden, wenn sie ihren Einweggrill wieder einpacken mussten. Jugendliche, denen ihr Lagerfeuer am Strand genommen wurde. Gartenabfälle, die auf dem eigenen Grundstück nicht verbrannt werden durften, nicht mal in einer Tonne, bewacht von einem Erwachsenen mit Gartenschlauch. Ein Funke konnte bedeutend weiter fliegen, als die Leute ahnten.

Das Feuer im Haus der Robertssons schien in der Küche ausgebrochen zu sein, wo die Spüle aus rostfreiem Stahl immer noch aufrecht stand. Die Schmelz- und Brandspuren deuteten darauf hin, dass der Herd die Brandquelle war. Ein ausgebrannter Topf. Der Brandermittler hatte etwas von »da hat wohl mal wieder jemand die Nudeln vergessen« gemurmelt. Es war eine der häufigsten Brandursachen in Wohnhäusern. Die Leute fingen an zu kochen, wurden von irgendetwas abgelenkt und verließen die Küche. Wahrscheinlich war es einer dieser Unglücksfälle.

Es war ein gepflegtes Grundstück gewesen, mit geschnittenen

Hecken und – auch wenn nicht mehr viel davon übrig war – ordentlich gemähtem Rasen. Sicher hatten die Eigentümer abends heimlich gewässert, trotz der geltenden Beschränkungen in der Gegend. Die Geräte und Gartenmaschinen hatten noch nicht viele Jahre auf dem Buckel und standen glänzend aufgereiht im Schuppen. Hier hatten Leute gewohnt, die Wert darauf legten, technisch immer auf dem neuesten Stand zu sein, und die ihre Sachen gut in Schuss hielten. Dasselbe hatte mit Sicherheit für das Innere des Hauses gegolten. Sauberkeit und Ordnung. Nur leider offenbar nicht überall. Angesichts dessen, was sie in das Haus und die übrige Technik investiert hatten, stellte sich die Frage, warum diese Familie, die noch dazu Kinder hatte, keine funktionierenden Rauchmelder besaß. Das passte nicht ins Bild. Aber trotzdem hätte der Hausbesitzer rechtzeitig aufwachen müssen, als der Rauch sich ausbreitete. War Robertsson also womöglich wirklich betrunken gewesen?

Jesper umrundete ein größeres Stück der Außenwand, das beim Einsturz des Hauses in der Küche gelandet war. Er betrachtete die Fenster, die den schönen Ausblick über das Grundstück eingerahmt hatten.

Er stocherte mit dem Metalllineal, beugte sich vor und ging dann in die Hocke. Seine Augen weiteten sich. Hatte er das gerade richtig gesehen?

Ja.

Ein Detail, das einem wirklich leicht entgehen konnte. Aber vermutlich hatte es das Schicksal des armen Kerls im ersten Stock besiegelt.

7

Vor dem Polizeirevier stolperte Jesper Hansson zufällig über Bertil Strömberg und hob die Hand zum Gruß. Bertil lächelte, fummelte seinen Snus-Tabak unter der Oberlippe heraus und stopfte ihn in die Tabaksdose zurück. Jesper war größer als Bertil, und er bemerkte amüsiert, dass Bertil ein wenig widerwillig den Kopf in den Nacken legen musste, um ihm in die Augen schauen zu können.

»Habt ihr die Nachlöscharbeiten unter Kontrolle?«, fragte er.

»Ja. Es ist alles gut verlaufen«, sagte Jesper. »Wirklich übel, das mit diesem Kenneth Robertsson. Als unsere Jungs vor Ort waren, hatten sie keine Chance mehr reinzugehen. Das Haus stand schon lichterloh in Flammen.«

Die von Bäumen gesäumte Straße war ruhig. Ein paar uniformierte Polizisten gingen auf dem Weg in das rote Backsteingebäude an ihnen vorbei. Es war noch früher Vormittag, aber die Sonne brannte ihnen schon in den Nacken. Jesper und Bertil machten beide einen Schritt in den Schatten entlang der Hauswand.

»Aber über das Haus der Robertssons wollte ich gerade mit dir reden«, fügte Jesper hastig hinzu. »Deshalb bin ich hier.«

»Ach ja?«

Bertil zog die Augenbrauen hoch.

»Ich habe mir die Überreste genauer angesehen und ein Detail gefunden, bei dem ich mir nicht sicher bin, ob es den Technikern aufgefallen ist. Irgendjemand hat kleine gebogene Nägel in den

Rahmen des Schlafzimmerfensters geschlagen. Von außen. Und noch dazu verdammt diskret. Ich habe so etwas noch nie gesehen. Mich macht das ziemlich misstrauisch, wenn ich ehrlich sein soll.« Jesper sah Bertil forschend an. Er hatte auf eine deutlichere Reaktion gehofft als auf das ausdruckslose Gesicht, das ihm entgegenblickte. »Was sagst du dazu?«

Bertil ließ sich reichlich Zeit, während er sich ein neues Päckchen Snus in den Mund schob und die Straße hinunterblinzelte, wo ein Warentransporter langsam, aber geräuschvoll vom Hof eines Sushi-Restaurants rollte.

»Ich werde dem auf jeden Fall nachgehen.« Er schob das Tabakpäckchen mit der Zunge an die richtige Stelle und rieb sich einen Moment das Kinn. »Aber Kenneth war ziemlich übervorsichtig, was die Kinder betraf. Wer weiß, auf was für Ideen er gekommen ist. Und um es ganz deutlich zu sagen – er war ein lausiger Heimwerker, der sich ständig irgendwelche Projekte vorgenommen hat und dann Profis anheuern musste, damit sie den Schaden wieder ausbügeln. Ich habe da so meine eigene Theorie, was in der Brandnacht passiert ist.«

Jesper verschränkte die Arme vor der Brust. »Und zwar?«

»Meine bessere Hälfte unterhält sich öfter mal mit Kenneths Frau Karin. In der Ehe lief es schon länger nicht mehr gut. Er war allein zu Hause, als es passiert ist. Und garantiert nicht gut drauf. Es würde mich nicht wundern, wenn er sich betrunken etwas zu essen machen wollte, den Topf auf dem Herd vergessen hätte und im Schlafzimmer weggedämmert wäre. Du kennst das doch.«

Das musste Jesper zugeben. Das kannte er. Und ganz offensichtlich stieß er mit seinem Verdacht beim Polizeichef auf wenig Resonanz. Widerwillig ließ er die Sache fallen und wechselte das Thema.

»Aber wo wir gerade bei Erfahrungen sind – einen Sommer wie diesen habe ich noch nie erlebt.«

Bertil hob einen Zipfel seines Hemdes, um sich ein bisschen Luft zuzufächeln. Unter den Armen hatte er dunkle Schweißflecken, die auf dem hellblauen Stoff immer größer zu werden schienen. Er nickte zustimmend. »Für die Kinder ist das natürlich toll, richtiges Badewetter, die ganze Saison.«

Jesper fuhr fort, ohne auf Bertils positiven Einwurf einzugehen.

»Der Grundwasserspiegel war noch nie so niedrig wie jetzt, aber das gilt fürs ganze Land. Und eine Hitzewelle jagt die nächste, überall brennen Felder. In Malmö sind es vierunddreißig Grad. Und dabei geht es uns hier in Schweden noch vergleichsweise gut. In Paris sind für heute dreiundvierzig Grad gemeldet, haben sie in den Nachrichten gesagt.« Er schüttelte den Kopf. »Bislang hatten wir wirklich Glück. Vor allem, dass dieser Hausbrand sich nicht ausgebreitet hat.«

Seine Stimme klang bitter, sie war gefärbt von den Gedanken, die so oft in seinem Kopf kreisten. Die Feuerwehr in der Region Södertörn war zu harten Sparmaßnahmen gezwungen und die Bereitschaftsstärke bereits mehrfach gekürzt worden. Jesper Hansson war nicht der Einzige, der sich wegen ihrer beruflichen Situation Sorgen machte. Der Mangel an Kräften löste bei vielen seiner Kollegen im ganzen Land Panik aus, es fehlte überall an Leuten. Nachdem Schweden hart vom Coronavirus getroffen worden war, hatte das Gesundheitswesen aus allen möglichen Töpfen Mittel zur Verfügung gestellt bekommen. Aber dem Brandschutz wurde jetzt nicht dieselbe Priorität eingeräumt, obwohl die Bedrohung durch die langen Trockenperioden massiv gestiegen war. Hinzu kam, dass die Regierung vor kurzem die Behörde für Zivil- und Katastrophenschutz umstrukturiert hatte.

Die Koordinierung verlief alles andere als reibungslos, und nach wie vor wurde Personal hin und her geschoben.

Jesper steckte die Hände in die Hosentaschen und rechnete zurück.

»Ja, 2018 hat es im ganzen Land gebrannt, und auch die letzten Sommer waren insgesamt zu trocken. Dieses Jahr schlägt jetzt alle Hitzerekorde.«

»Bist du jetzt auch einer von diesen Weltuntergangspropheten?«, schnaubte Bertil. Sein südschwedisches Schonen-R schnarrte ein wenig spöttisch.

Bertil Strömberg redete nicht gern über Krisen, und er verzog meistens das Gesicht, wenn der Klimawandel zur Sprache kam. Eine solche Haltung konnte auf Jesper ziemlich frustrierend wirken. Die Kurve deutete hartnäckig in eine bestimmte Richtung. Er selbst zog es vor, sich dem ganzen Ausmaß mit offenen Augen zu stellen.

»Nein, aber es gehört zu meinem Job, uns alle, so gut es geht, auf die möglichen Folgen dieser Hitzewelle vorzubereiten«, antwortete Jesper ruhig.

Bertil wippte von einem Fuß auf den anderen, dann hellte seine Miene sich auf.

»Es hat immer alles zwei Seiten. Hast du schon gehört, dass wir die große Entsalzungsanlage bekommen? Das wird super für die Wasserversorgung.«

»Die Wasserversorgung ist mein kleinstes Problem«, entgegnete Jesper.

Bertil feixte. »Stimmt, du hast ja immer nur Feuer im Kopf.« Dann fuhr er in versöhnlicherem Ton fort: »Jesper, mach dir nicht zu viele Gedanken. Natürlich nehmen wir die Trockenheit ernst. Wir achten knallhart auf die Einhaltung des Feuerverbots. Ich habe gerade eben erst unsere Neue vorgewarnt, dass die Leute hier ausflippen, weil sie nicht grillen dürfen. Sie ist inzwischen übrigens da. Du weißt doch, Lilly Hed, von der ich dir erzählt habe. Eine echte Promikollegin.« Er zuckte mit den Schultern und grinste schief. »Ich kapiere zwar nicht, was sie hier bei uns will, aber das ist eine andere Geschichte.«

Jesper sah ihn gedankenverloren an und nickte vor sich hin. Natürlich hatte er immerzu Feuer im Kopf, das war schon richtig. Aber es war noch lange kein Grund, seinen Verdacht fallenzulassen. Vielleicht gab es ja eine andere Möglichkeit, der Sache nachzugehen.

»Ach, sie ist jetzt da, ja?«, wiederholte er nachdenklich.

8

Noch drei Stunden bis Dienstbeginn, und die Hitze war erdrückend. Lilly hatte es sich im Gras vor dem Leuchtturm bequem gemacht und nippte an einer Tasse Kaffee, obwohl es eigentlich viel zu schwül für ein warmes Getränk war. Ihr Badeanzug war am Körper getrocknet.

Sie hatte den Morgen mit dem Vorsatz begonnen, in der Nynäsbucht zu baden. Sie war aufgewacht, hatte ihren Badeanzug angezogen, Shorts darüber und sich ihre alten Laufschuhe geschnappt. Dann hatte sie eine lange Joggingrunde gedreht, obwohl es ihr schwergefallen war, und war zum Abschluss direkt in das angenehm kühle, dunkle Wasser gerannt. Hatte sich auf dem Rücken treiben lassen, Arme und Beine ausgebreitet wie ein Seestern. Lilly hatte einen Mund voll Wasser ausgespuckt und geprustet, weil das Leben sich auf einmal ein wenig leichter anfühlte. Dann war sie an den Strand geschwommen und zum Leuchtturm zurückgeschlendert.

War der Puls in ihren Handgelenken in den letzten Monaten noch gerast, pochte er jetzt in gleichmäßigerem Takt. Zumindest für den Moment schien es ihr gelungen zu sein, die Tür zur Panik zu schließen. Aber sie wusste, dass die Angst schleichend zurückkommen würde, sobald die Dunkelheit hereinbrach, sobald sie ihr privates Handy einschaltete. Aber jetzt, in diesem Augenblick, war das alles fern. Sie konnte an andere Dinge denken. An die neue Kollegin Katja Bromander zum Beispiel. Heute würden sie die ganze Schicht gemeinsam im Auto verbringen. Sie machte einen schlauen Eindruck, hatte einen wachen Blick. Ein paar Tattoos an den Unterarmen und die kleinen Löcher in den Augenbrauen und entlang der Ohrmuscheln ließen Lilly vermuten, dass Katja als Teenager wohl Punk gewesen war. Blaue Haare, Lederjacke, übersät mit Nieten – sie konnte es vor sich sehen. Wogegen hatte sie rebelliert? Die Gesellschaft? Ihre Eltern?

Wie rebelliert man gegen jemanden, der selbst alles ausprobiert hat? Gegen eine Frau, die mit Sonnenhut auf dem Kopf und einem großen Glas Campari in der Hand damit prahlte, dass sie »damals drei Tage am Stück mit Madonnas Stylistin E eingeworfen« hatte.

Lillys Mutter hatte alles erlebt. War gereist und hatte die Welt gesehen. War zwei Jahre in San Francisco und drei Jahre in New York gewesen. Designstudium und Rockstars. Ecstasy, Gras und verschmierter schwarzer Kajal. Das Fotoalbum war voll mit Polaroids. In Paris war die Party weitergegangen. Kreative Kurse, neuer Bekanntenkreis, die geflickten Jeans wurden gegen Paillettenblazer mit Schulterpolstern getauscht. Job in einem berühmten Modehaus und Kokain. Eine hübsche Romanze in wohlhabenden Kreisen. Ein Fest, das mit einer Schwangerschaft zu Beginn des Freiheitsjahres 1989 schlagartig zu Ende war. Die leidenschaftliche Liebesgeschichte und die aufstrebende Designkarriere wurden durch einen deutlich alltäglicheren Job bei einer Modekette ersetzt, eine Wohnung in einem Stockholmer Vorort und einen Franzosen, der immer seltener von sich hören ließ, bis der Kontakt irgendwann ganz abriss. Es hatte immer ein Schatten von Verbitterung über der Dreizimmerwohnung in Skärholmen gelegen, die nicht war, was sie hätte sein können.

Wenn Lilly als Teenager spätabends betrunken oder bekifft nach Hause gekommen war, hatte ihre Mutter Eva bestenfalls belustigt gelächelt. Das war noch nicht mal cool gewesen. Also hatte Lilly stattdessen rebelliert, indem sie Hausaufgaben machte. Immer pünktlich war. Beim Fußball Tore schoss. Klassenbeste wurde. Das schien ihre Mutter jedenfalls mehr zu provozieren als alles andere. »Hab doch mal ein bisschen Spaß, verdammt«, hatte sie geknurrt. Bis zu dem Tag, an dem Lilly nach Hause kam und erzählte, dass sie im ersten Anlauf an der Polizeischule aufgenommen worden war. Das war der Moment, in dem ihre Mutter alle Hoffnung fahren ließ. Sie hatte keine Rebellin großgezogen. Sondern eine Polizistin.

»Sind Sie Lilly Hed?«

Eine tiefe Männerstimme riss Lilly aus ihren Gedanken. Sie drehte sich im Gras um und schirmte die blendende Sonne mit der Hand ab, um besser sehen zu können. Aus der langen Gestalt formte sich die Kontur eines Mannes in Hemd und Shorts. Seine dunkelblonden Haare waren raspelkurz, er war drahtig und muskulös. Sie tippte, dass er irgendeiner körperlichen Tätigkeit nachging, denn diese Art Muskeln bekam man nicht im Fitnessstudio. Er war vermutlich nicht älter als vierzig.

»Ja. Und wer sind Sie?«, antwortete sie mit einer gewissen Schärfe im Ton.

Sie stand auf und klopfte sich noch schnell das Gras von den Beinen. Sein Händedruck war fest, und sie versuchte, einigermaßen würdevoll zu wirken, obwohl sie nur ihren Badeanzug anhatte. War er ein Nachbar? Ging er vielleicht Hilda Enbom im Haus zur Hand?

Jetzt im Stehen war sie einen guten Kopf kleiner als er, und sie blickte in freundliche eisblaue Augen.

»Jesper Hansson. Ich bin Feuerwehrmann. Wehrführer, wenn

ich im Dienst bin. Ich dachte, es wäre vielleicht nicht schlecht, wenn wir uns schon mal kennenlernen würden. Ich hoffe, es stört Sie nicht, dass ich Sie einfach so privat aufsuche, aber ich würde mich gern informell mit Ihnen unterhalten.«

»Aha?« Sie verschränkte abwartend die Arme vor der Brust. Fühlte sich viel zu leicht bekleidet für diese Art von Gespräch, auch wenn es ihrem Gegenüber gelang, den Blick auf ihr Gesicht zu richten. Dem Herrn Feuerwehrmann hatte wohl noch niemand gesagt, dass man auch erst mal anrufen konnte. Andererseits musste sie zugeben, dass sie ihr neues Handy kaum eingeschaltet hatte, seit sie hier angekommen war. Polizeifunk und Diensthandy während ihrer Schicht waren das Minimum, an das sie sich zu halten gedachte. Damit fühlte sie sich am sichersten.

Er schob die Ärmel seines hellblauen Hemds nach oben, schaute wieder hoch.

»Ich kenne Bertil Strömberg von klein auf. Er hat mir viel von der Starermittlerin erzählt, die nach Nynäshamn kommt.«

Lilly lächelte. Es war nicht unangenehm, das zu hören.

Er imitierte, bewusst oder unbewusst, ihre Körpersprache und verschränkte seine Arme vor der Brust.

»Es gehört zu meinem Job, präventiv tätig zu sein, und das nehme ich sehr ernst. Ich bin in ganz Södertörn unterwegs, und ich gehe auch in die Schulen und rede dort über Brandschutz. Aber wenn es dann trotzdem brennt, was beileibe nicht oft vorkommt, dann will ich wissen, was passiert ist. Und mit der Erklärung für das Feuer in Segersäng bin ich nicht zufrieden.«

Lilly durchforstete ihr Erinnerungsarchiv. Richtig, Bertil hatte den Hausbrand erwähnt.

»Kenneth Robertsson? Ich habe davon gehört.«

Er nickte.

»Genau. Das Feuer soll durch einen vergessenen Topf auf dem Herd ausgelöst worden sein, das war die Aussage der Techniker. Das ist an sich nichts Ungewöhnliches, aber da ist noch etwas anderes.« Er senkte die Stimme, sah sie durchdringend an. »Ich habe mich erkundigt. Haus und Grundstück waren extrem gepflegt. Der Großteil der Technik war modern und auf dem allerneuesten Stand. Trotzdem gab es offenbar keine funktionierenden Rauchmelder. Aber wirklich stutzig macht mich, dass im oberen Stock, also dort, wo der Mann in den Flammen umgekommen ist, die Fenster mit sehr diskreten kleinen Nägeln von außen zugenagelt waren. Von innen waren diese Fenster nicht zu öffnen.«

Sie hob die Augenbrauen.

»Wie bitte? Das ist ja wirklich merkwürdig. Selbst wenn man sein Haus kindersicher machen will, klingt das irre unpraktisch. Was sagen denn meine Kollegen dazu?«

»Deshalb bin ich hier. Bertil meint, dass Kenneth ein miserabler Heimwerker war, und ist überhaupt nicht darauf eingegangen, als ich ihm davon erzählt habe. Nichts deute auf ein Verbrechen hin, hätten die Kollegen vor Ort heute Morgen gesagt. Aber auf der anderen Seite ist es auch verflixt schwer, das zu beurteilen, nachdem der ganze Kasten bis auf die Grundmauern abgebrannt ist.«

Sein Tonfall ließ keinen Zweifel daran, dass er nicht an die Erklärung glaubte. Der Blick in den eisblauen Augen wirkte frustriert.

Sie sah ihn nachdenklich an.

»Und Sie gehen nicht davon aus, dass Kenneth selbst die Fenster vernagelt hat?«

»Das passt überhaupt nicht zu dem ganzen Rest. Er hätte sich nicht damit zufriedengegeben, ein paar Nägel in die Rahmen zu schlagen, er hätte bessere Fensterschlösser gekauft. Die einzige

Begründung, die ich akzeptieren kann, ist, dass es ihm vermutlich schlechtging. Laut Bertil hatten Kenneth und seine Frau Karin Streit. Deshalb war er allein zu Hause.«

Sie hielt seinen Blick fest, folgte seinem Gedankengang.

»Sie denken also, dass jemand im Erdgeschoss Feuer gelegt hat? Und im Vorfeld die Fenster vernagelt hat, um Kenneth den Fluchtweg zu versperren? Und diese Person hat einen Moment abgepasst, in dem die restliche Familie weg war?« Ihr Mundwinkel zuckte. Freundlich, aber ein klein wenig spöttisch sagte sie: »Könnte es nicht vielleicht doch sein, dass Sie es ein bisschen persönlich nehmen, wenn es in Ihrem Revier brennt?«

Er lachte leise und sah plötzlich ein bisschen verlegen aus.

»Ja, okay, vielleicht haben Sie recht.«

Sie schob eine Haarsträhne beiseite, die in der leichten Brise vor ihrem Gesicht tanzte.

»Selbst wenn es Brandstiftung war, könnte es ja trotzdem Kenneth selbst gewesen sein. Womöglich war er auf die Versicherungssumme aus. Er hat das Feuer gelegt, es ging schief, und er saß in der Falle. Wissen Sie, wie es um die Finanzen des Ehepaars stand?«

Er schüttelte den Kopf.

»Nein, keine Ahnung. Nach außen hin sah alles gut aus.«

Lilly musterte ihn und versuchte, Gegenargumente zu finden, Erklärungen, die Jespers Verdacht entkräften würden, der an einem hellen Hochsommertag wie diesem so unwirklich erschien.

»Vielleicht war er auch schwer depressiv?«

»Vielleicht. Aber das ist eine wirklich miese Art zu sterben.«

Er rieb sich das Kinn mit den mindestens zwei Tage alten Bartstoppeln und blinzelte in die Sonne. Er schien sacken zu lassen, was sie gesagt hatte, und gab sich lächelnd geschlagen.

»Vermutlich habe ich mich geirrt. Oder – hoffentlich. Aber würden Sie mir trotzdem den Gefallen tun und sich die Sache einmal ansehen? Sie können das besser als ich.«

Ein seltenes Eingeständnis von einem Mann in Führungsposition, unabhängig von der Profession. So etwas wusste sie zu schätzen.

»Sie haben mich auf jeden Fall neugierig gemacht, das muss ich zugeben«, sagte sie.

Das Lächeln in seinen Augen verschwand.

»Was, wenn ich doch recht habe? Was, wenn ihn jemand umgebracht hat, jemand, der weiß, wie man seine Spuren verwischt? Allein der Gedanke, dass jemand absichtlich einen Brand gelegt haben könnte, macht mir Angst. Die Böden, die ganze Vegetation, alles ist so unglaublich trocken.« Er verschränkte wieder die Arme vor der Brust. »Die Leute freuen sich, dass jeden Tag Badewetter ist, und fühlen sich in Nynäshamn wie am Mittelmeer. Aber meine Kollegen und ich warten nur auf den Funken, der alles entzündet. Und vor einer Brandstiftung kann man sich nicht schützen.«

Das Letzte unterstrich er mit einer energischen Handbewegung.

Lillys halbnackter Rücken brannte inzwischen ein bisschen. Sie hatte vergessen, sich einzucremen. Sie bohrte die Zehen ins gelbe Gras und nickte.

»Nein, das stimmt«, sagte sie bestätigend und spürte, wie sich bei der Vorstellung ein Unbehagen in ihr breitmachte. »Davor kann man sich nicht schützen.«

9

Bertil Strömbergs Vorhersage bewahrheitete sich schon in der ersten Hälfte von Lillys Schicht. Sie bekamen die Meldung von einem Nachbarschaftsstreit in der Telegrafgatan. Das Haus, an dem Lilly und Katja eintrafen, war gepflegt, mit einem weiß verklinkerten Erdgeschoss, einem Obergeschoss, das mit rot gestrichenem Holz verkleidet war, und einem sorgfältig gestutzten, smaragdgrünen Rasen, für den zweifellos gegen die Bewässerungsbeschränkungen verstoßen wurde. Der Zaun war mit Ballons und Luftschlangen geschmückt und verriet, dass hier offensichtlich gefeiert wurde. Der Grund für den Einsatz fand sich im Garten, wo sich die Mehrzahl der schick gekleideten Gäste versammelt hatte. Zwei aufgebrachte Männer mittleren Alters wurden mit vereinten Kräften voneinander ferngehalten.

»Jetzt reiß dich doch mal zusammen, Papa«, versuchte ein junger Mann, seinen Vater zu beruhigen.

»Wer zur Hölle hat die Polizei angerufen?«, schimpfte eine Frau aufgebracht.

»So, jetzt beruhigen wir uns erst mal alle wieder«, sagte Lilly gelassen und baute sich zwischen den beiden Männern auf, die beim Anblick ihrer Uniform die Schultern strafften und aufhörten, aufeinander loszugehen. Der eine hatte einen besorgniserregend roten Kopf und trug eine gelb-rosa Papiergirlande um den Hals.

»Das geht nicht, wie Sie beide sich hier aufführen. Was ist denn überhaupt los?«, fragte Katja, die sich genau gegenüber von Lilly in Stellung gebracht hatte, sich das Lachen aber nur mühsam verkneifen konnte.

Dem Mann, der offensichtlich der Gastgeber war, platzte der Kragen.

»Meine Tochter wird heute vierundzwanzig. Und mein Nachbar, dieses ... dieses Arschgesicht, will mir vorschreiben, dass ich auf meinem eigenen Grund und Boden nicht grillen darf! Auf meiner eigenen Party«, fauchte er, und sein Gegenüber schnappte angesichts der Beleidigung hörbar nach Luft.

Lilly konnte deutlich Whisky und Bier im Atem der Streithähne riechen. Unter einem der prächtigen Apfelbäume stand ein Grill, ein ziemlich teures Modell. Zwei Säcke Kohle und eine Flasche Grillanzünder waren bereits herangeschleppt worden, wie sie bemerkte, aber weiter war man noch nicht gekommen. Sie hob eine Hand.

»Dann würde ich vorschlagen, dass Sie sich bei Ihrem Nachbarn bedanken, denn es gilt striktes Feuerverbot. Wäre der Grill schon an, hätten wir von Amts wegen Anzeige gegen Sie erstatten müssen. Verstoß gegen das Katastrophenschutzgesetz. Die Bußgelder sind gesalzen – und ist es das wirklich wert, für so was einen Eintrag im Strafregister zu riskieren?«

Erneut flogen Beleidigungen durch die Luft. Wieder hob sie warnend die Hand, und die beiden Widersacher nahmen sich ein wenig zurück.

»Ich glaube Ihnen gern, dass Sie ein wahrer Meister am Grill sind«, sagte Lilly. »Aber das spielt keine Rolle. Kein Feuer. Nicht im Moment. Sie dürfen Ihre Freunde zum Grillfest einladen, wenn die Trockenperiode vorbei ist.«

Der Grillbesitzer sah sie mit glasigen Augen an, ein wenig besänftigt, aber immer noch nicht wirklich friedlich.

»Katja kenne ich, aber Sie sind neu hier. Wer sind Sie?«, fragte er mit provozierendem Unterton.

Sie beantwortete seine Frage, ohne sich aus der Ruhe bringen zu lassen.

»Das stimmt, ich bin neu hier. Mein Name ist Lilly Hed. Aber ich habe das Feuerverbot nicht verhängt. So, das genügt jetzt. Gehen Sie bitte alle nach Hause.«

Ihr Tonfall ließ keinen Zweifel daran, dass ihre Geduld zu Ende war, und das zeigte Wirkung.

Die Traube aus Gästen löste sich auf. Der Mann, der auf das Grillverbot hingewiesen hatte, verzog sich mit Frau und Sohn in das Backsteinhaus auf dem Nachbargrundstück. Eine ältere Dame fing hilfsbereit an, den Grill auf die Rückseite des Hauses zu ziehen. Eine andere schaffte den Grillanzünder außer Sichtweite. Der Herr des Hauses ließ sich in einem Liegestuhl nieder, die Arme demonstrativ vor der Brust verschränkt.

Nach dem Einsatz blieben sie noch ein paar Minuten im Wagen sitzen, erstatteten Bericht und stellten sicher, dass alles ruhig blieb. Lilly lehnte sich im Sitz zurück. Die Arbeitsroutine fühlte sich an wie eine bequeme, oft getragene Uniform.

Katja sah sie zufrieden an.

»Du hast dich gut gemacht. Du weißt, wo du die Grenze ziehen musst, wenn sie einem blöd kommen. Bald werden die Leute hier wissen, wer du bist, und dann wird es leichter für dich. Wollen wir eine Wette abschließen, wie viele Grillstreitereien wir bis Ende des Sommers noch schlichten müssen?«

»Lieber nicht«, sagte Lilly lachend. Sie war mit den Gedanken schon wieder woanders. »Du«, setzte sie vorsichtig an, »Karin Robertsson aus Segersäng, die Frau, deren Mann bei dem Brand ums Leben gekommen ist, weißt du, wo sie sich aufhält?«

Katja sah sie fragend an, aber dann nickte sie.

»Bengt hat sie gestern getroffen. Ich habe mich nach ihr erkundigt, als er zum Dienst gekommen ist. Verdammt tragische Geschichte. Sie ist bei ihrer Mutter, und ich weiß zufällig, dass sie im selben Viertel wie er wohnt.«

Polizistinnen, die aus der Gegend stammten, in der sie arbeiteten, waren unbezahlbar, dachte Lilly. Sie kannten jede Menge Leute und wussten über die Verbindungen zwischen den einzelnen Personen Bescheid. Das war eine große Hilfe.

»Ich würde gern mit ihr reden. Das ist nicht mein Fall, ich weiß, aber ich habe einen Tipp bekommen. Denkst du, wir könnten mal bei ihr vorbeifahren?«

Katjas Neugier war jetzt eindeutig geweckt.

»Du bist noch keine zwei Tage da und hast schon einen Tipp in einer Brandermittlung bekommen? Ich fasse es nicht. Worum geht's?«

»Vielleicht ist gar nichts dran«, sagte Lilly, als sie in den Nynäsvägen abbogen.

»Jetzt komm schon, erzähl«, bohrte Katja.

Aber Lilly war sowieso schon unsicher bezüglich dieser Spur und wollte nicht näher darauf eingehen.

»Später. Sollte sich etwas ergeben.«

Katja schien sich damit zufriedenzugeben.

Karin Robertsson saß auf dem Bett und starrte stumm vor sich hin. Auf dem Nachttisch summte leise ein Ventilator, sonst war es still im Raum. Das Tageslicht, das durch die hohen Fenster fiel, legte gnadenlos offen, was die letzten Tage in Karins Leben angerichtet hatten. Der blonde Pagenkopf war strähnig und stumpf, ihre Finger krallten sich verkrampft um ihre Knie, und die Fingernägel waren bis zum Fleisch heruntergekaut. Die Augen in dem langen schmalen Gesicht waren rot geweint, aber jetzt gerade waren keine Tränen zu sehen. Ihr Blick war irgendwo tief in dem verschnörkelten blauen Blumenmuster der Tapeten versunken.

Sie schien die Fragen gar nicht gehört zu haben, die ihr gerade gestellt worden waren. Die Stille wurde plötzlich von schrillem Geschrei unterbrochen, als die Kinder im Zimmer nebenan wegen irgendetwas in Streit gerieten. Aber nicht einmal das schien eine Reaktion bei ihr auszulösen. Aus dem Geschrei wurde erst lautes, dann jammerndes Weinen. Dann hörte Lilly die ermahnende Stimme einer Frau, ruhig, aber bestimmt, und das Weinen verstummte sofort. Es war offensichtlich, dass Karins Mutter wollte, dass ihre Tochter ungestört mit der Polizei reden konnte.

Sie befanden sich in Karins Elternhaus am Ortsrand von Nynäshamn, und Lilly hatte sich gerade nach den kleinen Nägeln in den Fensterrahmen erkundigt. Wann könnte ihr Mann die Fenster vernagelt haben? Und warum hatte er Karin nichts davon erzählt?

Jetzt ging Lilly vor Karin in die Hocke, suchte ihren Blick und schaffte es schließlich, ihn aufzufangen. Ein Funken Zorn blitzte in Karins Augen auf. Das ausdruckslose Gesicht vor Lilly war plötzlich voller Leben, und zwei rote Flecken bildeten sich auf den blassen Wangen.

»Ich verstehe nicht, warum ich auf so etwas antworten soll. Ich habe Ihre Fragen doch beantwortet!«

Lilly verschränkte ihre Hände, wippte leicht auf den Fersen.

»Ich will nur sicherstellen, dass nichts übersehen wird, dass wir Gewissheit haben, was passiert ist, als Ihr Mann in dem Feuer umgekommen ist. Sie haben der Polizei gegenüber ausgesagt, Sie könnten sich vorstellen, dass Ihr Mann die Fenster selbst vernagelt hat?«

Karin nickte energisch.

»Sabina, unsere Jüngste, hat bei uns im Schlafzimmer ein Fenster aufgemacht und ein paar von ihren Spielsachen nach draußen geworfen. Sie stand schon halb auf der Fensterbank. Das war erst letzte Woche, als die Babysitterin da war. Kenneth ist total ausgeflippt und hat die Babysitterin angeschrien. Es war reines Glück, dass Sabina nicht runtergefallen ist. Kenneth hat sich immer solche Sorgen gemacht. Er hat davon gesprochen, abschließbare Fenstergriffe zu kaufen. Aber vielleicht hat ihm das zu lange gedauert. Vielleicht hat er sie vernagelt, nachdem wir weggefahren sind. Ich weiß es wirklich nicht.«

»Wann haben Sie die Fenster das letzte Mal geöffnet?«

Karin zuckte mit den Schultern.

»Wir machen sie eigentlich nie auf. Wir haben in beiden Stockwerken eine Klimaanlage. Das war zwar irrsinnig teuer, aber in diesem heißen Sommer ist es wirklich ...« Sie realisierte, was sie gerade gesagt hatte, und brach mitten im Satz ab. »Hatten«, sagte sie schluchzend. »Wir hatten eine Klimaanlage. Jetzt ...«

Ihr Blick wurde glasig. Tränen stiegen ihr in die Augen. Was sie gerade gesagt hatte, schien sie in die grausame Wirklichkeit zurückgeholt zu haben. Dass sie alles verloren hatte, alles bis auf die Kinder und das wenige, was sie an Kleidern, Spielsachen und Waschzeug mit zu den Großeltern genommen hatten. Sie würden ihr ganzes Leben von Grund auf neu beginnen müssen.

Lilly griff nach Karins Handgelenk, drückte es sanft. Die Berührung schien eine tröstende Wirkung zu haben. Karin atmete ein wenig ruhiger und saß einen Moment schweigend da.

»Ich ... er war ja ein freundlicher Mensch. Kenneth. Hat viel für andere getan«, setzte sie an, aber dann verstummte sie abrupt.

Es machte den Eindruck, als wäre sie kurz davor, etwas auszuspucken, Worte, die auf halbem Weg stecken geblieben waren. Sie schluckte hart, ihre Knöchel wurden weiß, als sie ihre Finger aneinanderpresste. Sie kämpfte unübersehbar mit dem, was sie zu sagen versuchte.

Lilly wechselte das Thema.

»Die Rauchmelder haben anscheinend nicht funktioniert. Oder hatten Sie keine?«

Karin rieb sich die Nase, die ohne Unterlass lief. Zuckte gleichgültig mit den Schultern. Als würde das alles jetzt keine Rolle mehr spielen.

»Ich weiß es nicht. Ich glaube schon. Um solche Sachen hat Kenneth sich gekümmert.« Sie machte eine Pause. »Das heißt ... Es hing doch einer in der Diele, vor der Küche. Oder?« Sie überlegte laut und starrte verwirrt vor sich hin. »Ich habe Kenneth eigentlich immer vertraut. Bis sich herausstellte, dass das ein Fehler war.«

Ihre Züge wurden hart. Schließlich sah sie Lilly in die Augen.

»Ich habe Sex-Chats mit einer anderen Frau gefunden. Einer verheirateten Frau«, stieß sie plötzlich hervor und holte tief Luft, bevor sie fortfuhr. »Er hatte vergessen, sich am Computer aus Facebook auszuloggen, deshalb habe ich alles gesehen. Jedes einzelne ekelhafte Wort, das sie sich geschrieben haben. Sie haben vor dem Rechner gesessen und sich gegenseitig aufgegeilt. An all den vielen Abenden, an denen ich dachte, er würde arbeiten. Ich konnte es nicht ertragen, das alles zu lesen. Ich weiß nicht, ob mehr gelaufen ist als Worte ... Ich habe mich so schrecklich betrogen gefühlt. Habe ihm gesagt, dass ich ihn nie wiedersehen will. Ich habe ihm gesagt, dass er zur Hölle fahren soll«, schloss sie atemlos. Karin sah überrascht aus, als wäre es gar nicht ihre Absicht gewesen, das alles zu erzählen. Aber dann tastete sie nach Lillys Hand wie eine Ertrinkende und klammerte sich daran fest. »Aber ich habe es doch nicht wirklich so gemeint!«, stieß sie wimmernd hervor. »Ich würde alles dafür geben, ihn zurückzubekommen. Alles!«

»Haben Sie meinen Kollegen das auch alles erzählt?«

Karin schüttelte den Kopf.

»Nur dass wir uns gestritten hatten. Und dass es Kenneth an dem Abend nicht gutging.«

Als Karin einmal ins Reden gekommen war, ging es leichter. Es war wie eine Tür, die Lilly nur aufhalten musste, und schon strömten die Worte einfach weiter. Karin schien geradezu erleichtert zu sein, endlich darüber reden zu können.

»Wie hat Ihr Mann es aufgenommen, als Sie ihn damit konfrontiert haben?«

»Er hat geweint. Und mich um Verzeihung gebeten. Aber ich wollte davon nichts hören. Ich habe ihm gesagt, er wäre keine Träne wert.«

Lilly sagte nichts, nickte nur und hörte zu. Karin ließ ihre Hand los. Sackte in sich zusammen und verbarg das Gesicht hinter ihren Händen. Die Stimme wurde brüchig.

»Das ist meine allergrößte Angst. Was ist, wenn er die Fenster vernagelt hat, damit es kein Zurück mehr gibt? Und dann hat er Feuer gelegt und ist ins Bett gegangen. Weil er dachte, zwischen uns wäre alles aus und vorbei. Dass er mich und die Kinder verloren hätte und darum allem ein Ende setzen wollte.«

Sie ließ die Hände sinken, ihre Wangen waren nass geweint.

»Aber wir hätten das doch gemeinsam überstanden! Wir hätten doch irgendeinen verdammten Weg gefunden!«

Lilly beließ es wieder bei einem Nicken. Der Gedanke, den sie während Karins Gefühlsausbruch zurückgehalten hatte, kehrte zurück. Hier war ein Motiv.

»Sie sagten, die Frau, mit der er gechattet hat, wäre verheiratet. Wie heißt sie?«, fragte sie vorsichtig.

Karin sah sie verblüfft an. Ihre Stimme wurde mit einem Mal hart.

»Warum wollen Sie das wissen?«

Lilly bemühte sich, ruhig zu klingen.

»Ich versuche nur, mir ein vollständiges Bild zu machen.«

Karin presste den Mund zu einem schmalen Strich zusammen, als wolle sie verhindern, dass der Name über ihre Lippen kam. Sie schwitzte, ihre Stirn glänzte.

Lilly nickte stumm.

»Ich verstehe, dass es schmerzhaft ist, daran zu denken, aber vielleicht kann uns diese Frau mehr darüber sagen, in welcher Verfassung Ihr Mann in jener Nacht gewesen ist.«

Karins Blick sprühte vor Zorn.

»Wenn ich daran denke, dass sie mit ihren Kindern hier gewesen ist! Er hat mir versprochen, sich von ihr fernzuhalten!«, fauchte sie.

»Und das hat er bestimmt auch getan. Aber ich würde zur Sicherheit trotzdem gern mit ihr reden«, sagte Lilly sanft. Und mit ihrem Ehemann, dachte sie für sich.

Karins Ton war jetzt knapp und feindselig.

»Maria Häggblom. Sie dürfen Sie gern fragen, wie es sich anfühlt, eine Familie kaputt zu machen. Alles kaputt zu machen. Verdammt. Alles!«

Karins Stimme kippte, und die Tränen schossen ihr aus den Augen. Die Tür öffnete sich einen Spaltbreit, und Karins silberhaarige, freundliche Mutter schaute ins Zimmer. Lilly und sie wechselten einen kurzen, einhelligen Blick, dann stand Lilly vorsichtig auf und tauschte den Platz mit der Mutter, die den Arm um ihre Tochter legte und sie sachte wiegte.

Mit leiser Stimme bedankte sich Lilly für das Gespräch und zog die Schlafzimmertür hinter sich zu. Sie hatte einen neuen Namen. Und ein mögliches Motiv.

10

Es war schon fast Mitternacht, als Lilly aus der Dusche kam. Vor einer halben Stunde hatte Katja sie nach Schichtende zu Hause abgesetzt.

Nachdem sie richtig kalt geduscht hatte, war ihre Haut angenehm kühl. Erst hatte sie kurz überlegt, noch hinunter an die Bucht zu gehen und ein Bad im Fjord zu nehmen, aber dann beschlossen, dass sie doch zu müde war. Es waren viele neue Eindrücke gewesen, viele Gedanken. Wie üblich nahm der Papierkram mehr Zeit in Anspruch als die eigentlichen Einsätze. Ein gestohlenes Fahrrad, ein Hauseinbruch, bei dem die einzige Beute ein Flachbildfernseher gewesen war, und kurz vor neun Uhr abends waren sie in den Nynäsvägen 17B gerufen worden. Laut dem Anrufer klang es, als würde in der Wohnung nebenan jemand den Kopf einer Frau gegen die Wand schlagen. Also in Höchstgeschwindigkeit zu dem gelb-roten Mehrfamilienhaus und mit großen Schritten die Treppe hoch in den zweiten Stock. Endlich da, hatten sie ein ziemlich betrunkenes Ehepaar mit aufgedunsenen Gesichtern vorgefunden, das lallend erklärte, wie sehr sie sich liebten. Natürlich hatten Katja und Lilly die beiden getrennt voneinander befragt, aber es hatte keine Hinweise auf Bedrohung oder Gewalt gegeben, und so waren sie schließlich wieder gefahren. Aber lieber ein Nachbar, der einmal zu oft Alarm schlug, als einer, der Warnsignale ignorierte, wie Lilly fand.

Den größten Eindruck hatte bei ihr jedoch die Begegnung mit

Karin Robertsson hinterlassen. Sie hatte ein neues Puzzleteil auf den Tisch gelegt. Wenn sich eine Gelegenheit ergab, würde Lilly Maria Häggblom und ihrem Mann gleich morgen einen Besuch abstatten. Dieser Feuerwehrmann hatte es geschafft, einen Verdacht in ihr zu säen, das musste sie zugeben. In ihrem Kopf hatte Lilly bereits begonnen, eine Ermittlung zu skizzieren.

Das Zimmer war in blaues Abendlicht getaucht, der Mond stand leuchtend hell am Himmel. Von draußen drangen leise die Rufe irgendwelcher Seevögel herein. Lilly machte Licht an, unter anderem die alte Sturmlaterne, die sie ins Fenster stellte. Dann schaltete sie den großen, altmodischen Ventilator ein, den Hilda Enbom ihr großzügig überlassen hatte. Er stand auf einem hohen Fuß, und wenn er anfing sich zu drehen, klang er wie ein kurzatmiger Rentner. Aber zumindest brachte er etwas Abkühlung. Sie betrachtete ihr neues Zuhause und beschloss, sich morgen vor Dienstbeginn einen schmalen Stehtisch zu kaufen. Platz genug hatte sie. So wie es jetzt war, aß sie draußen an dem kleinen Plastiktisch mit den wackeligen Gartenstühlen, aber irgendwann würde der Herbst kommen. Auch wenn man es sich jetzt nur schwer vorstellen konnte, würden auf diesen glutheißen Sommer kühlere Temperaturen folgen.

Sie stand auf, um sich ein Bier aus dem Kühlschrank zu holen, und musste beim Anblick ihres Singleeinkaufs selbst grinsen. In dem offenen Küchenschrank standen zwei Dosen Proteinpulver, denn statt zu kochen, trank sie abends aus Bequemlichkeit oft nur noch einen Smoothie. Außer einem Sixpack Bier gab es daneben nur einen Liter Buttermilch, eine Packung Eier und ein paar Tomaten. Das musste unbedingt besser werden. So ein Abendbier war eine schöne Sache. Mehr als eins durfte sie aber nicht trinken, das vertrug sich nicht mit den Schlaftabletten.

Beim Schließen der Kühlschranktür hielt sie plötzlich inne, als sie ihre nackten Umrisse sah, die sich in der Edelstahloberfläche spiegelten. Es war lange her, dass sie ihren eigenen Körper betrachtet hatte.

Sie schob die langen, nassen Haare von den Schultern nach hinten. Die schweren blonden Strähnen kühlten ihren Rücken, der schon wieder warm geworden war. Ihre Wangen waren rosig. Sie drehte ihr Gesicht nach links und nach rechts, begegnete sich selbst in der glänzenden Oberfläche. Gelegentlich hatte man ihr schon gesagt, sie »sähe russisch aus«, was auch immer das heißen sollte. Sie hatte die ziemlich markanten Wangenknochen ihrer Mutter geerbt. Ihre Augen waren dunkelblau, mit einem von Natur aus wachsamen Funkeln und dunklen Augenbrauen. Ihre Lippen waren voll, ganz wie bei ihrer Mutter, aber ohne deren bewusste Sinnlichkeit. Wie unterschiedlich sie beide waren, konnte man auch an ihrer Art zu gehen sehen. Ihre Mutter hatte einen selbstbewusst wiegenden Gang und schwenkte bei jedem Schritt ihre Hüften. Sie liebte den großen Auftritt. Lilly dagegen bewegte sich schnell und effektiv und betrat einen Raum am liebsten unbemerkt. Fühlte sich wohler auf den Zuschauerrängen. Lilly konnte die Führung übernehmen und sich in den Mittelpunkt stellen, aber nur, wenn der Job es erforderte. In solchen Situationen war sie nie unsicher gewesen, nie übermäßig selbstkritisch. Sie hatte immer gewusst, was sie zu tun hatte. Bis zu dem Moment, in dem sie sich plötzlich völlig verloren gefühlt hatte. Wie hatte ein so kurzer Abschnitt ihres Lebens sie so sehr aus dem Tritt bringen können? Und würde es sich je wieder einfach anfühlen? Sie stand immer noch vor ihrem Spiegelbild, in Gedanken versunken.

Lilly hatte sich nie große Gedanken über ihren Körper gemacht und war deshalb auch ungewöhnlich frei von diesbezüglichen

Zweifeln. »Für dich ist es auch leicht, du kannst ja essen, was du willst, und bleibst trotzdem dünn«, hatte eine Freundin in der Pubertät voller Verbitterung zu ihr gesagt. Vielleicht war es so. Lilly war immer schlank gewesen. Aber auf der anderen Seite hatte sie als Teenager auch nie dieselben beneidenswerten Kurven entwickelt wie viele ihrer Freundinnen. Jetzt musterte sie ihre kleinen Brüste, die breiten Schultern und ihre Beine. Die Arme, die zwar keinen prallen Bizeps vorzuweisen hatten, aber trotzdem überraschend viel heben, schleppen und tragen konnten. Ihr Körper war ganz einfach … funktional. Er gehorchte ihr, lief Touren mit ihr, half ihr, ihren Job zu machen. Bis vor ein paar Jahren hatte sie ihn so wahrgenommen.

Dann war jemand gekommen und hatte jeden Millimeter dieses Körpers angebetet, ihr gesagt, wie wundervoll und sexy er sei und dass er nicht genug davon bekäme. Plötzlich hatte sich ihr Körper in etwas ganz anderes verwandelt. In etwas Begehrenswertes, nach dem man sich vor Sehnsucht verzehren konnte. Über das sich endlos lange, verträumte Nachrichten schreiben ließen. Aber offenbar konnte man doch genug davon bekommen und feststellen, dass sie wertlos war. Es war möglich, sie in die Finsternis zu stoßen. Und von dort war sie nun zurückgekehrt. Aber immer noch kam es vor, dass ihr Herz plötzlich anfing zu rasen und die Welt zusammenschrumpfte. Ihr war bewusst, wie oft sie es herauszögerte, schlafen zu gehen. Je dunkler und stiller es um sie war, umso lauter wurde ihr Herzschlag, und dann kamen die bedrohlichen Bilder zurück.

Sie erinnerte sich an Hände, die ihren Nacken liebkosten, den Rücken hinunterglitten. Sie schauderte und schloss die Augen. Die eigene nackte Haut weckte blauschwarze Erinnerungen. Ihr Körper musste wieder ihr gehören.

Mit einem entschlossenen Ruck schlug sie die Kühlschranktür zu, schnappte sich ihr Handy, öffnete das Bier am Gitter des Gasherds und warf den Kronkorken in die Spüle. Dann setzte sie sich auf die unterste Treppenstufe, die sich angenehm kühl auf der nackten Haut anfühlte. Ein tiefer Schluck Bier, ein ebenso tiefer Atemzug, und dann schaltete sie das Handy ein. Irgendwann, eines Tages in der Zukunft, würde ihr Puls dabei nicht mehr in die Höhe schnellen.

Erst nichts. Dann immer noch nichts. Dann erschien eine Nachricht auf dem Display. Von einer Nummer, die sie nicht kannte. Sie richtete sich auf, konzentrierte sich, las und atmete auf. *Bertil hat mir Ihre Nummer gegeben. Melden Sie sich, wenn ich Ihnen irgendwie helfen kann. LG Jesper Hansson*

Der Feuerwehrmann. Der Mann, der einer Frau in die Augen schauen konnte. Die Nachricht war vor drei Stunden abgeschickt worden. Wahrscheinlich schlief er inzwischen. Sicher wäre es besser, jetzt nicht mehr zu antworten und ihn womöglich zu wecken. Aber andererseits hätte er ihr nicht geschrieben, wäre er nicht neugierig und würde auf Antwort hoffen. Eine kurze Nachricht war auf keinen Fall verkehrt. Wenigstens ein paar freundliche Worte, weil er sich wegen der Segersäng-Sache an sie gewandt hatte.

Okay. Die Daumen flogen über die digitale Tastatur. *War heute in Segersäng. Es könnte was dran sein. Danke für den Tipp, ich bleibe dran./L.H.*

Sie wollte das Handy gerade wieder ausschalten, als sie die drei kleinen Punkte sah, die sich im Nachrichtenfeld bewegten. Jesper Hansson schrieb eine Antwort. Ihr Handy vibrierte. *Danke. Viel Erfolg. Ich werde Sie nicht bitten, mich auf dem Laufenden zu halten. Aber es wäre schon schön :)* Der Herr Feuerwehrmann war offensichtlich daran gewöhnt, in dieser Stadt seinen Willen zu bekommen, dachte sie mit gekräuselter Oberlippe. *Muss die Feuerwehr um diese Zeit nicht schlafen?* Die Antwort ließ nicht lange auf sich warten. *Die Hüter der Gesellschaft schlafen nie.* Sie lachte und war kurz davor, eine Diskussion darüber anzufangen, wer die wahren Hüter der Gesellschaft waren, aber beließ es dann bei einem *Gute Nacht.* Die Antwort kam prompt, wie ein freundliches Echo. Sie machte das Handy aus.

Sie war erleichtert. Jesper, der Feuerwehrmann, hatte die düsteren Gedanken verjagt. Jetzt hatte sie schon ein paar neue Bekannte in Nynäshamn. Und einen Fall zum Ermitteln.

11

Hilda Enbom kam am Vormittag mit einem Einkaufsnetz voller selbst angebauter Kartoffeln vorbei. Lilly bedankte sich höflich für das Geschenk. Dass sie eine aufrichtige Abneigung gegen jede Art von Kochen hegte, musste ihre liebenswürdige Vermieterin ja nun nicht wissen. Hilda lud sich selbst auf eine Tasse Kaffee ein und ließ sich auf einem der Gartenstühle vor dem Leuchtturm nieder. Blinzelte erst in den Himmel, dann auf das Thermometer, das neben der Eingangstür hing. Es würde auch heute wieder furchtbar warm werden.

»Meinen Gelenken tut die Wärme ja gut, aber das ewige Schwitzen habe ich wirklich satt. Ständig muss ich mich umziehen, weil mein BH schon wieder nass geschwitzt ist«, sagte Hilda mit Blick auf ihren üppigen Busen. »Unter solchen Bedingungen wird sogar eine alte Schachtel wie ich noch zur Klimaaktivistin.«

Lilly lachte. Sie mochte Hildas Unbefangenheit und ihren Humor. Sie holte ihnen beiden eine Tasse Kaffee aus dem Leuchtturm, und Hilda nahm ihre mit ausgestreckten Händen entgegen, nippte genussvoll und schaute dann zu Lilly hoch.

»Ich habe dich mit Katja Bromander gesehen. Ihr arbeitet zusammen, oder?« Sie hielt sich zum Schutz vor der Sonne eine Hand über die Augen und fügte hinzu: »Richte ihr einen schönen Gruß von mir aus und dass sie ruhig öfter vorbeikommen soll. Sie ist ein nettes Mädchen. Aber es ist lange her, dass wir uns das letzte Mal unterhalten haben.«

Lilly lächelte, und dann fiel ihr auf, dass Hilda ihre Kollegin vermutlich schon seit der Zeit kannte, als Katja noch zur Schule gegangen war und sie selbst in der Mensa gearbeitet hatte. Das war die Gelegenheit, ihre Theorie über die neue Kollegin zu überprüfen.

»Ich finde sie total nett. Aber war sie früher vielleicht mal Punk, oder so? Ich dachte nur, wegen der vielen Piercing-Narben. Kann das sein?«

Hilda brummte bestätigend.

»Ja, so in der Art. Auf jeden Fall ein taffes Mädchen, hat sich von niemandem etwas sagen lassen. Ich kannte ihren Vater, und der hat manchmal ganz schön über seine Tochter geseufzt. Aber ich sage immer, man soll sich austoben, wild und verrückt sein, solange man jung ist. Dann wird man ein anständiger Erwachsener. Was jetzt aber nicht heißen soll, dass jeder gleich ein Gesetzeshüter werden muss«, gluckste sie mit einem Funkeln in den Augen. Sie stieß Lilly mit dem Ellenbogen an und schlürfte den restlichen Kaffee.

Lilly nickte belustigt und stand auf. Bald würde diese ehemalige Punkerin sie zum Schichtbeginn abholen.

Die Einkaufsstraßen schwedischer Kleinstädte hatten alle etwas Wohlig-Vertrautes an sich, dachte Lilly. Es war überall dasselbe Bild: eine Apotheke, ein Friseur, ein Lebensmittelladen mit den aktuellen Angeboten im Fenster – alles in den Erdgeschossen gepflegter dreistöckiger Häuser mit Blumenkästen an den Balkons. Dann gab es noch die etwas heruntergekommene Damenboutique, in der zufällig immer Schlussverkauf war, und schließlich das Solarium, das niemand besuchte. Ein paar Saufkumpane, die auf den Bänken herumlungerten, grölende Jugendliche am Grillkiosk, ein freundlicher Spinner, der sich mit jedem über Jesus Christus unterhalten wollte, Kinderwagen, die aus dem Lebensmittelladen geschoben wurden, den Transportkorb vollbepackt mit Einkäufen.

Beim bisher einzigen Einsatz des Tages waren Lilly und Katja zur Parfümeriekette Kicks gerufen worden, wo eine Zwölfjährige beim Klauen von Wimperntusche erwischt worden war. Erst hatte sie sich geweigert, ihren Namen anzugeben, und dann hatte sie so sehr geweint, dass sie ihn kaum herausgebracht hatte. Jetzt hatten sie das Mädchen an ihre so aufgebrachten wie besorgten Eltern in der Villagatan übergeben.

Die Klimaanlage im Auto funktionierte erfreulich gut. Katja fuhr langsam durch das zentrale Stadtgebiet von Nynäshamn. Sie hatte ihre Uniformärmel hochgekrempelt, und auf ihren leicht gebräunten Armen leuchteten Sommersprossen. Sie hatte ihre rotbraune Mähne zu einem hohen Knoten zusammengebunden, vermutlich, um den Nacken angesichts der Wärme freizuhalten. Eine Hummel prallte gegen die Windschutzscheibe, als wolle sie auch etwas von der erfrischenden Luft im Innenraum abhaben. Im Radio dudelte leise ein schwedischer Achtziger-Popsong, gefolgt von einer sentimentalen Eurovisionsballade. In den Nachrichten wurde über die anhaltende Trockenheit in Schweden berichtet. Die Bauern waren auf dem Kriegspfad. Schon mehrere Jahre verdorrte ihnen die Ernte auf den Feldern, und die Futterknappheit würde die Viehzüchter bald wieder zu Notschlachtungen zwingen. Viele Landwirte forderten staatliche Ernteausfallhilfen. Und in diesem Stil ging es weiter, das meiste drehte sich um Hitze und Trockenheit, nicht nur in Schweden, sondern in ganz Europa. An vielen Orten wüteten Brände.

»Weitere Kommunen sehen sich gezwungen, ein Bewässerungsverbot zu erlassen«, leitete der Radiosprecher die nächste Meldung ein.

Katja drehte das Radio leiser, trommelte mit den Fingern auf das Lenkrad.

»Was denkst du – ob in dreißig Jahren Lebensmittel wohl wie Drogen geschmuggelt werden?«

Lilly lachte.

»Und ein Steak kostet so viel wie russischer Kaviar? Na, so schlimm wird es ja wohl hoffentlich nicht werden, oder?« Sie machte eine Pause. »Andererseits, wer weiß? Man kommt schon auf komische Gedanken, wenn es ständig so heiß und trocken ist. Als ich anfangs vom Klimawandel hörte, dachte ich noch so etwas Bescheuertes wie: Ist doch schön, wenn es ein bisschen wärmer wird. Aber wenn es noch heißer wird als jetzt schon? Das wird schwierig, und es werden noch mehr Menschen darunter leiden.«

»Mm.«

Sie warf Katja einen kurzen Blick zu, die das Interesse an dem Thema schon wieder verloren zu haben und eher auf die Passanten zu achten schien. Lilly beschloss, die Gelegenheit zu ergreifen.

»Du, ich würde gern bei einer Frau namens Maria Häggblom vorbeischauen. Es geht um den Tipp, den ich in dieser Brandsache bekommen habe. Vielleicht ist nichts dran, aber ich würde ihr gern ein paar Fragen stellen.«

Katjas Neugier erwachte.

»Maria war in meiner Parallelklasse. Ich kenne sie ein bisschen.«

»Wie ist sie so?«

»Ich weiß noch, dass sie bei der Schulweihnachtsfeier immer die Lucia war. Ihr Kerl ist ein bisschen älter als sie. Die beiden waren schon als Teenager zusammen. Wenn er nicht gerade feiert, ist Micke ein ziemlich ruhiger Typ. Was willst du denn von ihr?«

Lilly verhandelte kurz mit sich selbst und entschied sich dann,

Katja in die Ermittlung-die-vielleicht-keine-war, einzuweihen. In wenigen Sätzen schilderte sie ihr Maria Häggbloms Verbindung zu dem tödlichen Brand in Segersäng, das mögliche Motiv, die zugenagelten Fenster und die bisherige Ermittlung, die im Großen und Ganzen bereits als abgeschlossen galt.

Katjas Augen wurden immer größer.

»Und das hat Karin Robertsson vorher bei keiner Befragung erwähnt?«

Lilly schüttelte den Kopf und sah, dass Katjas Interesse jetzt wirklich erwacht war.

»Na ja, jedenfalls nicht so detailliert.«

Lilly bemühte sich eilig, das Ganze ein bisschen herunterzuspielen. Immerhin deutete trotzdem noch eine Menge darauf hin, dass das Feuer ein Unglücksfall gewesen war. Ein auf dem Herd vergessener Topf. Eine Verkettung unglücklicher Umstände. Oder schlichtweg Selbstmord.

Aber Katja hatte längst angefangen, das, was Lilly ihr gerade erzählt hatte, weiterzuspinnen.

»Wenn Marias Mann Kenneth Robertsson umbringen wollte, dann hätte er natürlich einen Zeitpunkt abgepasst, an dem die restliche Familie verreist war. Das war der perfekte Moment.«

Der Gedanke war Lilly auch schon gekommen.

»Wir fahren hin und schauen, ob Maria zu Hause ist. Ich meine mich zu erinnern, dass sie Altenpflegerin ist. Mit ein bisschen Glück hat sie heute Spätschicht. Und wir haben gerade sowieso nichts Besseres zu tun.« Katja hatte entschieden. »Aber es wäre besser, wenn du mit ihr sprichst«, fügte sie hinzu. »Dass Maria und ich uns kennen, könnte in diesem Fall vielleicht ja eher ein Nachteil sein.«

Der Tomtebovägen, wo Maria Häggblom wohnte, war eine idyllische Straße, in der Fassaden und Zäune Ton in Ton gestrichen waren. Das gelbe Haus, vor dem sie standen, hatte weiße Ecken, und die hohe Gartenhecke wurde von einem Zaun im passenden Gelb eingerahmt. Die verblühten Fliederbüsche dahinter ließen in der Hitze die Blätter hängen.

Katjas Gesichtsausdruck war geduldig und erwartungsvoll zugleich.

»Okay. Ich warte im Auto.«

Lilly überlegte einen Moment, aber dann stieg sie entschlossen aus. Die Kühle der Klimaanlage zu verlassen war geradezu eine Qual. Irgendwo bellte ein Hund, ansonsten war es im ganzen Viertel still.

Mit ein paar schnellen Schritten war sie oben auf der Holzveranda, die das ganze Haus umgab. Sie drückte zuerst auf den Klingelknopf an der Eingangstür, aber es war kein Laut zu hören. Vielleicht war die Klingel kaputt? Neben der Tür war ein schmales Fenster. Lilly klopfte an die Milchglasscheibe und fühlte sich, als würde das Klopfen durch die ganze Nachbarschaft hallen. Sie konnte förmlich vor sich sehen, wie lauter neugierige Augen hinter Spitzengardinen hervorspähten und das Polizeiauto musterten, das vor dem Haus parkte.

Erst tat sich nichts, aber dann rasselte das Türschloss. Lilly verstand sofort, warum Katja erwähnt hatte, dass die Altenpflegerin Maria Häggblom jedes Jahr die Lucia der Schule gewesen war. Hier gab es eine Menge Attribute, die auf dem Schulhof mit Sicherheit gut angekommen waren. Sie hatte hüftlange, rotblonde Haare, wahrscheinlich mit Extensions verlängert, kräftiges Make-up und eine Sanduhrfigur, die von einem enganliegenden Hosenanzug betont wurde. So aufgetakelt ging Lilly nicht mal auf Partys. Aber die blauen Augen, die Lilly unter einer dicken Schicht goldenen Lidschattens ansahen, waren müde und traurig. Maria sah aus wie jemand, der großen Kummer hatte. Eine Sorgenfalte hatte sich tief zwischen ihre Augenbrauen gegraben. Besuch von der Polizei machte die Sache offensichtlich nicht gerade leichter.

»Ja, hallo?«, sagte sie fragend und öffnete die Tür gerade nur so weit, dass der Spalt Platz für sie selbst ließ.

»Guten Tag, Frau Häggblom. Mein Name ist Lilly Hed, ich bin Kommissarin der Polizei Nynäshamn. Ich würde Ihnen im Zusammenhang mit einer aktuellen Ermittlung gern ein paar Fragen stellen.«

»Ach so? Ich habe leider nicht viel Zeit.« Sie klang jetzt noch zurückhaltender, und ihr Mund war nur noch ein schmaler Strich. Sie zeigte hinter sich in Richtung Küche. Im Haus roch es nach Essen, vielleicht hatte sie einen Eintopf auf dem Herd.

Lilly wählte ihre Worte sehr sorgfältig und beobachtete dabei aufmerksam Marias Mimik.

»Ich weiß nicht, ob Sie von dem Feuer in Segersäng gehört haben, bei dem das Haus der Familie Robertsson abgebrannt ist. Kenneth Robertsson ist dabei leider ums Leben gekommen.«

Bingo. Schon bei diesen Sätzen fiel Maria Häggbloms Fassade in sich zusammen, ihr Mund öffnete sich, ohne ein Wort zu sagen, und Tränen stiegen ihr in die Augen.

»Ja, ich weiß«, antwortete sie schließlich.

Was Lilly dann sagte, schien sie nicht zu überraschen.

»Ihr Name ist gefallen. Es scheint, als wären Sie vor seinem Tod in … Kontakt miteinander gewesen. Stimmt das?«

»Ja. Ja, das stimmt«, sagte sie und strich sich mit einer müden Geste die Haare von den Schultern. Sie schien sich für den Rest der Fragen zu wappnen. Sie verschränkte die zitternden Hände, und so blieb sie stehen.

»Würden Sie sagen, dass Sie Kenneth Robertsson gut kannten?«

»Ja, klar.«

»Welchen Eindruck hat er in der Zeit unmittelbar vor dem Brand auf Sie gemacht? Wie ging es ihm da?«

»Na ja, er war …« Sie suchte nach dem richtigen Wort. »Er war ziemlich angespannt. Seine Frau war sauer, ich glaube, die beiden haben viel gestritten.«

Alles lag offen vor ihnen, ohne dass Maria oder Lilly es aussprachen. Kenneth Robertsson, der beim Fremdgehen erwischt worden war. Seine wütende Frau. Die Reue, die Schuld, der Verrat. Der ganze Grund dafür, warum seine Frau die Kinder eingepackt und das Haus verlassen hatte, warum Kenneth allein gewesen war. All das war da, zwischen Marias krampfhaft verschränkten Fingern.

»Hatten Sie das Gefühl, er könnte sich womöglich etwas antun?«, fragte Lilly vorsichtig.

Maria sah sie mit großen Augen an.

»Wollen Sie damit sagen, dass er selbst …? Nein, niemals! Ich glaube, dass er wegwollte. Dass er unglücklich war. Das war zumindest das, was er mir erzählt hat. Aber da kann man sich ja nie sicher sein. Natürlich kann er sich das auch anders überlegt haben. Aber das Haus anzünden? Nein, auf keinen Fall!«

Hinter sich hörte Lilly einen Knall, als Katja die Wagentür öffnete und wieder zuschlug. Sie drehte sich um und sah einen kräftigen Mann, der gerade aus einem Auto ausstieg, das direkt hinter dem Streifenwagen parkte. Er hob den Blick und sah Lilly für einen Moment durchdringend an. Dann kam er mit schnellen Schritten den Gartenweg hoch.

Das war also Micke, und Katja hatte sie offenbar auf seine

Heimkehr aufmerksam machen wollen. Etwas veränderte sich auch in der Körpersprache der Frau, die Lilly gegenüberstand. Die Hände mit den sorgfältig lackierten Nägeln hoben sich zu einem halbherzigen Winken, und Maria gab sich erkennbar Mühe, entspannt auszusehen.

»Du bist aber heute früh, Micke«, rief sie laut, als er auf die Veranda kam. Ihre Stimme klang hell und fröhlich.

»Ja, ich konnte früher Schluss machen«, sagte er leise. »Was ist hier los?«

Die letzte Frage schickte er mit einem Nicken in Lillys Richtung, ohne Maria dabei aus den Augen zu lassen. Als würde ihre Körpersprache mehr verraten als ihre Antwort.

Und Maria entschied sich dafür, ehrlich zu sein. Der beste Trick der Lügner, dachte Lilly. Solange wie möglich bei der Wahrheit bleiben – und den Rest verschweigen.

»Die Polizei ist hier, um über den Brand in Segersäng zu reden. Sie befragen Leute, die Karin und Kenneth kennen. Oder kannten, muss man in seinem Fall wohl sagen.«

Jetzt sah Micke Lilly zum ersten Mal in die Augen, und sein Blick war alles andere als freundlich.

»Wir haben Angaben über den Bekanntenkreis bekommen, und mich interessiert nur, wie es Kenneth Robertsson vor dem Brand ging, welchen Eindruck er auf Sie gemacht hat«, erklärte sie schnell.

Mickes Hände wanderten von den vorderen in die hinteren Hosentaschen. Er blinzelte ein paarmal. Darüber hinaus keine nennenswerte Reaktion.

»Kann das nicht seine Frau beantworten?« Der Satz fiel mit einem hörbaren Ausatmen, fast wie ein Schnauben. Sein Blick war wieder auf Maria gerichtet.

»Wie haben Sie reagiert, als Sie erfahren haben, dass Kenneth verstorben ist?«, fragte Lilly stattdessen.

»Das ist tragisch, klar. Aber wir hatten mehr mit Karin zu tun. Unsere Kinder spielen manchmal zusammen«, sagte er.

»Was –«, setzte Lilly an, aber Micke fiel ihr ins Wort.

»Ist das hier ein Verhör, oder was?« Der Ausdruck in seinen Augen hatte sich verändert. Das Harte, Ausdruckslose war etwas Dunklerem, Unberechenbarem gewichen. »Wir haben nämlich Besseres zu tun«, fügte er scharf hinzu.

»Nein. Ich bin nur dankbar für alles, was uns bei den Ermittlungen der Brandursache weiterhilft«, sagte Lilly ruhig. »Aber ich will Ihnen nicht noch mehr Ihrer kostbaren Zeit stehlen.«

Er zog die Hände aus den Taschen, murmelte etwas Unverständliches und schob sich an seiner Frau vorbei durch die Tür. Maria warf ihm einen hastigen Blick zu, bevor sie Lilly entschuldigend anlächelte.

»Er hat im Moment viel Arbeit.« Sie schien selbst zu merken, dass diese Erklärung nicht so richtig zu der Tatsache passte, dass er früher Feierabend machen konnte. »Personalquerelen«, schob sie hinterher.

Leise, so leise, dass man es in der Küche, in die Micke verschwunden war, nicht hören konnte, fragte Lilly:

»Ist bei Ihnen alles okay?«

Maria blinzelte hastig, sichtlich überrumpelt von der Frage, aber dann nickte sie.

»Besteht die Gefahr, dass er Ihnen etwas tut?«, fragte Lilly unverändert leise.

Maria schüttelte den Kopf.

»Ich kann ihn bitten, uns auf die Dienststelle zu begleiten. Oder ich kann hierbleiben. Sind Sie sicher?«, fragte Lilly beharrlich.

Maria wich ihrem Blick aus.

»Kann sein, dass er mal etwas geahnt hat, aber das spielt jetzt keine Rolle mehr. Micke ist manchmal ein bisschen launisch, aber so einer ist er nicht«, sagte Maria kaum hörbar und machte dann die Tür zu. Es rasselte, als sie die Türkette einhakte.

Lilly blieb noch ein paar Sekunden unentschlossen stehen, dann ging sie zurück zum Auto. Als sie sich auf den Beifahrersitz fallen ließ, sah Katja sie erwartungsvoll an.

»Was für ein Mist, dass Micke ausgerechnet jetzt nach Hause gekommen ist. Was haben die beiden gesagt?«

»Tja, ich denke, es könnte sich lohnen, sein Alibi zu überprüfen. Ich bin nicht ganz glücklich damit, jetzt wieder zu fahren, aber sie hat felsenfest behauptet, Micke wäre keine Gefahr für sie«, sagte Lilly nachdenklich.

Katja pfiff leise.

»Schau einer an. Aber du, mir ist noch etwas eingefallen. Es könnte noch mehr Leute geben, die Kenneth brennen sehen wollten.«

»Was meinst du?«

»Na, seine Frau Karin zum Beispiel.«

Lilly nickte. Auch wenn es unwahrscheinlich klang, konnte man in dieser Situation nichts ausschließen. Und niemanden.

12

Es ging doch nichts über eine gute Sauna, dachte Gustaf. Er war mit wenigen Dingen so zufrieden wie mit der Saunahütte auf seinem Grundstück. Ihm war egal, wie heiß es in letzter Zeit gewesen war. Nach einem langen Tag und den abendlichen Arbeiten an der Veranda gab es nur ein Rezept: mit einem Bierchen in die Sauna und danach unter die eiskalte Dusche. Dann fühlte sich der Körper so richtig gereinigt an, um zehn Kilo leichter, und er schlief ganz ausgezeichnet.

Die Sauna war klein, drei auf zwei Meter, aber gerade groß genug für ihn. Auf der mittleren Bank hatte er bequem Platz und musste trotzdem nicht aufstehen, um eine Kelle Wasser auf die glühenden Kohlen zu schütten. Durch das runde kleine Fenster in der Tür warf das Abendlicht einen hellgrauen Kreis auf die gegenüberliegende Wand. Draußen wiegten sich die Birken sacht im Wind. Es war schummrig in der Sauna. Eine Glühbirne baumelte von der Decke und verbreitete ihr angenehm goldenes Licht.

Er atmete schwer. Verdammt, war das heiß. Aber auch schön. Er keuchte und schnaufte, kippte eine Kelle Wasser nach. Das Zischen klang wie eine wütend fauchende Katze. Die kleine Saunahütte war noch ganz neu, und er hatte den Saunaofen aus dem Ferienhaus seiner Eltern darin eingebaut. Das Teil war noch echte Qualität und lief schon seit über dreißig Jahren einwandfrei.

Für einen Moment vernebelte der Dampf ihm die Sicht. Er hob das Handtuch an und legte die Beine auf die Bank. Sein Körper glänzte vor Schweiß, seine dunkle Brustbehaarung bildete ein strähniges Muster auf der Haut. »Mein Bärchen«, hatte Monika früher immer gesagt, wenn sie ihm die nackte Brust gestreichelt hatte. Er vermisste diesen zärtlichen Ton, das neckische Funkeln in ihren Augen, das er nicht mehr so oft darin entdecken konnte.

Nächste Woche würde sie aus Paris zurückkommen, und das freute Gustaf. Oder besser gesagt: Er freute sich, dass er sich darauf freute. Im letzten halben Jahr war es in ihrer Ehe wirklich nicht gut gelaufen. Viele Streitereien. Als Verkaufsleiterin war Monika manchmal eine Woche oder länger verreist, aber wenn sie dann wieder zu Hause war, hatte er manchmal gar keinen Unterschied gemerkt. Sie hatten aufgehört, miteinander zu reden, aufgehört, sich gegenseitig mit Anrufen und Nachrichten auf dem Laufenden zu halten, so wie sie es früher getan hatten. Als hätten sie Angst, schon durch ein Wort einen Streit zu provozieren. Selbst kleine Auseinandersetzungen uferten jedes Mal aus. Es war Zeit, das endlich anzupacken. Reinen Tisch zu machen und ein klärendes Gespräch zu führen. Er vermisste sie. Das spürte er ganz deutlich.

Verflixt, war das heute heiß. Die Bierdose glühte förmlich in seinen Händen. Das Atmen fiel ihm schwer. Noch eine Minute, dann würde er abbrechen und sich unter die kalte Dusche stellen.

Die Temperatur stieg immer weiter. Er öffnete die Augen. Es war nicht mehr auszuhalten, sein Körper streikte. Zeit aufzuhören. Er stand auf und wickelte sich dabei das Handtuch um die Hüfte, fluchte leise, weil er sich fast die Fußsohlen verbrannte, und musste fast ein bisschen über sich selbst lachen. War er neuerdings so verweichlicht, oder war es heute ungewöhnlich heiß in der Sauna? Schnaufend fasste er nach dem Türgriff. Dann erstarrte er. Die Tür rührte sich nicht.

Er ließ die Bierdose auf den Boden fallen, packte den Griff mit beiden Händen. Brüllte und rüttelte daran. Er lehnte sich mit der Schulter gegen die Tür, drückte mit seinem ganzen Gewicht. Warf sich mit aller Kraft dagegen, aber die Tür bewegte sich nicht. Das Holz brannte auf seiner Haut. Und es wurde immer noch heißer. Seine Fußsohlen schmerzten, er tänzelte herum, griff nach der Kelle und goss etwas Wasser auf den Boden. Es zischte. Seine Augen weiteten sich. Von unten stieg Rauch auf. Als würde es unter ihm brennen. Wie war das möglich? Panik erfasste ihn wie eine riesige Welle. Es war viel zu warm, sein Kopf kochte, er konnte nicht mehr denken. Der Boden fühlte sich an wie glühende Kohlen. Gustaf bewegte sich unaufhörlich. Riss das Handtuch herunter und warf es auf den Boden, schüttete Wasser darauf. Stand entblößt auf dem feuchten Stoff. Die Hitze brannte auf seiner nackten Haut, er rüttelte wieder an der Tür, klopfte und schrie.

Sein Rufen erstickte, als hätte ihm jemand einen eisernen Handschuh in den Rachen gerammt. Der Qualm raubte ihm die Stimme, brannte in seinen Augen, nahm ihm die Sicht. Tränen rannen ihm die Wangen hinunter. Er schlug mit der Faust das kleine Fenster in der Tür ein. Es war kaum zwanzig Zentimeter breit. Die leichte Sommerbrise, die ihm entgegenwehte, fühlte sich an wie ein Eiswind im Vergleich zu der Luft in der Sauna. Seine Hand blutete, und er war fast blind. Er presste sein Gesicht gegen das kleine Loch im Fenster. Niemals konnte er sich selbst durch diese winzige Öffnung befreien, aber vielleicht würde ihn jemand hören. Seine Haut kochte.

Er brüllte.

»Hilfe! Helft mir! Hört mich jemand?! Hilfeee!«

Er hustete und heulte wie ein verletztes Tier, und seine Füße tanzten und tanzten. Dann drehte er sich um. Seine Augen weiteten sich vor Entsetzen. Direkt neben dem Saunaofen schlug eine

Flamme hoch. Die Umrisse im Raum verschwammen. Die Luft blieb ihm weg. Er drehte sich wieder um.

Draußen vor dem kleinen Fenster sah er ein Gesicht, es war direkt vor ihm. Wie aus dem Nichts war es aufgetaucht. Die Flammen schnappten nach seiner Haut, und er war kurz davor, das Bewusstsein zu verlieren, aber jetzt schluchzte er vor Dankbarkeit. Krächzte der Gestalt vor der Tür etwas zu. Er würde hier herauskommen. Doch dann erstarrte er. Er kannte dieses Gesicht. Die Erkenntnis traf ihn wie ein Fausthieb.

Es gab keine Hilfe für ihn.

13

In ihren Träumen wurde sie von einem Zimmer ins nächste geworfen, aber alle waren zu klein für sie. Sie schrumpften und fielen in sich zusammen, während Lilly weiterschlitterte, bis sie schließlich aus dem Schlaf geschleudert wurde. Aber es war nicht das Gefühl zu stürzen, das sie aufgeweckt hatte, sondern ein unverkennbarer Geruch und ein lautes Poltern an ihrer Tür. Noch halb in einer anderen Welt, öffnete sie die Augen und stützte sich auf die Ellenbogen. Anderthalb Schlaftabletten gestern, eine etwas höhere Dosis als verordnet, und die Schläfrigkeit machte sich bemerkbar.

»Was zur Hölle?«, murmelte sie, schob sich die blonden Strähnen aus dem Gesicht und rieb sich etwas Spucke vom Kinn.

Irgendjemand hämmerte energisch an die Tür, und zwar so kräftig, dass es sie überraschte, dass die Tür nicht längst nachgegeben hatte.

Im Zimmer war es taghell. Eine Fliege brummte wütend gegen das milchige Fensterglas der Eingangstür, als wolle sie endlich raus und sehen, wer da so hartnäckig klopfte.

Lilly warf einen schnellen Blick auf ihr Handy, das auf dem Nachttisch lag. Es war 06:47 Uhr. Sie hatte nur ein Unterhemd und einen Slip an, also stand sie auf und zog sich erst schnell eine Jogginghose über, die sie achtlos auf einen Stuhl geworfen hatte. Dann schloss sie die Tür auf und machte große Augen. Draußen stand Katja, in voller Polizeimontur. Als Lilly im Türspalt auftauchte, schob sie ihre Sonnenbrille nach oben in die Haare. Beim Anblick von Lillys verwirrtem, verschlafenem Gesicht konnte Katja sich ein Grinsen nicht verkneifen, was Lilly ärgerte.

»Brennt es irgendwo, oder was ist los?«, fragte sie eine Spur zu bissig und hörte selbst, wie heiser sie klang, als wäre ihre Stimme noch im Halbschlaf.

Katja nickte, das leichte Lächeln verschwand, und ihr Gesicht wurde ernst.

»Ja. Riechst du das nicht?«

Doch, ja, jetzt da Lilly langsam zu sich kam, wurde ihr bewusst, dass genau das der Geruch war, den sie wahrgenommen hatte. Brandgeruch.

Sie schaute hoch. Der halbe Himmel war grau, als wäre es bewölkt, die andere Hälfte war strahlend blau. Grund dafür war dunkler Rauch, der sich auftürmte und ausbreitete.

»Wir haben jede Menge zu tun, das werden Überstunden ohne Ende. Unter anderem müssen wir Straßen absperren«, sagte Katja.

Lillys Kopf wurde langsam klarer. Katja hatte die Ärmel ihres Uniformhemds hochgekrempelt, und Lilly bemerkte, dass sie keine Schutzweste trug, obwohl die Dienstbehörde immer wieder darauf aufmerksam machte, dass das ein absolutes Muss war. Normalerweise zeichnete sie sich deutlich unter dem Hemd ab. Lilly beschloss, es Katja gleichzutun. Es war früh am Morgen, aber schon jetzt furchtbar warm, mindestens siebenundzwanzig, achtundzwanzig Grad. Und es würde noch sehr viel wärmer werden.

»Ich nehme an, dass es auch eine Reihe von Evakuierungen geben wird. Das Feuer breitet sich ziemlich schnell aus, die ganze Gegend ist trocken wie Zunder. Und windig ist es noch dazu. Geh unter die Dusche, wenn du musst, und zieh dich schnell an«, sagte Katja und warf einen kurzen Blick über ihre Schulter.

Draußen veränderte sich das Licht, alles wirkte mit einem Mal gräulich, als die Rauchwolke langsam vor die Sonne zog.

Plötzlich hallten Jesper Hanssons Worte wie ein Echo in Lillys Hinterkopf wieder. *»Allein der Gedanke, dass jemand absichtlich einen Brand gelegt haben könnte, macht mir Angst.«*

Mehr musste sie nicht hören. Sie drehte sich auf dem Absatz um, schnappte sich ihre Uniform und verschwand in der kleinen Duschkabine. Innerhalb von fünf Minuten war sie angezogen und abfahrbereit.

Katja nickte anerkennend.

»Das Auto steht draußen.«

14

Es war nicht so schlimm, wie Jesper Hansson zuerst befürchtet hatte. Es war viel schlimmer.

Das Feuer war am späten Abend irgendwo außerhalb von Norvik ausgebrochen und inzwischen kaum noch zu überblicken. Nach dem Notruf waren sie zunächst mit sechs Leuten ausgerückt, aber sie hatten schnell Verstärkung anfordern müssen. Zehn Einheiten waren mittlerweile aus Sorunda, Nynäshamn, Nykvarn, Botkykra und Huddinge hinzugezogen worden. Und selbst das hatte nicht gereicht.

Das Gras knisterte trocken, der Boden prasselte und rauchte, so weit das Auge reichte. Ein Hase sprang panisch an ihm vorbei, ohne den Menschen in seiner Nähe zu bemerken.

Immer neue Rauchherde schlugen zwischen den Bäumen hoch, die Luft war rußig, und das Atmen fiel schwer. Ständig glommen irgendwo neue Glutnester auf. Der Himmel war aschgrau, die Hitze drückend. Sie waren in voller Montur am Einsatzort eingetroffen, aber nun legten sie Schicht für Schicht ab und behielten nur das Nötigste an. Der Helm sei ein Muss, hatte er gebrüllt. Überall tropfte der Schweiß. Die Augen brannten.

Jesper war Sektorchef auf der wichtigsten Flanke, dort, wo die meisten Wohngebiete in Gefahr waren. Der Einsatzleiter koordinierte alles, hielt sie auf dem Laufenden. Gab durch, wenn Hilfe auf dem Weg war. Sie brauchten jede Aufmunterung, die sie bekommen konnten.

Ihre erste Maßnahme war es gewesen, Fronten zu bilden, Stellen zu markieren, an denen das Fortschreiten des Feuers gestoppt werden konnte: bis hierher und nicht weiter. Tanklaster bahnten sich auf schmalen Fahrspuren ihren Weg durch den Wald, Schläuche wurden ausgerollt. Feuerwehrleute hatten an Feldern und Straßengräben Stellung bezogen, bekämpften Glut und Flammen mit Löschschaum und Wasser. Sie schlugen Brandschneisen und versuchten, wo immer es ging, vorzubeugen, indem sie möglichst große Flächen wässerten. Viele ehemals zuverlässige Wasserläufe waren ausgetrocknet, und Jesper schickte Drohnen in die Luft, um weitere Wasserquellen zu lokalisieren.

Anwohner kamen und brachten Harken und Rechen. Er beratschlagte sich kurz mit dem Einsatzleiter über die verschiedenen Möglichkeiten, die rasenden Flammen aufzuhalten. Aber das Feuer entwickelte sich schnell. In Norvik hatte es zwei Wohnhäuser erwischt. Die Glut hatte einen beachtlichen Sprung über den Kalvövägen gemacht und sich in das Unterholz auf der anderen Straßenseite gefressen. Sie hatten viel zu wenige Kräfte zur Verfügung und hätten viel mehr Hilfe gebraucht, Heerscharen von Freiwilligen, aber vor allem Hilfe von oben, durch Helikopter des MSB, der Behörde für Zivil- und Katastrophenschutz. Einsatzkräfte des Militärs sowie die Kollegen der Feuerwehr in Haninge, Utö, Ekerö und Munsö waren unterwegs. Aber gleichzeitig brannte es in Nacka östlich von Stockholm, und sie zerrten von beiden Seiten an den knappen Ressourcen. Es war ein Tauziehen, bei dem Jespers Team auf verlorenem Posten stand. Die dunkle Rauchsäule, die sogar vom Stockholmer Rathaus aus deutlich zu sehen war, versetzte die Hauptstadt anscheinend so sehr in Panik, dass Jesper und seine Kollegen vorläufig nicht auf Helikopter zu hoffen brauchten.

Jesper fluchte leise. In der Hektik des Aufbruchs hatte er seine neuen Stiefel angezogen, die er vorher noch nicht mal anprobiert hatte. Jetzt zeigte sich, dass sie viel zu groß waren. Inzwischen hatte er schon offene Blasen an den Fersen. Eben hatte er sogar nachsehen müssen, ob ihm nicht ein Stück glühende Kohle in den einen Schaft gerutscht war. Er bewegte sich mit schlurfenden, humpelnden Schritten vorwärts, fluchte und arbeitete wie ein Irrer. Sie hatten außerhalb des Brandgebiets Getränkestationen eingerichtet, und Freiwillige brachten den Feuerwehrleuten Essen. Vor ihnen lag eine lange, schwierige und gefährliche Aufgabe. Das ungeschriebene Gesetz lautete: »Mach so wenig Pausen wie möglich, schlaf, so wenig es geht, und schufte, solange du kannst.« Alles in allem brannte es laut dem letzten Bericht aktuell an fünfundzwanzig Orten in Schweden. Der MSB sollte die Löscharbeiten koordinieren, aber es war nicht zu übersehen, dass die Behörde mit den vielen Feuern überfordert war. Alle fluchten, spuckten in die Hände und packten an.

Die beängstigende Lage in Nynäshamn und Nacka war mittlerweile die Spitzenmeldung auf allen Nachrichtenseiten, nachdem auch Wohnhäuser betroffen waren. Die Zeitungen waren sofort darüber informiert worden, dass ein großer Brand außer Kontrolle geraten war. Seitdem hörte das Handy in Jespers Hosentasche nicht mehr auf zu vibrieren. Der Einsatzleiter hatte ihn gebeten, die Medien in seiner Eigenschaft als Sektorchef auf dem Laufenden zu halten, und Jesper hatte den Fehler begangen, ihm zu erlauben, gleich mehreren Reporterinnen seine Handynummer zu geben. Sie waren hartnäckig und wussten, wie man an ein brauchbares Zitat kam. Aber während ihm die penetranten Fragen langsam wirklich auf die Nerven gingen, war er gleichzeitig auch dankbar dafür. Dass sie so schnell über das Feuer berichteten, sorgte dafür, dass die Menschen auf neue Brandherde aufmerksam wurden, das Gebiet mieden oder sich als Helfer meldeten. Also biss er von Zeit zu Zeit die Zähne zusammen und ging ans Telefon. Weil es Leben rettete. Und weil sie, das musste er schon jetzt zugeben, wirklich schlechte Karten gegen diesen Waldbrand hier hatten.

15

»Ich muss zu meinem Haus!«

Die kräftige Frau, die vor Lilly stand, war kaum ansprechbar. Das Weiß glänzte in ihren aufgerissenen Augen, ihr Atem war ein pfeifendes Keuchen. Sie wollte nicht hören, was Lilly ihr zu sagen versuchte. Trotz der Hitze trug sie eine langärmlige Strickjacke zu ihren Jeans, und der Schweiß lief ihr die Schläfen hinunter, die kurzen blonden Haare klebten am Kopf. Es war Tag zwei in dem Versuch, für Ordnung zu sorgen und die Bevölkerung zu schützen, während die Löscharbeiten weiterliefen. Lilly nahm einen neuen Anlauf, bemühte sich, ruhig zu bleiben und mit fester Stimme zu sprechen.

»Der Stallvägen ist gesperrt. Das ganze Gebiet ist noch nicht wieder sicher. Alle Häuser im Bäckvägen wurden evakuiert. Es tut mir leid, aber ich kann Sie nicht durchlassen.«

Ihr Rücken war klitschnass geschwitzt. Lilly hörte das harte, metallische Knattern eines Helikopters, der über ihnen in der Luft stand. Mehrere Militärhubschrauber waren inzwischen zur Unterstützung der Feuerwehr eingetroffen. Sie brauchten hier jede Hilfe, die sie bekommen konnten. Gleichzeitig war die Nachricht gekommen, dass der Brand in Nacka sich verschlimmert hatte, nur rund sechzig Kilometer entfernt. An allen Ecken und Enden fehlte es an Ressourcen. Auf der Fahrt hierher waren Rußflocken wie schwarzer Schnee um ihr Auto herumgewirbelt. Die Luft kratzte beim Atmen im Rachen, Haare und Kleider rochen nach Rauch.

Das Feuer war eingekreist, aber noch lange nicht unter Kontrolle. Wind und Trockenheit arbeiteten gegen die Feuerwehr und die zivilen Helfenden, die sich zur Verfügung gestellt hatten. Es war eine völlig fremde Situation für Lilly, und sie bekam ständig neue Anweisungen. Bislang hatten sie etwa dreißig Gebäude evakuiert. Ein Reitverein war mitten in eine Brandschutzzone geraten. Ein paar Reitlehrerinnen hatten ihr Leben riskiert, um die Pferde zu retten, und es schließlich geschafft, die Tiere auf entfernter gelegene Koppeln zu bringen. Das Schicksal einiger Menschen, die sich womöglich in dem Gebiet aufgehalten hatten, war aber immer noch ungeklärt. Bis jetzt gab es immerhin noch keine Meldung, dass jemand in dem Feuer umgekommen war. Allerdings waren die Häuser mehrerer Familien in Flammen aufgegangen. Menschen waren aufgebracht und besorgt, und sie hatten Fragen, die Lilly ihnen nicht beantworten konnte. Viele von ihnen hatten sie angeschrien. Autos kamen, hupten wütend und mussten trotzdem wieder umkehren.

Die Frau vor ihr blinzelte. Sie hatte die Arme fest um den Körper geschlungen und wich ein paar Meter zurück. Lilly begriff erst, was die Frau vorhatte, als sie ihren Entschluss schon in die Tat umsetzte. Sie sog Luft zwischen den Zähnen ein, machte einen halben Schritt zurück und stürmte dann los. Sie rannte um Haaresbreite an Lilly vorbei und hatte offenbar vor, unter dem blau-weißen Absperrband durchzutauchen, das das Sperrgebiet markierte.

Mit wenigen Schritten war Lilly hinter ihr her, gerade rechtzeitig, bevor die Frau unter dem Absperrband durchschlüpfen konnte. Lilly bekam sie zu fassen und sah aus dem Augenwinkel Katja, die ihr zu Hilfe eilte. Aber Lilly hatte den Arm der Frau schon fest im Polizeigriff, ohne unnötig brutal zu werden. Den

Rücken unnatürlich gekrümmt, heulte und wand sich die Frau. Sie beschimpfte Lilly wüst. Katja war mit etwas Abstand stehen geblieben, und Lilly schüttelte den Kopf, um ihr zu signalisieren, dass sie allein mit der Situation fertigwurde. Nach ein paar Sekunden sackte die Frau in sich zusammen, sie hörte auf, Widerstand zu leisten, und wurde still. Ihr Körper bebte, und sie schluchzte.

»Alles, was ich besitze, ist in diesem Haus«, stieß sie hervor. »Alle unsere Erinnerungen.«

Lilly lockerte sofort den Griff, ohne die Frau loszulassen. Zu ihrer Überraschung lehnte sich die Frau an ihre Schulter und weinte. Ihr Körper war völlig verschwitzt, und ihre Tränen durchnässten Lillys Uniformhemd. Lilly hörte sich selbst tröstenden Nonsens murmeln und tätschelte ihr die Arme.

»Die Feuerwehr tut alles Menschenmögliche, um das Feuer zu stoppen. Wir müssen einfach hoffen, dass Ihr Haus es unbeschadet übersteht. Aber erst mal ist doch das Wichtigste, dass wir am Leben sind, nicht wahr?«

Die Frau antwortete nicht. Sie weinte nur.

16

Es war absolut unmöglich, daran vorbeizukommen. Die verdammte Karre stand einfach nur da, und der Fahrer war nirgends zu sehen. Rolf war schon ausgestiegen und hatte nachgesehen. Die Strecke durch den Wald führte über ein schmales Sträßchen voller Schlaglöcher, links und rechts ragten hohe Bäume auf. Wer ließ seinen Wagen denn mitten im Weg stehen? Hatte der Motor gestreikt? Der Autoschlüssel war genauso spurlos verschwunden wie der Besitzer des Wagens. Hatte der Fahrer nur zufällig angehalten? War er oder sie vielleicht hier irgendwo zwischen den Bäumen?

Rolf sah sich um, hielt aufmerksam nach jeder noch so kleinen Bewegung Ausschau.

»Hallo?«, rief er, zunächst noch etwas verhalten und dann ein zweites Mal, diesmal lauter. »Hallo?« Keine Antwort. Seine Stimme trug nicht sehr weit, das dichte Grün schien sie sofort zu schlucken.

Entlang der Straße gab es in regelmäßigen Abständen Ausweichbuchten, wo zwei Autos aneinander vorbeifahren konnten, aber nicht hier. Er schwitzte und rieb sich die Stirn. Seine Achselhöhlen waren nass, das marineblaue T-Shirt hatte dunkle Flecken unter den Armen. Das Außenthermometer auf der Instrumentenanzeige seines Autos zeigte über dreißig Grad. Er hatte sich den schlechtesten Tag überhaupt ausgesucht, um die Kinder abzuholen. Er wusste nicht, wie oft er seine Exfrau jetzt schon verflucht hatte, weil sie unbedingt in dieses Haus im Nirgendwo hatte ziehen müssen. Naturnah und direkt am Fjättersee, das schon. Aber jedes Mal eine elende Fahrerei, um die Kinder abzuholen und zurückzubringen. Und jetzt war auch noch die Straße blockiert. Von hier waren es noch mindestens zwei Kilometer bis zum Haus. Er konnte sich das Gezeter seiner Ex lebhaft vorstellen, wenn er sie anrief, um ihr zu sagen, sie solle die Kinder samt Gepäck den ganzen Weg hierherschleppen. Mit Sicherheit war sie wegen der Waldbrände nervös, auch wenn die ein gutes Stück von hier entfernt waren, laut der Berichte, die er gehört hatte. Wie eine stumme Armee standen die Tannen und Fichten um ihn herum und schienen ihn in seiner prekären Lage zu beobachten.

Es war kein Vogel zu hören. Der Wald war merkwürdig still. Und dann diese graue Wand, die sich am Himmel ausbreitete, und der beißende Brandgeruch. Rauch konnte man wirklich kilometerweit riechen, das wusste er noch von früher. Allerdings war es eine gute Stunde her, seit er das letzte Mal Nachrichten gehört hatte, vielleicht sollte er es jetzt noch mal tun. Rolf beugte sich über den Fahrersitz und schaltete das Radio ein. Es lief gerade irgendein Bericht, die monotone Stimme eines Radiosprechers, aber er hörte nicht so genau hin. Er seufzte und beschloss, seine Ex anzurufen und das Überredungsmanöver zu starten. Er angelte nach seinem Handy und fluchte dann laut. Kein Empfang. Es war immer dasselbe. Die Firma hatte einen Anbieter mit schlechter Netzabdeckung ausgesucht. Wütend machte er das Handy aus, um es dann neu zu starten.

Rolf rieb sich die Augen, sie waren trocken und gereizt. Das durfte doch alles nicht wahr sein. Konnte an diesem Scheißtag denn wirklich gar nichts funktionieren? Musste er jetzt wirklich den ganzen Weg bis zum Haus zu Fuß gehen? Es sah ganz danach aus. Das Handydisplay fing an, hellblau zu blinken, gleich konnte er einen neuen Versuch starten. Nein. Kein Netz. Er fluchte weiter leise vor sich hin, als er den Blick hob und sie sah. Die Flammen. Weit hinten zwischen den Bäumen schlugen sie hoch, wie ein lebendiger gelb-roter Teppich, der dicht über dem Boden zwischen den Stämmen vorwärtswanderte.

Nein. Nicht wanderte. Raste. Seine Augen weiteten sich, als die Flammen vor ihm immer größer wurden. Er stand wie gelähmt da, unfähig, sich zu bewegen. Die Radiostimme drang in sein Bewusstsein.

»Hier ist Radio P4 Stockholm. Bereits am späten Donnerstagabend wurde ein Waldbrand in Norvik bei Nynäshamn gemeldet. Aktuellen Meldungen zufolge brennt inzwischen eine große Fläche in teilweise schwer zugänglichem Gebiet. Das Feuer breitet sich mit größerer Geschwindigkeit als zunächst angenommen aus und nähert sich nun ...«

Er stolperte zum Auto, riss die Tür auf, ließ sich auf den Sitz fallen, war für ein paar Sekunden wie paralysiert und wusste nicht, was er tun sollte. Das Einzige, was in seinem Bewusstsein existierte, waren die Flammen, die zwischen den Bäumen auf ihn zurollten wie eine Welle, die immer höher wurde. Er begegnete seinem eigenen panischen Blick im Rückspiegel und schaffte es irgendwie, mit sich selbst Kontakt aufzunehmen. Er befahl sich, den Blick nach unten zu wenden, in den kleinen Raum, in dem er sich gerade befand. Den Zündschlüssel zu drehen. Den Rückwärtsgang einzulegen. Die Kupplung kommen zu lassen. Zu spüren, wie das Auto erwachte, und darauf zu reagieren. Jetzt musste er den Blick wieder auf die Straße konzentrieren. Die Augen starr auf den Rückspiegel gerichtet, fuhr er los. Schweiß rann ihm die Schläfen hinunter, brannte in seinen Augen. Mehrmals kamen die

Flammen ganz nah, leckten an seinem Auto, streckten ihre hungrigen Zungen nach seiner Windschutzscheibe aus. Die Luft kratzte in seinem Hals, er hustete und räusperte sich. Das Auto raste gehorsam rückwärts. Plötzlich versperrte ihm ein riesiger Elch die Sicht, der in vollem Galopp direkt auf die Straße sprang, und Rolf schrie laut auf. Das gewaltige Tier hatte schlimme Brandwunden im Nacken, vor Panik sah man das Weiße in seinen Augen. Rolf riss das Lenkrad zur Seite und schaffte es gerade so, einen Aufprall zu verhindern. Der Motor röhrte, das Auto geriet ins Schlingern und rutschte in den schmalen Straßengraben, wo es mit einem harten Schlag einen Baum rammte und stehen blieb.

Es verstrichen ein paar Sekunden, vielleicht Minuten. Als Rolf das nächste Mal in den Rückspiegel sah, blutete seine Stirn, und seine Ohren rauschten. Er war nicht angeschnallt gewesen und ziemlich übel mit dem Kopf auf das Lenkrad geknallt. Sein Blick war vernebelt. Er versuchte zu blinzeln, den Blick scharf zu stellen, aber alle Umrisse verschwammen nur noch mehr. Es dauerte einen Moment, bis er begriff, dass sich der Innenraum seines Autos mit Rauch füllte. Er versuchte, den Motor wieder anzulassen, aber es ging nicht, sosehr er sich auch bemühte. Er versuchte es wieder und wieder. Er konnte seine Hände nicht mehr sehen. Sein Körper war so heiß, er kochte förmlich. Er hätte aussteigen und einen Blick unter die Motorhaube werfen müssen, nachsehen wo der Fehler war. Aber alles um ihn herum war Feuer und Finsternis, die Welt war zerstört, und das Monster hatte ihn eingeholt.

17

Sie kamen nicht dagegen an, stellte Jesper verbittert fest. Verteidigungslinien wurden durchbrochen, berichteten die Kollegen, manche Flanken konnten gar nicht erst eingerichtet werden, weil die Flammen bereits kirchturmhoch loderten. Gleichzeitig wütete auch der Brand in Nacka immer schlimmer.

Die anhaltende Trockenheit bildete den perfekten Nährboden für die Feuer. Baumwipfelbrände waren ein Horrorszenario. Als es Jespers Team endlich gelungen war, das Feuer am Boden einzudämmen, war die Hitze bereits durch die Stämme nach oben gestiegen. Der Wind hatte den Flammen den nötigen Anschub gegeben, um sich in den Baumkronen auszubreiten. Innerhalb weniger Augenblicke konnte es so eskalieren, obwohl sie eben noch dachten, das Feuer besiegt zu haben.

Das hier war Jespers zweiter richtig großer Waldbrand, und diesmal trug er beträchtlich mehr Verantwortung. Nur war der erste Kampf längst nicht so hoffnungslos gewesen, damals hatten sie es nicht mit einem derart ausgetrockneten Boden zu tun gehabt. Und trotzdem war das Erlebnis schon erschreckend genug gewesen, allein beim Gedanken daran wurde ihm immer noch übel. Wenn sich das Feuer nur lang und tief genug ins Erdreich hineinfraß, wurden die Löscharbeiten noch gefährlicher. Dann verkohlten die Bäume auch unterirdisch, die Wurzeln verloren den Halt, und die Stämme fielen um wie Dominosteine. Plötzlich und lautlos, ohne Vorwarnung.

Während Jespers erstem Waldbrand war eine Feuerwehrfrau unter einer riesigen Fichte begraben worden. Es war ihr noch gelungen, einen Alarm abzusetzen, aber als man sie endlich gefunden hatte, war sie bewusstlos gewesen und aschgrau im Gesicht. Heute war sie von der Taille abwärts gelähmt. Jesper schauderte bei dem Gedanken. Er bekam Gänsehaut, als würde er frieren, obwohl ihm der Schweiß nur so herunterlief. Sein Blick glitt an den verbrannten Bäumen hoch, und er ermahnte seine Kameraden, wachsam zu sein.

Er fuhr sich mit der rußigen Hand über die Augen. Sein Telefon vibrierte schon wieder. Zeit, einem weiteren Journalisten den Ernst der Lage zu verdeutlichen. Dafür zu sorgen, dass die Leute einen verdammt großen Bogen um die Wälder in der Umgebung machten.

18

Die Dreijährige hatte einerseits Lust, mit den vielen Sachen zu spielen, die plötzlich herumlagen, aber andererseits machte es ihr Angst, dass auf einmal alle so komisch waren.

Emmas Eltern packten mit schnellen, hektischen Bewegungen. Ihre Blicke wanderten unruhig hin und her, fanden nirgendwo richtig Halt. Sie schienen einfach wahllos nach allem zu greifen, was sie zu fassen bekamen. Alles verschwand in einer Reisetasche und einem großen Plastiksack. Ab und zu klirrte es, als würde etwas Empfindliches zerbrechen. Aber das schien sie gar nicht zu kümmern. Die Stimme ihrer Mutter klang ganz anders und schrill, und ihr Vater antwortete kaum, wenn Emma nach ihm rief. Die beiden rannten nur aufgeregt herum.

Mit ihren speckigen Händchen angelte Emma nach dem Plastiksack, erst vorsichtig, aber dann schaffte sie es, ihn ein paar Zentimeter zu ziehen. Sie konnte helfen.

»Henrik, packst du Emmas Essen ein? Hast du Johans Asthmaspray? O mein Gott, wir müssen Kleidung mitnehmen. Wir müssen alles mitnehmen. Aber wir haben keine Zeit. Verdammt, verdammt, verdammt.« Mama schrie fast, ihre Stimme klang geradezu unheimlich.

Dann drehte sie sich um, und ihr Blick fiel auf Emma, die neben ihr stand, den Plastiksack in beiden Händen.

»Emma! Finger weg! Du kannst hier jetzt nicht spielen!«

Emma zuckte zurück, erschrocken über den scharfen Tonfall.

Sie hob ihre Puppe auf und rannte aus der Diele ins Wohnzimmer, so schnell ihre kurzen Beine sie trugen.

Nichts war wie sonst. Ab und zu hörte man draußen ein langgezogenes, hohes Heulen. Es klang so ähnlich wie der Spielzeugkrankenwagen ihres großen Bruders, nur viel lauter und greller. Von dem Heulen bekam sie Bauchweh. Sie verstand instinktiv, dass dieser Ton eine Warnung war. Der Alarm war in Mamas Stimme eingedrungen und hatte sie verändert.

Emma lief zum Wohnzimmerfenster und schaute hinaus auf die Veranda und in den Garten. Wenn sie sich auf die Zehenspitzen stellte, konnte sie die Johannisbeerbüsche sehen. Der Himmel war ganz grau. Mit Grau malte sie nie, wenn sie im Kindergarten mit Wasserfarben malten.

Sie lehnte sich an die Terrassentür, um besser sehen zu können, und dabei ging die Tür auf einmal ein kleines Stück auf. Jemand hatte vergessen, sie abzuschließen. Sonst achteten ihre Eltern immer darauf, aber nicht heute. Emma schob die Tür ganz auf. Sie klemmte sich ihre Puppe unter den Arm, ging hinaus auf die sonnenwarme Veranda, und dann zog sie die Tür sorgfältig hinter sich zu. Die Puppe war groß, und ihre Beine schleiften über den Boden.

Hier draußen roch es so, wie wenn sie Würstchen grillten, aber die Luft piekte richtig in der Nase. Die Vögel sangen gar nicht. Es war ganz komisch still, bis auf dieses schreckliche Heulen, das sie weit entfernt hörte. Sie schob ihre nackten Füße in die geblümten Hello-Kitty-Sandalen, die neben der Verandatreppe standen. Wackelte ein bisschen mit den Zehen, die Mama ihr in allen Regenbogenfarben mit Nagellack angemalt hatte.

»Komm, Molly«, sagte sie leise zu ihrer Puppe.

Alles war so komisch heute, dachte Emma. Sie würde eine Weile weggehen, sich verstecken und warten, bis Mamas Stimme wieder normal klang. Bis Papa ihr wieder zuhörte. Bis ihre Eltern nicht mehr so böse waren.

Emma nickte für sich selbst, und dann marschierte sie los, aber am Waldrand blieb sie stehen. Sie drehte sich um und schaute zu dem großen grünen Haus zurück.

Sie würde sich verstecken, und wenn sie wieder herauskam, würde alles sein wie immer. Guck-guck! Dann würde Mama wieder lachen.

19

29. Juni 2001
Sie haben mein Fenster kaputt gemacht.

Die kleinen Steine konnten Tag und Nacht angeflogen kommen. Sie konnten ihn treffen, wenn er im Garten arbeitete, auf dem Weg zum Briefkasten war, um die Post zu holen, oder gegen die Hauswand knallen, wenn er schlief. Seine Bewegungen waren nicht mehr sehr schnell, und er hatte sich angewöhnt, mit erhobenen Händen zu laufen, stets bereit, den Kopf zu schützen. Sein sowieso schon gebeugter Gang wurde noch krummer.

Die Angreifer wurden mit jedem Mal dreister und reckten die Gesichter um die Ecke oder aus den Büschen. Ein blonder Haarschopf, lachende blaue und braune Augen, grelle Stimmen – Teenager, die gerade erst in den Stimmbruch gekommen waren.

Ihre Beleidigungen trafen ihn härter als die Steine: »Missgeburt!«, »Du zurückgebliebener Idiot!«, »Wer hat dich aus dem Käfig gelassen?«, »Komm doch und wehr dich!«, »Jetzt reißt du dein Maul nicht mehr so weit auf, was?«

Einmal brannte ihm die Sicherung durch. Er rannte los, stürmte mit rudernden Armen auf sie zu und schrie mit kippender Stimme: »Lasst mich in Frieden!«

Sie grölten vor Lachen. Als wäre er das Lustigste, was sie je erlebt hätten. Sie waren verschwunden, bevor er auch nur in ihre Nähe gekommen war.

Am nächsten Tag prasselten die Steine wieder auf ihn nieder, den ganzen Weg vom Briefkasten bis zum Haus. Ein scharfes Klirren verriet ihm, dass ein größerer Stein eine Scheibe getroffen hatte. Der Sprung verlief quer über das halbe Küchenfenster. Er schloss die Augen. Sein Geld würde nicht reichen, um sie auszutauschen.

20

Lilly stand an der Straßensperre und sehnte sich nach einem eiskalten Getränk. Ihre Kräfte schwanden langsam. Das Feuer breitete sich schnell weiter aus, und die Medien kannten kaum noch ein anderes Thema. Fernsehen und Radio berichteten in einem fort über die Waldbrände rund um Nynäshamn. Die Flammen hatten die Wohngebiete erreicht, auf ihrem Weg alles zerstört und dabei eine hässliche schwarze Spur der Verwüstung hinterlassen. Katja und Lilly teilten die Aufgaben unter sich auf, und zwischendurch musste immer wieder eine von ihnen los, um den aktuellen Stand der Lage zu erfahren. Jetzt gerade hielt Lilly alleine die Stellung.

Viele, die zu ihr kamen, waren besorgt und erkundigten sich nach Sammelplätzen, nach Brandschutz für ihre Häuser, danach, wo sie ihre Autos parken konnten, oder nach Ausweichquartieren. Einige beschwerten sich über den Mangel an Informationen. In der letzten Stunde hatte eine Frau mehrfach nach einem gewissen Rolf Stenström gefragt, der auf dem Weg zu einem der Häuser gewesen sein sollte, das evakuiert worden war. Er ging nicht an sein Handy, es schien ausgeschaltet zu sein, aber man versuchte es weiter. Das Gebiet, in dem er sich angeblich befunden hatte, stand komplett in Flammen und konnte unmöglich zu Fuß abgesucht werden, aber es waren Helikopter zur Suche umgeleitet worden. Noch gab es keine Spur seines Autos. Die Hoffnung war, dass er es geschafft hatte, die schlimmste Brandzone rechtzeitig zu verlassen. Dass sein Handy keinen Empfang hatte, war leider nicht ungewöhnlich, das hatte seine Exfrau bestätigt. Lilly wartete ungeduldig auf mehr Informationen und konnte immer nur antworten, dass sie alles taten, was in ihrer Macht stand. Ein erwachsener Mann im Auto hatte gute Chancen, solange er nicht irgendwo stecken blieb. Das war zumindest ein tröstlicher Gedanke.

Eine aufgeregte Stimme riss Lilly aus ihren Überlegungen.

»Meine Tochter ist verschwunden!«

Eine Frau kam auf sie zugerannt und schrie so, dass sich ihre Stimme überschlug und die kreisenden Fragen in Lillys Kopf mit einem Mal verstummten. Es hatten sich sieben Personen in der Nähe der Straßensperre versammelt, an der Lilly stand, hinter den Baumkronen ging die Sonne langsam unter und färbte ihre Gesichter golden. Aber jetzt erstarben die vielen aufgebrachten Stimmen. Alle starrten die Frau an. Sie war um die dreißig und stürmte auf sie zu, notdürftig bekleidet mit Shorts, einem langen Mantel und schlappenden Crocs. Die Menschen wichen auseinander, niemand sagte etwas. Die Augen der Frau waren rot, sie weinte. Lilly ging gerade auf sie zu, als auch Katja zurückgeeilt kam.

»Wie lange ist sie schon weg?«

»Seit anderthalb Stunden! Wir dachten, sie hätte sich im Haus versteckt. Aber dann haben wir bemerkt, dass die Terrassentür nicht abgeschlossen war. Wir haben überall gesucht! Wir haben gerufen und gerufen«, schluchzte die Frau.

»Wie heißt Ihre Tochter, und wie alt ist sie?«

»Emma. Sie ist dreieinhalb.«

»Haben Sie die 112 angerufen?«

»Es war dauernd besetzt!«

Ein Tropfen rann aus ihrer Nase und bildete eine Blase, die ihr bis über den halboffenen Mund hing, ohne dass sie es zu merken schien. Lilly zog ein Papiertaschentuch aus der Hosentasche und reichte es ihr. Die Frau schien auch das nicht zu bemerken. Ihr Blick war hilflos. Fürsorglich drückte Lilly ihr das Taschentuch in die Hand. Katja legte beruhigend einen Arm auf den Rücken der Frau.

»Sie haben uns gesagt, dass wir evakuiert werden. Wir haben gepackt. Und ganz plötzlich war sie einfach ...« Die Frau musste kämpfen, um Luft zu holen, die Tränen erstickten ihre Stimme. »... weg!«

Die Familie wohnte im Kalvövägen, in einer Gegend, die aufgrund der Brandgefahr geräumt wurde, berichtete sie. Ihr Mann war noch dort und suchte nach Emma, gemeinsam mit der Großmutter des Kindes. Ihr ältester Sohn befand sich beim Großvater, in der großelterlichen Wohnung im Ortskern von Nynäshamn.

Lilly tauschte einen schnellen Blick mit Katja, die finster dreinschaute. Das Mädchen hatte sich den denkbar schlechtesten Zeitpunkt ausgesucht, um wegzulaufen. Nicht nur, dass das Feuer bedrohlich nah war, die Situation brachte sie auch jetzt schon personell an ihre Grenzen. Sollte ein Suchtrupp nötig werden, blieb ihnen nichts anderes übrig, als alle aus ihren Häusern zu holen.

Eilig nahm Lilly eine Beschreibung des Mädchens auf. Dunkelblond, schulterlange Haare, knapp einen Meter groß, hellblaues T-Shirt, rosa gepunktete Hose und vermutlich hellblaue Sandalen. Keine besonderen Kennzeichen.

Sie gab die Meldung durch, bekam Antwort. Emmas Verschwinden sollte an die Medien raus, sie brauchten so viele Helfer wie möglich. Lilly spürte den Puls in ihren Handgelenken pochen. Eine Dreijährige, die sich allein in einem brennenden Gebiet aufhielt, hatte keine Chance.

Emmas Mutter trat rastlos von einem Fuß auf den anderen, als ob der innere Schmerz sie zwang, sich zu bewegen. Sie hatte den Blick fest auf Lilly gerichtet, die versuchte, Ruhe zu bewahren, um die Panik der Frau nicht zu verstärken. Sie durfte sich nicht anmerken lassen, wie sie sich fühlte. Jetzt zählte jede Minute.

21

»Emma!«

Die rufende Stimme in Lillys Nähe wurde von einem Husten erstickt. Der Rauch hing dicht zwischen den Bäumen, sie konnten kaum noch etwas sehen. Das Abendlicht war diesig blau. Die ganze Zeit hielten sie sich auf dem Laufenden, wo das Feuer vorrückte und wo es noch sicher war. Meter für Meter durchkämmten sie den Wald, ihre Schritte hallten unisono voran, wie ein Herzschlag, im Takt. An dem Sucheinsatz beteiligten sich Emmas Eltern, Verwandte und Freunde, zahlreiche andere Anwohner, Polizisten, die Hundestaffel der Kripo, hastig hinzugerufene Freiwillige der Suchorganisation Missing People sowie einige Feuerwehrleute. Ein Helikopter rauschte knatternd über sie hinweg, kreiste in großen Bögen über dem Gebiet. Das Feuer hatte das Haus der betroffenen Familie beschädigt, wie die Eltern inzwischen erfahren hatten. Doch sie schienen sich nicht sonderlich für diese Information zu interessieren. Sie wollten nur Emma finden. Das Suchgebiet wurde Stück für Stück ausgeweitet.

Gleichzeitig wuchs die Befürchtung, dass Rolf Stenström tot war. Sein Auto war zwar nicht gefunden worden, aber es hatte immer noch niemand Nachricht von ihm. Er war nicht zu erreichen, wie vom Erdboden verschluckt. Gerade wurden Drohnen eingesetzt, in der Hoffnung, ihn so zu finden. Das Gefühl von Hoffnungslosigkeit unter den Suchenden wurde immer größer.

»Emma, wo bist du?«, rief Lilly, so laut sie konnte.

Ihr Hals war trocken wie Sandpapier, ihre Lunge brannte. In ihrer Ausrüstungstasche hatte sie eine Wasserflasche, sie holte sie heraus und trank ein paar große Schlucke. Es tat gut, den Geschmack von Rauch und Schwefel herunterzuspülen, aber die Haut roch trotzdem danach. Die Menschen um sie herum husteten. Einige der Freiwilligen hatten sich zum Schutz Tücher über Nase und Mund gebunden. Lilly beschloss, es ihnen nachzumachen. Sie hatte ein Ersatzunterhemd in der Tasche, das sollte denselben Zweck erfüllen.

Die Suchmeldungen liefen in den Medien rauf und runter. Rolfs Personenbeschreibung und das Nummernschild seines Autos wurden ständig wiederholt. Emmas Vermisstenmeldung hatte Lilly inzwischen mindestens zehnmal gehört. Zweige knackten unter ihren Füßen, sie hielten mit brennenden Augen Ausschau, duckten sich und spähten unter umgestürzte Bäume, unter buschige Tannen und zwischen moosbewachsene Steinhaufen. Sie suchten in verlassenen Häusern und leeren Gärten. Überall hallten ihre Rufe.

Bitte, bitte, Emma, komm jetzt raus. Komm einfach aus deinem Versteck, dachte Lilly. Du bekommst alles, was du willst. Du bekommst den größten Eisbecher der Welt, wenn du nur endlich zurückkommst. Und zu einem Gott, an den sie nicht einmal glaubte, betete sie: Bitte, so grausam kannst du nicht sein. So herzlos. Das darfst du nicht.

Der Polizeifunk erwachte im selben Moment, in dem sie die knisternde Warnung aus dem Funkgerät eines Feuerwehrmanns ganz in ihrer Nähe hörte. Der Befehl war eindeutig.

»Es kommt Wind auf. Das Feuer rückt näher. Rückzug, sofort.«

Hilflos vor Zorn blickte Lilly zum Himmel.

Das darfst du nicht!

22

Wie ein glasiger Schleier lag die Resignation über den Blicken der kleinen Schar, die sich im Polizeirevier versammelt hatte. Emmas Mutter saß gegenüber von Lilly auf einer Bank und wartete auf neue Informationen, Anweisungen oder irgendetwas sonst. Emmas Vater war immer noch draußen unterwegs, gemeinsam mit einem großen Suchtrupp am Rand der gefährlichsten Zone, unablässig rufend, spähend. Das Feuer hatte sich weiter ausgebreitet, die Feuerwehr bekämpfte es mit aller Kraft.

Auf dem spiegelnden Display ihres Handys sah Lilly, dass sie einen schwarzen Rußstreifen auf der Stirn hatte. Sie fuhr sich mit dem Ärmel durchs Gesicht. Ihr Dienst war eigentlich längst zu Ende, aber sie wollte Emmas Mutter nicht allein lassen. Außerdem hätte sie sowieso nicht schlafen können. Wie sollte man auch nur eine Sekunde Ruhe finden, solange eine Dreijährige in einem brennenden Wald herumirrte? Vielleicht war sie tot, verbrannt oder von Rauch eingeschlossen. Ein kleiner, verkohlter Körper, irgendwo dort draußen in dem Flammenmeer. Die Bilder tauchten vor ihrem inneren Auge auf und kehrten zurück, kaum dass sie sie verscheucht hatte. Sie ahnte, dass sich dieselben Szenarien im Kopf von Emmas Mutter abspielten, nur tausendmal schlimmer. Tränen glänzten in ihren Augen und hinterließen Spuren auf ihren rußigen Wangen. Sie umklammerte ihre Knie krampfhaft mit den Händen. Als würde sie sich mit aller Macht gegen diese Gedanken weigern.

Lilly drehte ihr Handy ununterbrochen in den Händen und zuckte zusammen, als es auf einmal vibrierte und das Display aufleuchtete. Ein Anruf von Jesper, mit dem sie seit seinem Besuch lose in Kontakt geblieben war.

»Ich bin draußen vor eurer Dienststelle, bist du da?«

»Ja, bin ich. Warte, ich komme raus«, sagte sie und sprang auf, geriet aber kurz ins Taumeln, weil ihr schwindelig wurde. Außerdem spürte sie plötzlich einen enormen Hunger. Seit sie mit der Suche begonnen hatten, hatte sie sich keine Zeit genommen, etwas zu essen. Ein Proteinriegel zum Mittagessen, eine halbe Banane, das war alles gewesen.

»Kommen Sie einen Moment allein zurecht? Ich bin gleich wieder da«, sagte sie zu der zusammengesunkenen Frau auf der Bank.

»Meine Mutter ist auf dem Weg hierher«, bekam sie zur Antwort. Jemand würde Lilly als Anker ablösen. Jemand, der Emmas Mutter noch eine Weile stützen konnte, solange es Hoffnung gab, dass das Kind lebend gefunden wurde.

Lilly eilte durch die Glastür. Der Himmel war dunkelgrau, als wäre er mit Bleistift ausgemalt worden. Der Rauch reizte die Lunge. Sie sah sich nach Jespers Auto um und entdeckte es sofort. Das Aufblendlicht blinkte ihr entgegen. Als sie näher kam, ließ er die Scheibe herunter, und sie sah, dass er seine dunkle Feuerwehruniform trug. Er war schmutziger als sie, seine Haare ölig von dem rußigen Staub. Ihre Blicke trafen sich, und er lächelte müde. Ein kurzes, freundliches Lächeln, das irgendwie tröstlich war. Es war eine Erleichterung, ihn zu sehen. Ein vertrautes Gesicht in all dem Chaos.

»Was machst du hier?«, fragte sie.

»Ich sollte eigentlich vier Stunden schlafen. Aber Rolf Stenström ist ja verschwunden, und um ehrlich zu sein, denke ich, dass es für ihn gelaufen ist. So wie es aussieht, war er im schlimmsten Gebiet. Und dann das kleine Mädchen.« Er zuckte mit den Schultern. Es war nicht nötig, mehr zu sagen.

»Wie geht es dir?«, fragte er.

»Geht so. Na ja, genau genommen ziemlich beschissen.« Seinem aufmerksamen Blick hielt ihre Fassade nicht stand. »Diese Sache mit Emma macht mich fertig. Die Kleine ist erst dreieinhalb.«

»Ich weiß. Aber ich habe eine Idee. Steig ein.«

Sie stellte keine Fragen, sondern setzte sich neben ihn auf den Beifahrersitz. Keiner von ihnen hatte das Bedürfnis nach Smalltalk. Lilly war in einem Maß erschöpft, in dem es am einfachsten war, keine Fragen zu stellen. Er schaltete die Innenraumbeleuchtung an und faltete eine abgewetzte Landkarte auf.

»Ihr habt diesen Bezirk abgesucht, das ganze Stück bis hier oben«, sagte er und fuhr mit dem Finger über das Waldgebiet, das an den Garten von Emmas Elternhaus grenzte. »Was bislang noch nicht abgesucht wurde, ist dieser Teil hier. Der Bereich war abgesperrt, aber es ist uns gelungen, dort rechtzeitig eine Feuerschneise zu bilden. Die erste Information, die rausging, war, dass es dort gebrannt hat, aber das Feuer hat nur den Saum erreicht. Es gibt eine ziemlich große Fläche, die verschont geblieben ist.«

Das Gebiet, das er zeigte, war mehr als einen Kilometer vom Haus entfernt.

»Denkst du wirklich, dass sie so weit gelaufen sein könnte? Eine Dreijährige?« Lilly war skeptisch.

»Unsere Löschfahrzeuge sind ununterbrochen in diese Richtung gefahren, und da ist mir der Gedanke gekommen, dass sie vielleicht dem Heulen der Sirenen hinterhergelaufen ist. Wir sollten nachsehen. Einen Versuch ist es allemal wert«, sagte er mit neuer Energie.

»Okay.« Lilly stellte keine weiteren Fragen, sondern schnallte sich an und lehnte sich zurück. Schlafen war ohnehin keine Alternative.

Es knirschte unter den Reifen, als der Asphalt in Schotter überging, dann holperte es kräftig, als sie über einen Stein oder eine Wurzel fuhren. Sie stiegen aus und standen in knöchelhohem Gras. Um sie herum ragten riesige Kiefern in den nächtlichen Himmel, ein Stück weiter schimmerte die Schotterstraße wie ein dünnes Silberband im grauen Dunst. Der Brandgeruch war hier noch viel intensiver. Jespers Taschenlampe fuhr über die Schatten. Lilly fühlte sich wie im Niemandsland. Sie konnte genau sehen, bis wohin das Feuer gekommen war und wo man es unter unglaublichen Anstrengungen hatte stoppen können. Nur wenige Meter von ihnen entfernt stand ein verkohlter, kahler Baum.

»Emma«, rief sie, so laut sie konnte.

Ihre Stimme klang so seltsam fahl durch die Nacht. Als würde sie rufen, ohne auf Antwort zu hoffen. Der Lichtkegel suchte das Unterholz ab, glitt mal über halbvertrocknete Blaubeerbüsche und mal über rußschwarze, nackte Erde. Sie schritten den Wald ab, riefen in regelmäßigen Abständen und spähten ohne Unterlass in das gleichförmige Grau. Der Brandgeruch war ihr ständiger Begleiter. Waren sie seit einer halber Stunde unterwegs oder länger?

»Emma?«, rief Lilly wieder fragend, aber dann versagte ihre Stimme. Der Name des Mädchens war nur noch ein Krächzen. Genau am Rand des verbrannten Areals kauerte eine kleine dunkle Gestalt, ganz still und reglos. Ihre Haare waren grau von Asche.

Das darfst du nicht, dachte Lilly.

Sie waren zu spät gekommen.

23

Jesper hatte gesehen, wie Lilly erstarrte. Hatte gesehen, worauf ihr Blick gefallen war, gehört, wie ein Keuchen die Worte ersetzte, die sie nicht mehr hervorzubringen vermochte. Der Schein seiner Taschenlampe fand den kleinen Kopf des Mädchens, Lilly hörte, wie sein Atem neben ihr immer heiserer wurde.

Emma saß von ihnen abgewandt. Ihre Haare waren grau wie die einer alten Frau. Eine kleine verbrannte Gestalt, die aus dem Gestrüpp ragte.

Lillys Herz klopfte unerbittlich in ihrer Brust. Sie machte noch einen Schritt, und dann sah sie es.

»Das ist nicht Emma. Das ist eine Puppe«, japste sie.

Sie stürzten nach vorn zu der wirklich großen, naturgetreuen Puppe, rissen sie aus dem Unterholz und sahen sich in alle Richtungen hektisch um.

»Emma!«, schrien sie beide gleichzeitig, so laut, dass ihre Stimmen sich fast überschlugen. Dann folgte Stille, eine ohrenbetäubende Stille, in der sie sich tausend Geräusche einbildeten.

Und dann hörten sie es. Ein leises, wimmerndes Weinen. Es kam aus Richtung der Straße. Sie rannten los, schätzten die Entfernung im Dunkeln falsch ein, stolperten vorwärts und folgten diesem wunderbaren Geräusch, während sie ununterbrochen riefen. Aus der Böschung oberhalb der Straße ragte ein Entwässerungsrohr aus Beton, es führte ein ganzes Stück in den Hang und in die undurchdringliche Finsternis hinein. Sie gingen in die

Hocke, und Jesper leuchtete mit der Taschenlampe in die Röhre. Dort, ziemlich weit hinten, bewegte sich etwas. Eine kleine, geduckte Gestalt.

»Emma, bitte, Emma, kommst du zu uns?«, rief Lilly mit brüchiger Stimme.

Keine Antwort von dem kleinen Geschöpf in dem engen Tunnel, nur das leise, wimmernde Weinen. Sie lockten und riefen, aber ohne Erfolg. Das Mädchen weigerte sich, zu antworten oder sich auch nur zu bewegen.

Die Röhre war zu schmal für Jesper. Und eigentlich auch zu schmal für Lilly. Das hier würde buchstäblich eng werden. Sie nahm ihren Gürtel ab, alles, was hinderlich war. Jespers Augen schimmerten im Schein der Taschenlampe. Er wickelte den Gürtel um ihren Knöchel und zog ihn mit der Schnalle fest, dann zog er seinen eigenen aus und befestigte das lange Ende ihres Gürtels an seinem. Jetzt hatten sie eine stabile Sicherheitsleine.

»Solltest du stecken bleiben, ziehe ich dich raus.«

Sie nickte kurz und beugte sich nach vorn.

»Ich komme jetzt zu dir, Kleine. Bleib ganz ruhig, Emma. Du bist bald wieder bei Mama und Papa«, versprach sie dem Kind und versuchte, so ruhig zu klingen wie nur möglich.

Stück für Stück schob sie sich in den Tunnel und spürte, wie ihre Schultern und Hüften über den rauen Beton schrammten. Die Wände der Röhre waren glitschig, es war schwierig, Halt zu finden. Mit kleinen, verbissenen Bewegungen kämpfte sie sich näher an Emma heran. War dankbar, dass sie so schmal gebaut war. Dass sie nie diese Rundungen bekommen hatte. Hier drinnen war die Dunkelheit zum Schneiden. Als sie nah genug war, hörte sie leise, schnelle Atemzüge. Eine kleine, kalte Hand berührte ihr Gesicht.

»Hallo, Emma«, sagte Lilly sanft.

»Ich hab in die Hose gemacht«, sagte das Mädchen schluchzend.

»Das passiert manchmal«, sagte Lilly und merkte, wie ihr selbst die Tränen kamen. »Tut dir irgendetwas weh?«

»Ich hab so doll Hunger«, sagte Emma klagend. »Und es riecht nich' gut.«

Auch Lilly spürte den stechenden Rauch im Hals, ihre Augen brannten.

»Ja, ich kann gut verstehen, dass du hungrig bist. Ich werde dich jetzt ein bisschen festhalten, und dann kriechen wir beide hier raus und bringen dich zurück zu deiner Mama und zu deinem Papa und zu deinem Bruder. Alles wird gut. Einverstanden?«

Sie spürte, wie das Mädchen in ihren Armen nickte.

Sie drehte ihren Kopf und rief nach hinten: »Zieh!«

Der Ruck war kräftig, und sie half mit, so gut es ging.

Emma krabbelte hinter ihr her, ohne ihre Hand dabei loszulassen.

Das letzte Stück griff Jesper nach Lillys Bein und holte sie beide mit Schwung aus der Röhre.

»Uppala«, sagte Emma und stand mit wackeligen Beinchen auf. Sie blinzelte geblendet in das Licht von Jespers Taschenlampe.

Sie war schmutzig, in ihren dunkelblonden Haaren klebten Ascheklumpen, aber sie schien unverletzt zu sein. Trotzdem musste sie so schnell wie möglich im Krankenhaus untersucht werden.

»Hallo, Emma«, sagte Jesper, und Lilly hörte, dass er den Tränen genauso nah war wie sie selbst.

Es war Lilly, die Emmas Mutter anrief und ihr die Nachricht überbrachte. Die Antwort war ein Schrei der Erleichterung.

»O Gott, wo seid ihr, wo seid ihr?«

»Wir sind auf dem Weg ins Krankenhaus. Kommen Sie am besten direkt dorthin«, antwortete Lilly. Emma saß auf ihrem Schoß auf dem Beifahrersitz und hielt ihre verbrannte Puppe fest umklammert.

24

»Hallo, Lilly. Mein Name ist Matilda Malmqvist vom *Aftonbladet.* Hätten Sie Zeit für ein kurzes Interview?«

Die Stimme am anderen Ende war fröhlich und aufdringlich.

»Ich weiß nicht so recht«, antwortete Lilly verhalten. Sie rieb sich die Augen, die immer noch brannten. Fluchte innerlich, dass sie ans Handy gegangen war.

»Alle sind so erleichtert, dass die kleine Emma gerettet werden konnte. Können Sie mir erzählen, wie es dazu kam?«

Matilda redete einfach weiter, als Lilly zögerte. »Ich habe bereits mit Emmas Eltern gesprochen, und sie sind natürlich überglücklich. Wie sind Sie darauf gekommen, so weit entfernt von ihrem Haus nach dem Kind zu suchen?«

Drei Tage waren vergangen, seit Lilly mit Emma aus der engen Betonröhre gekrochen war. Die Nachricht von der Rettung hatte sich herumgesprochen, unter anderem durch einen dankbaren Facebookeintrag, den die Eltern am Vortag veröffentlicht hatten und der blitzartig geteilt wurde.

Lillys Augen waren rot und gereizt, in ihrem Kopf drehte sich alles. Ihr ganzer Körper war müde und erschöpft von den tagelangen Diensten an den Straßensperren und verschiedenen eiligen Einsätzen. Bertil hatte sie am Morgen angerufen, um ihr mitzuteilen, dass etliche Medien nach ihr gefragt hatten. Und dass Nynäshamn, wie er betont hatte, jetzt wirklich gute Nachrichten gebrauchen konnte.

Die Freude über Emmas Rettung war nur von kurzer Dauer gewesen. In den Überresten eines ausgebrannten Hauses hatte man Spuren eines Körpers gefunden. Ein Großteil des evakuierten Wohngebiets in Norvik war komplett zerstört, und irgendwo dort hatte dieser albtraumhafte Brand seinen Ursprung genommen.

Mehrere Häuser in dieser Gegend waren vollständig abgebrannt, aber zunächst hatte es nicht danach ausgesehen, als wären Menschen dabei zu Schaden gekommen. Nach fünf Tagen hatte sich dann allerdings die Ehefrau eines gewissen Gustaf Hammarklint gemeldet. Sie war in Paris gewesen und befand sich gerade auf der Heimreise. Da sie eine geheime Handynummer hatte, war es den evakuierten Nachbarn lange nicht gelungen, sie zu kontaktieren. Sie sagte, dass ihr Mann zu Hause gewesen sein müsste, aber dass sie ihn nicht erreichen könne.

Bei einer ersten Durchsuchung hatte man keine Hinweise auf menschliche Überreste in der Brandruine gefunden, und so eine Suche war eine schwere, gefährliche und schmutzige Arbeit. Aber schließlich waren im Garten, wo sich vor dem Brand eine kleine Sauna befunden hatte, Leichenspuren gefunden worden. Außer dem teils geschmolzenen Saunaofen und den Bauteilen, die aus Metall gefertigt waren, war nichts von der kleinen Hütte übrig geblieben. Auch die menschlichen Überreste, die man gefunden hatte, waren nicht ohne weiteres zu identifizieren. Zähne und ein Stück des Skeletts waren alles, was noch da war. Um sie einer Person eindeutig zuordnen zu können, war ein Abgleich mit den Zahnarztunterlagen nötig. Aber durch die Evakuierungen und das allgemeine Durcheinander in und um Nynäshamn dauerte der ganze Prozess deutlich länger als gewöhnlich.

Nachdem das Feuer jetzt schon über eine Woche gewütet hatte, kam nun also auch noch ein Todesfall auf der Liste der schlechten

Nachrichten hinzu. Sieben Personen waren bislang mit Rauchvergiftung ins Krankenhaus gekommen, zwei davon in sehr schlechtem Zustand. Mehrere Wohnhäuser und andere Gebäude waren abgebrannt, wie viele genau, wusste Lilly nicht. In den vergangenen Tagen hatte sie immer wieder kurze Kommentare von Jesper und anderen führenden Feuerwehrleuten aus der Gegend in den Nachrichten gehört. Seine Frustration war ihm deutlich anzusehen.

Aber die massiven Löscharbeiten, unter großem Einsatz der Menschen vor Ort, zeigte endlich Wirkung. Am Vortag und in der Morgendämmerung war das Dröhnen von Flugzeugmotoren zu hören gewesen, das Lokalradio hatte berichtet, dass Löschflugzeuge aus anderen europäischen Ländern eingeflogen worden waren, um Schweden zu unterstützen. Die Suche nach dem vermissten Rolf Stenström konnte intensiviert werden. Die meisten gingen vom Schlimmsten aus.

Ihr gingen viele Gedanken gleichzeitig durch den Kopf. Aber die Journalistin, die Lilly kontaktiert hatte, war auf der Jagd nach Zitaten für eine Story über ein gerettetes Kind mit Happy End. Lilly versuchte, auf Matilda Malmqvists Fragen zu antworten, ohne darüber nachzudenken, dass jedes ihrer Worte gedruckt werden konnte.

Sie begann damit, Jespers Einsatz hervorzuheben, und dass sie es allein ihm zu verdanken hatten, dass das Mädchen rechtzeitig gefunden worden war.

Katja stand ein wenig abseits ans Auto gelehnt und grinste von einem Ohr zum anderen. Sie formte stumm das Wort »H-e-l-d-i-n« mit den Lippen und lachte, als sie sah, wie Lilly rot anlief.

Die Journalistin wollte gern mehr darüber hören, was es für ein Gefühl gewesen war, durch die enge Röhre zu kriechen, während es doch ganz in der Nähe bedrohlich brannte. Lilly bemühte sich, dieses dramatische Bild deutlich abzumildern.

»Aber was ging in Ihnen vor, als Ihnen klarwurde, dass Emma unversehrt war?«, bohrte die Journalistin nach.

»Da habe ich vor Freude ein paar Tränen verdrückt, das muss ich zugeben.«

Schon eine halbe Stunde später sollten genau diese Worte als Aufmacher auf der Website des Blattes prangen.

Lilly beendete das Gespräch, schob ihr Handy zurück in die Hosentasche und wartete auf weitere Sticheleien von Katjas Seite. Aber deren Blick war nicht länger auf Lilly gerichtet. Sie nahm gerade einen Anruf entgegen, und ihr Gesichtsausdruck ließ Lilly erstarren. Das Grinsen war verschwunden.

»Ja. Das kann ja nur Rolf Stenström sein«, hörte Lilly sie sagen.

25

»Oh, verdammt.«

Katja drehte ihr den Rücken zu und ging ein paar Schritte von Lilly weg auf die Lichtung. Sie war blass, fast grün um die Nase, auf ihrer Stirn glänzte der Schweiß. »Das Allermieseste ist ja, dass man in dieser Stadt jeden kennt. Ich habe ihn vor zwei Wochen noch getroffen, als er seine Kinder ins Fußballtraining gefahren hat. Scheiße, ich glaube, mir wird wirklich schlecht«, sagte sie leise. Sie räusperte sich ein paarmal und übergab sich dann auf den aschgrauen Boden.

Feuerwehrleute hatten bei Nachlöscharbeiten Rolf Stenströms Auto und die Überreste seines Körpers gefunden. Lilly und Katja hatten auf dem Weg dorthin mit dem Waldbesitzer gesprochen. Er war erschüttert gewesen, die Stimme hatte ihm versagt. Stenströms Fahrzeug war vollkommen ausgebrannt und zur Hälfte unter einem Baum begraben, der auf den Kofferraum und einen Teil des Dachs gestürzt war.

Lilly war einiges gewöhnt, was übel zugerichtete Leichen betraf, aber selbst sie fürchtete, sich jeden Moment übergeben zu müssen. Sie atmete ein paarmal tief durch den Mund und vermied es, durch die Nase Luft zu holen. Für gewöhnlich half es, nach Details zu suchen, die einen Hinweis darauf geben konnten, was passiert war; das, was man sah, eher zu analysieren als nachzuempfinden. Meistens gelang es ihr, an Tat- oder Unfallorten die Distanz zu wahren. Diesmal fiel es ihr schwer. Die Szenerie glich einem Horrorfilm.

Die Gestalt im Auto war schwarz verkohlt, umgeben von einer surrenden Wolke aus Fliegen. Jede Spur seiner Kleider war verschwunden, die Haut war geschmolzen und aufgeplatzt, und so saß er da, auf dem Fahrersitz des ausgebrannten Wagens. Die Zähne zu einem lautlosen Schrei gebleckt. Seine Hände klammerten sich wie Klauen um das, was vom Lenkrad noch übrig war. Dass der Tote ein Mann war, schloss Lilly allein aus der Körpergröße und bis zu einem gewissen Grad auch aus der Statur. Und außerdem stimmte das Automodell mit den Informationen überein, die sie über den Mann bekommen hatten, der als vermisst gemeldet worden war.

Rolf Stenström hinterließ zwei Kinder, die zusammen mit ihrer Mutter evakuiert worden waren, bevor der Brand das Haus erreicht hatte. Die Familie hatte vergeblich versucht, ihn zu erreichen. Offensichtlich war Rolf Stenström vom Feuer überrascht worden und hatte versucht, rückwärts über die unwegsame und kurvige Landstraße zu entkommen. Der Baum schien erst später auf das Auto gestürzt zu sein, da die Krone deutlich weniger stark verbrannt war als der Rest. Die Zweige hatten wie eine zusätzliche Tarnkappe auf dem grauschwarzen Weg gewirkt. Die Stille war beklemmend, unnatürlich, und die Landschaft war tot. Außer dem Surren der Fliegen war nichts zu hören. Hier und jetzt blieb Lilly und Katja nichts anderes übrig, als auf die Spurensicherung und die Brandermittler zu warten.

Das Gebiet, in dem sie sich befanden, war ausgebrannt, aber nicht sicher. Vereinzelt stiegen kleine Rauchwolken aus dem Boden auf, es schwelte unter der dicken Schicht aus Asche und verkohlten Zweigen. Die Bäume waren brüchig, gewaltige Stämme lehnten aneinander wie riesige, ins Stocken geratene Dominosteine.

Lilly sah an Katjas Haltung, wie angespannt ihre Kollegin war, und ließ den Blick über die hohen Kiefern schweifen. Die Feuerwehr hatte sie davor gewarnt, dass jederzeit ein Baum umstürzen konnte, völlig unvermittelt und mitunter nahezu geräuschlos. Es war wichtig, wachsam zu sein.

Jetzt wechselte Lilly ein paar Blicke mit dem Feuerwehrmann, der neben ihr stand. Sie erinnerte sich nicht an seinen Namen, obwohl er sich gerade erst vorgestellt hatte. Noch ein Zeichen ihrer Müdigkeit. Vermutlich hatte er bedeutend mehr verbrannte Leichen gesehen als sie, aber man sah auch ihm an, dass ihn der Anblick erschütterte.

»Die Techniker sind gleich hier, ich gehe ihnen entgegen«, sagte er kurz und fügte dann hinzu: »Passen Sie auf.«

Lilly zuckte zusammen, als ein Knistern in ihrem Funkgerät die Stille durchbrach. Fast gleichzeitig fing auch Katjas Handy an zu klingeln, und sie zeigte auf dem Display, dass es Bertil Strömberg war. Katja stellte ihr Handy auf Lautsprecher und runzelte die Stirn, während ihr Chef sprach.

»Die Obduktion hat bestätigt, was wir schon erwartet haben. Der Tote in Norvik war Hammarklint. Seine Witwe Monika ist wahnsinnig wütend und will mit der Polizei sprechen. Sie hält sich in der Malmgatan 12B auf. Ich weiß, dass eure Schicht eigentlich bald vorbei ist, aber könnt ihr trotzdem noch bei ihr vorbeifahren?«

Jetzt hatten sie Gewissheit. Der Mensch, der in der Sauna ums Leben gekommen war, war tatsächlich Gustaf Hammarklint.

Wie eine Reaktion auf diese Nachricht knackte es in einer verkohlten Kiefer, und schon schlug der Baum krachend und splitternd nur wenige Meter neben ihnen auf dem Waldboden auf, dass die Erde bebte.

»Ich will hier weg«, sagte Katja und steckte das Handy weg.

Auf dem Weg zum Auto kamen ihnen die Techniker entgegen.

Monika Hammarklint wohnte vorübergehend bei einem

Freund in der Malmgatan, und sie war außer sich. Als Lilly und Katja ankamen, stand sie mit zusammengepressten Lippen auf der Wiese vor dem Haus, die Arme vor der Brust verschränkt.

»Das ist wirklich das Letzte«, waren die Worte, mit denen Monika sie empfing, als sie in der Einfahrt aus dem Wagen stiegen.

Lilly öffnete den Mund, um sich vorzustellen, aber sie wurde direkt unterbrochen.

»Ich darf mir nicht ansehen, was von meinem eigenen Haus noch steht, und dann heißt es, man habe die Überreste eines Toten in der Sauna gefunden, aber ich werde nicht benachrichtigt. Erst jetzt! Natürlich ist das Gustaf, wer denn sonst! Was für eine Inkompetenz!«

Sie machte offenbar nur Pause, um kurz Luft zu holen, und Lilly hob die Hände.

»Sie haben absolut recht. Sie hätten viel früher informiert werden müssen«, sagte sie unumwunden.

Das schien Monika vorübergehend zum Schweigen zu bringen, denn sie wartete mit versteinerter Miene auf die Fortsetzung.

»Der Grund, warum Sie Ihr Grundstück nicht betreten dürfen, ist ganz einfach der«, fuhr Lilly fort, »dass das Gebiet noch nicht ausreichend sicher ist. Weder wir noch die Feuerwehr können riskieren, dass Ihnen ein Balken auf den Kopf fällt. Ihr Haus ist vollkommen ausgebrannt. Aber durch die ganzen Vorfälle musste bis auf das Feuer selbst vieles zurückstehen. Es tut mir sehr leid, das alles ist natürlich furchtbar schwer für Sie.«

Die Frau sah aus wie ein Ballon, aus dem die Luft entweicht. Ihre Unterlippe zitterte.

»Es hätte ja auch ein Freund oder Nachbar in der Sauna sein können. Wir wollten Sie nicht benachrichtigen, bevor wir nicht absolut sicher waren. Mein aufrichtiges Beileid.«

Monikas Gesicht verzog sich, Tränen stiegen ihr in die Augen, aber nur für ein paar Sekunden, dann gewann sie die Kontrolle zurück.

»Sobald ich wieder zu Hause bin, wollte ich ihm sagen, dass ich mich scheiden lasse. Nach fast zwanzig gemeinsamen Jahren. Dass ich nach Paris ziehe«, erklärte sie tonlos.

»War zwischen Ihnen etwas vorgefallen?«, fragte Katja vorsichtig.

»Nein. Unsere Ehe lief schon lange nicht mehr gut«, sagte Monika kurz.

Katja entschuldigte sich und zog sich zurück, um einen Anruf entgegenzunehmen. Bertil erwartete ein Update.

Ein Gedanke nagte an Lilly. Der Brandherd hatte sich offenbar irgendwo hier in Norvik befunden, das wusste sie. Möglicherweise war das Haus der Eheleute nur zufällig von den Flammen verschluckt worden. Oder aber das Feuer war ... genau dort ausgebrochen. Auf diesem Grundstück. Lillys Puls stieg. Dieses entsetzliche Flammenmeer ließ sich möglicherweise auf einen Defekt in einer kleinen Sauna zurückführen. Oder das Feuer war bewusst gelegt worden. Dann wäre die Zielscheibe wieder ein einsamer Mann gewesen. Das Bild von Kenneth Robertsson tauchte vor ihrem inneren Auge auf.

»Frau Hammarklint, ich weiß, dass das jetzt komisch klingen wird, aber ich muss Sie trotzdem fragen. Hatte Ihr Mann Feinde?«

»Sie meinen, abgesehen von mir, wenn er zu Hause alles stehen und liegen gelassen hat?«

Ihr Schnauben klang wie eine Mischung aus Lachen und Weinen.

Lilly merkte, wie sehr Monika Hammarklint darum kämpfte, das Geschehene von sich fernzuhalten. Lange würde sie das nicht mehr schaffen. Die Trauer drohte wie ein Wasserfall aus ihr herauszubrechen, aber noch hielt ihre Barriere stand.

Monika sah sie durchdringend an, Tränen standen ihr in den Augen.

»Worauf wollen Sie hinaus?«, fragte sie hart.

»Gibt es jemanden, der ihm schaden wollte?«, fragte Lilly, ohne ihrem Blick auszuweichen.

Monika schwieg einen Moment. Sie zögerte, dann schüttelte sie den Kopf.

»Nein. Das Einzige, was man Gustaf vorwerfen konnte, war, dass er zu wenig getan hat. Das war alles.«

»Gab es neue Bekanntschaften in seinem Leben?«

Monika presste die Lippe zusammen. Schüttelte wieder den Kopf.

»Wissen Sie, ob er einen gewissen Kenneth Robertsson kannte?«

»Wen? Den Namen habe ich noch nie gehört. Nein.«

Ihre Stimme signalisierte, dass ihre Geduld aufgebraucht und die Fragestunde beendet war.

»Ist Ihnen vor Ihrer Abreise sonst irgendetwas aufgefallen? Wie ging es Ihrem Mann?«, bohrte Lilly weiter.

»Wissen Sie was? Es ist ewig her, dass wir wirklich miteinander gesprochen haben, Gustaf und ich«, sagte Monika abwehrend. Bei diesen Worten fing ihre Unterlippe wieder an zu zittern. Die Grenze ihrer Belastbarkeit war fast erreicht.

Lilly gab der Frau ihre Handynummer und bat sie eindringlich, sie jederzeit anzurufen, sollte ihr doch noch etwas einfallen, das Lilly wissen sollte, ganz egal, was. Dann ging sie, damit Monika Hammarklint ihrer Trauer freien Lauf lassen konnte.

26

Vor einer halben Stunde hatte Lilly eine Nachricht an Jesper geschickt.

Hej! Hättest du Zeit, kurz vorbeizukommen?

Seit ihrer gemeinsamen Suche nach Emma hatte sie ihn nicht mehr gesehen. Genau genommen seit der tränenreichen Wiedervereinigung von Eltern und Kind. Die Ärzte hatten eine leichte Rauchvergiftung bei Emma festgestellt, aber nichts Ernstes. Ein Lächeln, eine hastige Umarmung, dann war Jesper wieder von den Löscharbeiten verschluckt worden. Was sie erlebt hatten, war nur ein kurzes Zwischenspiel in dem ganzen beängstigenden Chaos gewesen, ein Ereignis unter vielen. Aber trotzdem waren sie dadurch näher zusammengerückt. Ab und zu hatte sie ihm eine Nachricht geschickt, um zu hören, ob es ihm gutging. Ab und zu hatte er sich bei ihr gemeldet. Ein paar kurze Zeilen über den Stand der Dinge. Jetzt piepte ihr Handy.

Bin in einer Viertelstunde da.

Der Himmel war weit und dunkel, kein Stern war zu sehen. Noch war die Gefahr durch den Brand nicht gebannt. Die Flammen waren gelöscht, aber in den Wäldern schwelte es weiter, und die Hitze lag wie eine Decke über der ganzen Gegend. Der Boden war aufgeheizt, und auch jetzt am Abend lag der Geruch von verbranntem Holz und Ruß noch in der Luft.

Sie saß auf einem der Gartenstühle auf der Wiese vor dem Leuchtturm, merkte, dass der Stuhl wackelte, und benutzte einen Fuß, um sich langsam vor und zurück zu schaukeln. Die Bewegung passte perfekt zu ihrer nachdenklichen Stimmung. Es war zu warm, um eine Jacke überzuziehen. Top und Shorts genügten völlig. Ihr fiel auf, dass der rote Ausschlag am Oberschenkel immer noch da war, ein juckendes Hitzeekzem, das sich am zweiten Tag des Waldbrands ausgebreitet hatte und einfach nicht verschwinden wollte, obwohl sie mit feuchten Umschlägen geschlafen hatte. Ihre Gedanken drehten sich im Kreis, und sie musste mit jemandem reden. Während sie wartete, nahm sie ihr Handy und rief die Nachrichten-App des schwedischen Fernsehens SVT auf. Auch das Feuer rund um Nacka war inzwischen unter Kontrolle, las sie.

»Die Statistiken des MSB, der Behörde für Zivil- und Katastrophenschutz, zeigen, dass der Großteil der Wald- und Flächenbrände in Schweden von Menschen verursacht werden«, stand direkt darunter. Lilly fuhr mit dem Finger über das Display. Es folgte eine Liste von riesigen Bränden, die durch Funkenflug beim Bremsen von Zügen oder Waldmaschinen entzündet worden waren. Oder durch eine achtlos weggeworfene Zigarettenkippe, die die Waldbesitzer am Ende viele Millionen Kronen kostete. Dazu Berichte über die aufgrund der Trockenheit mit jedem Jahr steigende Gefahr für die Bevölkerung. Lilly blätterte weiter zur App von *Dagens Nyheter*. *»San Diegos Vororte zerstört – weltweite Waldbrände beschleunigen Klimawandel«*, lautete die Überschrift des nächsten Artikels. *»Die brennenden Bäume setzen Unmengen von gespeichertem Kohlendioxid frei«*, waren die einleitenden Worte des Artikels. Alles schien sich im Augenblick um Brände und Dürre

zu drehen. Die Spuren der Menschheit, die sich in wütende Feuer verwandelten. Lilly warf ihr Handy auf den Tisch. Sie war viel zu unruhig, um Nachrichten zu lesen.

Jesper kam pünktlich. Genau vierzehn Minuten später knirschte der Kies, als ein schwarzes Elektroauto vor dem Leuchtturm hielt. Eine Autotür wurde zugeschlagen, und dann kam er auf sie zu, mit großen, energischen Schritten, aber er humpelte leicht. Er trug Jeans und Hemd, und dort, wo die Ärmel hochgekrempelt waren, sah man, wie gerötet seine Haut von der Sonne war. Als er näher kam, entdeckte sie zudem eine kleine Brandwunde an seiner Wange, genau oberhalb des Dreitagebarts. In dem braun gebrannten Gesicht stachen seine eisblauen Augen noch deutlicher hervor. Darunter hatten sich müde Falten gebildet. Es war nicht zu übersehen, dass er viel zu wenig geschlafen hatte. Aber sein Blick klarte auf, als er sie anlächelte.

»Hast du auch so eins für mich? Also eins, das man trinken darf, obwohl man noch Auto fahren muss?«, fragte er mit Blick auf das Bier auf dem Tisch.

Er war immer noch heiser. Die Stimmbänder hatten vermutlich ziemlich darunter gelitten, dass er so viel Rauch eingeatmet, Befehle gebrüllt und ununterbrochen mit Kollegen, der Bevölkerung und Journalisten geredet hatte.

»Na klar«, sagte sie, stand auf und verschwand im Leuchtturm. Kurz darauf kam sie mit einem Leichtbier zurück.

»Eigentlich verdienst du etwas Besseres zum Anstoßen, das weißt du, oder?«, sagte sie und öffnete das Bier an der scharfen Kante des Gartentischs.

Er nahm das Lob mit einem schiefen Grinsen entgegen, das kein richtiges Lächeln war, ließ sich auf den klapprigen Stuhl neben ihr sinken und stieß klirrend mit ihr an.

»Gleichfalls«, sagte er. »Ein Kollege hat heute erzählt, dass du an der Straßensperre fast eine Frau niederringen musstest«, fügte er dann hinzu.

Sie lachte.

»Ach, na ja. So dramatisch war es echt nicht«, sagte sie abwiegelnd. »Ich musste sie nur eine Weile festhalten.«

»Die Leute reden über dich. Sie sagen, dass du deine Arbeit wirklich gut machst«, fuhr er fort.

Es tat ihr gut, das zu hören. Sie lächelte und fummelte am Etikett ihrer Bierflasche herum. Sie wusste nicht, was sie darauf antworten sollte, aber sie hatte noch nie gut mit Komplimenten umgehen können.

Er trank einen großen Schluck und seufzte zufrieden.

»Das hier gerade, das tut so gut. Einfach hier zu sitzen«, sagte er. »Es kommt mir vor, als hätte ich seit einer Ewigkeit nicht mehr durchgeatmet. Mein Hals war wie zugeschnürt.«

»Wann musst du wieder zum Dienst?«, fragte sie.

»Ich habe gesagt, ich würde mir sechs Stunden Schlaf genehmigen. Du bekommst eine davon«, sagte er unbekümmert.

Das ist nett, dachte sie. Das zweite Mal in kurzer Zeit, dass er seinen wohlverdienten Schlaf opferte, weil ihn jemand brauchte.

Sie schwiegen einen Moment. Lilly nippte an ihrem Bier, beobachtete ihn aus dem Augenwinkel, sah ihm an, dass er über etwas grübelte. Sein Blick war weit weg.

Schließlich sagte er: »Wir sind die Feuerwehr. Dieses Wort geht mir nicht aus dem Kopf. *Wehr.* Ich verstehe inzwischen ein bisschen besser, wie Soldaten sich fühlen müssen, wenn die Feinde in der Überzahl und einem einfach überlegen sind. Als endlich Hilfe aus dem Ausland kam, war das buchstäblich Rettung in letzter Sekunde. Anders hätten wir es nicht geschafft. Das Feuer hat sich so schnell ausgebreitet, an so vielen Fronten. Ich musste so viel mehr Verantwortung übernehmen, als ich hätte übernehmen dürfen.« Er machte eine Pause. »Zwei Tote«, sagte er dann. »Es hätten drei sein können.«

»Aber das ist doch nicht deine Schuld!«, hielt Lilly energisch dagegen.

»Wessen denn sonst?«, antwortete er. »Wir waren die Ersten vor Ort.« Seine Augen schimmerten glasig.

Die Erschöpfung machte sich jetzt natürlich auch bemerkbar, dachte sie. »Die der Trockenheit. Oder der Person, die das Feuer verursacht hat, falls es so war«, sagte sie. »Hörst du mir überhaupt zu?« Sie beugte sich vor, streifte nur kurz seinen Arm und schaffte es, seinen Blick aufzufangen, ihn von den Bildern abzulenken, die er vor sich sah. »Niemand kann mehr geben als sein Bestes. Oder nicht?«, sagte sie fest.

Er holte Luft, schien mit sich zu ringen. Aber schließlich war sie wohl doch zu ihm durchgedrungen, denn er sah sie lächelnd an.

»Okay.«

Sie legte den Kopf ein wenig schief.

»Hast du diesen Verdacht eigentlich wieder fallenlassen, mit dem du bei unserer ersten Begegnung zu mir gekommen bist?«, fragte sie. »Ich nämlich nicht. Das ist auch der Grund, warum ich gern mit dir reden wollte.« Der in sich gekehrte grüblerische Ausdruck in seinen Augen verschwand, und er sah sie aufmerksam an. »Wir wissen, dass sich der Brandherd in Norvik befunden hat, richtig? Dort, wo Gustaf Hammarklint umgekommen ist.«

Er nickte. »In der Gegend hat alles angefangen, ja.«

»Ich finde seinen Tod höchst interessant, eben *weil* das Feuer genau dort ausgebrochen ist. Gustaf Hammarklints Leiche wurde in seiner Sauna entdeckt. Was, wenn die Sauna der Brandherd war? Kommt es vor, dass so ein Ding anfängt zu brennen?«

Jesper legte den kühlen Flaschenhals an seine Lippen. Räusperte sich.

»Ungewöhnlich ist das nicht. Ich habe schon drei Saunabrände gelöscht. Einmal hatte ein Vater den Geistesblitz, nasse Klamotten in der heißen Sauna zu trocknen. Eine Jeans ist auf den Ofen gefallen, das hat ordentlich gebrannt. Der zweite Brand war ein Eigenbau, bei dem ein Kabel durchgeschmort ist. Beim dritten war Alkohol das Problem. Ein Mann ist beim Saunieren eingeschlafen, und sein Handtuch lag auf den Kohlen.«

»Dann kann das Feuer also in der Sauna ausgebrochen sein?«

»Auf jeden Fall.«

»Ich habe gehört, dass Conny Olausson, der Leiter des Kriminaltechnischen Instituts, morgen kommt, um die Brandursache zu ermitteln. Was denkst du, wie lange es dauern wird, bis wir ein sicheres Ergebnis haben?«

»Er ist der beste Brandermittler, den ich kenne, aber es wird sicher nicht einfach werden. Das Gebiet ist groß, und das meiste wurde in den Flammen komplett zerstört. Sollte das Feuer im nahe gelegenen Wald ausgebrochen sein, dann wurde die Sauna sehr schnell von den Flammen erfasst. Wenn man im Warmen sitzt und vor sich hin döst, kann es eine Weile dauern, bis man realisiert, dass es draußen brennt, vor allem, wenn Alkohol im Spiel ist. Und Hammarklint wäre nicht der Erste, der am liebsten mit einem Bier in der Sauna sitzt. Vielleicht ist er da drinnen ohnmächtig geworden.« Er lehnte sich zurück und verschränkte die Arme vor der Brust, bevor er fortfuhr. »Aber um auf deine Ausgangsfrage zu antworten: Nein, ich habe meinen Verdacht, was den Brand in Segersäng betrifft, noch nicht abgehakt. Und darüber nachzudenken, wie der letzte entstanden ist, dazu bin ich noch kaum gekommen.«

Die Last auf seinen Schultern schien für einen Moment leichter geworden zu sein. Er sah sie mit einem interessierten Funkeln in den Augen an.

»Ich sehe dir an, dass dich etwas beschäftigt«, sagte er.

»Wenn ich dich so reden höre, dann denke ich, dass ein Saunabrand eine verdammt clevere Methode wäre, um einen Mord zu vertuschen. Und abgesehen davon, waren die Umstände sowohl bei Gustaf Hammarklint als auch bei Kenneth Robertsson überraschend ähnlich. Beide sind bei Bränden ums Leben gekommen, die sich problemlos als Unglücksfälle erklären lassen. Sie waren ungefähr gleich alt, etwa Mitte vierzig, sind beide in Nynäshamn aufgewachsen und haben nicht weit von der Stadt entfernt gewohnt. Beide waren, so wie es aussieht, allein, als sie starben. Ihre Frauen waren verreist. Außerdem kriselte es in beiden Ehen heftig.« Schnell fügte sie hinzu: »Dann haben wir ja noch einen Mann, der gestorben ist. Aber Rolf Stenström können wir außen vor lassen, denn kein Mathematiker der Welt kann im Vorfeld bestimmen, welche Richtung ein Waldbrand einschlägt, so dass ausgerechnet er mit dem Auto darin stecken bleibt, oder?«

Jesper blinzelte und unterdrückte ein Gähnen, aber es gelang ihm nur fast.

»Ich kann kaum noch klar denken. Aber ja, da könnte etwas dran sein. Was willst du jetzt tun?«

»Ich muss mehr über diese Männer erfahren. Und mit Leuten sprechen, die hier wohnen. Ich werde Archivmaterial sichten, schauen, ob hier schon mal jemand gezündelt hat. Aber das ist alles nicht so einfach, weil ich hier niemanden kenne«, sagte sie mit einem leisen Seufzen.

»Du kennst jetzt mich«, sagte er, und sie verzog den Mund. Er sagte es scherzhaft, aber sie fand es trotzdem schön, das zu hören.

Er verschränkte die Hände vor dem Bauch.

»Ich habe einen Namen für dich, der dir vielleicht nützlich sein könnte. Cilla Hammar leitet das Kriminologische Institut der Universität Stockholm und ist schon öfter beratend bei Ermittlungen hier in der Stadt tätig gewesen. Kennt ihr euch?«

»Nein.«

»Sie ist Kriminologin, und ich übertreibe nicht, wenn ich sage, dass sie ihr Leben kriminellen Mustern gewidmet hat. Sie hat über die Jahre zahlreiche Ermittlungen vorangebracht und selbst uns bei der Feuerwehr schon gewaltig geholfen. Sollte es hier Menschen mit pyromanischen Tendenzen geben, dann weiß sie garantiert davon. Du kannst dich mit ihr in Verbindung setzen.«

Er griff nach seinem Handy und leitete ihr die Telefonnummer weiter. Gähnte ausgiebig, presste seine Handflächen gegen die Augen und seufzte tief.

»Du«, murmelte er, »ich glaube, ich muss nach Hause und schlafen.«

Sie legte ihre Hand ganz leicht auf seine Schulter und drückte sie sanft.

»Tu das«, sagte sie.

Sie standen beide gleichzeitig auf, und dann beugte er sich völlig unerwartet vor und umarmte sie zum Abschied. Sie spürte seinen Körper, hart wie ein Fels, als hätte er wirklich jeden Muskel in den letzten Tagen verausgabt. Er roch angenehm nach einem Hauch Rasierwasser, Schweiß und verbranntem Holz.

Jesper ließ als Erstes los, und sie machte schnell einen Schritt zurück.

»Danke für das Bier«, sagte er und verschwand zum Auto.

Sie setzte sich wieder hin und sah ihn wegfahren. Man merkte, wie sehr er sich für die beiden Toten verantwortlich fühlte. Lilly selbst hatten diese letzten Tage etwas anderes gezeigt. Sie hatte geschuftet wie ein Tier, hatte mit besorgten, wütenden und gestressten Menschen umgehen müssen, hatte Unmengen von Informationen eingeordnet und schnelle Entscheidungen getroffen. Und sie hatte das Entsetzen über Todesfälle genauso erlebt wie die Freude darüber, ein kleines Mädchen lebendig aufzufinden. Einiges von dem, was sie gesehen hatte, verfolgte sie bis in ihre Träume. Aber sie hatte trotzdem durchgehalten. Sie war nie auch nur in die Nähe der diffusen Panik gekommen, die sie nach Nynäshamn mitgenommen hatte. Sie hatte sich einer Aufgabe nach der anderen gestellt, dem Druck standgehalten. Bei aller Trauer über die Folgen dieses Feuers war das ein Sieg.

Und jetzt, wo das Schlimmste überstanden war, gab es einen Fall, in den sie sich reinknien konnten – und sie wusste auch schon, wo sie anfangen würde.

27

3. August DAGENS NYHETER

Angst vor Bränden lähmt die Gesellschaft
Zwei schwere Brände innerhalb kurzer Zeit in der Gegend rund um Nynäshamn lähmen die Stadt mit ihren 13 500 Einwohnern. »Wir unterhalten uns nicht mehr über das Wetter, wenn wir uns auf der Straße treffen, wir reden über Feuer«, sagt Sofia Gustavsson, Sprecherin des Bürgervereins.

Auf dem Weg durch Segersäng begegnen einem überall die Spuren des Feuers wie hässliche schwarze Narben. Verbrannte Bäume und die Ruinen von Gebäuden, die wie stumme Zeugen im Ort stehen. In der Gegend rund um Norvik sieht es noch schlimmer aus. Die Brände haben drei Menschen das Leben gekostet, Kinder haben ihre Väter verloren, Frauen ihre Ehemänner. Die Trauer in der Bevölkerung ist groß. Die Schäden, die die Feuer verursacht haben, belaufen sich auf mehrere hundert Millionen Kronen. Zahllose Gebäude, Fahrzeuge und wertvoller Wald sind buchstäblich in Rauch aufgegangen.

Sofia Gustavsson steht neben den Trümmern des Reitvereins von Nynäshamn. Ihre Tochter verbrachte hier noch vor kurzem viele Stunden bei den Pferden. Jetzt ist hier nur noch Asche. Die Familie wohnt gerade einmal zwei Kilometer entfernt, doch ihr Haus wurde glücklicherweise vom Feuer verschont. »Der Holzzaun am Ende des Grundstücks ist völlig abgebrannt, aber sie haben gerade noch rechtzeitig aus dem Flugzeug Wasser über dem Haus abgeworfen«, sagt Sofia Gustavsson, und die Erleichterung ist ihr deutlich anzuhören.

Viel deutet darauf hin, dass beide Brände durch Unfälle in privaten Haushalten verursacht wurden. Als Sprecherin des Bürgervereins hat Sofia Gustavsson es sich zur Aufgabe gemacht, alle aufzufordern, besonders vorsichtig im Umgang mit Feuer zu sein, und Aktivitäten zu meiden, die zu einem Brand führen könnten. Die gravierende Trockenheit bedeutet, dass bereits der kleinste Funke fatale Folgen haben kann. Sie hofft, dass sich alle, vom Schulkind bis zur Lokalpolitik, mit diesem wichtigen Thema befassen. Der nächste Schritt werde eine Bürgerversammlung sein, bei der es darum gehen solle, wie man das Brandrisiko in Zukunft verringern kann. Wir alle müssen mithelfen, sagt sie. Gleichzeitig habe sie bemerkt, dass die Angst vor weiteren Feuern einen negativen Einfluss auf die Gemeinschaft hat: »Ich habe mitbekommen, wie sich Menschen angeschrien haben, weil der eine ein Teelicht auf der Veranda angezündet hat und weggegangen ist, um etwas zu holen. Natürlich müssen wir vorsichtig sein, aber wir können uns nicht gegenseitig überwachen. Ich erlebe, dass viele sofort die Krallen ausfahren«, sagt sie. Dabei müssten alle zusammenhalten. Es sieht nicht danach aus, als wäre die Hitze- und Dürreperiode bald überstanden, der Grundwasserpegel ist niedrig wie seit Jahren nicht mehr und die Waldbrandgefahr entsprechend unverändert hoch. Ein Problem, das den Menschen in großen wie kleinen Gemeinden überall in Schweden Kopfzerbrechen bereitet. »Bei unserer Bürgerversammlung wird es auch darum gehen, wie wir uns gegenseitig helfen und unterstützen können«, betont Sofia Gustavsson.

28

Die Sonne schien zwischen den hohen Stämmen hindurch, und für einen Moment war Jesper geblendet. Er blinzelte. In dem hellen Morgenlicht sah die Verwüstung noch grotesker aus. Zwischen den verkohlten Bäumen war nichts als kahle, nackte Erde, mal braunschwarz, mal aschgrau. Nur hier und da gab es lebendige Flecken, die dem Feuer zufällig entgangen waren.

Die Nachlöscharbeiten waren anfangs aus Sicherheitsgründen von der Feuerwehr durchgeführt worden, aber in dieser Phase lag die Verantwortung nun bei den Grundbesitzern. Allerdings war Jesper gebeten worden, vor Ort nachzusehen, ob alles korrekt ablief. Die Eigentümer hatten eine Menge Fragen an ihn gehabt. Also war er noch geblieben, obwohl er frei hatte. Er war müder denn je, aber er schaffte es nicht, sich eine Pause zu gönnen. Die Unruhe in seinem Körper ließ ihn einfach nicht los, als hätte er noch nicht verinnerlicht, dass die schlimmste Gefahr wirklich überstanden war.

Jetzt zog er den Mundschutz herunter, um sich am Kinn zu kratzen, wo die Bartstoppeln juckten. Sein Rücken war nass geschwitzt. Zweihundert Meter weiter arbeiteten zwei ältere Männer, er hörte ihr Rufen und das Hacken ihre Äxte.

Er selbst und Rakim, der Nachbar des Grundbesitzers, bildeten ein Team. Sie hatten am äußeren Saum des Brandgebiets in Norvik begonnen und arbeiteten sich langsam und systematisch in Richtung Zentrum vor. Weiße Asche an der Oberfläche konnte ein Hinweis auf darunter befindliche Glut und Hitze sein. Entwässerte Torfböden und Ameisenhaufen waren tückisch und schwer zu löschen, Baumwurzeln konnten die Hitze unterirdisch über große Strecken weitergeben.

Sie besprühten den Boden mit einem dünnen Wasserstrahl. Überall dort, wo das Wasser verdampfte, befanden sich heiße Punkte. Plötzlich hob Rakim die Hand. Er zeigte auf eine Stelle nicht weit von ihnen, wo eine dünne, grauweiße Rauchsäule aufstieg. In der verkohlten Erde sahen die Glutnester fast magisch aus.

Jesper ging in die Hocke und inspizierte den Boden, aber sein Blick wanderte immer wieder hinauf zu den verbrannten Stämmen. Sie hatten die Nachlöscharbeiten untereinander aufgeteilt. Einer war dafür zuständig, zu kühlen und zu löschen und dabei auf umstürzende Bäume zu achten. Der andere hob mit Hacke und Spaten die Glutherde aus. So beseitigten sie nach und nach alle Reste des Feuers und damit das Risiko, dass es wieder aufflammte.

Das erste Mal, dass er während dieser Höllentage aufgeatmet hatte, war bei seinem Besuch bei Lilly gewesen. Sie hatte eine geradlinige Art, mit der sie zu ihm durchdrang. Eine gefühlte Ewigkeit hatte er davor in diesen Wäldern geschuftet und geackert, erfüllt von einer fast unerträglichen Panik. Die erste Todesnachricht hatte ihn getroffen wie ein Rammbock, die zweite war noch schlimmer gewesen. Emma zu finden, hatte ihm eine kurze Verschnaufpause der Erleichterung verschafft. So viel Schuld, ein so niederschmetterndes Gefühl von Unzulänglichkeit. Er war sich vorgekommen wie in einem dunklen Nebel.

Mit Lilly darüber zu reden, wie es ihm ging, hatte alles ein bisschen erträglicher gemacht. Jemand hatte ihm erzählt, dass sie in ihrem Job auch Schlimmes erlebt hatte und wusste, wovon sie sprach. Mit ihrem strengen »Niemand kann mehr geben als sein

Bestes« hatte sie ihn zum Lächeln gebracht. Aber er wusste nicht so richtig, woran er bei ihr war, mal wirkte sie ausweichend, dann wieder offen und aufgeschlossen. Vier Tage war es jetzt her, dass sie miteinander gesprochen hatten.

Nur noch eine Stunde, dann würde er den anderen den Rest allein überlassen. Die Kontrolle abgeben. Er bohrte mit aller Kraft das Wasserstrahlrohr in den Boden und schloss den Schlauch an.

29

Der Boden des Korridors glänzte schwarz, die Wände waren weiß. Ein Schild über der Tür zeigte Lilly, dass sie genau richtig war, im Studierendenbüro des Kriminologischen Instituts. Auf einem riesigen Schwarzen Brett neben der Eingangstür hingen Zettel mit Stundenplänen. Ein Stück den Flur hinunter hörte sie Stimmen.

Sie hatte Cilla Hammar angerufen und sich für zwölf Uhr mit ihr verabredet. Auf Lillys Digitaluhr war es exakt 11:59 Uhr. In der Sekunde, in der die Ziffern auf 12:00 umsprangen, erschien eine große, schlanke Frau in der Türöffnung. Ein glattgekämmter, dunkelbrauner Pagenkopf rahmte ihr ovales Gesicht ein, sie trug einen Bleistiftrock und eine tadellos gebügelte weiße Bluse. Draußen herrschte tropische Hitze, aber diese Frau sah beneidenswert frisch aus. Ihr Händedruck war fest und ihr Blick neugierig forschend.

Cilla Hammar war am Telefon knapp, aber entgegenkommend gewesen. Natürlich könne sie einen Termin verschieben, um sich mit Lilly zu treffen, schließlich beträfen die Feuer rund um ihre Heimatstadt Nynäshamn alle ihre Freunde und Verwandten dort. Der Eindruck, den Lilly am Telefon gewonnen hatte, deckte sich mit der Wirklichkeit. Cillas Körpersprache signalisierte, dass sie eine Powerfrau war, aber auch, dass sie nicht viel Zeit hatte.

»Wir setzen uns in mein Büro«, sagte sie und führte Lilly durch das Kriminologische Institut.

Sie gingen eine Treppe hoch, an einem Konferenzraum mit gläsernen Wänden vorbei, bis sie schließlich eine Reihe kleinerer Büros mit Briefkästen neben den Türen erreichten. Eines davon gehörte Cilla Hammar.

Das Zimmer war, wenig überraschend, sehr ordentlich und gut organisiert. Ordner in unterschiedlichen Farben füllten ein schlichtes String-Regal, es gab einen Schreibtisch mit Metallfüßen und einen Besucherstuhl. Auf den setzte Lilly sich. Auf der Fensterbank stand eine einsame Geranie. Es war leise und ruhig in dem Büro, keine störenden Stimmen drangen von außen herein.

»Sie haben sich nach den Fällen von Brandstiftung in Nynäshamn und Umgebung erkundigt. Bei einigen davon war ich als Beraterin eingebunden«, eröffnete Cilla das Gespräch, bevor Lilly auch nur die erste der üblichen Höflichkeitsfloskeln loswerden konnte. Diese Frau kam wirklich gleich zur Sache. »Aber viele sind es natürlich nicht, Nynäshamn ist klein«, fügte Cilla hinzu.

Sie setzte ihre Lesebrille auf, ein schmales Gestell aus Edelstahl, und griff nach einer Klarsichthülle. Sie zog einen dünnen Papierstapel heraus und legte ihn vor sich auf den Tisch.

»Der einzige echte Pyromane, den wir in Nynäshamn hatten, ist vor vielen Jahren gestorben. Danach gab es einen Versicherungsbetrug im Jahr 2008, ein gewisser Gunnar Sundman bezahlte dem Sohn seines Nachbarn 1000 Kronen dafür, dass der sein Auto in Brand setzte. Aber nein, das ist für Ihre Frage sicher nicht relevant.«

Sie legte die Akte beiseite und blätterte weiter in den Unterlagen. Sie summte leise, während sie die Fälle überflog.

»2016 wollten ein paar Teenager eine Bombe bauen, die dabei in der Garage explodiert ist.«

»Eine Bombe?« Lilly hob die Augenbrauen.

»Dreizehnjährige, die die Bauanleitung im Internet gefunden hatten. Mit schrecklichen Folgen. Einer ist gestorben, das ganze Haus ist abgebrannt«, sagte Cilla, ohne dabei den Blick von den Unterlagen zu lösen. Sie blätterte weiter und stutzte.

»Aber das hier könnte vielleicht interessant für Sie sein.«

Sie drehte die Akte so, dass Lilly hineinsehen konnte.

»Das war 2018. Sixten Sivers, damals einundvierzig, wohnhaft im Vårfruvägen 13. Wurde noch am Tatort festgenommen, nachdem er in ein altes Auktionshaus eingebrochen war und Feuer gelegt hatte. Bei der Hausdurchsuchung machte die Polizei Funde, die mit einem früheren Brand im selben Jahr in einem Wohnhaus in der Centralgatan in Verbindung gebracht werden konnten. Er hatte die Fassade in Brand gesetzt. Damals wurde eine Person mit schwerer Rauchvergiftung ins Krankenhaus eingeliefert.«

Sie suchte das Foto des Mannes heraus.

Sixten war also Anfang vierzig gewesen, als die Aufnahme gemacht worden war, aber er sah auf dem Bild bedeutend älter aus, dachte Lilly. Graue Augen, umgeben von tiefen Falten, ein starrer Blick, der hinter die Linse des Fotografen zu spähen versuchte. Wirre, ungewaschene Haare, die bis auf die Schultern herunterreichten, der Rücken leicht gekrümmt.

Cilla tippte sachte mit den Fingern auf das Foto.

»Ich habe Sivers' Fall mit großem Interesse verfolgt, als er aktuell war. Ich würde nicht sagen, dass er ein Pyromane ist, der Mann ist eher von einem großen Hass auf die Gesellschaft getrieben. Zusätzlich hat er gleich eine ganze Reihe von Diagnosen. Missbrauchsopfer. Er wurde verurteilt und in die forensische Psychiatrie überstellt …« Sie stockte und hob die Hand, als wäre sie über sich selbst verärgert. »Ach, halt, richtig, Sivers müsste sich ja immer noch im Maßregelvollzug in Kristinehamn befinden.«

»Wieso so weit weg?«

»Meines Wissens waren alle psychiatrischen Kliniken im näheren Umkreis der Stadt überfüllt.«

Lilly machte sich eine kurze Notiz mit seinem Namen in ihrem Handy.

Cilla blätterte weiter.

»Hier ist der Fall, an dem ich mitgearbeitet habe. Das war 2016. Zacharias Sanchez, damals siebzehn Jahre, wohnhaft Höjdgatan 8. Er hat nachts zugeschlagen und das Haus von Hans Ljunggren angezündet, dem Rektor der Lövdalsschule in Nynäshamn. Die Familie konnte sich im letzten Moment unverletzt ins Freie retten. Zacharias hatte sich ein gutes Alibi verschafft, aber nicht bedacht, dass es eine Überwachungskamera auf dem Parkplatz gab, den er überquert hatte. Ich habe in diesem Fall die Ermittlungsergebnisse analysiert und die Kontakte zwischen Polizei, Gemeinde und den Sozialbehörden koordiniert. Es hat damals ziemlich lang gedauert, bis Zacharias den Mund aufgemacht hat. Ich erinnere mich noch, wie er sagte: ›Sie durften mich drei Jahre lang quälen. Nie wieder.‹ Er war sehr hasserfüllt.«

Sie schaute hoch und sah Lilly zum ersten Mal richtig an, während sie weitersprach.

»Er bekam fünf Monate Jugendhaft.«

»War er ein Mobbingopfer?«, fragte Lilly.

»Ja. Er hatte es überhaupt sehr schwer in der Schule. Die Mutter bestätigte das, sein Vater hat sich nie für ihn interessiert«, sagte Cilla und nickte.

»Fünf Monate. Das heißt also, er ist schon lange wieder draußen«, fasste Lilly zusammen, eher für sich. »Denken Sie, dass er rückfällig geworden sein könnte?«

Cilla zögerte und zog dann ein neues Blatt heraus.

»Ich habe noch mehr. In derselben Gegend brannte 2018 ein Jugendzentrum. Es war Brandstiftung, aber es konnte kein Täter ermittelt werden. Die Überwachungskameras haben eine Person aufgezeichnet, deren Gesicht allerdings vollständig von einer Kapuze verdeckt war. Zacharias wurde verhört, aber er konnte nicht mit dem Feuer in Verbindung gebracht werden. Entweder weil er es nicht gelegt hat, oder weil er gelernt hatte, seine Spuren besser zu vertuschen. Wie Sie wissen, ist es generell sehr schwer, Brandstiftern ihre Taten nachzuweisen. Die Beweise werden zerstört.«

Sie legte einen Bogen mit seinem Bild auf den Tisch: dunkle Augen, zerzauste dunkle Haare. Das Foto war von 2016, und der schlaksige junge Mann hatte die Hände zu Fäusten geballt und eng an den Körper gepresst. Man sah ihm die Anspannung an, mit der er vor dem Fotografen gestanden hatte.

Hasserfüllt. Gut darin, seine Spuren zu verwischen, dachte Lilly und rief die Notizfunktion ihres Handys auf. *Verbindung zwischen Zacharias Sanchez und den Toten?*, tippte sie.

»Aber auch er war kein typischer Pyromane«, fuhr Cilla fort. »Er wollte es brennen sehen, weil er unfassbar wütend war.«

»Ich muss wirklich mehr über Täter lernen, die Feuer benutzen«, murmelte Lilly. »Ich weiß viel zu wenig über dieses Thema.« Sie ließ ihr Handy sinken. »Was ist denn Ihre Meinung zu diesen beiden aktuellen Bränden?«

Der Blick hinter den glänzend sauberen Brillengläsern wurde nachdenklich.

»Ich weiß noch nicht viel über die Hintergründe des letzten Feuers, Sie?«

Lilly schüttelte den Kopf.

»Und die Familie in Segersäng …«, fuhr Cilla fort, »… was ich in der Stadt so gehört habe, wollte seine Frau ihn verlassen und hat die Kinder mitgenommen. Um ehrlich zu sein, war mein erster Gedanke, dass er sich wahrscheinlich sinnlos betrunken hat und neben einer brennenden Kerze oder bei eingeschaltetem Herd eingeschlafen ist. Mein zweiter Gedanke war, dass es Selbstmord gewesen sein könnte und er Depressionen hatte und das Feuer selbst gelegt hat. Das wäre zwar sehr ungewöhnlich für einen Selbstmord, zugegeben, aber ich erinnere mich an einen solchen Fall aus dem Jahr 2005.«

Lilly stutzte. Cilla Hammars Theorie klang wie ein Echo von Karin Robertssons Worten. Die größte Angst der Witwe. Hatte Kenneth Robertsson die Fenster zugenagelt, um zu verhindern, dass er es sich im letzten Moment doch noch anders überlegte? Hatte er das Feuer im Erdgeschoss gelegt und war dann nach oben gegangen, um dort auf den Tod zu warten? Sie schauderte.

»Wer hat denn behauptet, dass seine Frau ihn verlassen hat?«, fragte sie.

»Irgendjemand im Ort, so ganz genau erinnere ich mich nicht mehr. Aber was denken Sie selbst? Wie kommen Sie darauf, es könnte sich um Brandstiftung handeln? Gibt es irgendetwas, das darauf hindeutet?«

Lilly krempelte ihre Hemdsärmel weiter hoch und lehnte sich im Stuhl zurück. Sie versuchte, kurz abzuwägen, was sie laut sagen konnte, ohne sich lächerlich zu machen. Jetzt gerade zweifelte sie erheblich an ihrer eigenen Theorie.

»Dort, wo die beiden Brände ausbrechen, kommen zwei nahezu gleichalte Männer ums Leben. Ähnliche Lebensumstände, beide hier aufgewachsen. Das kann Zufall sein. Oder auch nicht. Es gibt Details, die darauf hinweisen könnten, dass das Feuer in Segersäng gelegt wurde. Möglicherweise von einem Unbekannten.«

»Details? Wie was zum Beispiel?«

Jetzt funkelten Cilla Hammars Augen interessiert. Lilly schoss durch den Kopf, dass Jesper mit seiner Beschreibung nicht übertrieben hatte. Sie war wirklich ein Kriminal-Nerd.

»Die Fenster im Obergeschoss waren unauffällig vernagelt. Es könnte eine logische Erklärung dafür geben, aber es geht mir trotzdem nicht aus dem Kopf.«

Cilla nickte ihr auffordernd zu, mehr zu erzählen, aber Lilly tat ihre eigenen Worte mit einem Lachen ab.

»Ach, es sind nur Gedankenspiele. Aber vielen Dank für das Gespräch, Sie haben mir sehr geholfen. Ich werde mir das alles durch den Kopf gehen lassen und an der Sache dranbleiben.«

Ihr Blick blieb an einem Schwarzweißfoto hängen, das in einem stilvollen Silberrahmen auf Cillas Schreibtisch stand. Es zeigte eine bedeutend sanftere Version der Kriminologin, die den Arm um einen älteren Mann im Anzug gelegt hatte.

Lilly wies mit einem Nicken auf das Foto.

»Schönes Bild! Ist das Ihr Mann?«, fragte sie beeindruckt.

Cilla lächelte schief.

»Nein, das ist mein Vater. Ich habe keine Zeit für Männer. Sie kosten viel zu viel Energie.«

Lilly lachte und nickte zustimmend.

Sie standen gleichzeitig auf, Lilly strich sich die Uniformhose glatt und erwiderte dann Cillas festen Händedruck.

»Melden Sie sich, wenn ich noch irgendetwas für Sie tun kann«, sagte Cilla auf dem Weg zur Tür.

Sie hatte zwei interessante Namen mit aus dem Treffen genommen, dachte Lilly. Und der eine war vielleicht tatsächlich eine Spur.

30

Eine Person war auf Lillys inoffizieller Verdächtigenliste deutlich weiter nach unten gerutscht. Auf Maria Häggbloms Instagram-Seite war ganz klar zu sehen, dass sie und ihr Mann Micke an dem Abend, als Kenneth Robertssons Haus brannte, bei einem Krebsessen gewesen waren. Eine Bilderserie mit glasigen Augen und schiefen Partyhütchen belegte zudem, dass sie beide ordentlich getrunken hatten. Wie den Bildern anderer Partygäste in den sozialen Medien zu entnehmen war, hatte das Fest bis in die frühen Morgenstunden angedauert. Und natürlich gab es Feuer, die von Betrunkenen gelegt wurden, aber sicher nicht nachts mit lautloser Präzision.

Zwei Männer, die dort gestorben waren, wo die Brände ihren Anfang genommen hatten. Gab es noch mehr Gemeinsamkeiten? Beide waren in Nynäshamn aufgewachsen. Kenneth war Geologe gewesen und hatte größtenteils freiberuflich für große Auftraggeber wie LKAB, eines der größten schwedischen Bergbauunternehmen, gearbeitet und dabei gutes Geld verdient. Gustaf war Handwerker gewesen und hatte hauptsächlich Privatpersonen als Kunden gehabt. Er schien ein eher einfaches Leben geführt zu haben, allerdings mit einer Frau, die ständig auf Achse war. Beide hatten in geordneten finanziellen Verhältnissen gelebt, waren respektierte Männer und Familienväter gewesen, allerdings hatte es in beiden Ehen gekriselt.

Hatte jemand ihren Tod gewollt?

Sie sah Zacharias Sanchez vor sich, seine Augen, seine angespannte Haltung, die Wut, die er in sich getragen hatte. Sie musste ihn überprüfen. Was machte er heute? Ließ sich eine Verbindung zwischen ihm und den Bränden herstellen?

»Hallo, schläfst du? Ich habe gefragt, ob du etwas essen willst?« Katja wedelte ihr mit einer Hand vor dem Gesicht herum und riss Lilly aus ihren Gedanken.

»Mensch, bist du heute abwesend. Also, ich hole mir auf jeden Fall ein belegtes Brötchen.« Das Polizeiauto bog in die Fredsgatan, und Katja hielt vor Müllers Bäckerei und Konditorei an.

Lilly beeilte sich zu lächeln. »Sorry, bringst du mir eins mit? Egal womit.«

Katja nickte großzügig, öffnete die Fahrertür und drehte sich dann noch einmal halb im Sitz um, um sich ihre Sonnenbrille zu angeln, weil das spiegelnde Kopfsteinpflaster sie blendete.

Ein gelangweiltes Kind mit einem großen Softeis in der Hand stand vor der halboffenen Tür und brüllte in die Bäckerei: »Maaamaa! Wann kommst du endlich?«

Katja wollte gerade die Tür zuschlagen, aber dann beugte sie sich wieder nach unten ins Fahrzeug, zeigte aus dem Fenster und fragte grinsend: »Ist das da drüben nicht dein Feuerwehrmann?«

Nicht weit von ihnen starrte Jesper auf sein Handy, als hätte er mitten im Schritt angehalten.

»Er ist nicht *mein* Feuerwehrmann«, widersprach Lilly, aber sie war schon mit einem Fuß aus dem Auto. Jespers Gesichtsausdruck hatte ihr Interesse geweckt.

»Na klar«, feixte Katja und verschwand in der Bäckerei.

Als Lilly auf ihn zuging, sah sie, dass Jesper seine Sommeruniform trug: dunkle Hosen und ein Poloshirt mit dem Emblem des Rettungsdienstes auf dem Ärmel. Sein Gesicht hellte sich auf, als er sie bemerkte. Er zog den Kopfhörer aus dem Ohr und begrüßte sie. Er sah nicht mehr ganz so fertig aus wie bei ihrer letzten Begegnung, dachte sie. Hoffentlich hatte er Gelegenheit gehabt, sich ein bisschen auszuruhen.

»Unsere Leute haben sich nach diesen Tagen wirklich eine Belohnung verdient. Ich war gerade auf dem Weg, belegte Brötchen und Kuchen für alle zu holen«, sagte er, als müsse er seine Anwesenheit erklären.

»Was schaust du dir da an?«, fragte sie neugierig.

Er stellte den Ton seines Handys lauter und brachte das Video, das er sich angesehen hatte, auf Bildschirmgröße.

»Conny Olausson gibt ein Fernsehinterview«, sagte er.

Der Chefforensiker des Kriminaltechnischen Instituts stand breitbeinig vor der Reporterin, mit zerzausten weißblonden Haaren und die Arme vor der Brust verschränkt.

»Wie sicher sind Sie, dass der Brand in Norvik ausgebrochen ist?«, fragte die Reporterin Olausson und hielt das schwarze Mikrophon mit dem weißen TV-Logo dabei keine zehn Zentimeter von seinem Kinn entfernt.

»Nach einer gründlichen technischen Untersuchung besteht kein Zweifel daran, dass der Brand in einer Sauna auf einem Privatgrundstück in Norvik ausgebrochen ist, wo auch eine verunglückte Person aufgefunden wurde. Von dort ausgehend hat sich das Feuer schnell ausgebreitet, ist sowohl auf das Haus als auch auf den nahe gelegenen Wald übergesprungen.«

Die Reporterin schnappte hörbar nach Luft. Das hier war das erste Mal, dass jemand die Brandursache kommentierte.

»Dann handelt es sich also um einen Unfall?«

»Um diese Schlussfolgerung zu ziehen, ist es noch zu früh, aber es deutet einiges darauf hin.«

»Können Sie uns sagen, was?«

»Die Sauna war ein Eigenbau, bei dem der alte Ofen einer anderen Sauna verwendet wurde. Er entsprach nicht den Sicherheitsansprüchen, die für moderne Geräte gelten«, erklärte Conny Olausson.

»Dann könnte also ein veraltetes Gerät diesen schrecklichen Waldbrand ausgelöst haben, unter dem so viele Menschen noch lange leiden werden?«

»Das ist absolut möglich, ja.«

»Es wurde Kritik laut, die Löscharbeiten hätten zu spät begonnen und es hätten zu wenig Einsatzkräfte zur Verfügung gestanden. Wie hat sich das in Ihren Augen auf die Entwicklung des Feuers ausgewirkt?«, fragte die Reporterin. Sie hielt das Mikrophon immer noch auf derselben Höhe.

Lilly merkte, wie Jesper neben ihr erstarrte. Sie schaute hoch und registrierte einen angespannten Zug um seinen Mund.

»Sie werden von mir kein Urteil über die Arbeit meiner Kollegen hören. Danke«, sagte Conny Olausson, nickte kurz und ging dann zu seinem parkenden Auto.

Jesper machte sein Handy aus und steckte es wieder ein.

»Wir haben nicht zu spät gelöscht, aber verdammt, ja, wir waren unterbesetzt und mussten viel zu lang auf die Helikopter warten«, knurrte er scharf, ehe Lilly etwas sagen konnte. Die Worte der Reporterin hatten ihn sichtlich getroffen. Plötzlich konnte er ihr nicht mehr richtig in die Augen sehen. Er fühlte sich gedemütigt.

»Ich glaube, Katja hat Sehnsucht nach dir«, sagte er. Ein deutlicher Wink, dass er lieber allein sein wollte.

Lilly drehte sich um und sah Katja, die am Auto stand und mit einer braunen Papiertüte wedelte. Sie würden dieses Gespräch ein andermal fortsetzen. Lilly hätte ihm gern noch etwas Aufmunterndes gesagt, aber sie beließ es dabei, ihm nur leicht die Hand auf den Arm zu legen.

»Bis bald«, sagte sie.

Die Stunden vergingen, und sie waren weiterhin vollauf mit den Folgen des Feuers beschäftigt. Von Personenschäden bis hin zu Einbrüchen war alles dabei: Eine Frau war auf einem Waldweg unter einem umgestürzten Baum eingeklemmt worden. Zum Glück hatten Spaziergänger die Verletzte gefunden. Das Gebiet musste abgesperrt werden, weil der Brand noch weitere Bäume beschädigt hatte. Und schließlich fuhren sie noch zu einem Mann, dessen Haus während des Feuers evakuiert worden war und in dieser Zeit Besuch von Einbrechern bekommen hatte.

Es war fast Mitternacht, als sie endlich Dienstschluss hatten.

»Soll ich dich diesmal nach Hause fahren?«, schlug Lilly vor, als sie ins Auto stiegen.

»Ach was, ich fahre gern. Fahr du nächstes Mal«, sagte Katja.

»Wie war das mit der Kontrollsucht?«, zog Lilly sie auf. Katja grinste nur zur Antwort.

Sie ließen auf beiden Seiten die Scheiben herunter. Die Luft war mild, Lilly ließ die Hand aus dem Fenster hängen und genoss den sanften Fahrtwind. Kein Stern war am Himmel zu sehen. Die schwarze Nacht färbte Büsche und Sträucher graublau. Alles war ruhig, die schmalen Straßen zwischen den Gärten der Einfamilienhäuser waren menschenleer. Nynäshamn schlief.

»Okay, sei nicht sauer, falls das ein heikles Thema sein sollte, aber ich muss dich etwas fragen«, sagte Katja, als sie mit einer Hand am Lenkrad vor Lillys hochaufragendem Zuhause einbog.

Lilly saß müde auf dem Beifahrersitz und rieb sich die trockenen, gereizten Augen.

»Was denn?«

»Ich habe den Eindruck, dass du dich veränderst. Und ich würde vermuten, dass du in Stockholm etwas zurückgelassen hast. Etwas Belastendes?«

Lilly war plötzlich hellwach. Angespannt sah sie Katja an.

»Was meinst du?«

Katja zuckte mit den Schultern.

»Ich habe mich gefragt, warum du hierhergekommen bist. Jemand mit deinem Lebenslauf könnte sich auf viel wichtigere Stellen bewerben statt auf einen Provinzjob wie diesen. Als du ganz neu hier warst, hatte ich das Gefühl, du stehst ständig unter Strom. Ich habe nicht kapiert, warum, aber jemand von deinem Format sollte in dieser Rolle eigentlich nicht mehr nervös sein«, sagte Katja und sah sie aufmerksam an.

Lilly wurde bewusst, dass sie Katja falsch eingeschätzt hatte. Sie hielt im Dienst immer die Stimmung hoch und kam mit den meisten gut aus. Eine unkomplizierte, umgängliche Frau, hatte Lilly ein paarmal nicht ganz neidlos gedacht. Aber Katja war viel aufmerksamer, als Lilly gedacht hatte. Und sie war in dieser kurzen Zeit eine Freundin geworden. Jetzt nickte sie, um Katja zu ermuntern fortzufahren.

»Es ist irgendwie absurd, aber obwohl diese letzten Tage wirklich beschissen waren, lachst du inzwischen viel öfter. Also, was auch immer du in Stockholm gelassen hast, es muss schlimmer gewesen sein. Schlimmer als eine Kleinstadt, die von einem riesigen Waldbrand bedroht wird. Das ist mir durch den Kopf gegangen. Aber sag mir, wenn ich falschliege.«

Lilly verzog den Mund.

»Du liegst nicht falsch. Und auch wenn wir gar nicht so wahnsinnig weit weg sind von Stockholm, fühlt es sich an wie eine andere Welt. Ich habe Abstand zu allem, und ich merke, dass ich wieder funktioniere. Das, was dort war …« Sie suchte nach Worten, nach der richtigen Formulierung. Ihr Herz schlug schon schneller, nur weil sie an dem rührte, was sie so mühsam verborgen hielt und versuchte, hinter sich zu lassen. »… hat mich im Dienst und privat beeinträchtigt. Und es war sehr belastend. Tatsächlich bin ich fast daran zerbrochen. Aber hier geht es mir besser.«

»Das freut mich.« Katja schien einen Augenblick zu zögern. »Ich muss dir ja hoffentlich nicht sagen, dass … wenn dir jemand etwas angetan hat, Lilly, dann darfst du diese Person nicht damit davonkommen lassen.«

Lilly biss sich auf die Lippe und schüttelte den Kopf. Eine Antwort, die weder ein Ja noch ein Nein war.

Es war nicht zu übersehen, dass Katja sich beherrschen musste, um nicht weiter nachzufragen, aber Lilly war dankbar, dass sie es bleiben ließ. Sie lächelte.

»Und nur um das klarzustellen: Es ist überhaupt nichts falsch an so einem Kleinstadtjob. Kling und Klang werden gebraucht.«

Katja lachte prustend los.

»Du hast recht, irgendjemand muss Pippi Langstrumpf ja auf die Finger klopfen.«

In der Ferne glitzerte das Wasser einladend zwischen dem Schilf, nachtschwarz mit Tupfern von Licht, das aus den umliegenden Fenstern fiel. Lilly richtete sich auf und spähte nach vorn. Es war kein Mensch zu sehen. Sie sah Katja an.

»Was hältst du von einem nächtlichen Bad?«

»Wer als Erstes im Wasser ist?«

Sie schnallten sich ab, rissen die Autotüren auf und rannten johlend hinunter an den Strand.

31

13. Juli 2001

Es stimmt nicht, was da steht. Ich bin nicht wie früher, aber auch nicht, was sie an die Tür geschmiert haben.

Es war ein normaler Abend, ein schöner Sommerabend, an dem die Amsel im Baum trillerte. Er kam von einem späten Bad in der Bucht nach Hause. Ausgelassene Kinderstimmen klangen noch immer in seinen Ohren, das fröhliche Toben und Spielen, das um ihn herum gewesen war. Es hatte schöne Erinnerungen geweckt. Er versuchte zu singen, auch wenn seine Stimme nicht richtig trug.

Als er in die Einfahrt bog, stockte er. Pfeifend entwich die Luft aus seinem Brustkorb und durch den weit offenen Mund. Die Botschaft war schon von weitem zu sehen, und sein Magen verkrampfte sich. Große schwarze Buchstaben an der weißen Haustür, die Farbe war in Streifen das Holz hinuntergelaufen.

VERSCHWINDE UND BRENN, DU MISSGEBURT

Er zitterte am ganzen Körper. Zog irgendwie den Schlüssel aus der Tasche, schloss auf, taumelte zum Telefon an der Wand und griff mit beiden Händen zum Hörer. Presste ihn für einen Moment an die Brust, um Mut zu sammeln. Er musste die Polizei anrufen, fing an, die Nummer zu wählen, und brach mittendrin ab.

Wenn die Polizei in sein Haus kam, dann würden es alle erfahren. Alle würden darüber reden. Als wäre die Scham nicht schon schwer genug zu ertragen. Als wäre es nicht schon demütigend genug, in den Geschäften um Hilfe zu bitten. Oder auf unsicheren Beinen im Bus das Gleichgewicht zu verlieren. Wenn die Physiotherapeutin ihn mit diesem sorgenvollen Gesicht ansah. Er war zu nichts mehr zu gebrauchen. Die höhnischen Stimmen machten es ihm immer wieder klar. Er konnte die Polizei nicht anrufen. Das ertrug er nicht.

Zögernd hängte er den Hörer zurück auf die Gabel. Tränen brannten in seinen Augen. Es klopfte an der Tür. Er sank auf den Boden und verbarg den Kopf in den Händen. Vielleicht waren sie zurückgekommen, um ihn auszulachen. Sein Herz raste. Er presste die Hände so fest gegen die Ohren, dass es weh tat, und so blieb er sitzen, bis das Klopfen aufhörte und es wieder still war.

Er hatte noch weiße Farbe im Schuppen. Er musste alle Spuren übermalen, als wäre nie etwas geschehen.

32

Die Türglocke klingelte, als Lilly das kühle Blumengeschäft betrat. Neulich vor der Bäckerei hatte sie nicht ahnen können, dass Zacharias Sanchez nur eine Wand von ihr entfernt gewesen war. In einer Kleinstadt kannte jeder jeden. Eine Frau im Supermarkt hatte ihr hilfsbereit erzählt, dass Zacharias Sanchez sich in Siws Blumenladen etwas dazuverdiente. Das Geschäft war kaum größer als ein Schuhkarton, mit deckenhohen Regalen voller Topfpflanzen und eleganten Blumensträußen, die hinter einer gläsernen Schiebetür thronten. Lilly bekam Gänsehaut, so groß war der Temperaturunterschied zwischen der trockenen Hitze draußen und der kühl-feuchten Luft hier drinnen.

Sie war nicht gekommen, um Fragen zu stellen. Katja war nebenan in der Bäckerei, um Mittagessen zu kaufen, und Lillys Besuch hier war ungeplant. Was sie beschäftigte: Wenn es Brandstiftung gewesen war und die Männer gezielt getötet worden waren, wie würde sich dann der Täter oder die Täterin über die Brände äußern? War es ein kontrollierter Psychopath, ohne Schuldgefühle und Empathie? Oder ein Mörder mit einem starken Motiv, den seine eigenen Taten quälten? War es überhaupt möglich, an etwas anderes zu denken, wenn man so etwas getan hatte?

Sie musste sich entscheiden: Wollte sie diese Sache ernsthaft in Angriff nehmen? Bislang hatte sie sich vor allem gedanklich damit beschäftigt, wie eine Art Denksportaufgabe. Dass sie jetzt hier stand, war ein Zugeständnis an ihr Bauchgefühl. Sie musste ihn sehen. Und sie wollte vor allem, dass er sie und das, was sie repräsentierte, sah.

Als sie das Geschäft betrat, war zunächst niemand da, aber sie hörte Geräusche aus einem Raum hinter dem Kassenbereich, der von einem geblümten Vorhang verdeckt wurde. Es klang, als würde gerade jemand einen Karton aufschneiden. Anscheinend hatte wer auch immer dort hinter dem Vorhang war, das Klingeln der Türglocke nicht gehört.

Sie legte die Hand auf das kleine Metallglöckchen, das auf dem Tresen stand. Es schrillte, und das Rascheln im Hinterzimmer verstummte sofort. Der Vorhang wurde beiseitegeschoben, und vor ihr stand Zacharias Sanchez.

Der dunkelhaarige Junge vom Foto hatte sich verändert. Inzwischen war Zacharias vierundzwanzig. Er trug schwarzen Kajal um die Augen und hellbraunen Lippenstift. Eine türkisblaue Feder baumelte an seinem Ohr. Dunkle Bartstoppeln bedeckten seine Wangen. Er hatte seine Kleidung den kühlen Temperaturen im Laden angepasst und trug einen weiten Pulli mit großem Kragen und dazu enge Lederhosen. Er war groß und dünn, mit großen Händen und langen, zarten Fingern, die aussahen, als wären sie wie geschaffen, um Klavier zu spielen. Er legte die Hände auf den Glastresen und beugte sich leicht nach vorn.

»Kann ich Ihnen helfen?«

Lilly war gekommen, um die Uniform sprechen zu lassen, und sie hatte ihre Antwort schon bekommen. Die unscheinbare Veränderung in seinem Gesicht, als er hinter dem Vorhang hervorgekommen war und sie gesehen hatte. Nur ein winziges wachsames Zucken, die Millisekunde, die er gebraucht hatte, um seine Mimik wieder unter Kontrolle zu bekommen.

»Ich hätte gern Rosen«, sagte sie ganz neutral und mit der Andeutung eines Lächelns.

Seine Hände lagen noch auf dem Tresen, er rührte keinen seiner langen Finger.

»Wir haben mehrere Sträuße mit gemischten Farben draußen in den Kästen«, sagte er, ohne ihr dabei in die Augen zu sehen.

»Die gelben da neben Ihnen, die sehen schön aus«, sagte Lilly und zeigte auf einen Strauß hinter der Glasscheibe.

Er richtete sich auf und bediente sie dann schnell und professionell. Sie bezahlte, er gab ihr den Kassenbon und wickelte die Blumen in hellbraunes Papier ein.

»Danke«, sagte sie und lächelte noch einmal, als sie die Blumen entgegennahm.

Er erwiderte auch dieses Lächeln nicht, und er sah ihr immer noch nicht in die Augen. Aber etwas anderes verriet noch mehr als seine Körpersprache: die feuchten Abdrücke, die seine Hände auf der Glasplatte hinterlassen hatten.

Er hatte Angst.

33

»Oh, hast du Blumen gekauft? Sind die für mich … oder für deinen Feuerwehrmann?«, fragte Katja neckend, als Lilly sich zu ihr ins Auto setzte und die Rosen auf den Rücksitz warf.

»Lass uns noch schnell auf der Wache vorbeifahren, ich brauche meinen Rechner«, sagte Lilly, ohne auf die Anspielung einzugehen. Sie hatte sie kaum bemerkt.

Die Begegnung mit Zacharias Sanchez hatte ihn auf ihrer kurzen Liste von Verdächtigen ganz nach oben befördert. Jetzt brauchte sie bedeutend mehr als ein Gefühl, dem sie nachgehen wollte. Es war wie eins dieser Ratebilder, bei denen man Striche von Punkt zu Punkt ziehen muss. Was ihr jetzt fehlte, war der nächste Punkt.

Drei Stunden und fünfundvierzig Minuten später ließ sie eine Elektrolyttablette in eine Wasserflasche fallen. Die ganze Zeit so viel mehr als gewöhnlich zu schwitzen entzog ihrem Körper wichtige Mineralien. Das machte den Kopf langsam, und es fiel ihr schwerer, das ganze Bild zu sehen. Sie trank die sprudelnde, nach Zitrone schmeckende Lösung in großen Schlucken und nickte für sich. Sie hatten eine Auseinandersetzung unter Jugendlichen geschlichtet, einen Betrunkenen aus einem Treppenhaus weggebracht, und dazwischen hatte sie das Internet nach einer Verbindung durchforstet. Und etwas gefunden.

»Schau dir das hier an«, sagte sie, kippte die Sitzlehne weiter nach hinten und hielt den Laptopbildschirm so, dass Katja ihn besser sehen konnte. Bilder von Sportveranstaltungen, digitale Schuljahrbücher – alles war frei zugänglich. Sie zeigte auf eine Gruppe Jugendliche, die sich mit ihren Hallenhockeyschlägern vor einem Tor aufgestellt hatten. Ihr Trainer stand in seinem Adidas-Trainingsanzug daneben und machte ein feierliches Gesicht.

»Sie kannten sich. 2014 war Gustaf Hammarklint Hockeytrainer der Jugendmannschaft, in der auch Zacharias spielte. Und Kenneth Robertsson war früher mal Vertretungslehrer an Zacharias' Schule.«

Katja machte große Augen.

»Der Zacharias Sanchez, der mal das Haus des Rektors angezündet hat? Dann gehst du wirklich davon aus, dass die Feuer absichtlich gelegt wurden?«, fragte Katja und nickte als Antwort auf ihre eigene Frage. »Das ist unglaublich.«

»Sicher bin ich mir natürlich nicht«, sagte Lilly schnell.

Katja biss sich auf die Unterlippe und sah sich die Bilder genauer an.

»Aber wieso sollte Sanchez es auf Menschen abgesehen haben, mit denen er als Schüler zu tun hatte?«

»Ich weiß es nicht. Es war jedenfalls reines Glück, dass die Familie des Schulleiters seine Attacke auf das Haus damals überlebt hat. Und aus dem, was er im Verhör ausgesagt hat, schließe ich, dass er als Schüler ziemlich heftig gemobbt wurde. Aber trotzdem ist das alles ein großes Fragezeichen für mich«, sagte Lilly und seufzte leise.

Die Nummer des leitenden Forensikers am Kriminaltechnischen Institut, Conny Olausson, bekam Lilly von Jesper. Olausson war noch in Nynäshamn und schlug ihr vor, sich in der Bryggergatan zu treffen. Dort gebe es eine Pizzeria, sagte er.

Sie kam als Erste an und betrat das kleine Restaurant mit den sonnengelben Wänden. Es duftete nach Oregano, Thymian und Bolognese. Am Ofen stand ein älterer Mann und wischte sich den Schweiß von der Stirn, der Ventilator neben ihm lief zwar auf der höchsten Stufe, aber selbst das konnte nicht viel ausrichten. Sie bestellte eine Cola und setzte sich. Fünf Minuten später kam Conny. Dank des Fernsehinterviews erkannte sie ihn sofort.

Sie schätzte ihn auf Anfang fünfzig. Seine Haare waren genauso hellblond wie seine Augenbrauen und standen im Kontrast zu dem intensiven Blau seiner Augen, was seinem Gesicht eine gewisse Schärfe verlieh. Tiefe Lachfalten zeichneten rund um seine Augen weiße Linien in die sonnengebräunte Haut, trotz seines energischen Auftretens lachte er offenbar viel und gern. Seine Oberlippe war deutlich nach oben gewölbt, darunter steckte mit Sicherheit mehr als nur ein Snus-Beutelchen.

Er ließ sich ihr gegenüber auf einem Stuhl nieder und bestellte bei dem schwitzenden Mann hinter dem Tresen eine Tasse Kaffee.

»Sie haben Fragen zu dem Brand in Norvik?«, waren seine ersten Worte, nachdem er sie begrüßt hatte.

Keine höflichen Artigkeiten, sondern gleich auf den Punkt. Das gefiel Lilly.

»Ich wüsste gern, ob etwas darauf hindeutet, dass es Brandstiftung war, und wenn ja, was«, sagte Lilly und passte sich seiner effizienten Gesprächsführung an.

Olausson zog umständlich seine Tabakdose aus der hinteren Hosentasche, pulte zwei Snus-Beutelchen unter seiner Oberlippe heraus und ließ sie in dem dafür vorgesehenen Fach der Dose verschwinden. Seine routinierten Bewegungen verrieten, dass er das häufig machte, wenn er nachdachte.

»Zunächst mal war diese Ermittlung die Hölle. Es war ja fast nichts mehr da, was wir uns anschauen konnten. Diese Sauna scheint von A bis Z Marke Eigenbau gewesen zu sein. Gustaf Hammarklint hat angeblich großen Wert darauf gelegt, alles von Grund auf selbst zu machen. Eine Sache ist mir allerdings aufgefallen, und zwar, dass es aussieht, als wäre der Saunaofen von unten gesprungen. Das meiste war so verformt und verbrannt, dass es schwer zu beurteilen ist, aber der Riss im Metall war relativ groß.« Er drehte den Deckel der Tabakdose ein Fach weiter, während er fortfuhr: »Wenn es Brandstiftung war, dann hätte der Täter unbemerkt das Grundstück betreten, ein Loch in den Ofen gebohrt und so dafür gesorgt, dass sich die Wärme nach unten ausbreitet und den Boden der Sauna in Brennholz verwandelt. Aber ist das wahrscheinlich? Nein. Das klingt eher nach einem Film.«

Sein Kaffee kam zusammen mit einem Zuckerschälchen, und er ließ drei Stück Würfelzucker in die pechschwarze Flüssigkeit fallen.

»Aber denkbar wäre es?«, fragte Lilly.

Olausson trank einen Schluck und sah sie etwas genervt über den Rand seiner Tasse an.

»Ja, natürlich besteht die Möglichkeit, dass es so gewesen sein könnte. Aber dann reden wir über einen Täter, der nicht nur technisch geschickt, sondern auch sehr zielstrebig ist. Auf diese Weise einen Brand zu verursachen verlangt Vorbereitung. Und die betreffende Person müsste wirklich gut darin sein, die eigenen Spuren zu beseitigen.«

Er leerte seine Tasse mit wenigen, großen Schlucken.

»Meine Erfahrung sagt mir, dass wir es hier mit einem Eigenbau zu tun haben, der bedauerlicherweise zur tödlichen Falle wurde. Das ist ungeheuer tragisch, aber keineswegs ungewöhnlich. Tatsächlich kann ich gar nicht zählen, wie viele vergleichbare Fälle ich schon gesehen habe.«

Sie nickte, um ihm zu signalisieren, dass sie verstanden hatte, und plötzlich lächelte er.

»Aber irgendetwas sagt mir, dass Sie eine andere Theorie haben.«

Lilly erwiderte das Lächeln und spürte ihre Überzeugung wachsen.

»Ja, vielleicht«, sagte sie nachdenklich.

34

Ein potenzieller Mord durch Brandstiftung fiel eigentlich in die Zuständigkeit des Dezernats Kapitaldelikte bei der Kripo Stockholm Süd, aber die waren überlastet und schoben eine Menge Aufgaben an andere ab. Die Zahl an Schwerverbrechen in Verbindung mit internationalen Gangs hatte ein ungeahntes Niveau erreicht, sie hatten also alle Hände voll zu tun. Immer mehr Arbeit wurde auf die lokalen Polizeibehörden abgewälzt, und so verhielt es sich im ganzen Land. Für Lilly war das kein Grund zur Klage. Dieser Fall hier hatte etwas in ihr geweckt, einen Arbeitshunger, den sie lange nicht mehr verspürt hatte. Das war gut. Sie war endlich wieder sie selbst. Die Frau, die anpackte und Dinge zu Ende brachte.

Zacharias Sanchez stand formal nicht unter Verdacht, aber Lilly begann, ihn zu überprüfen. Es war Zeit, den Streifenwagen zu verlassen und sich auf die Ermittlungen zu konzentrieren. Lilly teilte sich die Zeit ein. Ihr Hintergrund als Fahnderin der Nationalen Einsatzabteilung war ihr dabei eine gute Hilfe.

Sie besprach das Ganze mit Bertil Strömberg. Er unterstützte ihr Vorhaben und ließ sich von ihrer Energie anstecken, als sie ihm alles erklärte. Sein Blick war anerkennend.

»Nimm dir Zeit für diese Sache, wir sorgen für die nötigen Ressourcen.«

Zuerst: die Grundlagen. Lilly nahm sich Zacharias' Routinen vor. Sie folgte ihm und dokumentierte jeden Halt, den er einlegte.

Lilly war ein Schatten, den er eine ganze Woche lang nicht bemerkte. Sie hielt sich immer in sicherem Abstand, das Zivilfahrzeug, das sie von Bertil bekommen hatte, war praktischerweise ein extrem leiser Kia e-Niro.

Jeden Morgen um kurz nach halb zehn verließ Sanchez seine Wohnung, um sich in den Blumenladen zu begeben, wo er arbeitete. Er hatte kein Auto, sondern fuhr entweder mit einem E-Roller oder nahm den Bus. Ein Kollege von Lilly ging am Geschäft vorbei, um zu überprüfen, ob er auch wirklich dort angekommen war. Das war er, und er arbeitete die meiste Zeit allein, nur ab und zu schaute die Ladenbesitzerin herein. Der Ton zwischen den beiden war herzlich, sie schienen gut miteinander auszukommen.

Mittagspause machte er meistens im Hinterzimmer. Zu essen gab es ein belegtes Brötchen, das er sich nebenan in der Bäckerei kaufte. Er hatte Freunde, aber viele waren es nicht. Manchmal traf er sich mit jemandem auf einen Drink oder einen Kaffee, und er fuhr regelmäßig zu einer Adresse in Stockholm, zu einem gleichaltrigen Freund, den er mit einer Umarmung und einem Kuss auf die Wange begrüßte. Aber die meiste Zeit war Zacharias allein. Er war viel zu Hause und bestellte eine Menge Klamotten und anderen Kram im Internet. Lillys Notizen über ihn wuchsen im selben Takt wie ihr Bild von ihm.

Er war ein auffälliger Typ, der sich gern durch Kleidung und Accessoires ausdrückte, im krassen Kontrast zu den üblichen Bewohnern der Kleinstadt. Ein junger Mann mit einer chaotischen und von Gewalt geprägten Vergangenheit, was sich in lausigen Schulnoten widergespiegelt hatte – eine Phase, die inzwischen von wohlgeordneten Routinen abgelöst worden zu sein schien. Als Teenager hatte er sich das Feuer als Waffe ausgesucht und beinahe eine ganze Familie getötet. Dass sie es rechtzeitig aus dem

Haus geschafft hatten, war seine Rettung gewesen. Aber beging er immer noch Verbrechen? War der pflichtbewusste Mitarbeiter im Blumenladen womöglich nur eine gut funktionierende Tarnung? Das war die Frage. Um ihm gründlicher auf den Zahn fühlen zu können, musste sie an sein Handy kommen.

Lilly kontaktierte den Zahlungsdienst Swish und überprüfte, welche Telefonnummer mit Sanchez' Konto verbunden war. Es war höchste Zeit, eine Abhörerlaubnis zu beantragen. Dafür musste der Verdacht auf eine Straftat bestehen, deren Mindeststrafmaß bei zwei Jahren Haft lag. Worüber sich Zacharias mit Freunden und Bekannten unterhielt, war vermutlich uninteressant, es deutete jedenfalls nichts darauf hin, dass es damals einen Komplizen gegeben hatte, als er das Haus des Rektors angezündet hatte. Seine schockierten Angehörigen waren aus allen Wolken gefallen, als das Ganze ans Licht gekommen war. Die Abhöraktion sollte Lilly jetzt vor allem verraten, wo sich Zacharias' Handy befand und, noch viel wichtiger, wo es sich befunden *hatte.*

Sie schrieb einen Bericht über den Fall und den Zweck der Telefonüberwachung. Es fand eine vertrauliche Beratung darüber statt. Ein Richter, ein Gerichtsnotar und eine Schöffin kamen zu dem Schluss, dass alle rechtlichen Vorgaben erfüllt waren und dass der Zweck das Eindringen in die Privatsphäre rechtfertigte. Lilly bekam ihre Erlaubnis.

Schon am selben Abend hörte sie zu, wie Zacharias lange, schwärmerische Gespräche mit seinem Freund in der Stadt führte, einem jungen Mann, der etwa genauso alt war wie er. Die beiden redeten über Musik, träumten davon, Songs zu schreiben und die Bühnen dieser Welt zu erobern. Wenn Zacharias einen gewaltigen Hass in sich trug, dann hielt er ihn selbst vor seinen engsten Vertrauten gut versteckt.

Lilly wurde bewusst, dass sie die Hilfe eines Experten brauchte, um das hier richtig zu machen. Sie klopfte wieder bei Bertil Strömberg an.

»Ich brauche die Unterstützung eines Analysten – es sind so viele Daten zu bearbeiten«, sagte sie.

Strömberg hörte zu, nickte und gab sein Okay. Ihre Effizienz schien ihm zu gefallen.

Was die Qualität des Analysten anging, glich das Ganze allerdings eher einem Lotteriespiel. Manche waren wahnsinnig gut, andere waren in der Lage, in Excel Telefonlisten anzulegen, aber viel mehr auch nicht. Lilly benötigte jemanden, der ein umfassendes Profil der Person erstellen konnte, gegen die ermittelt wurde. Allein die Tatsache, dass sie immer noch so unsicher waren, ob sie es überhaupt mit Brandstiftung zu tun hatten, war ja eine Aussage für sich. Wenn Zacharias Sanchez schuldig war, dann war er ungeheuer geschickt darin, seine Spuren zu verwischen.

35

Der Bereich, in dem Lilly und die ihr zugeteilte Analystin arbeiteten, war durch ein hohes Bücherregal vom Rest des Großraumbüros abgetrennt, und die Luft war inzwischen ziemlich stickig in ihrem Kabuff. Das lag teils daran, dass ihre Deos kaum eine Chance gegen die schwüle Hitze hatten, teils an der überwässerten Geranie, die auf der Fensterbank vor sich hin faulte.

Das Sonnenlicht sickerte durch die halb heruntergelassene Jalousie. Aus dem Radio drangen leise Nachrichten, die mit einem Bericht über ausgedehnte Steppen- und Waldbrände im Westen der USA endeten. Zwei Städte hatten komplett evakuiert werden müssen. Es gab immer jemanden, dem es noch schlechter ging, dachte Lilly. Sie versenkte die Geranie im Mülleimer in der Teeküche, schenkte sich Kaffee ein und ging zurück an die Arbeit.

Die Analystin, die sie bei den Ermittlungen unterstützte, hieß Susanna. Lilly hatte Glück gehabt. Susanna arbeitete routiniert und gründlich, und außerdem war sie eine unkomplizierte und nette Kollegin.

»Das hier ist mit Abstand der interessanteste Fall, an dem ich in dieser Klitsche je gearbeitet habe, das kannst du mir glauben«, stellte sie gutgelaunt fest.

Sie druckte Telefonlisten aus und untersuchte sie anhand unzähliger Aspekte. Unaufhörlich schob sie sich ihren dichten Pony aus dem Gesicht, brummte zustimmend, wenn Lilly etwas aufs Whiteboard schrieb, und steckte voller Ideen.

Der Freund in der Innenstadt war die Person, mit der Zacharias am häufigsten telefonierte. Ihre Stimmen klangen sanft, wenn sie miteinander sprachen, es war eindeutig, dass sie sich nahestanden. Dieser Freund war nicht kriminell vorbelastet.

Das Wichtigste waren die Daten der Funkmasten, eine Übersicht über die Mobiltelefone, die sich in einem bestimmten Zeitraum in einer bestimmten Gegend befunden hatten. Susanna glich Zacharias' Nummer mit allen relevanten Plätzen ab. Brummte unzufrieden. Er hatte sein Handy oft ausgeschaltet. Die Daten der Funkmasten lieferten ihnen daher keine brauchbaren Rückschlüsse über Verbindungen zu den möglichen Tatorten. Sein Telefon war ausgerechnet zum Zeitpunkt der Brände ausgeschaltet gewesen, und es gab keinerlei Hinweis darauf, dass Zacharias sein Zuhause verlassen hatte. Aber natürlich hätte ein gut vorbereiteter Täter genau das bedacht. Erst recht einer, der schon mal aufgeflogen und entsprechend vorsichtig war.

Zacharias nutzte häufig einen regionalen E-Scooter-Anbieter, um sich in Nynäshamn fortzubewegen. Susanna überlegte, ob es eventuell möglich war, die Fahrtstrecken durch das Unternehmen nachverfolgen zu lassen. Aber diese Idee erwies sich leider als Niete, solche Informationen wurden nicht gespeichert.

Der nächste Schritt war, Sanchez zu einer Befragung vorzuladen. Das würde ihn wahrscheinlich ziemlich erschüttern. Lillys Erfahrung nach konnte schon allein die Vorladung einen gewissen Effekt haben. Oft gerieten Schuldige dadurch so unter Stress, dass sie versuchten, weitere Spuren zu verwischen oder Beweise zu vernichten. Das konnte ihnen die Antworten liefern, die ihnen noch fehlten. Lilly würde ihn also zu einer freiwilligen Befragung bitten und dann an ihm kleben, wie »Fliegen an der Scheiße«, wie Bertil es formuliert hatte. Lilly rümpfte die Nase bei der Vorstellung, aber sollte Zacharias etwas zu verbergen haben, dann würde es bei der Befragung vielleicht ans Licht kommen.

Die Untersuchungen des Tatorts waren bei anderen Ermittlungen oft entscheidend, aber hier lieferten sie eine ausgesprochen dürftige Basis. Alle Spuren menschlicher Aktivität waren von den Flammen vernichtet worden. Sollte es sich um Brandstiftung gehandelt haben – und es gab hier immer noch dieses entscheidende *sollte* –, dann waren die Feuer erst kurz vor dem Ausbruch präpariert worden.

Gustaf Hammarklint hatte laut Aussage der Witwe mehrmals in der Woche sauniert. Ein Einbruch in die Sauna hätte am ehesten in der Nacht vor dem Brand stattfinden können. Hammarklint hatte aber eben auch diesen alten Ofen in seine Sauna eingebaut. Lilly lagen Fotos von Gustafs Facebookseite vor, die inzwischen als Erinnerungsseite genutzt wurde, mit Beileidsbekundungen von trauernden Freunden.

Was Kenneth Robertsson anging, stand fest, dass das Feuer in der Küche ausgebrochen war. Und er war in der Todesnacht allein zu Hause gewesen. War Zacharias also spätabends bei ihm eingebrochen, hatte die Feuermelder ausgeschaltet und dann alles so inszeniert, dass der Brand nach einem Unfall aussah? Spuren, die einen Einbruch in die Villa hätten verraten können, waren vernichtet worden. Die Küchenschränke links und rechts vom Herd, wo das Feuer ausgebrochen war, waren aus Holz gewesen, das war in einem kurzen Video deutlich zu erkennen, das Kenneths Witwe vor einem halben Jahr auf Instagram hochgeladen hatte. Das Feuer hatte sich also mit Sicherheit schnell ausgebreitet und weiter nach oben gefressen.

Aber dann war da noch dieses Detail mit den vernagelten Fenstern. Wenn ein Brandstifter dafür verantwortlich war, dann musste er das, anders als im Hammarklint-Fall, bei Tageslicht gemacht haben, als die Familie nicht zu Hause war. Und es musste kurz vor dem Brand passiert sein, um eine vorzeitige Entdeckung zu vermeiden. Hier gab es einiges, was man überprüfen konnte. Überwachungskameras könnten jemanden auf dem Weg zum Tatort eingefangen haben. Einkäufe im Baumarkt konnten verräterisch sein. Internetsuchen ebenfalls. Nachbarn hatten vielleicht etwas mitbekommen, aber das waren Zeugenaussagen, die sie eigentlich viel früher hätten einholen müssen. Es war entscheidend, wichtige Erinnerungen so schnell wie möglich abzufragen, solange sie noch frisch waren. Aber einen Versuch war es trotzdem wert.

Wenn Zacharias seine Opfer bei lebendigem Leib hatte verbrennen lassen, wenn seinetwegen Wälder, Felder, Wohnhäuser und andere Gebäude vernichtet worden und in Nynäshamn weitere Menschen ums Leben gekommen waren, dann musste Lilly das beweisen.

Sie stand auf und ging zum Umkleideraum. Wenn sie einem Zeugen gegenübertrat, wollte sie ein frisches Hemd ohne Schweißflecken unter den Armen anhaben. Aber vorher hatte sie noch einen Besuch zu erledigen.

Die direkte Nachbarin der Familie Robertsson hieß Agda Wistam. Sie war achtundsechzig Jahre und die Witwe von Göran Wistam. Bei Lillys erstem Anruf war sie nicht ans Telefon gegangen. Sie wohnte allein. Wobei – so richtig allein auch wieder nicht, dachte Lilly, als sie an dem hohen, gelben Einfamilienhaus in Segersäng klingelte. Das Hundegebell hinter der Tür klang schrill, es gab also einen kleinen, aber giftigen Hund dort drinnen. Es dauerte mindestens eine Minute, dann hörte sie Schlüsselklappern. Die Tür öffnete sich einen Spaltbreit, aber die Sicherheitskette war noch eingehakt. Ein Paar misstrauischer Augen sah sie an, vom Alter hell geworden. Offene, fast weiße Haare rahmten das Gesicht ein.

Lilly holte ihren Dienstausweis heraus und hielt ihn gut sichtbar vor den offenen Türspalt.

»Guten Tag, Frau Wistam. Mein Name ist Lilly Hed, ich komme von der Polizei. Hätten Sie vielleicht Zeit, mir ein paar kurze Fragen zu beantworten? Es geht um Kenneth Robertsson.«

Der kleine Hund hinter der Frau kläffte energisch. Es entstand eine Pause, während Agda Wistam nach ihrer Lesebrille angelte. Sie nahm Lillys Legitimation in Augenschein, dann nickte sie kurz, hakte die Kette aus, und die Tür ging auf.

»Man kann heutzutage gar nicht vorsichtig genug sein. Man liest ja so viele schlimme Sachen«, sagte sie mit spitzem Mund.

Lilly trat in eine Diele mit edlen dunkelbraunen Holzmöbeln, der Boden war mit schwarz-weißen Fliesen ausgelegt und glänzte wie frisch gescheuert. Agda Wistam trug ein schlecht sitzendes hellgraues Kleid. Sie hielt ihren Dackel fest, der bellte und gleichzeitig mit dem Schwanz wedelte. Lilly folgte Agdas leicht gekrümmter Gestalt in eine helle, offene Küche, wo sie auf einen Kaffeekessel aus rostfreiem Stahl zeigte, der auf dem Herd stand.

»Ich wollte mir gerade eine Tasse einschenken. Möchten Sie auch?«

Lilly hatte gelernt, niemals Nein zu sagen, wenn potenzielle Zeugen ihr Kaffee anboten.

»Ja, sehr gern«, sagte sie, ging in die Hocke und streichelte den Dackel, der ihr zum Dank dafür die Hand ableckte.

Agdas Augen wurden bei diesem Anblick sofort freundlicher.

»Ich habe Molly zu mir geholt, nachdem mein Mann gestorben war. Sie ist eine gute Gesellschaft, die Kleine«, sagte sie zärtlich.

Lilly nickte.

Mit den Kaffeetassen in den Händen gingen sie durchs Haus nach draußen auf eine kleine Holzveranda, die in einen gepflegten Garten führte. Von ihrem Grundstück aus konnte Agda Wistam nicht sehen, was vom Haus der Familie Robertsson übrig war, aber sie teilten sich die schmale Zufahrt zur Hauptstraße.

Lieblich duftende Kletterrosen, die an einem weißen Holzspalier hochrankten, trotzten der Hitze. Eisenkraut und Goldrute strahlten in voller Farbenpracht in kühlem Lila und leuchtendem Gelb um die Wette. Auch in diesem Garten setzte man sich offensichtlich über das Bewässerungsverbot hinweg, dachte Lilly.

»Was für ein wunderschöner Garten. Machen Sie das alles allein?«, platzte sie heraus.

»Noch bin ich fit«, sagte Agda würdevoll und setzte sich auf einen Stuhl an den Gartentisch, der auf dem Rasen stand.

Lilly nahm ihr gegenüber Platz. Irgendwo unter dem Tisch war Molly.

»Und was wollten Sie von mir wissen?«, fragte Agda dann. Sie nippte prüfend am Kaffee und nickte zufrieden.

»In der Zeit unmittelbar bevor das Haus ihrer Nachbarn abgebrannt ist, ist Ihnen da irgendetwas Besonderes aufgefallen?«

»Was meinen Sie?« Agda sah sie durchdringend an.

»Waren zum Beispiel Fremde in der Gegend?«, sagte Lilly vage.

Zu ihrer Überraschung erhob sich Agda völlig unvermittelt, und auch Molly sprang auf und hüpfte um die Beine ihres Frauchens herum.

»Warten Sie hier, das werden wir gleich sehen«, sagte sie.

Als Agda Wistam wiederkam, hatte sie ein kleines Buch mit Stoffeinband dabei. Sie setzte sich wieder und schlug das Buch auf, das, wie sich herausstellte, ein Kalender mit reichlich Platz für

Notizen unter jedem Datum war. Die Seiten waren vollgeschrieben, mit einer zierlichen Handschrift in schwarzer Tinte.

»Ich habe in meinen Zwanzigern angefangen, Tagebuch zu führen. Manchmal ist es ganz praktisch, noch einmal nachlesen zu können, was ich irgendwann gedacht oder getan habe«, sagte sie leise.

Sie schlug ein Datum auf und tippte energisch mit dem Finger auf die Seite.

»Hier, an dem Tag hat es bei Robertssons gebrannt«, sagte sie. »Darüber habe ich viel geschrieben. Ich bin mitten in der Nacht aufgewacht, es war ja ein schrecklicher Lärm. Sirenen, jede Menge Feuerwehr, ein Krankenwagen und ein Polizeiauto sind hier vorbeigefahren. Ich habe sofort gerochen, was los ist. Und ich hatte wahnsinnige Angst davor, dass das Feuer sich ausbreiten würde. Aber das ist zum Glück nicht passiert.« Sie blätterte zurück. »Jetzt wollen wir mal sehen«, sagte sie und zwinkerte Lilly über den Rand der Lesebrille zu. »Die beiden haben am Ende ziemlich viel gestritten, Karin und er. Das muss ich nicht erst lesen, um mich daran zu erinnern.«

Lilly wusste schon, warum das Ehepaar gestritten hatte, und hakte daher nicht weiter nach. »Haben Sie noch mehr aufgeschrieben?«, fragte sie stattdessen.

»Zwei Tage vorher«, murmelte Agda.

Sie fing an, laut vorzulesen.

»Die Malven blühen wunderbar, die Blattläuse sind verschwunden. Gösta wäre sehr zufrieden. Stina hat angerufen. Immer noch Rückenschmerzen. Familie Robertsson verreist?« Dann fügte sie erklärend hinzu: »Das Letzte habe ich als Frage aufgeschrieben.«

Lilly hob die Augenbrauen.

»Wieso dachten Sie, die Robertssons wären verreist?«

»Ich habe das vollgepackte Auto gesehen und dachte, die ganze Familie wäre weggefahren. Ich wollte sie eigentlich bitten, Molly zu hüten, während ich in Stockholm bin, deshalb war ich ein bisschen enttäuscht. Ja, und das war am Tag vor dem Brand.«

Sie blätterte um und las weiter.

»Molly und ich haben einen langen Spaziergang gemacht. Stina ist vorbeigekommen. Kenneth ist noch da. Ich werde ihn bitten, am Wochenende auf den Hund aufzupassen. Die Sonnenblumen ...«

An der Stelle hakte Lilly ein.

»Wieso dachten Sie, dass Kenneth zu Hause geblieben ist?«

Agda ließ die Lesebrille auf der Nase nach unten rutschen. Ihr Blick war abwesend, fast nach innen gerichtet. Mit ihrer faltigen Hand machte sie eine Geste, als wolle sie ein Fahrzeug zeigen, das gerade vorbeifuhr. Dann blieb ihre Hand stehen und hing in der Luft.

»Nun, ich habe Karin im Auto sitzen sehen, als sie vorbeigefahren sind, aber dann ist mir klargeworden, dass Kenneth wohl hiergeblieben war. Und dass er sich freigenommen hatte.«

»Wieso dachten Sie das?«

Lilly beugte sich vor.

Agda nickte zum Grundstück der Familie Robertsson hinüber.

»Es könnte natürlich auch sein, dass sie Handwerker bestellt hatten, der Gedanke kommt mir jetzt erst. Aber ich habe mitten am Tag Hammerschläge gehört und mich gefreut. Ich dachte mir, ach, er ist doch zu Hause.«

36

Das Zimmer war sauber, aber nicht besonders groß, und die sparsame Einrichtung bestand aus einem Tisch und vier Stühlen. An der Decke hing eine Kamera, das Aufnahmegerät stand auf dem Tisch. Lilly leitete das Verhör, unterstützt wurde sie von ihrem Kollegen Oskar Larsson, mit dem sie die letzte Woche schon zusammengearbeitet hatte. Zacharias Sanchez' Anwältin war eine ältere Dame mit einem harten Zug um den Mund. Sie hatte ihn schon früher vertreten und zögerte nicht, in die Befragung einzugreifen. Bisher hatte sie allerdings noch nicht viel zu tun gehabt. Zacharias wich Lillys Blick aus. Die großen blassen Hände umklammerten das Wasserglas, an dem er noch nicht einmal genippt hatte. Er trug ein schwarzes T-Shirt, Jeans und eine Jeansjacke mit Nietenmuster. Sein Make-up war dezent, er hatte sich auf einen dünnen Lidstrich rund um die Augen beschränkt, die unverwandt auf die glänzende Tischplatte starrten.

Im Kino waren Polizeiverhöre raue Veranstaltungen. Menschen wurden bedroht und unter Druck gesetzt, bis sie mit Informationen herausrückten. In Wirklichkeit ging es vor allem darum, Vertrauen aufzubauen. Einerseits um die Version zu hören, von der diese Person einen überzeugen wollte, andererseits um herauszufinden, was er oder sie zu verbergen versuchte. Natürlich hatte auch Lilly schon mal die Freundin eines Drogendealers eingeschüchtert, um sie zu einem Geständnis zu bewegen, aber am weitesten war sie immer damit gekommen, das Vertrauen ihres

Gegenübers zu gewinnen. Wer ein Kapitalverbrechen begangen hatte, fühlte sich oft gejagt und stand unglaublich unter Druck. Zumindest solange es sich nicht um einen Schwerkriminellen handelte, der nur routiniert »kein Kommentar« antwortete. Und so einer war Zacharias Sanchez nicht, das war klar. Es ging darum, einen Weg hin zu einem Hilfe und Erleichterung versprechenden Geständnis aufzuzeigen. Für viele kam es einer Erlösung gleich. Aber um das zu erreichen, brauchte sie Zeit. Denn Zacharias ließ sie nicht an sich heran.

Sie hatten sich eine Weile unterhalten, eine Pause gemacht. Zacharias Sanchez war nicht bereit, Angaben darüber zu machen, wo er sich zu den Zeitpunkten aufgehalten hatte, die Lilly ihm genannt hatte. Er wollte überhaupt nicht reden, sondern antwortete einsilbig oder gar nicht. Lilly schwieg einen Augenblick, dann wechselte sie das Thema.

»Was hat man Ihnen damals in der Schule eigentlich angetan, Zacharias?«, fragte sie sanft. »Vielleicht können Sie mir darüber mehr erzählen?«

Seine gesenkten Augenlider flatterten, nur ganz leicht, seine Finger schlossen sich noch ein wenig fester um das Wasserglas.

»Ich weiß, wie so etwas sein kann«, fuhr Lilly fort.

Seine Körperhaltung veränderte sich nicht, aber sie sah, dass er angespannt zuhörte.

»Ich weiß, wie es ist, ausgeliefert zu sein. Wie man sich fühlt, wenn man niemanden hat, der einem helfen kann oder will. Man ist unglaublich einsam. Und es ist furchtbar beängstigend. Man hat immerzu Angst. Ich hatte Angst«, sagte sie leise.

Aus dem Augenwinkel sah sie, wie Oskar ihr einen kurzen Blick zuwarf.

»Worauf wollen Sie hinaus?«, fragte Zacharias' Anwältin scharf.

»Angst kann zu Wut werden. Zu einem Motor. Man zeigt, dass man sich nicht länger wegduckt. Dass man kein Opfer ist«, fuhr Lilly fort, ohne die Anwältin anzusehen.

Jetzt waren die dunklen Augen auf der anderen Seite des Tisches unverwandt auf sie gerichtet.

»Aber Wut führt nur zu noch mehr Wut, oder nicht, Zacharias? Es gibt kein Ende.«

»Es gibt ein Ende«, sagte er plötzlich, so laut, dass der Kollege neben Lilly zusammenzuckte. »Wenn man sich wehrt.«

»Hat es geholfen?«, fragte Lilly ruhig.

Sein harter Blick wurde glasig und fing an zu flackern.

»Ich weiß es nicht«, sagte er schließlich. Seine Stimme klang belegt, als er weitersprach. »Aber sie wussten, wie es mir geht. Der Rektor und die Lehrer wussten es. Meine Trainer haben sie angerufen, als ich mit blauen Flecken und zerrissenen Klamotten nach der Schule dort angekommen bin. Aber es hat sie einen Scheiß interessiert. Und am Ende musste ich gehen. Als wäre ich das Problem!«, zischte er.

»Und da hat es Ihnen gereicht?«, fragte Lilly weich.

»Ich habe getan, was ich getan habe, und ich bereue es nicht«, blaffte er und presste die Lippen zusammen.

Die Anwältin neben ihm erstarrte. Es schien ihr nicht zu gefallen, welche Wendung das Gespräch gerade nahm.

»Die Erwachsenen in der Schule haben mich im Stich gelassen«, fuhr er mit leiser und wütender Stimme fort, »jedes einzelne dieser Schweine, die es einfach zugelassen haben.«

An dieser Stelle hob seine Anwältin einen Arm.

»Wir brauchen eine Pause. Mein Mandant ist müde, und diese Sache weckt sehr viele Gefühle und Erinnerungen. Ich würde mich gern kurz mit ihm unterhalten«, sagte sie.

Lilly kochte innerlich. Endlich hatte sie Zacharias zum Reden gebracht. Aber sie nickte und verließ mit Oskar den Raum. Ihr Kollege schnappte hörbar nach Luft, als die Tür hinter ihnen zugefallen war.

»Das hat funktioniert«, sagte Oskar. »Er war auf dem besten Weg, mehr zuzugeben. Ich hatte wirklich das Gefühl, dass er das Bedürfnis danach hat.« Er sah sie mit großen Augen an. »War das, was du da drinnen zu ihm gesagt hast, echt?«

»Ja«, sagte sie kurz.

Aus einer Minute wurden zwei, aus zwei Minuten wurden zehn. Lilly hatte nicht die Absicht, die beiden zu hetzen. Wie die weitere Befragung verlaufen würde, hing davon ab, ob Zacharias sich sicher fühlte. Sie holte sich einen Kaffee aus der kleinen Teeküche. Ihr Handy vibrierte, als eine Nachricht von Katja kam, die ihr viel Erfolg wünschte. Sie war am Vormittag zu einem Einbruch gerufen worden, aber hatte ein Update verlangt, sobald sie wieder zurück wäre. Alle Eingeweihten verfolgten Lillys Arbeit mit großem Interesse. Sollte sich herausstellen, dass diese Feuerkatastrophe tatsächlich von einem Brandstifter verursacht worden war, wäre das ein Schock für die ganze Stadt.

Die Anwältin öffnete die Tür, und alle kehrten an ihre Plätze zurück. Sie nickte ihrem Mandanten zu.

»Es gibt etwas, das Sie erzählen wollen, nicht wahr, Zacharias?« Lilly reichte ihm einen Plastikbecher mit Kaffee. Er nahm ihn und trank ein paar schnelle, tiefe Schlucke. Fingerte dann an dem dünnen Plastikrand herum, drückte mit den Fingernägeln kleine Riefen hinein. Seine Hände zitterten leicht. Schließlich hob er den Blick.

»In der Nacht, in der es bei der Familie Robertsson gebrannt hat, da habe ich etwas getan, was ich nicht hätte tun sollen«, begann er vorsichtig.

Lilly legte den Kopf schief und wartete mit ruhigem Atem, aber klopfendem Herzen auf die Fortsetzung.

Er sah ihr direkt in die Augen.

»Ich bin schwul. Das wussten alle in der Schule, und es gab eine kleine Clique von Jungs, die mich deshalb gequält haben. Es waren nicht viele, aber sie haben mir das Leben zur Hölle gemacht. Haben mir jeden Tag Schimpfwörter nachgerufen. Diese Typen haben mich vor und nach der Schule verprügelt. Und ich wollte kein Opfer sein.«

Lilly saß ganz still, überrumpelt von seinem Bericht. Sie hatte etwas ganz anderes erwartet. Er starrte in die bodenlose Schwärze seines Kaffees.

»In der Nacht, als es in Segersäng gebrannt hat, da war ich in Stockholm. Bei meinem Freund Arthur, wir sind fest zusammen. Und wir haben Gras geraucht. Das machen wir manchmal. Ich wollte das nicht erzählen, denn wenn ich noch mal Ärger mit der Polizei bekomme, dann verliere ich meinen Job. Das ist die Bedingung. Meine Chefin hat mir eine Chance gegeben, damit ich noch mal von vorn anfangen kann. Sie weiß, dass ich das Haus des Rektors angezündet habe, aber sie kennt mich. Sie weiß, warum ich früher so wütend war.«

Er sah ihr direkt in die Augen.

»Ich habe das inzwischen erkannt. Die beste Rache ist, ich selbst zu sein. Und das bin ich.«

Lilly nickte, wortlos.

Die Anwältin räusperte sich.

»Mein Mandant und sein Freund schreiben Songs und nehmen die Lieder auf. Arthur lädt die Videos dann unter dem Bandnamen

Blackout auf YouTube hoch. Und selbstverständlich kann Arthur Löwin das alles hier bestätigen. Außerdem wohnt Arthur in einer kleinen Wohnung mit eigenem Eingang, direkt neben seiner Mutter. Sie hat an dem Abend zwischendurch geklopft und gefragt, ob die beiden etwas zu essen möchten. Sie hat Zacharias gesehen und kann ebenfalls bezeugen, dass die beiden bis spät in die Nacht gesungen und Musik gemacht haben.«

»Sie hämmert immer gegen die Wand, wenn wir leiser sein sollen«, sagte Zacharias, und auf seinem ernsten Gesicht zeichnete sich ein Lächeln ab.

»Es gibt einen Handyfilm von den Musikaufnahmen an dem Abend, auf dem die Uhrzeit zu sehen ist«, schloss die Anwältin trocken und nicht ohne einen gewissen Triumph in der Stimme.

Lilly stand auf, seltsam erschüttert und erleichtert zugleich. Die neuen Angaben mussten noch bestätigt werden, aber das war eher eine Formalität. Irgendwie war sie froh, dass sie sich getäuscht hatte. Es war nicht schwer, Sympathie für Zacharias zu empfinden. Er war so lange gequält worden, war in die falsche Richtung gestürmt und hatte es dann geschafft, seinem Leben doch noch die richtige Wendung zu geben.

Aber andererseits war sie nun wieder bei null.

37

Das Gras war trocken und gelb, es blieb unter den Füßen kleben, als sie die letzten Meter hinunter zum Wasser lief. Der feuchte Uferstreifen kühlte die Fußsohlen, und dann war sie im Wasser. In der Nacht hatte der Wind kräftig um den Leuchtturm gepfiffen, ein trockner, heißer Wind, der totes Laub und Sand herumgewirbelt und die Blumentöpfe neben der Tür umgeworfen hatte. Jetzt regte sich kein Lüftchen mehr, die klebrige Hitze lag wie ein Deckel über Nynäshamn. Lilly verspürte ein dringendes Bedürfnis, sich abzukühlen. Sie hielt die Luft an, tauchte unter und schwamm fünf, sechs Meter unter Wasser, ehe sie prustend wieder an die Oberfläche kam.

Die Erinnerung an das gemietete Ferienhaus auf Värmdö glitt vor ihrem inneren Auge vorbei, tägliche Kraulübungen, während ihre Mutter sie unter dem Strohhut mit der breiten Krempe ständig im Blick hatte. Es lag immer ein Unterton von Unzufriedenheit in der Luft. »Ich tue das alles hier nur für dich.« Die selbstlose Aufopferung musste hervorgehoben werden. Und das mindeste, was Lilly tun konnte, um sich für dieses Opfer erkenntlich zu zeigen, war, die beste Schwimmerin im Kinderteam zu werden. Auch wenn Sport in den Augen ihrer Mutter immer etwas »ziemlich Banales« gewesen war.

Jetzt bewegte Lilly sich zügig durchs Wasser. Das glitzernde Sonnenlicht blendete sie. Noch zwei Stunden bis Dienstbeginn, ein weiterer Tag, an dem das Quecksilber im Thermometer zu kochen schien. Vor der Arbeit baden zu können machte das Ganze gleich viel erträglicher.

Sie ließ sich treiben, ihr Körper folgte den weichen Bewegungen der Wellen. Ein Rufen vom Ufer ließ sie zusammenzucken. Sie drehte den Kopf zur Seite und schluckte unfreiwillig einen Mundvoll Wasser.

»Lilly! Komm her! Ich schwöre, das willst du hören!«

Oben am Schilf stand Katja, eine Hand über den Augen, zum Schutz vor der Sonne. Lilly schwamm zurück, joggte das letzte Stück, das Wasser spritzte um ihre Beine und leistete kräftig Widerstand.

»Sixten Sivers, der Brandstifter, ist aus der Psychiatrie in Kristinehamn ausgebrochen.«

Ein bisschen außer Atem kam Lilly bei Katja an, Wasser tropfte ihre Beine hinunter.

»Ist das wahr?«

»Die Mitarbeiter sind völlig überrascht. Sivers hatte sich so gebessert und war auch schon mehrmals auf Freigang draußen, vor allem um seine Mutter zu besuchen. Und nun ist er sogar schon seit mehreren Tagen weg, ohne dass es jemand gemeldet hat.«

Lilly sah sie fassungslos an. Sie schnappte sich ihr Handtuch und trocknete sich mit schnellen Bewegungen ab, bevor sie es sich um den Körper wickelte, um darunter den Badeanzug auszuziehen.

»Du veräppelst mich gerade, oder? Ein kranker Mann, der Feuer legt, hatte mehrfach Freigang? Und wie erklären sie, dass es so lange gedauert hat, bis sein Verschwinden gemeldet wurde?«

»Sie sagen, es hätte an dem Chaos gelegen, weil sie die Klinik wegen eines Feuers evakuieren mussten.«

»Ein Feuer? In einer geschlossenen Psychiatrie?«, fragte Lilly, während sie ihre Unterwäsche anzog und dann das Handtuch in den Sand fallen ließ.

Katja schüttelte den Kopf.

»Nein, ein angrenzendes Waldgebiet hat gebrannt.«

Katja bückte sich, hob Lillys Hemd aus dem Gras auf und warf es ihr zu.

»Ich nehme an, wir haben denselben Gedanken: Wir müssen überprüfen, ob seine Freigänge in irgendeiner Form zu unseren Bränden passen.«

»Aber könnte es wirklich so bizarr sein?«

Lilly machte ein paar Knöpfe des Hemds zu und zog es dann über den Kopf.

»Hat er in Nynäshamn noch einen Wohnsitz?«

»Das habe ich schon überprüft. Seine Mutter lebt in seiner alten Wohnung, Vårfruvägen 13.«

»Wir fahren«, sagte Lilly.

Sixten Sivers hatte sich vor zwei Tagen um die Mittagszeit abgesetzt, während eines Freigangs in der Nähe der Klinik, wie Lilly auf der Fahrt nachlas. Bei seinem Verschwinden trug er schwarze Jogginghosen mit weißen Außennähten und ein schwarzes T-Shirt mit Aufdruck. Auf den letzten Archivbildern waren die ehemals wilden Haare kurz geschnitten.

Nichts an Sivers' rauem Äußeren auf dem Foto, das Lilly gesehen hatte, hätte sie auf die Frau vorbereiten können, die ihnen die Tür im Vårfruvägen 13 aufmachte. Sie wohnte im zweiten Stock des roten Backsteingebäudes und öffnete ihnen nach dem zweiten Klingeln. Margareta Sivers war klein, kaum größer als einen Meter fünfzig, und trug ein langärmliges Samtkleid mit zartem Spitzenkragen. Sie wirkte spröde. Das war das erste Wort, das Lilly bei ihrem Anblick spontan einfiel. Als Frau Sivers die uniformierten Polizistinnen sah, klammerte sie sich mit beiden Händen am Türrahmen fest, als wolle sie sich für die Nachricht wappnen, die man ihr gleich überbringen würde.

»Ja?«, sagte sie mit einer Stimme, die so hell war wie die eines jungen Mädchens.

Die Wohnung hinter ihr schien sparsam eingerichtet zu sein, Lilly konnte nur ein dunkelbraunes Ledersofa sehen und hörte das leise Brummen einer Waschmaschine. Im Treppenhaus war es stickig, und dort drinnen war es sicher auch warm, denn auf einem Glastisch im Flur drehte sich ein Ventilator, und den Geräuschen nach lief noch ein weiterer irgendwo in der Wohnung.

»Guten Tag, Frau Sivers. Ich bin Katja Bromander, und das ist meine Kollegin Lilly Hed, wir haben miteinander telefoniert. Wie ich bereits sagte, würden wir Ihnen gern ein paar Fragen stellen und wären Ihnen sehr dankbar, wenn Sie sich kurz Zeit für uns nehmen könnten.«

»Ist etwas mit Sixten?«, fragte Margareta und blinzelte unruhig. Ihre Augen waren unter den dicken Lidern kaum zu erkennen, sie hatte tiefe Falten im Gesicht, und die schulterlangen grauen Haare waren von weißen Strähnen durchzogen. Ihr Rücken war leicht gekrümmt, was ihrer ohnehin schon geschrumpften Gestalt noch ein paar wichtige Zentimeter raubte.

Wie sehr hatte ihr Sohn wohl zu diesem vorzeitigen Altern beigetragen?, schoss es Lilly durch den Kopf.

»Wir hatten die Hoffnung, dass Sie uns darauf eine Antwort geben können. Wir wissen bislang nur, dass er aus der Klinik ausgebrochen ist. Er ist seit mindestens zwei Tagen abgängig. Hat er sich bei Ihnen gemeldet?«, fragte Lilly.

Margareta bat sie mit einer Armbewegung in die Wohnung.

»Ich habe gerade Kaffee aufgesetzt. Möchten Sie eine Tasse?«

Sie nickten und folgten ihr in die Küche, die aussah wie auf Archivbildern aus den Achtzigern, mit hellgelben Einbauschränken und dicken Kiefernholzgriffen. An einem runden Küchentisch mit ebenfalls hellgelben Tischsets schenkte Margareta ihnen Kaffee ein.

»Wie kommt es, dass Sie hier eingezogen sind, in die Wohnung Ihres Sohnes?«, fragte Lilly, nachdem sie einen Schluck der ziemlich bitteren Brühe getrunken hatte.

Wieder blinzelte die Frau nervös.

»Es bot sich an, nachdem mein Sohn ja eine ganze Weile weg sein würde. Meine eigene Wohnung hat keinen Aufzug«, antwortete sie und ließ zwei Zuckerwürfel in ihre Tasse fallen.

»Wann hat er sich das letzte Mal bei Ihnen gemeldet?«, wiederholte Lilly ihre Eingangsfrage.

Margareta rührte mit einem schmalen goldenen Löffel ihren Kaffee um. Das Metall klirrte leise gegen das Porzellan.

»Das war vor einer Woche, glaube ich. Sie müssen entschuldigen, aber ich bin mir nicht mehr ganz sicher. Das Gedächtnis lässt nach, wenn man älter wird«, sagte sie und verzog dabei den Mund ein wenig.

»Hat er irgendetwas gesagt, was Ihnen Anlass zu der Vermutung gegeben hätte, er könnte seine Flucht planen?«, fragte Lilly weiter.

»Nein. Nein, nichts, woran ich mich erinnern würde. Er sagte, dass er mich vermisst, aber das sagt er ja immer«, antwortete sie, und diesmal sah sie Lilly dabei starr an.

Lilly stellte ihren Kaffee ab.

»Entschuldigung, aber dürfte ich vielleicht kurz Ihre Toilette benutzen?«, fragte sie.

»Es ist die erste Tür direkt neben der Wohnungstür«, sagte Margareta, und ihr Mund wirkte mit einem Mal noch angespannter, sie presste die Lippen zusammen, als wolle sie noch einmal deutlich machen, dass die beiden Polizistinnen in der Wohnung ihres Sohnes äußerst unerwünscht waren.

Katja warf Lilly einen Blick zu, fuhr aber fort, als hätte sie nichts bemerkt.

»Wie oft sprechen Sie miteinander?«, hörte Lilly sie fragen.

Die Wohnung war so spartanisch eingerichtet, wie es auf den ersten Blick gewirkt hatte. Es gab ein Schlafzimmer mit einem sorgfältig gemachten Ein-Meter-zwanzig-Bett, und neben dem Ledersofa im Wohnzimmer stand ein Regal mit einer Handvoll Bücher. Das grelle Sonnenlicht, das durch die offenen Fenster fiel, ließ die weißen Wände noch kahler wirken. Lilly fand das Bad. Dort, wo irgendwann mal der Haken zum Verriegeln befestigt gewesen sein musste, war ein kleines Loch an der Tür. Hatte ihn jemand aus der Tür gerissen?

Sie setzte sich, pinkelte, streckte sich nach dem Toilettenpapier, und da sah sie es. Ihr Herz schlug schneller. Sie hatte nicht das Recht, das hier zu tun. Sie hatten keinen Durchsuchungsbefehl. Sie befand sich in dieser Wohnung, weil man sie hereingebeten hatte. Und trotzdem konnte sie nicht anders. Durch die dünne Tür hörte sie die Stimmen der beiden Frauen in der Küche. Das Gespräch schien in ruhigem Tempo weiterzulaufen.

»Jetzt habe ich Ihren Namen vergessen«, hörte sie Margareta plötzlich durch die Wohnung rufen. Und dann ein bisschen leiser: »Wie heißt ihre Kollegin noch gleich?«

Katja soufflierte im Hintergrund Lillys Namen.

»Frau Hed, möchten Sie noch Kaffee? Ich setze noch eine Kanne auf«, rief die dünne Stimme fragend. Vermutlich fand sie, dass Lilly zu lange brauchte.

Lilly ging in die Küche zurück, setzte sich wieder hin und zog den Stuhl näher an die Tischkante. Sie legte beide Hände vor sich und verschränkte die Finger.

»Frau Sivers, wo hält sich ihr Sohn auf?«, fragte sie ernst.

Katja sah sie verdutzt an.

Die alte Dame, die mit der Kaffeekanne am Herd stand, drehte sich langsam zu ihr um. Sie wirkte überrascht.

»Ja, aber ich hatte doch gehofft, dass Sie das herausfinden würden«, sagte sie.

Lilly stand auf, verließ die Küche und kam gleich darauf wieder zurück. Sie ließ ein feuchtes Wäscheknäuel auf den Tisch fallen. Katja streckte eine Hand danach aus und wickelte es auseinander, um die einzelnen Teile besser erkennen zu können. Eine schwarze Jogginghose mit weißen Streifen und ein schwarzes T-Shirt mit Aufdruck. Kleidung, die viel zu groß für die Frau war, die vor ihnen stand.

Margareta Sivers verzog das Gesicht, sie plusterte sich auf, und ihre Augen waren mit einem Mal schwarz vor Zorn.

»Finger weg von meinen Sachen! Sie haben kein Recht, in meiner Wäsche herumzuwühlen! Ich werde Sie anzeigen!«, fauchte sie.

»Aber das hier gehört Ihnen gar nicht, habe ich recht? Diese Sachen gehören Sixten. Und einen Verbrecher zu decken ist eine ernste Angelegenheit, Frau Sivers«, sagte Lilly leise.

Die Frau sackte in sich zusammen. Die Wut in ihrem Blick wich einer großen Müdigkeit. Sie stützte sich mit beiden Händen auf den Tisch und setzte sich dann Lilly gegenüber.

»Er ist nur kurz vorbeigekommen, um sich umzuziehen. Ich habe ihn höchstens zehn Minuten gesehen. Ich weiß nicht, wo er jetzt ist. Das schwöre ich.«

38

Das Katzenvieh war schon wieder abgehauen. Eine Wohnungskatze in einem Haus wie diesem zu halten war der reinste Albtraum. Es gab so viele Ecken, wo das verwöhnte Biest entwischen konnte. Trotzdem bestand seine Frau darauf, dass die Katze nach drinnen gehörte. Ihrer Meinung nach wohnten sie viel zu nah an den Bahngleisen. Rana sollte auf keinen Fall überfahren im Graben enden. Also musste sie in Sicherheit bleiben. Und teuer war sie überdies noch gewesen, die gut gebürstete Perserkatze. Die Sache war nur, dass Rana überhaupt nichts davon hielt, sicher im Haus verwahrt zu werden. Sie wollte raus und Mäuse und Amseln jagen.

Mehmet Demir stellte seine Kaffeetasse auf dem Geländer der Veranda ab und ließ den Blick über die Wiese schweifen. Blinzelte in die Sonne. Hatte sich drüben bei den Johannisbeerbüschen nicht gerade etwas bewegt, genau an der Grundstücksgrenze?

»Rana! Miez-miez-miez«, lockte er. Ohne Erfolg.

Wahrscheinlich ließ ihre Katze es gerade irgendwo so richtig krachen. Hoffentlich kam sie wieder, ohne sich vorher von einem dahergelaufenen Straßenkater schwängern zu lassen, dachte er. Aber dann wanderten seine Gedanken in eine angenehmere Richtung.

Ihr Rasen war erfreulich grün. Von ein bisschen heimlicher Bewässerung bei Nacht würde schon niemand sterben. Es war sein dritter Urlaubstag, und das Wetter war phantastisch. Die Leute jammerten über das Klima und die Waldbrände. Er selbst genoss die Wärme. Endlich herrschten in Schweden Temperaturen, für die man sonst weit reisen musste. Wen zog es schon ins Ausland, wenn so viele Urlaubsländer unter Hitzewellen litten? Nein, das hier war der perfekte Sommer. Bootsausflüge, ein Tag am Strand, es war leicht, sich zu beschäftigen, wenn das Wetter so herrlich war wie jetzt. Auch die Feuer waren nicht in die Nähe ihres Hauses gekommen, sie waren die ganze Zeit in Sicherheit gewesen. Mehr als einmal hatte er sich selbst für die Wahl ihrer Wohngegend auf die Schulter geklopft. Und das war nicht das Einzige, wofür er sich lobte. Sein Fuhrunternehmen lief gut, sie würden sich das Ferienhaus leisten können, das sie sich angeschaut hatten. Manchmal war das Leben eben doch gerecht.

Er ging barfuß nach unten auf die Wiese. Zupfte ein Büschel Unkraut aus einem der Beete, befühlte prüfend einen der Äpfel am Baum. In diesem Jahr würden sie eine richtig gute Ernte haben.

Erst war das Geräusch so leise, dass er dachte, er hätte sich verhört. Ein dumpfes Jammern, ein schwaches, aber anhaltendes Maunzen. Er ging schneller, hinüber zu den Bäumen am Rand des Grundstücks. Es kam aus dem Erdkeller. Mehmet beschleunigte seinen Schritt. Die Tür stand einen Spaltbreit auf.

Er zog und zerrte an der schweren, teils mit Metall verstärkten Tür, die sich in dem regnerischen Winter ziemlich verzogen hatte. Er musste sie über den Boden schleifen, aber selbst so bekam er sie nicht ganz auf.

Mehmet spähte in den dunklen Kellerraum, aber er war noch zu geblendet von der Sonne, um viel zu erkennen. Er sah nur die vordersten Regale, die Eimer mit selbst angebauten Kartoffeln und Karotten. Seine Frau war mächtig stolz auf die eigene kleine Ernte. Aber er bemerkte auch einen eigenartigen Geruch. War eins der Gläser mit sauer eingelegtem Gemüse heruntergefallen? Und dann hörte er wieder das klägliche Miau, ganz hinten im Keller. Es klang ein bisschen gedämpft.

»Rana, miez-miez-miez, was machst du denn hier? Na los, komm zu mir«, rief er lockend.

Es kam keine Katze. Steckte das Vieh etwa irgendwo fest? Er hatte zwar einen großen Teil des Kellers als Vorratskammer eingerichtet, aber ganz hinten bewahrte er Mistgabeln und Spaten auf. Natürlich konnte Rana dort stecken geblieben sein. Eins war sicher – wenn er die Katze gleich pünktlich zum Frühstück ins Haus tragen würde, wäre er der Held der Familie. Und dann musste er als Nächstes diese Tür in Ordnung bringen.

»Ich komme, Rana«, sagte er seufzend und quetschte seinen breiten Körper durch den schmalen Türspalt und fluchte leise, als er danach einen grauen Schmutzstreifen auf seinem hellrosafarbenen Poloshirt entdeckte.

Für einen Moment blieb er stehen, damit seine Augen sich an das schummrige Licht gewöhnen konnten, das weiter hinten in absolute Dunkelheit überging. Stand sonst nicht immer eine Taschenlampe oder eine Öllaterne auf dem Regal direkt neben der Tür griffbereit? Bestimmt hatten die Kinder sie ausgeliehen, dachte er genervt.

Er ging weiter in den Keller hinein, und der Geruch wurde immer intensiver. Hier war eindeutig etwas kaputtgegangen, die Frage war nur, was? Sobald die Katze wieder im Haus war, musste er hier aufräumen. Er hörte sie wieder jammern, und als die Konturen in dem feuchten Raum deutlicher wurden, erkannte er, dass das Miauen tatsächlich aus einem Stapel mit Gartengerätschaften kam. Er beugte sich vor und schob einen großen Rechen, zwei Mistgabeln und einen Spaten beiseite.

»Na, komm schon …«, sagte er, aber dann verstummte er.

Starrte verwirrt nach unten, blinzelte und versuchte zu verstehen, was er sah. Da war keine Katze. Nur eine kleine Metalldose. Aus der in regelmäßigen Abständen ein leises, klagendes Miauen ertönte. Er richtete sich auf, lachte, aber es klang eher wie ein überraschtes Schnauben. Jemand hatte sich einen Spaß mit ihm erlaubt.

Er nahm ein Geräusch hinter sich wahr oder eine Bewegung und drehte sich um. Er erwartete, seine Frau zu sehen, prustend vor Lachen. Sie hatte ihn wirklich drangekriegt.

Aber das Gesicht, das er in der offenen Tür sah, ließ ihn nach Luft schnappen. Ihm stockte der Atem, als hätte ihm jemand einen Hieb gegen den Brustkorb versetzt. Das Ganze kam so unerwartet. Mit niemandem hätte er weniger gerechnet.

»Hej, was machst du hier …«, setzte er unsicher an, bevor ihn der Ausdruck in den Augen, die ihn anblickten, verstummen ließ.

Die Erinnerung übermannte ihn und ließ ihn taumeln. Die Erinnerung an den Mehmet, der er gewesen war. An eine unreife Idee von Rache, die vollkommen aus dem Ruder gelaufen war. An ein knisterndes Feuer, das sich ausgebreitet hatte und immer größer geworden war, an das Echo eines kläglichen Weinens. An all das, was er verdrängt und woran er seitdem nie wieder einen Gedanken zugelassen hatte. Er suchte Halt an einem der Vorratsregale, und in dem schummerigen Licht fiel eins der Einmachgläser auf den Boden. Es zersplitterte knirschend. Wieder versuchte sein Mund, Worte zu formen. Aber ein letzter Blick stoppte ihn, ein Nicken, und dann schoss ein Lichtblitz durch den dunklen Keller.

Die Gestalt in der Tür hatte eine brennende Öllaterne in den Raum geworfen. Das Geräusch, mit dem die Lampe auf dem Erdboden zerbrach, auf dem nur hier und da noch ein paar vereinzelte

Holzbretter lagen, war unspektakulär. Aber dann wurde es hell um ihn.

Schlagartig wusste Mehmet Demir, was für ein Geruch das gewesen war, den er wahrgenommen hatte. Der Boden in dem langgezogenen Erdkeller flammte auf und verwandelte sich in ein wogendes Feuerfeld. Er bekam kaum noch mit, wie sich die Tür langsam schloss, wie der Spalt kleiner wurde und mit ihm der schmale Streifen Sonnenlicht. Das Feuer tauchte alles in grelles Weiß und Rot. Die Panik war schneidend wie eine Rasierklinge, und er schrie. Er presste sich mit dem Rücken an die Wand, spürte, wie sich die scharfen Spitzen einer Mistgabel in seine Lenden bohrten. Konnte nicht ausweichen. Das Feuer erfasste seine Hosenbeine. Alles, wonach er griff, stürzte um, er hatte keine Kontrolle mehr über seinen Körper. Um ihn herum zersprangen Gläser, Metall schmolz. Das rasende Licht verschlang ihn von unten.

Draußen vor der Kellertür spazierte eine Katze durch das Gras. Sie blieb stehen und schüttelte sich, als hätte sie gerade etwas Unangenehmes erlebt. Ein kurzes Zucken mit dem wohlgeformten Schwanz, dann setzte sie ihren Weg zum Haus fort.

39

Die Jugendlichen liefen in dichten Reihen. Es waren kaum mehr als dreißig, aber sie waren laut. Die Plakate waren bunt, an manchen baumelten kleine ölverschmierte Puppen, auf anderen prangten feuerrote Stoppschilder. Auf dem vordersten stand in großen Buchstaben: WARUM SOLLEN WIR LERNEN, WENN IHR NICHT AUF DIE WISSENSCHAFT HÖRT? *»Keep it in the ground«,* skandierten sie rhythmisch, während ein Junge in der letzten Reihe im Takt die Trommel schlug.

Lilly stand auf dem Bürgersteig und sah zu, wie die Mittel- und Oberstufenschüler die Centralgatan in Richtung Bahnhof hinuntermarschierten. Von dort aus würden sie mit dem Zug nach Stockholm fahren, wo sich bereits viele andere Jugendliche auf dem Segels Torg versammelt hatten. Seit Greta Thunberg die Schulstreiks fürs Klima ins Leben gerufen hatte, hallten die Proteste über die ganze Welt. Die Klimafrage war aktueller denn je, aber die Politik schien weiter gebremst, gefangen zwischen Wirtschaftsinteressen und den alarmierenden Nachrichten aus aller Welt.

Die Uhr an Lillys Handgelenk zeigte, dass es langsam Zeit fürs Mittagessen wurde. Sie stellte zufrieden fest, dass die jungen Leute sich vorbildlich verhielten und die genehmigte Demonstration geordnet ablief. Ein Mädchen ganz vorn rief aus vollem Hals, und die anderen stimmten ein: »In Indien herrscht Dürre und hier lodern Feuer – nur ihr findet Fliegen immer noch zu teuer!« Die Botschaft hallte durch die Prozession hinter ihr.

Aber in Gedanken war sie woanders. Obwohl ihr klar war, dass er eigentlich nicht unter den Schaulustigen am Straßenrand stehen konnte, ertappte sie sich dabei, dass sie im Gedränge nach seinem Gesicht Ausschau hielt.

Sixten Sivers hatte einen kleineren Geldbetrag aus einem Schuhkarton geholt, der in einem Schrank in seiner Wohnung versteckt gewesen war, hatte sich umgezogen und ein paar Klamotten zum Wechseln in eine Papiertüte gestopft. Er trug jetzt eine helle Jeans und ein grünes T-Shirt. Außerdem hatte er sich im Bad den Kopf rasiert und eine beachtliche Menge Haare im Waschbecken zurückgelassen. Dann hatte er seine Mutter zum Abschied umarmt und war verschwunden. Das war alles, was Margareta Sivers wusste, und sie hatte es ihnen nur äußerst widerwillig erzählt. Die Personenbeschreibung für die Fahndung war inzwischen aktualisiert, die Polizei hatte ein Foto von Sivers an die Medien herausgegeben, und alle waren darüber informiert, dass er sich möglicherweise in Nynäshamn aufhielt. Das sollte es ihm deutlich schwieriger machen unterzutauchen, aber noch war der Mann wie vom Erdboden verschluckt.

Eine Überprüfung von Sixten Sivers' Freigängen hatte nicht eindeutig ergeben, ob er die Möglichkeit gehabt hätte, die Brände in Norvik und Segersäng zu legen. Alles hing davon ab, wie viel er gegebenenfalls im Vorfeld hatte vorbereiten können und ob er Hilfe gehabt hatte. Aber ausgeschlossen war es nicht. Sie mussten ihn finden, mussten ihn verhören. Vor allem mussten sie ihn erwischen, bevor er noch mehr Schaden anrichten konnte.

Das Funkgerät knackte. Die Nachricht jagte eine Ladung Adrenalin durch ihren Körper.

Einsatzcode 09. Todesfall. Polizei, Feuerwehr, Notarzt in den Lokmannavägen 18B. Sofort.

40

Drei Streifenwagen waren bereits vor Ort, gemeinsam mit der Feuerwehr und einem Rettungswagen. Die Löscharbeiten waren schnell beendet gewesen, da sich das Feuer größtenteils selbst erstickt hatte. Der Erdkeller war vollkommen ausgebrannt, alles war schwarz verrußt. Es roch nach verbranntem Holz, verbrannter Erde, verbranntem Fleisch. Die Techniker waren schon dabei, den noch qualmenden Raum zu untersuchen. Mit einer Kamera dokumentierten sie jeden Quadratmeter des Kellers, während sich eine Kollegin um Mehmet Demirs Frau kümmerte, die schreiend und weinend in der Küche saß. Gleichzeitig bog ein Leichenwagen in die Garageneinfahrt.

Die Kinder saßen zusammengekauert auf der Treppe vor der Eingangstür, stumm und verängstigt. Lilly war vor ihnen in die Hocke gegangen, hatte sich tröstend mit ihnen unterhalten und sie sanft aufgefordert, mit ihr ins Haus zu kommen. Jeden Moment konnte die Leiche aus dem Erdkeller getragen werden, und auch wenn der Tote zugedeckt sein würde, war das nichts, was sie mitansehen sollten. Sie fragte die beiden, ob sie ihr nicht etwas zu trinken aus der Küche holen könnten, und die Kinder standen auf, aber auf der Schwelle blieben sie stehen, schreckten vor der schreienden Trauer ihrer Mutter zurück. Lautlos wie kleine Gespenster schlichen sie dann ins Wohnzimmer. Das einzige Gefühl, das sie zeigten, war eine nervöse Unruhe. Lilly setzte sich neben die Kinder auf das Sofa und sah durch das Fenster, wie ein Taxi vor dem

Gartenzaun hielt. Eine ältere Frau stieg aus, Lilly vermutete, dass es die Großmutter der beiden war.

»Hattet ihr heute früh Besuch?«, fragte sie vorsichtig.

Große, dunkle Augen sahen sie an, aber keins der Geschwister gab einen Mucks von sich. Schließlich schüttelte der Ältere – sie schätzte ihn auf sieben oder acht – den Kopf. Die Kleine, sie war vielleicht vier oder fünf, nahm den Daumen aus dem Mund.

»Rana ist wieder da«, sagte sie. »Sie darf nicht raus.«

»Wer ist Rana?«, fragte Lilly.

»Unsere Katze«, sagte der Junge. »Wir dachten, Papa wäre draußen, um sie zu suchen. Er findet sie immer.«

»Habt ihr sonst jemanden hier gesehen? Bei euch im Garten?«

Die Kinder schüttelten einhellig die Köpfe.

»Ich kümmere mich jetzt um sie«, sagte eine belegte Stimme neben ihr.

Lilly drehte sich um.

Eine ältere Frau mit einem dicken grauen Dutt im Nacken beugte sich zu ihnen herab. Sie stand so nah, dass Lilly den Duft von Moschus und Bergamotte riechen konnte, der ihre weiten Kleider umgab. Ihre Augen glänzten, aber sie wirkte gefasst. Sie schien es mit Mühe und Not zu schaffen, die Haltung zu bewahren, den Kindern zuliebe.

Lilly nickte, stand hastig auf und sprach der Frau ihr Beileid aus. Dann ging sie nach draußen und schloss sich dem Team im Garten an. Sie sah überall ernste Gesichter und geschäftige Bewegungen. Die technischen Untersuchungen waren abgeschlossen und die Leiche abtransportiert.

Eines war bereits klar, wurde ihr mitgeteilt, und zwar, dass sich auf dem Kellerboden eine größere Menge brennbarer Flüssigkeit befunden haben musste. Ansonsten hätte sich das Feuer nicht so schnell und heftig ausbreiten können. Möglicherweise hatte eine zerbrochene Sturmlaterne den Keller dann in Brand gesetzt.

Zerbrochen, weil sie ihm hingefallen war oder weil sie jemand geworfen hatte, dachte Lilly. Die brennbare Flüssigkeit war ausgelaufen oder verschüttet worden. Unfall oder Vorsatz?

41

Sie rieb sich die Augen, das bisschen Wimperntusche, das sie benutzt hatte, färbte ihre Fingerspitzen schwarz. Wahrscheinlich war sie jetzt überall verschmiert. Sie warf einen prüfenden Blick in den Rückspiegel und fuhr sich mit dem Ärmel über das Gesicht.

Sie sah auch so schon aus wie ein Gespenst, da brauchte sie nicht auch noch schwarze Ränder unter den Augen, dachte Lilly. Als sie sich das letzte Mal im Spiegel betrachtet hatte, hatte sie verschwollen und müde ausgesehen. Diese frühen Dienste waren wirklich kein Spaß. Der einzige Vorteil war, dass sie dafür den Abend frei hatte. Aber eigentlich war gar nicht das frühe Aufstehen das Problem. Es waren die Gedanken, die sie wachhielten. Der Wind hatte um den Leuchtturm geheult, an den halboffenen Fenstern gezerrt und wie verrückt getobt, aber ohne einen Tropfen Regen mitzubringen. Ihre Augen waren wie von selbst immer wieder aufgegangen, ihr Blick war im Halbdunkel die Wendeltreppe hoch- und runtergewandert. Die Erinnerung an Mehmet Demirs Kinder war schwer abzuschütteln. Ebenso wie das Bild der verbrannten Gestalt im Erdkeller, die sie für einen kurzen Moment gesehen hatte, bevor die Leiche in Plastik verpackt worden war.

In dem ausgebrannten Raum waren Überreste eines Gegenstands gefunden worden, der wohl ein Petroleumkanister gewesen war. Ein nachlässig zugeschraubter Deckel – es wäre nicht das erste Mal, das ein Brand durch versehentlich ausgelaufene Brennflüssigkeit verursacht worden war. Oder durch eine heruntergefallene, brennende Laterne. Solche Unfälle passierten. Beim Herumräumen oder wenn man etwas suchte, konnte einem schon mal etwas aus der Hand rutschen. Aber warum war die Tür zu gewesen? Wenn man in einen Erdkeller ging, um etwas zu holen, dann war es die natürlichste Sache der Welt, die Tür offen zu lassen. Schon allein, damit Licht hereinfiel. Es sei denn, man hatte etwas Heimliches vor, was der Rest der Familie nicht sehen durfte.

»Was macht ein Familienvater am frühen Morgen hinter einer verschlossenen Kellertür?«, hatte sie Katja bei der ersten Tasse Kaffee des Tages gefragt.

»Pornos schauen und sich einen runterholen? Ach, was weiß denn ich? Geschenke einpacken?«

Katja hatte verschwollene Augen gehabt, und der bittere Unterton ihrer Antwort ließ vermuten, dass sie auch nicht begeistert davon war, so früh zum Dienst antreten zu müssen. Lillys Gedanken waren weitergewandert.

Die Hauskatze Rana war ausgebüxt. Vielleicht würde man die Kellertür zuziehen, wenn man die Katze einfangen wollte, damit sie nicht wieder nach draußen entwischen konnte. Aber Rana war nicht im Keller gewesen. Sie war noch am selben Tag wieder aufgetaucht, unversehrt. Also warum hatte Mehmet Demir die Tür hinter sich zugemacht? Oder war es doch jemand anderes gewesen? Allerdings hatten weder die Kinder noch die Nachbarn jemand Außenstehendes auf dem Grundstück gesehen, und die Ehefrau stand noch zu sehr unter Schock, um Fragen zu beantworten.

Und sollte das hier die dritte Tat des Brandstifters gewesen sein, dann passte sie überhaupt nicht in sein bisheriges Muster. Das Feuer war in einem kleinen, geschlossenen Raum ausgebrochen, von wo es sich nicht hatte ausbreiten können. Die schwere Tür, die noch dazu mit einer großen Metallplatte verstärkt war, hatte die Flammen im Inneren gehalten. Ein schrecklicher Tod für den eingeschlossenen Mann, aber kein Brand, der sich ausbreiten und über die ausgetrockneten Wälder hinwegwalzen konnte. Wenn diese Fälle zusammenhingen, war der Brandstifter dann vom Ausmaß der Zerstörung beeinflusst worden, die seine beiden ersten Taten verursacht hatten?

Auf der anderen Seite gab es aber auch einiges, was doch wieder passte. Derselbe Opfertyp, dieselbe Todesart. Mehmet Demir lebte in einer Beziehung und war ungefähr im selben Alter wie die beiden anderen Männer. Das Feuer, in dem er umgekommen war, konnte ein Unfall gewesen sein. Oder eben nicht.

Was hatte es in der Vergangenheit für Brände in der Gegend gegeben? Lilly beschloss, Versicherungsgesellschaften zu kontaktieren, das Archiv zu durchforsten und sich selbst ein Bild zu machen. Vielleicht gab es irgendeine Auffälligkeit.

Sie überflog den Posteingang ihrer beruflichen E-Mails am Handy. Sie hatte eine neue externe Mail, und sie kannte die Absenderin. Cilla Hammar, mit der Mailadresse des Kriminologischen Instituts. Die Nachricht war kurz und freundlich.

Hallo, Frau Hed,

Sie erwähnten bei unserem Gespräch, dass Sie gern mehr über Pyromanen wüssten. Der Psychologieprofessor Jeff Wilson ist eine Koryphäe auf diesem Forschungsgebiet, er hat vor ein paar Jahren eine Gastvorlesung bei uns zu diesem Thema gehalten. Ich habe mich mit ihm über Ihre Fälle unterhalten, und er ist gern bereit,

Ihre Fragen zu beantworten, wenn Sie möchten. Ich habe Ihnen seine Kontaktdaten unten angehängt.
Mit freundlichen Grüßen
Cilla Hammar

Telefonnummer und Mailadresse gehörten zu einer Universität in San Francisco. Lilly warf einen Blick auf die Uhr und rechnete die Zeitverschiebung aus. In ein paar Stunden würde er sicher in seinem Büro sein. Denn natürlich hatte sie Fragen, auf die sie dringend Antworten brauchte.

42

Die pompöse Universität, auf einem Hügel gelegen, mit Aussicht über die Stadt, bot mit ihren dicken Mauern Schutz vor der schwülen Hitze des Tages. Das Gebäude war noch dazu weiß gestrichen, die Farbe, die am wenigsten Licht absorbiert und damit am besten kühlt. Eine kluge Wahl. Das digitale Thermometer auf dem Schreibtisch zeigte 84,2° Fahrenheit Außentemperatur an, das entsprach 29 °C. Es fühlte sich bedeutend heißer an. Es war vollkommen windstill, und die Sonne knallte auf San Francisco herunter. Die veraltete Klimaanlage führte einen ungleichen Kampf gegen die Hitze, ächzend und seufzend hing sie über der Tür. Von seinem Fenster aus blickte Jeff Wilson auf ein Stück rotbraune, nackte Erde hinunter, wo im Moment kein Gras mehr wachsen wollte, auf die Stämme der riesigen, uralten Kiefern und auf die hellblaue Silhouette der Stadt. Er stellte den Pappbecher mit Kaffee vor sich ab, lehnte den übervollen Aktenkoffer gegen seinen Stuhl und legte schwungvoll die Füße mit den staubigen Turnschuhen auf den Schreibtisch.

Jeff zupfte seinen Bart, lehnte sich zurück und verzog das Gesicht, als er feststellte, dass der Rücken seines Hemds komplett nass geschwitzt war. Vielleicht sollte er bei diesen Temperaturen doch lieber darauf verzichten, zu Fuß ins Büro zu gehen.

Dem kleinen viereckigen Kästchen auf seinem Schreibtisch, das neben der Temperatur auch noch die Uhrzeiten in New York und San Francisco anzeigte, entnahm er, dass er pünktlich um 07:59 angekommen war. Zwanzig Minuten vor der ersten Besprechung des Tages, anderthalb Stunden vor der ersten Vorlesung. Die Uhr sprang auf 08:00 um, und das Telefon vor ihm fing an zu klingeln. Erschrocken zuckte er zusammen. Er war nicht daran gewöhnt, dass ihn um diese Uhrzeit jemand anrief. Er nahm den Hörer ab.

»Professor Jeff Wilson.«

Eine freundliche, energische Polizistin stellte sich vor, Lilly Hed aus Schweden. Er hatte eine Mail von seiner Kollegin an der Universität Stockholm bekommen, dass sie sich wahrscheinlich bei ihm melden würde.

»Störe ich Sie, oder hätten Sie einen Augenblick Zeit, sich mit mir zu unterhalten?«, fragte Lilly Hed.

»Ich habe zwanzig Minuten, und die können Sie gern haben«, sagte Jeff, trank einen Schluck Kaffee und strich sich mit dem Handrücken über den Bart.

»Ich brauche mehr Hintergrundwissen über das mögliche Verbrechen, in dem ich ermittele, zu welchem Tätertyp so etwas passt. Ob der Drang, etwas anzuzünden, die wichtigste Eigenschaft ist oder ob es genauso gut eine Mordserie sein könnte, bei der Feuer einfach die Tatwaffe ist. Und wenn ja, warum dann ausgerechnet Feuer?«

Sie beschrieb ihm kurz die Situation mit der anhaltenden Trockenheit, die beiden Brände, die auf den ersten Blick aussahen wie Unfälle, und den letzten, der keine Möglichkeit gehabt hatte, sich auszubreiten. Ein Bruch des Musters, wenn sie mit ihrer Vermutung recht hatte. Sie wollte mehr über Täter erfahren, die Feuer verwendeten. Was machte einen Pyromanen aus, konnte er ihr mehr darüber sagen?

Er räusperte sich.

»Wir scheinen unter demselben Phänomen zu leiden. Ich bin vor kurzem aus Südkalifornien zurückgekommen, und wir haben hier gewaltige Probleme mit Waldbränden, auch in Oregon und Arizona. Alles ist trocken wie Zunder, die Feuer breiten sich rasend schnell aus. Tausende haben bereits ihr Zuhause verloren. Inzwischen sind über hundert Menschen ums Leben gekommen.«

Vor seinem inneren Augen sah er die gewaltigen Wände aus Rauch, den schmutzig grauen Himmel, die rußigen Überreste der Gebäude, die wie krumme Holzkreuze auf einem Friedhof aus dem Boden ragten.

»Die Polizei hatte mich als Berater hinzugezogen, weil sie dort viel Ärger mit einem Pyromanen hatten. So ein großes Feuer zieht natürlich Menschen an, die von Flammen fasziniert sind. Und dieser Typ ist mit dem Auto in der Nähe geblieben und hat Büsche und Bäume mehrfach wieder in Brand gesetzt. Wäre er beim letzten Mal nicht mit dem Wagen stecken geblieben und hätte er dabei nicht eine schwere Rauchvergiftung davongetragen, hätten sie ihn wahrscheinlich immer noch nicht.«

Er vergrub seine Finger im Bart, etwas, das er beim Nachdenken oft tat.

»Ich denke, ich kann Ihre Frage direkt beantworten. Wenn Sie mit Ihrer Vermutung recht haben, dann suchen Sie nach einem Täter, der Feuer als Waffe nutzt. Nicht nach einem Pyromanen. Selbst wenn die Vorgehensweise jedes Mal exakt dieselbe gewesen wäre, dann ist das, was Sie mir geschildert haben, keine Pyromanie. Warum die Person ausgerechnet Feuer gewählt hat, darauf können wir gleich noch zurückkommen.«

Jeff trank einen Schluck Kaffee, stellte das Telefon auf Lautsprecher und beugte sich vor. Er krempelte die Ärmel seines rot-blau karierten Hemdes hoch.

»Hören Sie mich?«

»Aber ja«, sagte die Polizistin am anderen Ende der Leitung laut und deutlich.

»Für Pyromanen dreht sich alles um die innere Spannung, einen Erregungszustand, der sich nur durch das gezielte Anzünden eines Gegenstands auflösen lässt. Zu sehen, wie sich ein Feuer ausbreitet, verschafft einem Pyromanen enorme Lust. Es geht dabei nicht um Rache oder Zorn, und es ist auch nicht die Folge eines Rausches oder von Halluzinationen. Es gibt keinen Grund, das Feuer selbst ist der Grund. Einige ziehen schon Befriedigung daraus, sich in der Nähe von Dingen aufzuhalten, die sie mit Feuer verbinden, zum Beispiel eine Löschausrüstung, oder die Sirenen zu hören, wenn Feueralarm ausgelöst wird. Die Störung selbst ist selten, aber erstaunlich viele Feuerwehrleute haben Tendenzen, die in diese Richtung gehen.«

Die Polizistin schien ausgerechnet das irgendwie besonders witzig zu finden, denn sie lachte am anderen Ende der Leitung kurz auf.

»Entschuldigung, fahren Sie fort, das klingt interessant«, sagte sie.

»Pyromanen sind meistens Männer, wobei die Verteilung nicht ganz so ungleich ist wie bei Gewaltverbrechen. Etwa ein Drittel der Täter sind Frauen.«

Die Polizistin lachte wieder auf. »Also in meinem Job suchen wir ja ziemlich oft nach Männern«, sagte sie.

»Ich weiß, das haben die Verbrechensstatistiken weltweit gemeinsam«, sagte er ebenfalls lachend. »Verschiedene weitere Diagnosen wie Schizophrenie, Angststörungen und Demenz sind bei Pyromanen nicht selten. Eine niedrige Intelligenz ist ein wichtiger Faktor, das wissen wir schon seit den fünfziger Jahren. Die

Forscher Lewis und Yarnell befragten 1145 Personen, die bewusst Brände verursacht hatten, und rund siebzig Prozent von ihnen waren unterdurchschnittlich intelligent. Das zwanghafte Bedürfnis, Feuer zu legen, kehrt regelmäßig wieder, mal im Abstand von wenigen Wochen oder Monaten, manchmal aber auch bedeutend öfter. Putnam und Kirkpatrick betonen die Theorie des ›expressiven Traumas‹: Der Drang zur Brandstiftung kann die Folge eines Traumas in der Kindheit oder frühen Jugend sein. Wenn Kinder Feuer legen, kann das eine Reaktion auf Stress oder Vernachlässigung sein.«

Er leerte seinen Kaffeebecher, zielte auf den Mülleimer aus Metall, der neben der Tür stand, und verpasste ihn haarscharf. Der Pappbecher rollte ein Stück und blieb vor der Tür liegen.

»Aber schauen wir uns mal an, was Sie beschrieben haben, denn das ist hochinteressant«, sagte er und machte eine Pause, um die richtigen Worte zu finden. Er stand auf und warf den Pappbecher weg.

Lilly Hed bat ihn fortzufahren, sie klang ungeduldig.

»Sie zeichnen das Bild eines Täters, der seine Verbrechen so gut tarnt, dass nicht einmal sicher ist, ob es sich überhaupt um Brandstiftungen handelt oder nicht doch um Unfälle. Sie haben es also nicht mit einer minderintelligenten Person zu tun, ganz im Gegenteil. Aber bedenken Sie vor allem eins: Pyromanen haben keine Zielscheiben. Manchmal kommen Menschen durch die Feuer um, aber das ist nicht Sinn und Zweck der Sache. Sie dagegen suchen jemanden, der klug ist und seine Verbrechen sehr genau plant. Und diese Person hat eine außerordentlich effektive Methode gewählt.«

Er ging zum Fenster, öffnete es und kehrte wieder zum Schreibtisch zurück. Dann zog er ein Feuerzeug und eine zerdrückte Zigarettenschachtel aus seiner Hosentasche. Einen Moment lang betrachtete er die kleine Flamme, die vor seinen Augen tänzelte.

»Feuer ist der beste Freund eines Täters«, nahm er den Faden wieder auf. »Es zerstört und vernichtet alles, es beseitigt Beweise. Darüber hinaus schadet es seinem Opfer auf ganz unterschiedliche Arten. Das Opfer kann durch die Flammen sterben, am Rauch ersticken, bis zur Unkenntlichkeit verbrennen, es kann unter einstürzenden Gebäudeteilen begraben werden. Wenn das Feuer nicht sofort tötet, dann kann die Rauchvergiftung später den Rest erledigen. Die Flammen übernehmen die Arbeit, so dass der Täter selbst keine Gewalt ausüben muss. Die Tat erfordert weder körperliche Kraft noch physischen Kontakt mit dem Opfer. Auf diese Weise werden alle etwaigen körperlichen Nachteile des Täters gegenüber seinem Opfer aufgehoben. Und während der Mord geschieht, kann der Mörder schon längst wieder weit weg sein.«

Er nahm einen tiefen Zug und blies den Rauch zumindest der Form halber in Richtung Fenster.

»Ich bin Verbrechern begegnet, die die Zerstörung durch Feuer als Fortsetzung ihrer eigenen Wut betrachtet haben. Aber ihr Motiv war nicht die Liebe zum Feuer, sondern es ging ihnen darum, etwas zu verbrennen und Schaden anzurichten.«

Am anderen Ende blieb es still, und er fuhr fort.

»Sie verstehen sicher, was ich damit sagen will, oder? Wer sich Feuer aussucht, um es als Waffe gegen einen Menschen einzusetzen, der trägt mit Sicherheit einen sehr großen Hass in sich. Sie suchen also jemanden mit einem starken Motiv. Finden Sie dieses Motiv.«

43

Jeff Wilsons Worte hallten in ihren Gedanken nach, und das nahezu ununterbrochen seit dem Gespräch am gestrigen Abend.

»Sie suchen also jemanden mit einem starken Motiv. Finden Sie dieses Motiv.«

Die Grübeleien waren wie ein Juckreiz, der einfach nicht nachlassen wollte. Nach der Besprechung auf der Dienststelle stiegen Lilly und Katja ins Auto und fuhren los. Sie verzogen beide die Gesichter, der Wagen hatte in der Sonne gestanden und war unerträglich heiß.

Lilly machte die Klimaanlage an und drehte sich zu ihrer Kollegin um.

»Gab es in dieser Stadt ein besonderes Ereignis? Einen unaufgeklärten Mordfall oder so? Irgendetwas, was schon länger her ist?«

Katjas verblüffter Gesichtsausdruck verriet ihr, dass diese Frage ziemlich unerwartet kam.

»Ich denke darüber nach, was eine Person motivieren könnte, sich tatsächlich ...«

Das Funkgerät knisterte, und eine Meldung unterbrach Lilly mitten im Satz.

»Sixten Sivers. Fridhemsvägen 9. Notruf durch Mitarbeiter des Seniorenheims.«

Sie machten sich sofort auf den Weg.

Lilly und Katja bogen mit quietschenden Reifen aus dem Floravägen ab und bremsten scharf vor der angegebenen Adresse. Lilly war schon ausgestiegen, bevor Katja auch nur die Handbremse angezogen hatte. Ihre Schritte hallten über den Asphalt. Sie hörte laute Schreie und beschleunigte ihr Tempo. Ein Sinneseindruck überschattete alle anderen: der stechende Brandgeruch.

Vor ihnen stieg eine Rauchsäule in den Himmel, aber das eigentliche Feuer wurde von Bäumen verdeckt. Lilly rannte weiter und nahm das Szenario in krassen Momentaufnahmen wahr. Ein hohes Backsteingebäude auf ihrer rechten Seite, vermutlich das Seniorenheim, ein Wohnhaus links, davor eine große Wiese, von dort kamen der Rauch und die Rufe.

Als sie näher kam, sah sie, dass ein Apfelbaum auf dem Grundstück lichterloh brannte. Die Flammen hatten ihn in eine riesige, knisternde Fackel verwandelt. Auch die Fußmatte oben auf der Treppe brannte, die Flammen leckten schon an der Haustür. Zwei Männer prügelten sich auf dem Kiesweg: ein älterer bärtiger Mann, der ganz offensichtlich unterlegen war, und ein großer, muskulöser Kerl mit rasiertem Kopf, der in diesem Moment zum nächsten Schlag ausholte. Sein Gesicht war starr vor Zorn. Ein leerer Plastikkanister lag neben dem Weg im Gras.

Plötzlich flog die Haustür auf.

»Lass ihn los!«, schrie ein junger Mann. Er schleuderte die brennende Fußmatte auf den Kiesweg und stürmte nach unten, gerade als Lilly sich den Kämpfenden mit gezogenem Taser näherte.

Er stürzte sich auf die rangelnden Männer, und jetzt prügelten sie sich zu dritt. Den Kräftigsten von ihnen hatte Lilly vor kurzem erst gesehen: auf dem Fahndungsfoto, mit dem nach einem flüchtigen Insassen der psychiatrischen Klinik gesucht wurde. Sie feuerte den Taser ab und setzte einen der drei außer Gefecht, so dass sie ihn aus dem Gerangel herausziehen konnte.

Der Wind drehte sich, und dichter Rauch quoll ihr entgegen, ihre Augen fingen an zu tränen. Sie hustete, während sich ihr Blickfeld grau färbte.

Immer mehr Menschen strömten aus dem benachbarten Altenheim, andere kamen um die Ecke gerannt. Jemand schnappte sich einen Rechen, aufgeregte Schreie wurden laut.

»Verdammt, das ist ein Pyromane! Ein Pyromane!«

»Schnappt ihn euch!«

»Halt! Polizei!«, brüllte Lilly vergeblich.

Sie wurde von der wütenden Gruppe mitgerissen, immer näher an die beiden Kämpfenden heran. Es war ein aussichtsloses Unterfangen, sich Gehör zu verschaffen und die Leute auf Abstand zu halten. Ein harter Schlag traf sie an der Brust und ließ sie nach Luft schnappen. In jahrelangem Training hatte sie verinnerlicht stehen zu bleiben, sich im Tumult steif zu machen. Sie versuchte, ihren Kopf zu schützen, aber sie war umgeben von Körpern, die vorwärts drängten, um sich in den Kampf einzumischen, und es hagelte von allen Seiten Schläge.

Plötzlich gelang es Sixten Sivers, sich loszureißen, aber er kam nicht weit, bevor er erneut niedergerungen wurde. Für einen kurzen Moment sah Lilly sein verzerrtes Gesicht. Blut rann aus seiner Nase, seine Augenbraue war aufgeplatzt, und seine Wut hatte sich in blanke Angst verwandelt.

Jemand packte sie von hinten und versuchte, sie daran zu hindern, sich nach vorn durchzukämpfen. Vielleicht war es Katja? Immer mehr Menschen fanden sich ein.

»Was zur Hölle ist hier los?«, rief jemand.

»Der Spinner hat versucht, das Haus hier anzuzünden!«

Rußflocken und verbranntes Laub wirbelten durch die Luft, brachten Lilly zum Husten. Das Gedränge wurde immer dichter.

Endlich hörte sie Sirenen. Sie drehte den Kopf. Im selben Moment traf sie ein grober Stoß in den Rücken, und sie stürzte. Sie landete hart auf der Wiese, fing sich mit den Händen ab und versuchte sofort, auf die Beine zu kommen, aber die vielen Körper drückten sie immer wieder nach unten. Ein Gefühl von Panik stieg in ihr auf – sie kam nicht hoch! Ein kräftiger Tritt traf sie wie ein Schnellzug, und der Glutregen über der Wiese verwandelte sich in nachtschwarze Finsternis.

44

Lillys Hemd war voller roter Flecken vom Nasenbluten, und ihr Hinterkopf fühlte sich an, als wäre er auf doppelte Größe angeschwollen. Überhaupt pochte ihr ganzer Kopf, als hätte ihr jemand einen Eisenring um die Schläfen gelegt und würde ihn immer enger ziehen. Außerdem war ihr übel. Sie lag halb aufgerichtet im Krankenwagen, wütend und benommen, und drückte sich ein Kühlpack in den Nacken.

Auch Sixten Sivers sowie zwei weitere Personen waren ins Krankenhaus gebracht worden, darunter der ältere Mann, mit dem Sivers sich zuerst geprügelt hatte. Sivers selbst war übel zugerichtet worden und nicht bei Bewusstsein. Ein paar Männer waren bereits festgenommen worden, andere standen noch aus.

Wahrscheinlich war Lilly nur für einen kurzen Moment ohnmächtig gewesen, bis Katja sie aus dem Getümmel gezogen hatte und die Kollegen ihr zu Hilfe geeilt waren.

»Scheiße, ist das schnell eskaliert!«, sagte Lilly und hielt sich das Kühlpack an die Stirn. »Die waren wie eine Horde Affen! Sobald ich einen abgeschüttelt hatte, kamen sofort mehrere neue nach.«

»Mm«, sagte die Rettungssanitäterin und reinigte sorgfältig eine Schürfwunde an Lillys Unterarm. »Wenn es zurzeit um Feuer geht – na ja, Sie wissen ja. Bei dem Thema eskaliert die Stimmung schnell.«

Der Brand war in kürzester Zeit gelöscht gewesen. Der Baum und ein Großteil der Wiese waren verbrannt, aber das Haus hatte nur leichte Schäden davongetragen, da die Haustür zu keinem Zeitpunkt Feuer gefangen hatte.

Lillys Gedanken kreisten. Das alles ergab keinen Sinn. Sixten Sivers hatte wieder zugeschlagen, ein privates Wohnhaus angegriffen. Am helllichten Tag. Der Hausbesitzer war zweiundfünfzig Jahre alt, älter als die beiden anderen Brandopfer. Außerdem war er nicht allein gewesen, sondern es hatten sich weitere Familienmitglieder im Haus befunden. War Sivers derjenige, den sie suchte? War der planvoll vorgehende und vorsichtige Täter plötzlich leichtsinnig geworden? Hatte ein einzelner Mann dank großzügig bemessenem Freigang und Schlamperei eine ganze Stadt terrorisiert? Allein der Gedanke bereitete ihr schon wieder Kopfschmerzen.

Der Krankenwagen blieb stehen, die Türen gingen auf und ließen Nachmittagssonne und Wärme hinein.

»Wie geht es dir, Kollegin?«

Katjas Kopf erschien in der Öffnung. Lilly ließ das Kühlpack sinken und registrierte, dass Katjas Ärmel zerrissen war. Auch sie hatte in dem Tumult etwas abbekommen.

»Ich werde es überleben«, sagte Lilly. »Ehrlich gesagt, glaube ich nicht, dass eine Untersuchung nötig ist, ich muss mich nur ein bisschen ausruhen. Kannst du mich nach Hause fahren?«

»Vergiss es, dieser Dickschädel da muss geröntgt werden«, sagte Katja und bot ihr stattdessen einen Arm als Stütze an. Ihr Ton ließ keinen Raum für Verhandlungen.

Lilly kletterte benommen aus dem Wagen. Das helle Licht machte die Kopfschmerzen noch schlimmer. Vielleicht hatte Katja recht. Ihre Kollegin legte ihr einen Arm um die Schulter, führte sie durch die automatische Tür, und dann setzten sie sich zusammen in den Wartebereich.

Sechs Stunden später ließ Katja sie vor dem Leuchtturm aussteigen. Das Urteil lautete leichte Gehirnerschütterung und fünf Tage krankgeschrieben.

»Halt mich auf dem Laufenden, wie sich die Sache mit Sivers weiterentwickelt, okay?«, waren Lillys Abschiedsworte an Katja.

Sie schaltete ihr Handy ein, das sie nach mehreren neugierigen Anrufen von Journalisten hatte ausschalten müssen. Die große Prügelei und der gefasste Pyromane beherrschten schon jetzt die Schlagzeilen.

Zwischen allen Interviewanfragen von unbekannten Nummern tauchte eine andere Nachricht auf. Sie war kurz, aber eindeutig.

Ruf mich bitte an. Mama.

Lilly seufzte leise und tippte auf das Anrufsymbol. Es ertönte kaum ein Freizeichen, bevor ihre Mutter ranging.

»Hej, Mama, ist etwas passiert?«

»Mir passiert nie etwas«, antwortete ihre Mutter, und Lilly kniff die Augen zu. Immer dieser unzufriedene Unterton, der dann in Besorgnis überging. »Aber wie geht es dir, Lilly? Du hast dich mit einem Pyromanen geprügelt und was weiß ich nicht alles. Im *Expressen* wird dein Name gleich mehrfach in einem Artikel erwähnt. Ich stand regelrecht unter Schock, als ich das gelesen habe und du nicht ans Telefon gegangen bist!«

Vor allem das Letzte klang sehr vorwurfsvoll.

»Ich habe eine leichte Gehirnerschütterung und bin fünf Tage krankgeschrieben. Die Stimmung ist hier sehr aufgeheizt, das ging richtig rund. Aber meine Kollegen waren schnell zur Stelle, mir geht es gut.«

»Ich habe noch nie verstanden, warum du dich für diese Laufbahn entschieden hast, aber das weißt du ja. Es gibt so viele andere Berufe.«

Stille. Sie hatte nicht vor, sich auf diese Diskussion einzulassen.

Ihre Mutter fuhr fort.

»Hat Svante sich eigentlich bei dir gemeldet? Ich habe ihn neulich bei Åhléns getroffen, und wir haben uns ein bisschen unterhalten. Ich glaube, er vermisst dich. Er hat viel nach dir gefragt, und ich habe ihm, so gut es ging, geantwortet. Er fand es sehr interessant, als ich ihm von deinem Umzug nach Nynäshamn erzählt habe. Willst du ihn nicht mal anrufen?«

Eisige Kälte im Magen, mahlende Schmerzen in den Schläfen.

»Nein«, sagte sie gepresst.

»Aha, nun, dann nicht. Na ja, du erzählst mir ja nie etwas, ich weiß gar nicht, was in deinem Leben gerade passiert. Aber dann werde ich jetzt wohl mal die Blumen auf meinem Balkon gießen. Wenn ich das nicht jeden Abend mache, dann gehen sie mir bei dieser Hitze ein. Ruh du dich jetzt aus, ja?«

»Das mache ich. Tschüss, Mama.«

Sie fühlte sich mit einem Mal kraftlos, als hätte das heftige Chaos des Tages sie schlagartig eingeholt. Die Benommenheit kehrte zurück, und ihr Blick vernebelte sich. Sie ließ sich auf den Gartenstuhl sinken, streifte ihre Schuhe von den Füßen und machte die Augen zu. Aber als sie das tat, sah sie sofort Sixten Sivers' wutverzerrtes Gesicht vor sich, das Blut, das auf ihre Hemdenbrust tropfte. Und das Gesicht verwandelte sich in ein anderes, ebenso hasserfülltes. In eine hochgewachsene Gestalt im teuren Anzug und den ständigen Unterton von Gewalt, von Bedrohung.

Sie stand auf, um die Schlaftabletten suchen zu gehen.

45

Die Schwindelanfälle waren hartnäckig. Mal waren sie für ein paar Stunden verschwunden, nur um dann mit voller Wucht zurückzukommen. Wenn es passierte, taumelte sie herum wie betrunken. Also tat Lilly so wenig wie möglich. Der Ventilator brummte ausdauernd neben dem Bett, sie blätterte in einer alten Frauenzeitschrift, die irgendwelche Urlaubsgäste im Leuchtturm gelassen hatten, und versuchte, ruckartige Bewegungen zu vermeiden. Ab und zu gelang es ihr sogar, ein bisschen zu schlafen. Hilda kam vorbei, um zu fragen, ob sie etwas brauche, aber Lilly schüttelte nur vorsichtig den Kopf und versuchte zu lächeln. Gegen Abend, als es kühler wurde, fühlte sie sich ein bisschen besser.

Sie hatte einen Smoothie getrunken, den Schlafanzug gegen Top und Shorts getauscht und sich vor den Leuchtturm gesetzt. Die Zehen ins Gras gebohrt und sich verankert gefühlt. So verankert, dass die Welt nicht gleich wieder anfing, sich zu drehen.

Unten vom Wasser drang fröhliches Lachen herauf, es klang nach Jugendlichen, die sich zum abendlichen Bad getroffen hatten. Ihr fiel auf, dass der Baum, der ganz in ihrer Nähe stand, schon gelb geworden war. Als hätte er im Angesicht der Trockenheit bereits alle Hoffnung aufgegeben.

Die Schritte im Kies kündigten seine Ankunft an, bevor sie seine erhobene Hand sah. Er hatte die Feuerwehruniform durch ein helles Jeanshemd und rote Baumwollshorts ersetzt, dazu Sandalen mit abgewetzten Lederriemen. Jespers Lächeln lockte ihr eigenes hervor, trotz der Kopfschmerzen. Er hatte Blumen dabei und eine Flasche Saft. Setzte sich neben sie und legte in einer fürsorglichen Geste seinen sonnengebräunten Arm auf ihren. Er duftete wie frisch geduscht. Es fühlte sich ganz natürlich an. In so kurzer Zeit war er ihr wirklich wichtig geworden.

»Ich war auf einem Einsatz weiter nördlich, als es passiert ist, aber die Kollegen haben mir alles erzählt. Wie geht es dir?«

Er zeigte auf die hässliche Schürfwunde an ihrem Arm. Die Beule an ihrem Hinterkopf konnte er zum Glück nicht sehen.

»Du siehst aus, als hättest du dich mit einem Tiger geprügelt.«

»Das ist eindeutig der billigste Rausch, den ich je hatte«, sagte sie trocken, und er lachte. Sie stand auf und nahm ihm die Blumen ab. Weiße Ranunkeln, rosa Nelken. Zum Glück gab es im Leuchtturm eine Vase, eine alte weiße Milchkanne.

»Wie schön. Ich stelle sie schnell ins Wasser. Möchtest du ein Bier? Ich hole mir ein alkoholfreies.«

Er nickte dankbar.

»Ich werde besser schlafen, nachdem dieser Kerl jetzt gefasst ist, das muss ich zugeben«, sagte er, als sie zurückkam und ihm eine Flasche reichte.

»Sivers?«

»Ja. Unglaublich, was für einen Schaden ein einzelner Mann anrichten kann. Und noch dazu in diesem Sommer. Ein Traum für jeden Pyromanen, alles trocken wie Zunder. Hat er schon gestanden? Mehr als den Brand, bei dem er auf frischer Tat ertappt worden ist?«

»Nein. Bertil sagte, dass er jeden beschimpft und mit niemandem reden will. Sie haben noch keine Verbindungen zwischen ihm und den Männern finden können, die attackiert wurden, außer, dass sie alle in Nynäshamn aufgewachsen sind. Aber wir müssen abwarten und sehen, was wir ihm nachweisen können.«

Und in Gedanken fügte sie hinzu: Außerdem bin ich mir nicht sicher, dass Sivers Pyromane ist. Ich glaube eher, dass er intensiven Hass empfindet und seine Feuer gezielt legt. Waren die anderen Brandopfer ebenfalls in sein Visier geraten?

Sie unterhielten sich über die Brände, die Arbeit, über die Bewohner in Nynäshamn und kamen von dort auf ihre Kindheiten zu sprechen. Jesper holte die nächste Runde Bier. Sie erlegte eine Mücke auf ihrem Oberarm und schnippte sie mit den Fingern weg.

Das Gespräch plätscherte weiter dahin, während das letzte Sonnenlicht langsam in die Dämmerung überging. Jespers Eltern hatten eine Kleinstadt gegen die andere eingetauscht, erzählte er. Geboren in Arjeplog, als Kind hierhergezogen. Die Mutter eine willensstarke Hebamme, die in der Familie das Sagen hatte. Der Vater Krankenwagenfahrer, liebevoll, aber selten zu Hause. Den Wunsch zu helfen hatte er von seinem Vater geerbt.

Sie schwiegen eine Weile.

»Ich war schon mal verheiratet«, sagte er dann, ohne sie anzusehen. »Nicht sehr lange, aber immerhin ein paar Jahre.«

»Was ist passiert?«, fragte sie.

»Pia ist vor drei Jahren an Krebs gestorben. Die Ärzte haben ihn zu spät entdeckt. Wir haben nie Kinder bekommen, und ich weiß noch, wie ich damals dachte, dass es gut so ist. Danach habe ich mich voll und ganz in die Arbeit gestürzt. Habe alle Extraschichten übernommen, die ich kriegen konnte. Ich dachte, das wäre das Beste, ich wollte mich nicht vergraben. Die Zeit rast. Aber weiß der Teufel, ob sie wirklich alle Wunden heilt.«

Er lächelte schief, seine Stimme schaffte es nur halb, seine Gefühle zu überspielen.

»Nein, das tut sie nicht«, sagte sie. »Und wie geht es dir jetzt?«

»Meistens ganz okay. Es gibt gewisse Tage oder Situationen, die mich sehr an sie erinnern.«

Er zuckte mit den Schultern, wie um den Ernst seiner Worte herunterzuspielen.

In Gedanken fügte sie ein weiteres Puzzleteil zu ihrem Bild von Jesper hinzu. Warum er sich mit ganzer Seele in die Arbeit stürzte, als Ventil für seine Trauer. Sein Bedürfnis, vorbereitet zu sein, diese rastlose Unruhe, die ihn anzutreiben schien. Aber auch seine ausgeprägte Empathie. Er hatte eine der schwersten Krisen durchgemacht, die ein Mensch erleben kann.

Lilly war unsicher, was sie nach diesem Thema sagen sollte. Vielleicht spürte er das und wollte deshalb die Richtung ihres Gespräches ändern. Die Frage kam aus dem Nichts.

»Triffst du dich mit jemandem, Lilly?«

Sie war überrumpelt und merkte, wie ihre Wangen heiß wurden. Sie zögerte, suchte nach Worten. Die Antwort schmeckte bitter.

»Nein. Und das war einer der Gründe, warum ich hierhergezogen bin. Ich brauchte Abstand von jemandem. Das Ende war nicht gut«, sagte sie und korrigierte sich sofort. »*Er* war nicht gut.«

»Erzähl«, war alles, was er sagte.

Sie trank einen Schluck Bier und sah ihn über den Rand der beschlagenen Flasche an. Der Ausdruck seiner eisblauen Augen war freundlich. Mit ihm war es unkompliziert. Und hier, etliche Kilometer von Stockholm entfernt, einfacher zu reden. Als würde das Gewicht, das sonst auf ihr lastete, sobald sie sich dem Thema näherte, durch die Entfernung leichter. Sie trank noch einen Schluck, schaute aufs Wasser und die langen Schilfhalme am Ufer, folgte ihren sanften Bewegungen im Wind bis hoch an den Waldrand. Ihre Finger tasteten nach dem Tisch, von dem die Farbe abblätterte, strichen leicht über die raue Oberfläche. Morgen würde sie die Schleifmaschine holen, dachte sie. Schleifen und streichen konnte sie auch mit Kopfschmerzen. Dann nickte sie kurz.

»Im Job lief alles bestens. Ich bin schnell aufgestiegen. Ich habe immer mehr Verantwortung übernommen, hatte das Gefühl, am richtigen Ort zu sein. Und ich habe ihn im Dienst kennengelernt. Svante ist ...« Sie stockte, vor allem, weil es so lange her war, dass sie seinen Namen zuletzt ausgesprochen hatte. »Er ist Oberstaatsanwalt, der Typ Mann, dem der Raum gehört, sobald er durch die Tür tritt, weißt du, was ich meine?«

Jesper nickte.

»Alle haben ihm zugehört. Ihn bewundert. Und ich bin ihm aufgefallen. Er hat mich nach unserer ersten Begegnung angerufen. Sich dafür entschuldigt, gesagt, dass es unpassend wäre, aber dass er nicht aufhören könne, an mich zu denken, und dann hat er mich gefragt, ob wir uns treffen könnten. Und ich habe ja gesagt. Ich hatte auch an ihn gedacht. Ich wusste, dass er frisch geschieden war, aber es musste ja niemand von unserem Treffen erfahren.«

Es war einfacher, das Wasser anzuschauen als Jesper. Sie spürte mehr, als dass sie es sah, dass sein Blick unverwandt auf sie gerichtet war.

»In meinem ganzen Leben war ich noch nie so hofiert worden. Er sagte, ich wäre die schönste Frau der Welt. Alles an mir war toll, mein Körper, mein Duft, meine Art zu denken und Dinge zu analysieren, er fand mich so grenzenlos begabt. Es war eine Liebe, wie ich sie noch nie erlebt hatte. Meine Mutter war verrückt nach ihm, natürlich. Meine Freunde sagten, ich wäre verschwunden, wie in einer Blase. Und dort blieb ich für ein paar Monate. Es war wie ein Rausch. Ich war perfekt. Und dann eines Tages war ich es plötzlich nicht mehr.«

Sie befeuchtete ihre Lippen, blickte auf ihre Hände hinunter und drehte die Flasche um. Merkte, wie die Anspannung in ihr wuchs.

»Es begann langsam, fing mit Eifersucht und Gereiztheit an. Es kam vor, dass er mir vorwarf, ich hätte mit anderen Männern geflirtet, ich hätte ihn absichtlich gekränkt. Ich fing an, mir darüber Gedanken zu machen, wie ich mit anderen Männern redete, mich zu kontrollieren. Ich habe mich immer mehr angepasst.«

Die Wut machte ihre Stimme scharf, die Trauer dämpfte sie wieder.

»Dann kamen neue Vorwürfe dazu. Anfangs waren es Kleinigkeiten. Ich war bei ihm zu Hause unordentlich. Meine Socken lagen auf dem Boden, und ich wurde ausgeschimpft. Er warf mir Fehler vor, die mir angeblich im Job passiert waren. Ich konnte ihm nichts mehr recht machen. Ich fühlte mich, als wäre ich eben noch in einer warmen Umarmung gewesen und plötzlich in die Kälte hinausgestoßen worden. Und ich tat alles, um es wiedergutzumachen.«

Eine Welle von Kopfschmerz ließ ihr Gesichtsfeld flimmern, und sie schloss für einen Moment die Augen. Danach sah sie wieder klar.

»Er sagte, im Präsidium würde man über mich lachen. Er trat alles in den Dreck, was ich richtig und gut machte.«

Jetzt, da sie angefangen hatte zu erzählen, konnte sie nicht mehr aufhören. Als wäre eine Flasche umgekippt, aus der sich der blutrote Wein nun über den blütenweißen Teppich ergoss. Und der

Fleck wurde immer größer. Aber es war eine Erleichterung, endlich alles rauszulassen.

»Ich fing an, schlecht zu schlafen. Ich magerte ab und zweifelte an mir selbst. Aber zwischendurch war es immer noch so atemberaubend schön. Und dann ging es wieder steil bergab in die Dunkelheit. Und mit jedem Mal wurde es schlimmer. Es blieb nicht bei verbalen Attacken.«

Sie hörte Jesper schwer atmen, aber sie sah ihn immer noch nicht an. Ein goldenes Band aus Licht lag jetzt über dem Wasser. Sie richtete ihren Blick konzentriert dorthin.

»Ich wurde eine Weile krankgeschrieben, wegen Stress. Nicht sehr lange, nur ein paar Wochen. Aber ich schloss mich ein, wollte niemanden sehen. Er war der Einzige, der mich besuchen durfte. Verdammt, was habe ich mich geschämt. Ich habe es einfach nicht verstanden, ich konnte nur sehen, dass ich dem Druck nicht standgehalten habe.«

Sie rieb sich die Augen.

»Schließlich kam eine Freundin zu mir. Jessika. Sie steckte mitten im Umzug, aber vorher wollte sie noch mit mir sprechen und weigerte sich, ein Nein zu akzeptieren. Jessika kam einfach in meine Wohnung, setzte sich hin und fing an mir zu erzählen, wie sie selbst von ihrem Ex misshandelt worden war und was das mit ihr gemacht hatte. Sie fragte nicht, ob ich mich darin wiedererkennen würde. Sie sagte nur: ›Mach einen Test. Trenn dich von ihm. Kein neuer Versuch, sondern tu es einfach. Sag ihm, was Sache ist, und dann hältst du ihn auf Abstand.‹«

Ein Schluck Bier rann ihre Kehle hinunter und verlieh ihren Worten neue Kraft.

»Und ich habe auf sie gehört. Ich habe versucht, mich von ihm zu trennen. Es war nur so, dass Svante nicht bereit war, mich in

Ruhe zu lassen. Er tauchte überall auf. Mal wartete er vor meiner Tür, wenn ich nach Hause kam, mal rief er mitten in der Nacht an und sagte, er könne nicht ohne mich leben. Dass er sich umbringen würde. Oder mich. Es hat mich kaputtgemacht, jedes Mal. Am Ende habe ich ihm gedroht.«

Jespers Augenbrauen gingen ein Stück nach oben.

»Du hast ihm gedroht? Womit denn?«

Sie schob eine Haarsträhne aus dem Gesicht, stützte das Kinn auf die Hände und schloss die Augen für einen Moment. Spürte wie der Schwindel, der Anstalten machte zurückzukehren, wieder nachließ.

»Es war ein spontaner Einfall, aber es hat funktioniert. Die einzige Waffe, die ich gegen ihn hatte, war sein Ansehen. Ich sagte ihm, dass ich allen erzählen würde, was er getan hatte. Dass ich darüber in den sozialen Medien schreiben und ihn anzeigen würde. Dass er ein für alle Mal erledigt wäre, wenn er mich nicht in Frieden ließe.«

Lilly schnaubte, aber dann fuhr sie fort.

»Es hat gewirkt. Vielleicht hat er geahnt, dass ich gar nicht die Kraft gehabt hätte, das durchzuziehen, aber vermutlich war es ihm trotzdem zu heikel, das Risiko einzugehen. Danach habe ich mir einen neuen Job gesucht, meine Telefonnummer gewechselt und bin hierhergezogen. Und jetzt wohne ich in einem Leuchtturm.«

Sie merkte, wie absurd das klang, und lachte über ihre abschließenden Worte. Aber die Gefühle waren roh, nackt. Sie fror, obwohl es noch warm war, und ihr wurde bewusst, dass sie sich vor Jespers Reaktion fürchtete, vor dem, was sie in seinen Augen sehen würde. Endlich drehte sie sich zu ihm um.

Jesper sah sie an und schüttelte kaum sichtbar den Kopf. Wortlos nahm er ihr das Bier ab und stellte es ins Gras. Dann legte er die Arme um ihre zusammengekauerte Gestalt und drückte sie schützend an sich.

Erst spannte sie den Körper an, als würde sie damit rechnen, dass noch etwas folgte, dass diese Umarmung in etwas übergehen würde, zu dem sie nicht bereit war. Aber mehr passierte nicht. Es war nur eine Umarmung. Ihre Atmung passte sich seinen ruhigen Atemzügen an, sie legte das Kinn an seine breite Schulter und merkte, wie seine Körperwärme ihre Anspannung auflöste. Die Tränen, die nach oben drängten, flossen über, und es folgten noch mehr.

»Hast du ihn angezeigt, Lilly?«, fragte er sanft, ohne sie loszulassen.

»Nein … ich, nein, habe ich nicht.«

»Und wenn du in deiner Funktion als Polizistin diese Geschichte gehört hättest, von jemandem, der dasselbe erlebt hat, was hättest du dann getan?«

»Ich hätte den Mistkerl eingebuchtet«, schluchzte sie.

Er hielt sie ein Stück von sich weg und sah sie ernst an.

»Ganz genau. Du solltest den Mistkerl einbuchten. Hörst du?« Sein Blick war fest. »Und du weißt hoffentlich, dass das alles nicht deine Schuld war?«

Sie nickte. Eine neue Träne tropfte auf ihre Brust und hinterließ einen nassen Fleck auf dem Saum ihres Baumwolltops. Ihr Verstand wusste das. Und irgendwann würde sie es sicher auch glauben.

»Hast du ein Taschentuch?«

Sie schüttelte den Kopf und fuhr sich mit dem Handrücken über die Nase.

Jesper stand auf, dann kam er zurück, mit zwei neuen Bier und einem Stück Küchenrolle.

»Schnaub mal kräftig«, sagte er und lächelte dabei.

Lilly warf ihm einen scharfen Blick zu, aber befolgte seine Anweisung. Dann setzte sie die Flasche an den Mund und trank einen großen Schluck. Ihre Brust fühlte sich leichter an, sie atmete freier. Als hätte Jesper ihr geholfen, einen Teil der Last abzulegen. Die letzten Sonnenstrahlen leuchteten auf, verschwanden dann hinter den Bäumen und ließen einen dunkelblauen Nachthimmel zurück.

Lilly und Jesper blieben sitzen, aber ohne zu reden.

Schließlich stand Jesper auf, und auch Lilly erhob sich, allerdings ein bisschen schneller, als es ihrem Kopf guttat. Sie taumelte, und Jesper griff schnell nach ihrem Arm und nahm dann ihre Hand.

»Ist alles okay?«

»Na klar.«

Seine Augen glitzerten im Halbdunkel. Sie spürte seinen Pulsschlag in den Händen.

»Wieso hast du mich gefragt, ob ich jemanden treffe?«, fragte sie einem Impuls folgend.

»Weil ich es wissen wollte«, sagte er.

Sein Duft machte etwas mit ihr, genau wie sein Blick. Es war, als würde eine Mauer Risse bekommen. Sie legte ihre Hand auf seine Wange, spürte die rauen Bartstoppeln unter ihren Fingerspitzen. Er umfasste ihr Handgelenk, strich ihr sanft über den Arm. Sie lehnte sich zu ihm, sein Mund war ihrem jetzt ganz nah.

Aber dann änderte sich etwas in seinem Blick, und plötzlich wich er ihr aus. Als könnte er ihr nicht mehr in die Augen sehen. Mit einem Mal wirkte er angespannt, unruhig.

Jesper machte sich los und ging einen Schritt auf Abstand. Er legte ihr die Hand auf die Schulter.

»Tut mir leid, Lilly, aber ich muss los«, sagte er hastig. »Danke für den schönen Abend.«

Das kam plötzlich. Sie öffnete den Mund, um etwas zu sagen, aber da war er schon weg. Ihre Wangen glühten immer noch, aber jetzt vor Scham, zu viel erzählt zu haben.

Er hatte gefragt, aber offenbar hatte er die Antwort nicht hören wollen.

46

Jesper hatte seine Schicht als Wehrführer angetreten, und das hieß, die Ärmel hochzukrempeln. Das Tageslicht offenbarte gnadenlos das Ausmaß der Zerstörung auf der Landstraße 73. Das Autowrack war in der Mitte abgeknickt, der vordere Teil der Karosserie war völlig zerquetscht. Wie durch ein Wunder waren trotzdem gedämpfte Rufe aus dem Inneren des Wagens zu hören. Der Fahrer hatte den brutalen Zusammenprall mit dem Container überlebt, der sich von einem Laster gelöst hatte, und saß nun eingeklemmt in einem Käfig aus Schrott. Die Scheiben waren nur noch ein feinmaschiges Muster aus gesprungenem Glas, dahinter erahnte Jesper die aufgerissenen Augen, die ihn voller Panik ansahen.

Der Krankenwagen war ein paar Minuten nach ihnen eingetroffen. Die Sanitäter standen auf der anderen Seite des Autos bereit und versicherten dem Mann, der unter Schock stand, dass es jetzt nicht mehr lange dauern würde.

»Wir sind gleich bei Ihnen, bleiben Sie ruhig.«

Bremsschwellen lagen wie Schlangen quer über der Straße, leuchtend rote Absperrbaken waren aufgestellt worden. Der Verkehr, der zunächst ganz gestoppt worden war, durfte inzwischen wieder langsam an der Unfallstelle vorbeirollen. Das riesige Löschfahrzeug mit dem Warnschild auf dem Dach bildete eine schützende Barriere gegen die Autofahrer, die im Schneckentempo vorbeikrochen.

Jesper ging das Öffnen der Karosserie systematisch an, verwendete verschiedene Gerätschaften, um das verbeulte Fahrzeug zu bearbeiten. Schließlich gelang es ihm, über das Dach an den Innenraum heranzukommen und das Blech mit einem kräftigen Schneidewerkzeug Stück für Stück aufzuschneiden. Sein Rücken war nass geschwitzt, und seine Schultern schmerzten vor Anstrengung.

Als er es endlich geschafft hatte, eine ausreichend große Öffnung aufzubiegen, ging es schnell. Der Typ im Auto war jünger, als Jesper zuerst gedacht hatte, er konnte noch nicht lange im Besitz eines Führerscheins sein. Er blutete stark aus einer Platzwunde im Gesicht. Nun, da die Rettung nahte, schien ihn der Schock erst so richtig zu erwischen. Er wimmerte vor Schmerzen, als sie ihn aus dem Sitz befreiten, ihm eine Halskrause anlegten und ihn vorsichtig auf die vorbereitete Trage legten.

Hinterher klopfte die Krankenwagenbesatzung Jesper lobend auf die Schulter. Als er die Hand hob, um sich den Schweiß von der Stirn zu wischen, merkte er, dass er das Blut des Mannes an den Fingern hatte, und griff schnell nach einem Handtuch im Führerhaus des Feuerwehrfahrzeugs. Dann holte er ein paarmal tief Luft, und während er sich Gesicht und Hände abtrocknete, spürte er, wie sein Adrenalinspiegel langsam sank. Er hob eine Hand, als der Krankenwagen mit Sirene an ihm vorbeifuhr.

Genau in diesem Moment wurde ihm bewusst, wen er anrufen wollte, um zu erzählen, was er gerade erlebt hatte. Lilly.

Der Impuls war so selbstverständlich. Aber die Erinnerung an den gestrigen Abend nagte an ihm. Als sie sich nahegekommen waren, war er zurückgewichen und hatte sie stehen lassen. Sie war verwirrt und verletzt gewesen, weil er einfach gegangen war, unmittelbar nachdem sie ihm ihr großes, belastendes Geheimnis anvertraut hatte. Würde sie jetzt überhaupt mit ihm reden wollen? Er hatte selbst schon versucht, eine Erklärung dafür zu finden, warum er so reagiert hatte. Vielleicht war die Wut über das, was Lilly ihm erzählt hatte, zu groß gewesen. Vielleicht war einfach nicht genug Platz für beide Gefühle gleichzeitig gewesen, für die Anziehung, die diese tolle Frau auf ihn ausübte, und die Abscheu, die er für das empfand, was dieser Mann ihr angetan hatte.

Aber es steckte mehr dahinter, das wusste er. Er konnte mit dem, was sie in ihm auslöste, nicht umgehen, die Zärtlichkeit, die er verspürte, tat ihm weh. Es war, als würde das Gefühl in ein gelähmtes Körperteil zurückkehren. Wieder Sehnsucht empfinden zu können. Er hatte so etwas seit Jahren nicht mehr erlebt. Seit Pia.

47

»Die Befragung wird um 14.03 Uhr fortgesetzt«, sagte der Verhörleiter Peter Knutsson.

Zu Beginn der Vernehmung, als alle saßen, hatte er mitgeteilt, dass das Gespräch aufgezeichnet werden würde. Er hatte Sixten Sivers über alles aufgeklärt, was er wissen musste: Dass er unter dem begründeten Verdacht der schweren Brandstiftung in Tateinheit mit Sachbeschädigung stand. Sivers würde die Möglichkeit haben, den Beamten und auch seinem Anwalt Fragen zu stellen. Er hatte das Recht, bei der Befragung zu schweigen, aber sollte er sich zu einer Aussage entschließen, dann empfahl Knutsson ihm, sich an die Wahrheit zu halten. Danach stellte der Verhörleiter ein paar einleitende Fragen, ohne dass Sivers darauf geantwortet oder auch nur mit einem Blick reagiert hätte. Genauso gut hätte Knutsson sich mit der Wand unterhalten können.

Und dann war Sivers plötzlich explodiert. Er sprang auf, fegte den Pappbecher mit Wasser beiseite, dass die Beamten nass gespritzt wurden, und knallte die Hände auf den Tisch.

»Ich scheiß' auf euch, verstanden?«

Es kam zu einem kurzen Tumult, bei dem der brüllende Sivers auf den Stuhl zurückgedrückt wurde und Handschellen angelegt bekam.

Peter Knutsson wischte sich das Wasser mit dem Hemdsärmel aus dem Gesicht und wartete, bis Sivers sich wieder beruhigt hatte. Der Anwalt, der neben Sivers saß, legte die Ellenbogen auf den

Tisch, um die Arme sofort danach wieder vor der Brust zu verschränken. Es war nicht zu übersehen, wie unwohl er sich in der Situation und an der Seite seines unberechenbaren Mandanten fühlte.

Im grellen Licht der Neonröhre war eine rote Stelle auf Sivers' Kopf zu erkennen, als hätte er beim Rasieren nicht aufgepasst. Seine Körperhaltung war geduckt, die Schultern verkrampft. Er ging auf die fünfzig zu, sah aber deutlich älter aus. Der Blick in den tief liegenden Augen huschte unruhig durch den Raum, als suche er einen Fluchtweg, bevor er schließlich an Peter Knutsson hängen blieb. Dann beugte er sich weiter nach vorn, die gefesselten Hände auf dem Tisch. Seine Knöchel waren verletzt und die Finger so fest verschränkt, dass seine Hände zitterten.

»Haben Sie sich jetzt im Griff, Sivers?«, fragte Knutsson. Er bekam keine Antwort.

»Wir spulen das Band ein Stück zurück. Sie hatten im Fridhemsvägen 9 gut einen Liter Brandbeschleuniger bei sich. Wir haben Aufnahmen einer Überwachungskamera von der OKQ8-Tankstelle am Nynäsvägen, die belegen, dass Sie den Kanister rund eine Stunde vorher dort gekauft haben. Wussten Sie da schon, welches Grundstück Sie später anzünden würden?«

Keine Antwort.

»Wann haben Sie das entschieden, Sivers?«

Keine Antwort.

»Warum wollten Sie gerade dieses Haus, dieses Grundstück in Brand setzen?«

Keine Antwort.

»Sie haben das Benzin über den Baum gekippt. Als der Baum brannte, haben Sie die Fußmatte geholt und in die Flammen gehalten. Nachdem die Feuer gefangen hatte, haben Sie die Matte wieder vor die Tür geworfen. Dafür gibt es Zeugen. Und dann ging die Tür auf, und …«

Er verstummte, als Sixten Sivers heftig den Stuhl nach hinten wegstieß. Er hatte die Augen so fest zusammengekniffen, dass es fast schmerzhaft aussah, und verzog das Gesicht, während er mit den gefesselten Händen auf den Tisch einhämmerte.

»Ist alles in Ordnung, Sixten?«, fragte der Anwalt.

Keine Antwort, aber Sivers hörte auf, den Tisch zu traktieren. Er riss die Augen auf.

»Was ging in Ihnen vor, als Sie sich auf den Weg in den Fridhemsvägen 9 gemacht haben?«

»Hören Sie schlecht? Ich. Scheiß'. Auf. Euch!«, zischte er und betonte jedes einzelne Wort.

Sein Anwalt räusperte sich und verschränkte die Hände vor sich auf dem Tisch.

»Mein Mandant wirkt erschöpft. Ich glaube, wir brauchen an dieser Stelle eine Pause.«

Sie saß auf dem Bett, aber ihr wurde trotzdem schwindelig davon, auf den Bildschirm zu starren. Lilly stoppte die Videosequenz und loggte sich aus. Man hatte sie gebeten, einen Blick auf die Sache zu werfen, und sie hatte genug gesehen. Wenn sie raten müsste, würde sie sagen, dass es auf eine verlängerte Unterbringung in der forensischen Psychiatrie und eine gründliche Überprüfung der Sicherheitsvorkehrungen der Klinik hinauslief. Konnte sie den Fall damit jetzt abhaken? Ihre Schläfen pochten, aber das lag nicht nur an der Gehirnerschütterung. Sie hatte schlecht geschlafen. Ein Gefühl von Rastlosigkeit hatte ihren Körper ergriffen, und trotz Schlaftabletten war sie immer wieder aufgeschreckt. Sie hatte über den Fall gegrübelt. Sich über ihre eigene Unfähigkeit aufgeregt, einen Schlussstrich zu ziehen. In den frühen Morgenstunden hatte sie sich gefragt, ob diese ganze Idee von einem geheimnisvollen Brandstifter, von einer lauernden Bedrohung während dieser endlosen Hitzewelle nicht vielleicht einfach nur aus ihrem Bedürfnis nach Ablenkung entstanden war, als Zuflucht für ihre Gedanken. Aber während sie sich hin und her gewälzt hatte, war ihr auch der Abend mit Jesper durch den Kopf gegangen. Sie hätte sich zurückhalten sollen. Hätte nicht so viel erzählen dürfen. Jetzt verspürte sie sowohl Reue als auch ein Gefühl der Demütigung in ihrem Inneren – und eine Sehnsucht, die sie überhaupt nicht gebrauchen konnte.

Draußen vor dem Leuchtturm hatte sich der Abendhimmel grauschwarz verfärbt, und das drückende Gefühl in ihrem Kopf kündigte an, was sich zusammenbraute. Der Himmel schien in der Mitte aufzureißen, als ein gewaltiger Blitz das ganze Zimmer erhellte. Kurz darauf dröhnte das bebende Grollen des Donners, das gar nicht wieder zu enden schien. Das Unwetter war also nicht weit weg. Aber es kam kein erlösender Regen nach dem Donner, der den Zorn dort oben zwischen den Wolken hätte dämpfen können. Nur Blitz und Donner, Blitz und Donner, bis es ihr vorkam, als würden die Blitze den Leuchtturm berühren und ihr Körper vom Donner vibrieren. Hitzegewitter.

Sie musste versuchen, die Lage nüchtern zu betrachten. Lilly ließ die Schultern rückwärts kreisen und streckte sich, um wieder wach zu werden. Auf einem Blatt Papier notierte sie ihre Gedanken.

Sixten Sivers war aggressiv, seine Ausdrucksweise grob, und es machte keinen besonders intelligenten Eindruck, wenn er sich während des Verhörs selbst so sabotierte. Die Tat, bei der man ihn verhaftet hatte, war dilettantisch ausgeführt und schien ein eher spontaner Einfall gewesen zu sein. Hatte er es darauf angelegt, erwischt zu werden? Konnte es wirklich so einfach sein? Wie wahrscheinlich war es, dass Sivers nach zwei sorgfältig geplanten Verbrechen so plump und unvorbereitet vorgegangen war? Nichts an diesem Mann deutete darauf hin, dass er fähig war, eine durchdachte Strategie, die technische Kenntnisse erforderte, in die Tat umzusetzen. Hatte er also Hilfe gehabt? Die einzige Person, die ihn in der Klinik besucht hatte, war seine Mutter, das hatte Lilly überprüft, aber Margareta Sivers schied als Komplizin mit ziemlicher Sicherheit aus. Seine Freigänge hatten ihm ebenfalls nicht genug Raum für größere Vorbereitungen gelassen. Nein, nichts davon passte zu dem Profil, das Lilly von einem möglichen Mörder in Nynäshamn erstellt hatte.

Der nächste Donner dröhnte, und sie merkte, wie sich bei jedem Grollen ihre Bauchmuskeln anspannten, als wolle sie sich gegen den Lärm schützen.

Kurz nach dem nächsten lauten Krachen hörte sie ein leises Klopfen an der Tür. Das Geräusch war so nah und so unerwartet, dass sie erschrocken zusammenzuckte. Sie runzelte die Stirn und stand auf. Wer war das um diese Zeit?

Vorsichtig schob Lilly die Tür einen Spaltbreit auf. Draußen stand Jesper. Sein Jeanshemd hatte einen Aschefleck, und seine hellen fragenden Augen schienen im Dunkeln fast zu leuchten. Er setzte an, etwas zu sagen, aber er fand keine Worte. Eine Woche war vergangen, seit sie zuletzt miteinander gesprochen hatten. Gerade als sie die Tür weiter aufmachte, zuckte erneut ein Blitz über den Himmel, gefolgt von ohrenbetäubendem Donner. Instinktiv duckten sie sich beide, und die seltsame Spannung zwischen ihnen ließ ein wenig nach. Sie fingen gleichzeitig an zu lachen.

»Darf ich reinkommen?«, fragte er, und sie nickte.

Ihr wurde bewusst, dass es das erste Mal war, dass sie Jesper in den Leuchtturm hineinbat. Sie sah sich hastig um, aber es war nicht unordentlicher als sonst. Der Raum war nur schwach beleuchtet vom Laptopbildschirm auf dem Bett und der Laterne, die auf der Fensterbank stand.

»Wie geht es dir?«, fragte er.

»Besser«, antwortete sie.

Der Ernst kehrte zurück, das Schweigen und eine unausgesprochene Frage, die zwischen ihnen stand. Jesper entschied sich, sie zu beantworten.

»Irgendwie hat das alles nicht richtig zusammengepasst«, setzte er heiser an.

Sie schaute ihn verblüfft an, ließ ihn aber fortfahren.

»Das, was ich für dich empfinde, und das, was du erzählt hast. Es war wohl zu viel. Ich habe einen Fehler gemacht. Es tut mir leid, dass ich gegangen bin. Mir ist klar, was du gedacht haben musst.«

»Entschuldigung angenommen«, antwortete sie leise.

»Ich denke viel an dich«, flüsterte er und machte einen Schritt auf sie zu.

Seine Augen glänzten, und sein Atem strich über ihre Wange, als er ihr ganz nah kam. Ihr Herz klopfte plötzlich wie wild. Seine Lippen berührten ihre, und der Kuss begann sanft und tastend. Während sein Mund ihren erforschte, legte sie die Arme um seinen Hals.

Sein Duft und seine Nähe waren berauschend, ein wenig Asche, ein wenig Schweiß, ein wenig Glut. Ihr Atem ging schwerer, als seine Hände ihren Nacken umfassten. Er zog sie eng an sich. Ihr T-Shirt landete auf dem Boden, so wie sein Hemd. Er half ihr, die Shorts und den Slip auszuziehen. Streichelte sie und küsste ihren Körper. Der Donner dröhnte, und der ganze Leuchtturm schien zu beben. Sie lag nackt unter ihm und hörte sich seinen Namen sagen.

48

1. August 2001
Ich habe nichts mehr. Sie haben mir alles genommen. Mein Haus angezündet. Sie standen vor mir und haben gegrinst, als es brannte. Dann sind sie weggerannt.

Er war mit rasenden Kopfschmerzen aufgewacht. Die Art von Schmerzen, wie er sie lange nicht mehr gehabt hatte. Seit der Zeit, als in ihm etwas kaputtgegangen war, als er aufgehört hatte zu funktionieren. Die Erinnerung daran war schlimmer als der eigentliche Schmerz. Es fühlte sich an wie ein Messer im Kopf und trübte seinen Blick. Stunde um Stunde hatte er reglos auf dem Sofa im Wohnzimmer gelegen und war mit den Fingern über den geblümten, rauen Bezug gefahren, vor und zurück, hatte versucht, Geduld mit dem Schmerz zu haben, darauf zu vertrauen, dass er sich schon irgendwann legen und ihn dieses Mal nicht zugrunde richten würde. Am Abend hatte er dann das Geräusch gehört. Ein scharrendes, knisterndes Geräusch und aufgeregtes Rufen. Die Angst war durch den Schmerz gedrungen. Es war wie ein Stromschlag gewesen. Sie durften sein Haus nicht wieder beschmieren, das ließ er nicht zu.

Er war auf die Füße gekommen, halbblind von dem Pochen zwischen seinen Schläfen. Doch als er auf der Rückseite aus dem Haus taumelte, gewann eine andere Wahrnehmung die Oberhand. Die Panik wuchs, als er das Feuer roch. Er bog um die Ecke und sah, wie dicker schwarzer Rauch aus dem kleinen Vorratsschuppen aufstieg. Dort drinnen war das Werkzeug, das er von seinem Vater übernommen hatte, und das Spinnrad seiner Mutter, das weitervererbt werden sollte. Schon schlugen Flammen aus dem Dach, es knisterte, und Funken flogen, während sich das Feuer immer weiter nach oben fraß. Mit einem Knall gaben die Fensterscheiben nach.

»Er kommt!«

Für einen Augenblick standen sie vor ihm. Drei hagere Jungs, Teenager, mit gieriger Schadenfreude in den Gesichtern. Als suchten sie nach einer Reaktion bei ihm, als warteten sie auf die Wut, die sie sehen wollten. Plötzlich erkannte er sie. Die Erinnerung traf ihn wie ein Blitz. Er hatte zwei von ihnen hart am Nacken gepackt, als er noch im Vollbesitz seiner Kräfte gewesen war. Er hatte sie auf frischer Tat beim Klauen ertappt und eine Verkäuferin verständigt. Das Ganze hatte ein großes Trara gegeben. Der Ladenbesitzer hatte die Polizei und die Eltern angerufen. Er erinnerte sich, dass er hinterher stolz auf sich gewesen war. Solches Verhalten musste man beizeiten stoppen, davon war er überzeugt gewesen.

Der Gedanke versetzte ihm einen Stich. War das ihre Art, sich an ihm zu rächen? Jetzt, da er längst ein gebrochener Mann war?

Er hob die Hände. Wieder bohrte sich der Schmerz durch seinen Kopf.

»Scheiße! Es breitet sich aus! Verdammt!«

Es war der Dunkelhaarige, der es als Erster bemerkte. Seine Stimme klang schrill. Ein Feuerstreifen fraß sich durch das Gras auf das Haus zu. Die Jungen zögerten noch einen Moment, dann rannten sie los und verschwanden in verschiedene Richtungen.

Er stolperte über die Wiese und trat nach den Flammen, die sich jetzt immer schneller ausbreiteten. Der schmale Streifen wuchs und wuchs. Er riss sich das Hemd vom Leib und versuchte, das Feuer auszuschlagen, es zu ersticken, aber er war zu ungeschickt. Er war nicht schnell genug und verbrannte sich böse die Hände. Das Feuer erreichte die Veranda und leckte schon an dem Spalier, an dem die Rosen wuchsen. Die Rosen, die sie nie hatte blühen sehen.

Er rannte los, um Wasser zu holen. Seine Hände zitterten so sehr, dass er es kaum schaffte, den Hahn aufzudrehen, um den Eimer zu füllen. Erst als sich der Brandgeruch in der Küche ausbreitete, fiel ihm der Gartenschlauch ein, doch als er aus dem Haus kam, war es zu spät. Es war wie ein Kurzschluss im Kopf. Er konnte kaum begreifen, was er sah. Der Giebel stand in Flammen. Es gelang ihm, einige Möbel nach draußen zu schleppen und ein paar Fotos zu retten. Er weinte und fluchte, weinte und fluchte. Tränen und Rauch verschleierten ihm die Sicht, als das Feuer sein Zuhause verschlang.

49

Seine Fingerkuppen waren das Erste, was sie spürte. Sie ruhten auf ihrem nackten Rücken. Ihr Bett war schmal, und sie lagen eng aneinandergeschmiegt unter der dünnen Decke. Lilly tauchte aus dem Schlaf auf und wurde ganz langsam wach. Schritt für Schritt beschleunigte sich ihr Herzschlag. Das Gefühl war nur allzu vertraut, genauso hatte Svante es gemacht: war in ihr Leben geglitten, hatte sie von sich abhängig gemacht, ihre Lust erst geweckt und dann gegen sie verwendet. Jetzt lag sie wieder hier, auf dem besten Weg, in etwas hineinzugeraten, was sie nicht kontrollieren konnte.

Der Raum schien zu schrumpfen. Sie spürte eiskalten Schweiß auf ihrem Körper und rückte vorsichtig von Jesper ab. Der Druck auf der Brust wurde zu groß. Sie musste raus.

Sie machte sich von ihm los, stand auf und zog hastig die erstbesten Sachen an, die sie fand: ein Paar Leggins und eine ärmellose Bluse. Mit zittrigen Fingern knöpfte sie die Bluse zu.

Schließlich schien Jesper zu merken, dass sie nicht mehr neben ihm lag, denn die ruhigen Atemzüge endeten abrupt, und er machte die Augen auf. Bei ihrem Anblick musste er grinsen und streckte sich dann mit einem Gähnen. Aber sein Lächeln erstarb, als er ihr Gesicht sah. Sie machte den letzten Knopf zu und schnappte sich ihre Handtasche und die Schlüssel. Er richtete sich im Bett auf und stützte sich auf die Ellenbogen.

»Musst du weg?«, fragte er.

Sie schaffte es nicht, ihm in die Augen zu sehen.

»Ich muss kurz aufs Revier und etwas erledigen«, log sie unbeholfen. »Zieh einfach die Tür hinter dir zu, wenn du gehst.«

»Aber du arbeitest im Moment doch gar nicht? Warum musst du …?«

Sie würgte seine Frage ab, indem sie eilig ihre Schuhe anzog und nach draußen eilte.

»Aber Lilly, warte!«

Die Tür schloss sich hinter seinem Rufen. Das Sonnenlicht blendete, sie blieb stehen und fluchte leise. Sie musste den Bus nehmen, aber ihr Geldbeutel lag noch im Leuchtturm. Unentschlossen stand sie da. Offenbar lange genug, dass Jesper seine Hose anziehen und mit großen Schritten nach draußen stürmen konnte.

»Lilly, kannst du bitte kurz warten? Rede mit mir. Was ist denn los?«

Er stellte sich zwischen sie und die grelle Sonne, die er mit seiner hochgewachsenen Statur verdeckte. Seine Hände streichelten ihre Arme. Ein hilfloser Versuch, zu ihr durchzudringen. Der Blick seiner eisblauen Augen war verwirrt.

»Warum läufst du vor mir weg?«, fragte er mit heiserer Stimme.

»Ich laufe nicht weg«, sagte Lilly, obwohl es offensichtlich war, dass sie genau das tat. Sie konnte ihm immer noch nicht richtig in die Augen schauen. »Du bist gegangen. Und jetzt gehe ich. Ich kann das hier nicht.«

Er erstarrte.

»Was meinst du mit ›das hier‹?«

Als keine Antwort kam, gab er sie selbst: »Meinst du … mit mir zusammen sein?«

Lilly nickte, es war nur eine kleine Bewegung, aber er machte sofort einen halben Schritt zurück und ließ sie los.

Es kostete sie eine Menge Kraft, aber sie überwand sich und sah ihn an.

»Ich kann jetzt keine Beziehung mit jemandem anfangen. Es geht einfach nicht.«

Es klang unnötig kalt und unpersönlich, aber besser konnte sie es nicht formulieren.

Er sah sie forschend an.

»Ist etwas passiert? Also, noch mehr, meine ich?«

Sie schüttelte den Kopf. Ihr war eiskalt, obwohl es so warm war, und ihre Stimme war brüchig, als sie ihm antwortete.

»Ich habe dich wirklich gern, aber mehr als gute Freunde können wir nicht sein.«

Er lachte trocken.

»Gute Freunde?«, wiederholte er und starrte auf den Boden, als würde er im sonnenverbrannten Gras nach Worten suchen. Dann seufzte er leise und schaute hoch.

»Okay.«

Sie sah ihn zweifelnd an.

»Okay?«

»Ja, wenn du sagst, dass wir nur Freunde sein können, dann ist das wohl so. Ich werde nicht versuchen, dich zu irgendetwas anderem zu überreden.« Jesper blinzelte ein paarmal und wandte den Blick ab, um seine Gefühle in den Griff zu bekommen. »Ich hatte eine wundervolle Nacht mit dir. Und ja, ich dachte, dass … dass es der Anfang von etwas sein könnte«, sagte er dann zögernd.

Lilly stand schweigend vor ihm, brachte es wieder nicht über sich, ihm in die Augen zu schauen.

»Ich gehe dann wohl mal rein und ziehe mich an«, sagte er seufzend und ließ sie stehen.

Sie hätte auf ihn warten und das Gespräch zu Ende bringen sollen, aber ihr Herz raste immer noch. Ihr Bedürfnis nach Abstand wurde einfach immer nur größer.

Sie hörte vorn am Haus Schritte im Kies und drehte sich um.

Offensichtlich war Hilda, in einem schicken roten Kleid und mit einer Stofftasche in der Hand, gerade im Begriff wegzufahren. Eilig lief Lilly ihr nach.

»Hej! Fährst du in die Stadt?«, fragte sie.

Hilda blieb stehen und hob die Hand, um die Augen vor der blendenden Sonne zu schützen. Für einen kurzen Moment blieb ihr Blick an der Leuchtturmtür hängen, die sich gerade hinter Jesper schloss. Sie lächelte, aber sie sagte nichts.

»Hej, Lilly. Ja, ich fahre einkaufen. Brauchst du etwas?«

»Nein, ich muss nur kurz zur Dienststelle«, antwortete Lilly und bemühte sich, unbeschwert zu klingen.

Hilda runzelte die Stirn.

»Bist du nicht noch ein paar Tage krankgeschrieben? Du solltest dich nicht unnötig unter Druck setzen lassen.«

»Nein, nein, ich muss nur noch einen Bericht schreiben. Nichts Anstrengendes«, versicherte Lilly. »Kann ich mitfahren?«

»Ja, aber natürlich«, antwortete Hilda freundlich.

Eilig lief Lilly durch den Garten zu Hildas kleinem VW Käfer, der ein Stück vom Haupthaus entfernt parkte.

Lilly öffnete die Beifahrertür, dann zögerte sie. Sie sollte sich von Jesper verabschieden. Sie schämte sich für ihr eigenes Verhalten. Aber dann schob sie die unangenehmen Gedanken beiseite, stieg zu Hilda ins Auto und schnallte sich an. Sie setzte ein Lächeln auf, das die Augen nicht erreichte, und drehte das Autoradio auf. Bruce Springsteen erstickte Hildas Versuch einer Unterhaltung. Staub wirbelte um die Autoreifen, als sie die Straße hinunterfuhren.

Sie würde ihm eine Nachricht schicken, dachte Lilly. Ihm

schreiben, wie dankbar sie für sein Verständnis war. Dafür, dass er versuchte, sie zu verstehen, verbesserte sie sich. Dass er nicht versuchte, etwas zu erzwingen. Sie rieb sich mit dem Daumen über die Stirn, überlegte, wie sie es formulieren konnte, damit es nicht zu bemüht klang. Sie zog ihr Handy aus der Tasche, und im selben Moment vibrierte es.

Lillys Blick blieb an der obersten Nachricht hängen, und das Gefühl, das sie dabei überrollte, war wie eine eiskalte Dusche. Es schnürte ihr den Hals zu. Sie bekam keine Luft mehr. Ihr Herz fing an zu rasen.

Ich habe deinen Namen in der Zeitung gelesen, mein Engel. Wie geht es dir? Wollen wir die schlimmen Dinge, die du über mich gesagt hast, nicht einfach vergessen? Wird es nicht Zeit, dass ich dich besuchen komme?

Gesendet von einer unbekannten Nummer. Aber Lilly wusste genau, wer ihr die Nachricht geschickt hatte. Nur allzu oft hatte sie sein »mein Engel« gelesen, wenn er sich wieder und wieder in ihr Leben gedrängt hatte.

Komm endlich nach Hause, mein Engel.
Ich warte draußen, mein Engel.
Dachtest du wirklich, ich wüsste nicht, was du getan hast, mein Engel?
Ich kann so ein Verhalten nicht tolerieren. Darüber werden wir heute Abend noch reden.
Kannst du mir verzeihen, mein Engel?
Es wird nie vorbei sein, mein Engel.

Nicht er, nicht jetzt. Sie hatte seine Nummer blockiert, hatte sich eine neue besorgt, hatte alles getan, ihn aus ihrem Leben zu verbannen. Und trotzdem hatte er sie gefunden. Sie blockierte auch diese neue Nummer, suchte Halt am Griff der Autotür und holte ein paarmal tief Luft. Ihr Kopf fühlte sich viel zu leicht an, der Schwindel kehrte zurück. *Wird es nicht Zeit, dass ich dich besuchen komme?* Was sollte sie tun, wenn er nach Nynäshamn kam, wenn er auf der Dienststelle auftauchte? Am Leuchtturm?

»Alles in Ordnung, Lilly?«

Hilda warf ihr einen besorgten Seitenblick zu und schaute dann schnell wieder auf die Straße. Lilly lächelte blass und sah im Außenspiegel, dass ihre Stirn schweißnass glänzte. Ihr Herz klopfte wie wild.

»Ab und zu wird mir immer noch schwindelig«, sagte sie. »Vor allem, wenn es so warm ist.«

Das klang glaubhaft. Hilda schnalzte bekümmert mit der Zunge und sagte etwas darüber, dass Gesundheit immer Vorrang habe. Die Arbeit laufe einem nicht weg.

Sie erreichten die Polizeistation, und wie in Trance ging Lilly hinein, zog ihre Schlüsselkarte, gab den Code ein und ließ sich auf den erstbesten Schreibtischstuhl sinken. Irgendjemand grüßte und erkundigte sich freundlich danach, wie es ihr ging, und sie hörte sich antworten. Ihre Stimme klang metallisch, abwesend. Schließlich setzte sie sich an ihren Computer und loggte sich ins System ein, dann starrte sie auf den Bildschirm. Alles verschwamm vor ihren Augen, als wäre sie gar nicht richtig da.

»Lilly? Lilly?« Die Stimme des Kollegen klang fragend. Schließlich drang er in ihr Bewusstsein durch. Mit Mühe schaffte sie es zu lächeln.

»Entschuldige, ja?«

»Du hast Besuch. Im Foyer will dich jemand sprechen. Wir wissen ja, dass du eigentlich nicht im Dienst bist, aber willst du dich vielleicht trotzdem darum kümmern, da du gerade hier bist?«

In ihrem Kopf rauschte das Blut. War er das? Sie holte Luft, um zu fragen, aber der Kollege war schon gegangen.

Ihre Füße waren schwer wie Blei, als sie aufstand und zum Empfang ging, einen Schritt nach dem anderen. Vor ihrem geistigen Auge sah sie seine lange Gestalt vor sich. Den eleganten Anzug, die glänzenden Schuhe, die großen Hände. Den selbstsicheren Blick, der durch den Raum wanderte, alles einnahm und sie zerstörte.

Ihr Körper bewegte sich mechanisch, sie folgte ihm einfach nur. Ihr Herz hämmerte, bäm, bäm, bäm. Die stahlverstärkte Tür glitt auf, und Lilly bereitete sich darauf vor, ihn gleich zu sehen. Sie stockte mitten in der Bewegung. Svante war nicht da.

Ganz hinten im Foyer stand eine gekrümmte Gestalt, so dünn, dass sie aussah, als würde sie weggeweht, sobald die Tür aufging.

Es war Sixten Sivers' Mutter Margareta.

50

Sie trug ein wadenlanges Kleid und trotz der Hitze einen langen Mantel darüber. Die braunen Nylonstrümpfe in den derben Sandalen warfen Falten an ihren Knöcheln. Sie zitterte am ganzen Leib.

Nachdem Lillys Atmung sich wieder normalisiert hatte, machte sie den Mund auf, um Margareta Sivers zu begrüßen. Aber dann sah sie ihren Blick. Die Augen der Frau glühten vor Zorn.

»Ich darf meinen Sohn nicht sehen! Und Sie! Sie sind schuld daran! Sie waren bei uns zu Hause und haben herumgeschnüffelt, obwohl Sie kein Recht dazu hatten«, fauchte die gebrechliche Frau mit ihrer merkwürdigen Jungmädchenstimme.

»Ich …«, setzte Lilly an, aber Margareta Sivers fiel ihr sofort ins Wort.

»Ich weiß genau, wer Sie sind. Sie sind neu in dieser Stadt, ich habe mich umgehört. Sie haben meinem Sixten das alles eingebrockt. Ich kenne meine Rechte, aber Ihnen ist das ja egal«, zischte sie.

Zwei zivile Besucher, die an der Pforte warteten, drehten sich um und starrten zu der Szene im Foyer hinüber. Lilly warf ihnen einen strengen Blick zu, und sie drehten sich hastig wieder weg.

»Ich darf meinen Sohn nicht besuchen«, fuhr Margareta fort. »Sie lassen mich nicht mit ihm reden. Aber Sixten braucht mich, kapieren Sie das nicht? Ohne mich übersteht er das alles doch nicht.«

Lilly hob die Hand, um den hitzigen Redefluss zu stoppen. Sie bemühte sich, ruhig zu klingen.

»Es tut mir leid, Frau Sivers, ich kann mir vorstellen, wie schwer diese Situation für Sie ist. Aber ich habe nichts damit zu tun. Wenn jemand in Untersuchungshaft sitzt, wird der Kontakt zur Außenwelt häufig eingeschränkt, bis die Ermittlungen abgeschlossen sind.«

Margareta versuchte, etwas einzuwenden, aber Lilly fuhr ruhig und beharrlich fort, obwohl ihr Herz immer noch heftig schlug. Denn die Frau war zwar klein, aber ihre fehlgeleitete Wut war trotzdem unheimlich.

»Diese Einschränkungen sollen verhindern, dass Beweise vernichtet oder die Ermittlungen in irgendeiner Form beeinflusst werden. Und Ihr Sohn wird verdächtigt, ein sehr schweres Verbrechen begangen zu haben.«

»Sie dürfen mich jetzt nicht von meinem Sohn fernhalten. Das ist unmenschlich«, schrie Margareta. Sie hob ihre blau geäderte Hand und ballte sie zur Faust, als wolle sie Lilly schlagen.

Eine Kollegin drehte sich hinter der Glasscheibe zu Lilly um und sah sie fragend ab, aber Lilly machte eine abwehrende Geste.

»Hören Sie«, sagte sie und betonte jedes Wort, ohne die Stimme zu heben. »Sie werden wieder Kontakt zu Ihrem Sohn haben. Es wird nur vielleicht noch eine Weile dauern. Erst müssen die Ermittlungen abgeschlossen sein. Es geht nur darum, dass alles seinen rechtmäßigen Weg geht.«

»Erzählen Sie mir nichts von Recht!«, fauchte Margareta.

Sie atmete schwer, als wäre sie gerade gerannt. Für einen Moment schien sie ihre Stimme verloren zu haben. Sie zitterte am ganzen Körper, genauso heftig wie zuvor. Dann fand sie die Sprache wieder. Sie redete jetzt gedämpfter, aber nicht weniger gequält.

»Sie haben keine Ahnung, was wir durchgemacht haben. Sie wissen nicht, was es für eine Mutter heißt, das eigene Kind leiden zu sehen. Wie hilflos man sich fühlt. Sie verstehen gar nichts.«

Lilly legte den Kopf schief und sah sie forschend an.

»Dann erklären Sie es mir, Frau Sivers.«

Die alte Frau schüttelte den Kopf, für einen kurzen Augenblick schien sie in Gedanken weit weg zu sein.

»Und nie hat einem jemand geholfen«, sagte sie leise.

Vorsichtig berührte Lilly das Handgelenk der Frau, versuchte, sie zum Weiterreden zu ermutigen. Margareta Sivers stand in Erinnerungen versunken da, schien die Berührung gar nicht zu bemerken. Dann zuckte sie zusammen und schüttelte Lillys Hand heftig ab.

»Sie haben kein Recht, mich von Sixten fernzuhalten. Er braucht mich. Ich weiß, dass Sie da waren, als er festgenommen wurde, und jetzt schiebt man ihm die Schuld für etwas in die Schuhe, was andere getan haben. Und das ist Ihre Schuld. Sie sollten selbst mal zu spüren bekommen, wie sich so etwas anfühlt!«

Die Worte der Frau grenzten an eine Drohung, und Lillys Ton wurde schärfer.

»Passen Sie auf, was Sie sagen, Frau Sivers«, sagte sie warnend.

Für einen kurzen Moment durchbohrte Margareta sie mit einem glühenden Blick. Dann machte sie auf dem Absatz kehrt und verließ das Polizeigebäude mit leicht humpelndem Gang.

Kaum hatte Margareta Sivers das Foyer verlassen, ging das Schiebefenster der Pforte auf, und Lillys Kollegin beugte sich vor, eine kräftige Frau in den Sechzigern, mit einem hellbraunen Pagenkopf, der sich in der feuchten Wärme kräuselte. Sie nickte Lilly aufmunternd zu.

»Versuch, dir das Geschimpfe nicht so zu Herzen zu nehmen.

Das war nicht das erste Mal, dass Margareta Sivers sich mit der Polizei über ihren Sohn streitet. Aber die Frau hat es auch wirklich nicht leicht gehabt.«

Lilly blieb stehen, die Arme vor der Brust verschränkt.

»Dann gab es schon mehr solcher Auftritte hier?«

»Vor allem, als Sixten jünger war. Sie war mit einem kranken Kerl zusammen, der wirklich nicht alle Tassen im Schrank hatte. Die ganze Verantwortung für den Sohn lag bei ihr allein. Sixten war ein Chaot und ist zu Schulzeiten in schlechte Gesellschaft geraten. Dauernd Ärger, Besuch von der Polizei und vom Jugendamt. Hart ausgedrückt, hat sie's sicher um einiges ruhiger, seit Sixtens Vater gestorben und ihr Sohn hinter Schloss und Riegel ist.«

»Verstehe«, sagte Lilly. »Immer wieder krass, was die Leute so mit sich herumschleppen.«

Sie sah der krummen Gestalt nach, die draußen hinter der Straßenecke verschwand.

51

1. September 2001
Schwarz, hässlich und verrußt. Immer noch überall Rauch. Die Versicherung deckt kaum was ab. Die Kommune will helfen.

3. September 2001
Der Umzug ist gutgegangen. Hatte Hilfe mit dem, was noch übrig ist. Heute Nacht hat es gehagelt. Hatte Angst, dass sie zurück sind.

Die Hagelkörner prasselten hart und schnell gegen das Fenster. Zuerst klang es wie kleine Steine, die gegen die Scheibe geworfen wurden. Aber es waren keine Steine. Er war umgezogen, und seit dem Brand war es ruhig. Keine schleichenden Schritte mehr im Gebüsch, kein höhnisches Gelächter. Er vermisste seinen Garten. All die alten Sachen, an denen so viele Erinnerungen hingen. Das Feuer hatte nahezu alles zerstört. Alles, was ihr eines Tages hätte gehören sollen. Die wenigen Möbel, die er hatte retten können, füllten sein neues Zuhause nicht aus.

Das Haus hatte zwei Etagen mit Aufzug, und er musste durch mehrere Türen, was es für seinen ungeschickten Körper viel schwieriger machte, Einkaufstüten und Rollator in die Wohnung zu verfrachten. Die Nachbarn waren weitgehend unsichtbar, bisher war er erst einem von ihnen begegnet. Beim ersten Mal war seine Begrüßung unerwidert geblieben. Beim zweiten Treffen im Treppenhaus hatte er einfach angefangen zu reden. Die Worte ließen sich nicht aufhalten, auch wenn sie manchmal in der falschen Reihenfolge herauskamen. Er hatte dem Nachbarn erzählt, dass er gerade erst eingezogen war, dass er sein Haus durch Brandstiftung verloren hatte, und nun war er eben hier. Er hatte das alles noch nie vorher ausgesprochen. Die Reaktion war anders, als er es erwartet hatte. Der Mann, der ihm gegenüberstand, mindestens zehn Jahre jünger als er selbst, war seinem Blick ausgewichen. »Was es für Leute gibt«, hatte er gesagt. »Ja, also, willkommen im Haus.«

Und dann war der Nachbar mit seinen Einkaufstüten eilig weitergegangen. Hatte ihn und seine Sorgen so schnell wie möglich hinter sich gelassen.

Es roch ungewohnt in der Wohnung, nach neuem Kunststoff. Fremd. Es würde lange dauern, bis er sich hier zu Hause fühlen würden. Aber endlich war es ruhig.

52

Es war August, mitten in der kalifornischen Waldbrandsaison, aber so schlimm wie in diesem Jahr war es noch nie gewesen. Eine Fläche von Hunderten Quadratkilometern brannte, und das allein in dieser von den Feuern heimgesuchten Region. Die Flammen hatten neue Nahrung bekommen. Jeff Wilson befand sich drei Kilometer vom nächsten Risikogebiet entfernt und begleitete einen Policeofficer auf Schritt und Tritt. Über die Jahre hatte er sich ein Netz an Kontakten innerhalb der Polizeibehörden aufgebaut, und jetzt war er hier, um mehr über die Methoden zu erfahren, mit denen sich ausschließen ließ, dass ein Brand gezielt gelegt worden war. Und irgendwie ging es wohl auch darum, sich selbst ein Bild vom Geschehen zu machen, wie er sich eingestand. Die Klimakatastrophe vollzog sich hier vor ihren Augen, und Jeff Wilson hatte das beklemmende Gefühl, sich mitten in einem entscheidenden Kapitel der Geschichtsbücher zu befinden.

Alles war grau und schmutzig, der Boden, die Bäume und der Himmel. Auf seinem Motorrad kam er an verlassenen, ausgebrannten Fahrzeugen vorbei. Hier hatten die Flammen schon gewütet. In zwei der Autos hatten es die Menschen nicht rechtzeitig geschafft, sich zu befreien, übrig geblieben waren nur ihre verkohlten Gestalten auf den Sitzen. Das Feuer hatte alles so rasend schnell verschlungen, dass wer im Stau festsaß und zu lange zögerte, zu Fuß zu flüchten, keine Chance gehabt hatte. Er fuhr weiter und zwang sich wegzuschauen. Für einen kurzen Moment verschwamm sein Blickfeld, während er ein paar Tränen wegblinzelte. Es hatte noch niemand Zeit gehabt, die Leichen zu bergen.

Auf dem Motorrad fühlte er sich wohler, denn auch wenn diese Gegend als gesichert galt, traute Jeff den Berichten nie zu hundert Prozent. Auf zwei Rädern hatte er die Freiheit, sich in hohem Tempo fortzubewegen, und konnte, wenn nötig, sogar einen umgestürzten Baum umfahren.

Sein Forschungsgebiet waren Menschen, die von Feuer fasziniert waren, die allein der Gedanke an einen Brand erregte. Ihm dagegen jagte die Kraft von Flammen Todesangst ein. Die Vorstellung, festzusitzen und zu verbrennen. Er hatte schon zu viel gesehen, bei Überlebenden wie bei Toten. Menschen, die bis zur Unkenntlichkeit verbrannt waren. Haut, die sich nie richtig wiederherstellen ließ. Und all jene, die zu schreienden Gespenstern aus Asche geworden waren.

Gerade kam es ihm vor, als würden sich viele der Bundesstaaten in riesige, leicht entflammbare Lagerfeuer verwandeln. Häufig wurden die Brände von Menschen verursacht, und ein unachtsamer Funke wuchs zu einem Meer aus Feuer heran. Trockenheit, Hitze, ein Grundwasserspiegel, der so niedrig war wie noch nie zuvor, Reiche, die sich mit Geld aus dem Bewässerungsverbot herauskauften und ihre private Feuerwehr engagierten – die Rechnung für die Naturkatastrophen summierte sich immer höher auf. Die Sonne brannte unbarmherzig vom wolkenlosen Himmel. Und es würde überall noch schlimmer werden, prophezeiten die Klimaforscher. Eine Zahl quälte ihn besonders. Bis ins Jahr 2100 rechnete man mit einer Zunahme der von Feuern verwüsteten Landfläche um siebzig Prozent. Und keine noch so teuer bezahlte Feuerwehr der Welt konnte daran etwas ändern.

Als die Vegetation die dramatische Aussicht auf die umliegenden Hügel freigab, machte der Polizist vor ihm einen Schwenk zur Seite. Sie bremsten ab, Jeff blieb im Sattel sitzen und erwiderte das ungläubige Kopfschütteln des Polizisten.

Sie blickten über ein ausgedehntes Gebiet, an einigen Stellen stieg Rauch in unterschiedlichen Weiß-, Grau- und Schwarztönen auf. Ein kleines Flugzeug näherte sich dicht über dem Boden. Es klang wie eine wütende Wespe, die zum Angriff überging. Dann spuckte das Flugzeug eine dunkelrote Substanz aus, die das Feuer breitflächig und sehr effektiv erstickte, wobei die intensive Farbe dem Piloten anzeigte, wohin er getroffen hatte.

In einer anderen Gegend, in der Nähe eines Schießgeländes, hatte man eine dreihundert Kilogramm schwere Bombe abgeworfen. Die Explosion hatte so viel Sauerstoff in der Umgebung verbraucht, dass die Ausbreitung der Flammen deutlich gebremst werden konnte. Man fuhr inzwischen schwere Geschütze auf, aber der Gedanke war dennoch irrwitzig. Bomben im Einsatz gegen Naturgewalten, das war, als befände man sich im Krieg.

Sein Handy vibrierte in der Tasche der dicken Ledermontur, und er hob die Hand und bat um eine kurze Pause. Er stieg vom Motorrad, setzte den Helm ab und merkte in der leichten Brise, wie nass geschwitzt sein Nacken war. Am Telefon war die schwedische Polizistin. Er hatte sie gebeten, sich zu melden und ihm zu berichten, wie die Ermittlungen vorangingen. Mit ihrer freundlichen, entschlossenen Art hatte sie sein Interesse an einem Fall geweckt, der sich in einem winzigen Land abspielte, über 8000 Kilometer entfernt. Er nahm den Anruf entgegen.

»Hi, haben Sie kurz Zeit für mich?«, fragte sie.

»Ja, habe ich«, sagte er und folgte mit dem Blick dem Flugzeug, das eine Kurve flog und den nächsten breiten roten Streifen in die

Luft malte, der sich wie ein rötlicher Nebel über dem Boden verteilte.

»Sie hatten ja darum gebeten, dass ich Sie auf dem Laufenden halte. Ich habe Ihnen doch von dem Verdächtigen erzählt, den wir festnehmen konnten. Ich denke nicht, dass er für die früheren Brände verantwortlich ist. Die Vorgehensweisen sind völlig unterschiedlich. Ich habe kurz mit dem Gedanken gespielt, ob er es vielleicht bewusst darauf angelegt haben könnte, verhaftet zu werden. Aber das glaube ich auch nicht. Wir suchen jemanden, der sehr viel raffinierter ist.« Sie schwieg einen Augenblick und seufzte dann. »Wenn mein Bild denn überhaupt stimmt. Ich sage es nur ungern, und ich kann es langsam auch echt nicht mehr hören, aber wir haben immer noch nur Indizien.« Wieder herrschte einen Moment Stille in der Leitung, eine Stille, in der so etwas wie Zweifel mitschwang, aber dann fuhr sie fort. »Können Sie mir mehr darüber sagen, was einen Serienbrandstifter kennzeichnet?«

Er musste kurz nachdenken, überlegte, wie er ihr weiterhelfen konnte.

»Mal sehen. Brandstifter, die zu Serientätern werden, sind häufig Menschen, die einerseits persönliche Konflikte vermeiden, während sie andererseits ausgeprägten Hass verspüren und nicht selten ein Gefühl von Hilflosigkeit.«

»Verstehe«, sagte sie.

Ihre Antwort kam nur noch bruchstückhaft an. Ein leiser Piepton im Hintergrund ließ vermuten, dass die Verbindung gleich abreißen würde.

»Bei einer bestimmten Art von Brandstiftungen geht es vor allem um Rache. Als Wissenschaftler darf man sich eigentlich nicht auf Intuition berufen, aber nennen wir es einfach Erfahrung. Erinnern Sie sich noch daran, was ich über das Motiv gesagt habe? Kehren Sie dorthin zurück, graben Sie weiter danach«, ermahnte er sie.

»Das werde ich.«

Er räusperte sich, spürte, wie rau seine Stimme im Rauch wurde, wie trocken sein Hals war.

»Dann setzen Sie die Suche fort?«

»Ich setze die Suche fort.«

53

»Entschuldige, dass ich mich so mies benommen habe«, sagte Lilly, sobald Jesper die Tür aufmachte.

Sie hatte darüber nachgedacht, es hatte ihr keine Ruhe gelassen. Also hatte sie ihm eine Nachricht geschickt und gefragt, ob sie vorbeikommen dürfe. Jespers Antwort hatte fast eine Stunde auf sich warten lassen. Schließlich hatte er ihr seine Adresse geschickt.

Jetzt sah er sie abwartend an.

»Ich hätte das nicht tun dürfen. Einfach abhauen«, fuhr Lilly fort. Sie klang atemlos. Es fühlte sich auch so an, als wäre ihr Brustkorb zu eng zum Atmen.

Eine einzige Nachricht hatte genügt, um ihre Welt aus dem Gleichgewicht zu bringen und die Illusion von Sicherheit zu zerstören. Svante konnte sich immer noch in ihr Leben drängen. Diese Erkenntnis hatte sie bis ins Mark erschüttert. Sie merkte selbst, dass sie bis zum Anschlag angespannt war. Dass sie sich ständig umblickte. Es war nur eine Nachricht, und das hieß nicht, dass er wirklich kommen würde, das hatte sie sich wieder und wieder eingeredet. Ohne zu wissen, ob es stimmte und ob sie das wirklich zu glauben wagte.

Zudem hatte das Gespräch mit Margareta Sivers eine Menge Gefühle in ihr aufgewühlt. Sie konnte die Drohungen der gebrechlichen Frau nicht ernst nehmen, aber ihr Schmerz ließ Lilly nicht kalt. Sie hatte sich gefühlt, als würde sie mit blanken Nerven auf der Wache herumlaufen. Es war im Moment einfach zu viel.

Und als Krönung des Ganzen die Sache mit Jesper. Die Panik, die sie dazu gebracht hatte, das mit ihm so schroff zu beenden. Sie konnte nicht mit ihm zusammen sein, keine Beziehung anfangen. Sie war nicht bereit, noch lange nicht. Aber, und das war auch ein Gedanke, der sie quälte, das war kein Grund, Jesper zu bestrafen. Er hatte nichts falsch gemacht. Und wenigstens das wollte sie versuchen, hier und jetzt in Ordnung zu bringen. Sie hatte ihm gesagt, sie wolle weiterhin mit ihm befreundet sein, also würde sie sich jetzt wie eine gute Freundin verhalten.

Jesper öffnete die Tür und ließ sie herein. Sein Gesicht war verschlossen, und er machte keine Anstalten, sie zu umarmen. Sie hielten beide Abstand.

»Wie geht es dir?«, fragte er höflich, aber ohne jedes Gefühl.

»Besser«, sagte sie im selben höflichen Ton.

Das Schwindelgefühl hatte nachgelassen, fast über Nacht. Aber sie hielt sich immer noch ab und zu fest, so diskret wie möglich, nur um ganz sicherzugehen, dass der Boden wirklich stabil war.

Sie folgte ihm durch die schmale Diele in eine große Küche, die in ein helles, luftiges Wohnzimmer überging. Ohne ein Wort füllte er den Wasserkocher und löffelte nach Rhabarber duftenden Tee in kleine metallene Teeeier.

Sie schaute sich um, spürte die Atmosphäre, in der sie sich befand. Es war gemütlich hier, zu Hause bei Jesper. Die Küche war weiß und aus glänzendem Edelstahl mit modernen Elektrogeräten. Das Wohnzimmer mit den blankgeschliffenen Holzdielen badete in Licht, vor den großen Fenstern hingen lange, dünne Vorhänge. Nichts erinnerte an die typische Junggesellenbude mit Ledercouch und riesigem Flachbildfernseher.

Jespers Sofa war hellgrau und breit, und es stand auf einem schönen alten Perserteppich. Ein übervolles Bücherregal nahm mehrere Meter der hinteren Wand ein, daneben blühte ein Kaktus. Gegenüber der Küche hatte er ein paar alte Sammlerstücke aufgehängt. Lilly nahm an, dass es Teile einer historischen Feuerwehruniform waren, ein Signalhorn aus Metall und ein dunkler Lederhelm mit Emblem.

Jesper folgte ihrem Blick, sah, was sie betrachtete.

»Mein Großvater war auch bei der Feuerwehr. Ich habe noch die vollständige alte Uniform, die er getragen hat. Als ich klein war, hat er manchmal von seiner Arbeit erzählt, und ich dachte immer, dass es damals ganz schön hart gewesen sein muss. Wir haben heute so viel Technik, die es früher noch nicht gab, und sie sind so viel größere Risiken eingegangen«, sagte er nachdenklich. »Aber auf der anderen Seite mussten sie sich noch keine Gedanken über den Brandschutz in einer Zukunft machen, die mit jedem Jahr wärmer und trockener wird«, fügte er mit einem leisen Seufzen hinzu. »Er ist schon lange tot. Ich denke oft an ihn. Es gibt viel, über das ich mich gern mit ihm unterhalten hätte, heute, als Erwachsener.«

Sie nickte. Der Wasserkocher brodelte und knackte, das Zeichen, dass der Tee fertig war. Er schenkte zwei Tassen ein, drehte sich um und reichte ihr die eine. Sah sie forschend an.

»Geht es dir gut?«, fragte er.

Sie trank einen vorsichtigen Schluck, vor allem um Zeit zu gewinnen, und eine Strähne löste sich aus ihrem locker geflochtenen Zopf und fiel über ihre Wange. Er hob eine Hand, wie um sie wegzustreichen, aber dann unterdrückte er den Impuls. Er war so nah. Sie atmete seinen Duft ein, ein Hauch Rasierwasser und dann einfach er. Ihr Herz schlug schneller, aber aus einem anderen

Grund als noch vor wenigen Minuten. Sie wich ein wenig zurück, schob sich die Haarsträhne hinters Ohr.

Er stellte seine Teetasse ab und verschränkte die Arme vor der Brust.

»Ich kenne dich auf jeden Fall gut genug, um zu merken, dass mit dir irgendetwas nicht stimmt. Ist etwas passiert?«

Sie holte tief Luft. Die Wörter reihten sich aneinander und strömten einfach aus ihr heraus.

»Ich hatte ein ziemlich unangenehmes Erlebnis bei der Arbeit. Sixten Sivers' Mutter ist aufgetaucht und hat mir vorgeworfen, ich wäre daran schuld, dass sie seit seiner Festnahme keinen Kontakt zu ihrem Sohn haben darf. Sie war unheimlich wütend, sie wollte mir regelrecht drohen.«

Eine Lüge ist effektiver, wenn sie eine große Dosis Wahrheit enthält. Außerdem kannte Jesper bereits einige Details des Falls. Sie wusste selbst nicht, warum sie ihm nicht erzählen konnte, dass Svante sich bei ihr gemeldet hatte. Vielleicht weil das Albtraumhafte realer werden würde, sobald sie es laut aussprach. Oder lag es in Wahrheit daran, dass sie wusste, dass Jesper von ihr verlangen würde, etwas zu unternehmen? Das schaffte sie nicht. Alles, was mit Svante zu tun hatte, gab ihr ein Gefühl von lähmender Kraftlosigkeit.

Jesper runzelte die Augenbrauen und legte seine Hand leicht auf ihren Arm.

»Verständlich, dass dich das belastet. Mit solchen Sachen solltest du dich im Moment überhaupt nicht herumschlagen müssen. Hast du Angst, dass sie dir wirklich etwas tut?«

Lilly schüttelte den Kopf.

»Nein, oder besser gesagt, es fällt mir wirklich schwer, mir diese Frau als Bedrohung vorzustellen. Es war einfach nur eine richtig unangenehme Begegnung. Und offensichtlich war das Leben mit ihrem Sohn und wohl auch mit seinem Vater für sie schon immer ein Kampf. Eine Kollegin hat mir ein paar Sachen über die Familie erzählt. Ich bin froh, dass ihr Sohn jetzt hinter Gittern sitzt, aber es ist schrecklich mitanzusehen, wie er seine Mutter dabei mit nach unten reißt.«

»Manche Menschen müssen wirklich eine Menge ertragen.« Er leerte seine Teetasse und sah sie an. »Möchtest du eigentlich etwas essen?«

Sie lächelte, schüttelte aber wieder den Kopf. Hier in Jespers gemütlicher Wohnung war das Gefühl von Unsicherheit plötzlich nicht mehr so allgegenwärtig. Ihr Blick fiel auf einen kleinen Bilderrahmen im Regal. Das Foto zeigte eine dunkelhaarige Frau mit einem Mittsommerkranz auf dem Kopf. Mit lachenden Augen und einem Blumenstrauß in den Händen. War das die Frau, die er verloren hatte? Die Trauer, vor der er weggelaufen war?

Sie drehte sich zu Jesper um.

»Du, ich habe es wirklich ernst gemeint«, sagte sie.

Sein Mund wurde schmal. Sie ahnte, was er dachte.

»Wovon redest du?«

»Dass ich dich wirklich mag. Und dass ich mit dir befreundet sein will«, sagte Lilly und dann: »Es tut mir gut, Zeit mit dir zu verbringen.«

Der Ausdruck in seinen Augen wurde ein klein wenig weicher.

»Ich wünschte, ich könnte dasselbe sagen«, sagte er und fing dann an zu lachen, womit sie gar nicht gerechnet hatte.

Ein bisschen gekränkt boxte sie ihn gegen die Schulter. Er feixte, stellte seine Tasse ab und sah ihr in die Augen.

»Ich mag dich auch«, sagte er. »Das weißt du.«

Das schrille Nachrichtensignal ihres Handys brach den Bann.

Sie schnappte nach Luft und erstarrte.

»Was ist los?«, fragte Jesper.

Sie schob die Hand in die Hosentasche und zog das Telefon heraus. Wappnete sich für das, was sie auf dem Display vielleicht erwartete. Aber die Nachricht war von Katja.

Hoffe, es geht dir besser. Es gab einen Vorfall. Wäre gut, wenn du auf die Wache kommen könntest. Rufst du mich an?

Eine Welle der Erleichterung rollte über Lilly hinweg. Sie stellte ihre Tasse in die Spüle und steckte ihr Handy wieder ein.

»Ich muss los. Es geht nur um die Arbeit.«

Sie lächelte und berührte im Vorbeigehen leicht seinen Arm. Aber sie sah gerade noch, dass er besorgt die Stirn gerunzelt hatte.

54

Das zarte Licht des Spätsommerabends präsentierte die Botschaft in all ihrer Deutlichkeit. Die Mauer des Polizeigebäudes war aus hellrotem Backstein, die Schrift darauf leuchtete neongrün.

DER BRANDSTIFTER SOLL STERBEN

Die Überwachungskameras hatten vor einer Stunde aufgezeichnet, wie eine schwarz gekleidete Gestalt angerannt kam, eine Spraydose aus der Tasche des Kapuzenpullis zog und in Windeseile diese Nachricht auf die Wand sprühte. Das kurze Video war keine große Hilfe. Die Kleidung des Täters war weit und verbarg die Kontur des Körpers, das Gesicht war unter der Kapuze nicht zu erkennen, und darüber hinaus verdeckte ein Tuch Mund und Nase. Lilly tippte auf einen jungen Mann.

Mit leichten, schnellen Schritten war der Sprayer direkt danach wieder aus dem Bild verschwunden. Das Ganze hatte nur etwa zehn Sekunden gedauert.

»Irgendein Rotzlöffel, der Wände vollschmiert«, knurrte Bertil Strömberg neben Lilly. »Aber wir müssen die Sicherheitsvorkehrungen Sixten Sivers' betreffend trotzdem verstärken. Im Moment kocht bei vielen die Wut hoch«, fügte er hinzu und schob sich eine ordentliche Portion Snus unter die Lippe. Er griff nach seinem Handy und suchte in seinem Telefonbuch nach einer Nummer, aber dann stockte er plötzlich und schaute hoch.

»Du hast nichts Ungewöhnliches bemerkt, oder?«, fragte er Lilly. »Irgendwelche auffälligen Kontaktversuche oder Personen, die hier herumgeschnüffelt haben?«

Die Frage versetzte ihr einen unangenehmen Stich in der Magengegend, aber nicht aus Sorge vor dem kleinstädtischen Mob oder irgendwelchen Vandalen.

»Nein.« Sie schüttelte den Kopf.

»Ja, das dachte ich mir. Wir müssen auf jeden Fall Margareta Sivers informieren, die Lage wird noch eine Weile angespannt bleiben. Im Augenblick kursieren auch ein paar Blogeinträge im Internet. Ich frage mich, ob es wirklich ratsam ist, dass sie in der Wohnung ihres Sohnes bleibt.«

»Blogeinträge?«

Bertil schob die Tabakdose in die vordere Hosentasche zurück.

»Anonym und noch ganz neu, erst zwei Artikel. Beide befassen sich mit den Bränden, aber der zweite hat sich rasend schnell auf Facebook verbreitet. Es geht um Gustaf Hammarklints Tod und darum, dass Sixten Sivers zu viele Freiheiten hatte, obwohl er schon früher Feuer gelegt hat. Grob zusammengefasst steht in dem Blog, dass da draußen alles knochentrocken ist und unser Rechtssystem das Risiko einfach ignoriert. Der Blogger nennt sich selbst *Nynäshamn-Fan* und deutet da wohl einen Zusammenhang an.«

»Wissen wir mehr darüber, wer diesen Blog betreibt?«, fragte Lilly.

»Nein, das ist ziemlich gut verschleiert. Aber es scheint irgendein oberschlauer Besserwisser zu sein.«

Bertil entschuldigte sich. Er musste ein Telefonat führen und dafür sorgen, dass dieses Graffiti entfernt wurde, sobald der Tatort fertig aufgenommen war.

Lilly griff ebenfalls zum Handy und googelte den Nynäshamn-

Fan. Das Blogdesign war simpel, blauer Text vor der schwarz-weißen Hafensilhouette. Zwei Blogartikel, genau wie Bertil gesagt hatte. In beiden ging es um die Brände. Im ersten vor allem darum, dass Nynäshamn bei der Feuerbekämpfung keine Priorität eingeräumt worden war. Wer auch immer den Artikel verfasst hatte, behauptete nämlich, Belege zu haben, dass in Nacka bedeutend mehr Helikopter den Löscheinsatz unterstützt hatten. Der zweite Artikel handelte von Sixten Sivers.

Man hat einem Brandstifter großzügig Freigang gewährt. Obwohl der Boden total ausgetrocknet ist und niemand sicher sein konnte, dass er von dem Drang, etwas anzuzünden, geheilt war. Ein Mann, der Menschen mit Feuer attackiert! Er wurde auf frischer Tat ertappt, als er genau das getan hat. Wir in Nynäshamn bezahlen den Preis für diesen Kuschelkurs mit Gewaltverbrechern!

Zwei Bürger unserer Stadt sind in diesem riesigen Brand gestorben. Wären Gustaf Hammarklint und Rolf Stenström noch am Leben, wenn unser Rechtssystem Sivers hinter Schloss und Riegel gehalten hätte? Das ist die Frage.

Der letzte Satz hallte durch Lillys Kopf. Sie fuhr nach Hause in ihren Leuchtturm und ließ sich aufs Bett fallen. Die Luft in dem hohen Raum war stickig, sie streckte die Hand aus und schaltete den Ventilator ein. Sie versuchte, sich von dem monotonen Brummen beruhigen zu lassen, und starrte an die hohe Decke und die Wendeltreppe hinauf. Dann stand sie unvermittelt auf und holte sich einen Block, Stift und Klebestreifen. Sie nahm den Stadtplan von Nynäshamn ab, der an der Wand über dem Stehtisch hing, und hängte stattdessen Zettel auf. Dann schrieb sie der Reihe nach Kenneth Robertsson, Gustaf Hammarklint und, nach kurzem Zögern, auch Mehmet Demir auf die Blätter.

Sie musste alles Stück für Stück durchgehen. Die Hintergründe der Männer und ihre Beziehungen untereinander durchforsten. Sie wusste bereits, dass alle drei offenbar gesetzestreue Bürger gewesen waren, es waren keine Verbindungen zu kriminellen Netzwerken bekannt. Es lagen lediglich ein paar Strafzettel wegen Falschparkens vor, eine Geschwindigkeitsübertretung, die Gustaf Hammarklint den Führerschein gekostet hatte, und alle drei waren als Teenager beim Klauen erwischt worden. Aber das war Kleinkram. Keine finanziellen Probleme, derentwegen sie sich womöglich bei den falschen Leuten verschuldet hatten. Keine erkennbaren Warnzeichen. Gab es etwas anderes, das diese Männer zu Zielscheiben gemacht hatte?

55

Eine Meldung in der Nachrichten-App des schwedischen Fernsehens weckte Lillys Interesse: *Es brennt an fünfundsiebzig Orten im Land, und das Feuerverbot wurde auf fast ganz Schweden ausgeweitet. SVT-Nachrichten hat eine Liste der aktuellen Brände zusammengestellt.*

Sie rief eine andere Nachrichten-App auf. Das *Aftonbladet* berichtete gleichzeitig, dass die Facebookgruppe »Brandappell« immer größer wurde und inzwischen auf 120 000 Mitglieder angewachsen war. Viele waren wütend über die ungleiche Ressourcenverteilung bei der Brandbekämpfung und darüber, dass man sich nicht besser auf ein Szenario wie dieses vorbereitet hatte. Aus reiner Neugier hatte sie die Gruppe aufgerufen, um die Kommentare zu lesen. Gegen ihren Willen waren ihre Gedanken zu Jesper gewandert. Sie hoffte, dass er nichts von der Existenz dieser Seite wusste. Auch der Blogeintrag des Nynäshamn-Fans war bereits mehrfach in der Gruppe geteilt worden.

Lilly schloss den Internetbrowser und rief stattdessen die Mail-App auf. Sie war nicht mehr krankgeschrieben, aber zunächst saß sie nur am Schreibtisch und erstellte den Dienstplanbericht.

Sie hatte jede Menge Benachrichtigungen von Facebook in ihrem Postfach, lauter kleine Hilferufe der Seite, die signalisierten, wie sehr sie sie vernachlässigt hatte. Sie mied die sozialen Medien, obwohl sie sich dadurch auch einen Kontaktweg zu Freunden und Bekannten versperrte, der hier in Nynäshamn hilfreich gewesen wäre. Aber Svante war auf Facebook. Auch wenn sie ihn auf allen Ebenen blockiert hatte, stellten solche Foren ein Risiko dar. Sie hatten so viele gemeinsame Bekannte, alte Kollegen, eine Myriade von Wegen, die von ihm zu ihr führten. Und das durfte nicht passieren. Aber auf Facebook war auch die Erinnerung an den Grund, warum es richtig gewesen war zu gehen.

Sie zögerte einen Moment, aber dann loggte sie sich ein und scrollte durch die Timeline.

Das Foto war rein zufällig an jenem Abend aufgetaucht, an dem sie beschlossen hatte, Svante zu drohen, um ihn auf Abstand zu halten und ihn vollständig aus ihrem Leben zu verbannen. Facebook hatte sie an ein vordergründig schönes Ereignis vor einem Jahr erinnert. Ein Nachbar hatte Lilly auf einem Foto markiert, das er auf seiner Mittsommerfeier aufgenommen hatte. Lilly befand sich am Rand des Bildes, sie saß mit einem Bier in der Hand auf einer großen Picknickdecke. Die Sonne schien, überall waren Gläser und Teller und fröhliche Menschen, die mit Blumenkränzen in den Haaren Mittsommer feierten. Eine Frau in der Mitte hatte gerade ein lautes Lied angestimmt. Alle lachten, auch Lilly. Sie hatte die Ärmel ihrer hellblauen Bluse ein kleines Stück nach oben geschoben, und auf dem Bild war etwas zu sehen, das nie hätte sichtbar werden dürfen. Die meisten, die sich das Foto ansahen, hätten es vermutlich für einen Schatten gehalten. Und der Nachbar, der das Foto ins Internet gestellt hatte, hatte es ganz sicher nicht bemerkt. Aber der Fleck an Lillys Handgelenk war kein Schatten. Es war die Spur einer harten Hand, die ihren Arm gepackt und einen blauroten Bluterguss dort hinterlassen hatte. Die sie mit solcher Wucht zurückgerissen hatte, dass sie auf den Boden gestürzt war. Die Spur, die zeigte, dass sie etwas falsch gemacht hatte und dafür hatte bezahlen müssen. Bestimmt hatte sie ihre Unachtsamkeit schon in der nächsten Sekunde bemerkt und den Ärmel hastig nach unten gezogen, um das Hämatom zu verstecken. Denn keiner der Gäste schien etwas bemerkt zu haben, niemand hatte sie danach darauf angesprochen.

Aber das Bild war noch da. Sie fröstelte, als sie es sah. Der Fleck war schon lange verblasst, aber das Gefühl saß ihr noch immer unter der Haut. Sie loggte sich schnell wieder aus, blockierte alle Nachrichten von Facebook und ging dann weiter ihren Maileingang durch.

Cilla Hammar hatte ihr ein paar freundliche, aufmunternde Zeilen geschrieben.

Ich habe gestern lange mit Jeff Wilson telefoniert. Im Augenblick ist es in Kalifornien und Oregon wirklich schlimm, es gibt viele Tote. Ich wusste es ja aus den Nachrichten, aber nun auch von ihm. Wir haben uns aber auch lange über Ihren Fall unterhalten. Jeff sagte, Sie würden sich weiter bemühen, die beiden Brände aufzuklären. Sagen Sie Bescheid, wenn ich Ihnen behilflich sein kann. Bei mir geht es zurzeit einigermaßen ruhig zu.

MfG

Cilla Hammar

Lilly schrieb ihr eine Antwort und bedankte sich. Sie hatte Cilla anfangs als ziemlich verschlossen empfunden. Aber offensichtlich steckte eine freundliche und hilfsbereite Frau hinter dieser Fassade. Sie dachte nach.

Ich versuche, mehr über das Motiv herauszufinden. Jeff Wilson hat mich darauf aufmerksam gemacht, und das klingt sinnvoll. Gibt es einen Zusammenhang und wenn ja, welchen? Was habe ich übersehen? Ich melde mich, wenn ich Ihre Hilfe brauche. Aber zuerst muss ich einen Ansatz finden …

Mit dem Dienstplanbericht kam sie nur schleppend voran, was vor allem daran lag, dass sie sich hauptsächlich mit anderen Dingen beschäftigte. Sie beschloss, die Gemeinsamkeiten aufzuschreiben. Sie arbeitete mit einer Excel-Datei, notierte alles und glich die einzelnen Punkte danach ab.

Die drei Männer hatten nie denselben Arbeitgeber gehabt, sondern im Gegenteil in ganz unterschiedlichen Branchen gearbeitet: der Geologe Kenneth, der Handwerker Gustaf und schließlich Mehmet, der ein Fuhrunternehmen betrieben hatte. Ihre Facebookseiten, die sich mittlerweile zu digitalen Kondolenzbüchern entwickelt hatten, wiesen eine große Zahl gemeinsamer Freunde auf. Nicht ungewöhnlich, da sie in derselben Gegend aufgewachsen waren und sich später für die Schulen ihrer Kinder und im Sportverein engagiert hatten. Die einzigen wirklich deutlichen Verbindungen aber fanden sich in ihrer Jugend.

Katja kam vorbei und ließ sich neben ihr auf einem Schreibtischstuhl nieder. Sie drehte sich einmal träge um die eigene Achse, mit einem Fuß auf dem Boden.

»Hej, wie geht es dir?«

»Gut. Und selbst?«, sagte Lilly und lächelte, ohne dabei den Blick vom Bildschirm zu lösen.

»Auch gut. Ein bisschen gelangweilt. Was machst du da?«, fragte Katja und drehte noch eine Runde.

»Ach, eigentlich nichts. Aber ich denke über ein mögliches Motiv für die Brände nach, bei denen Robertsson, Demir und Hammarklint gestorben sind. Und wenn es eins geben sollte, dann passt es zumindest nicht so richtig zu Sixten Sivers.«

Katja lachte laut auf.

»Nee, schon klar, wenn man im kleinen Nynäshamn einen Brandstifter fasst, dann muss es auf jeden Fall noch einen zweiten geben. Ist das dein Ernst?« Sie stoppte ihr lustloses Kreiseln, ihr Ton war spöttisch. »Also, versteh mich nicht falsch, aber manchmal wirkst du ein bisschen Stockholm-geschädigt. Du bist jetzt in einer Kleinstadt. Hier gibt es keine großen, krassen Fälle, und vielleicht solltest du dich damit einfach mal abfinden. Das ist nicht der Ort, um eine Superkarriere hinzulegen.«

Lilly drehte sich genervt zu ihr um. Sie fühlte sich unangenehm getroffen. Sah Katja sie so? Eine karrieregeile Kollegin, die am falschen Ort gelandet war?

»Ernsthaft? Stockholm-geschädigt? Ich versuche nur, meinen Job zu machen.«

Katja hob abwehrend die Hände.

»Dann vergiss alles, was ich gesagt habe. Ich hole Kaffee – für dich auch?«

Lilly nickte kurz und drängte den aufsteigenden Ärger zurück. Katja ging eben manchmal zu weit. Sei nicht so empfindlich, sagte Lilly streng zu sich selbst. Dann wandte sie sich wieder dem Bildschirm zu, und wenige Minuten später brachte Katja ihr eine Tasse Kaffee mit. Die Kollegin grinste breit, aber sie sagte nichts mehr. Lilly runzelte die Stirn und konzentrierte sich auf ihre Excel-Datei.

Kenneth Robertsson war älter als die beiden anderen. Alle drei waren Scheidungskinder. Mehmet Demir war ein paar Jahre in Stockholm-Södermalm zur Schule gegangen, aber dann zurück nach Nynäshamn zu seinem Vater gezogen. Alle hatten das Gymnasium im Kvarnängen besucht. Mehmet und Gustaf waren sogar in derselben Klasse gewesen, Kenneth ein Jahrgang über ihnen.

Fand sich dort ein Hinweis auf das Schicksal der Männer? Ging es womöglich um Jugendkriminalität, die zwischenzeitlich vom Radar verschwunden war?

Es war ein Schuss ins Blaue. Andererseits galt das zum jetzigen Zeitpunkt für mehr oder weniger alles. Lilly notierte sich ein paar Angaben und Namen. Die damalige Geschichtslehrerin, Samira Eman, war heute fünfundsechzig und unterrichtete immer noch an der Schule. Ihre Telefonnummer war nur eine Googlesuche weit entfernt. Lilly rief an, und eine heisere Stimme meldete sich nach dem zweiten Freizeichen.

Lilly schilderte ihr Anliegen so vage wie möglich, sagte, sie würde Hintergrundinformationen in einer aktuellen Ermittlung sammeln, und nannte die Namen der drei Männer, die bei den Bränden verunglückt waren. Die Stimme am anderen Ende sank um mehrere Oktaven.

»Ich habe es in der Zeitung gelesen. Schrecklich. Die armen Jungen – und Familien hatten sie ja auch.«

Hörten Lehrer eigentlich jemals auf, ihre Schüler als Jungen und Mädchen zu betrachten?, dachte Lilly. Sie warf einen Blick auf die Uhr, es war fast sechs Uhr abends.

»Hätten Sie Zeit, mir ein paar kurze Fragen zu beantworten? Es dauert auch nicht lang.«

Die Frau am Telefon räusperte sich.

»Aber ja. Ich bin noch in der Schule und korrigiere Aufsätze. Kommen Sie doch vorbei, wenn Sie möchten.«

Lilly schnappte sich ihre Ausdrucke und schaltete den Rechner und die Schreibtischlampe aus.

»Ich mache mich gleich auf den Weg.«

56

Das Gymnasium von Nynäshamn war ein großes Gebäude aus rot gestrichenem Holz und Backstein, mit einer Reihe großer Fenster, die zum Hof hinauszeigten. Samira Eman empfing sie an der Tür und begrüßte sie. Lilly lächelte der Lehrerin zu.

Samira Eman war groß und schlank, und sie strahlte eine freundliche Energie aus. Ein paar tiefe Falten um den Mund, ein paar graue Strähnen in den sonst schwarzen Haaren, aber Lilly hätte sie locker auf jünger als fünfundsechzig geschätzt. Sie trug eine dünne rote Bluse zu einer schwarzen Anzughose und als Stilbruch dazu bequeme Birkenstocksandalen.

»Wir setzen uns ins Lehrerzimmer.«

Sie hielt Lilly die Tür auf und führte sie dann mit langen Schritten durch das große Gebäude. Lilly folgte ihr und musste sich anstrengen, mit der Lehrerin Schritt zu halten.

Die Schule sah schön aus. Sie kamen durch einen Raum mit Spinden und gingen weiter durch die Pausenhalle, die mit Grünpflanzen, großzügigen Sitzmöbeln und einem Billardtisch ausgestattet war.

Samira brachte sie in ein großes Zimmer mit Kaffeeküche, mehreren kleinen Tischen und einer Sofaecke. Ein schwarzes Brett voller rosafarbener und grüner Zettel machte auf verschiedene Schulveranstaltungen aufmerksam. Sie setzten sich auf eins der rotbraunen Sofas, das mit bunten Kissen bestückt war. Vor ihnen auf dem Tisch lag ein Stapel Aufsatzhefte. Samira versorgte sie beide mit einem Glas Wasser und ließ sich dann auf das Sofa sinken.

»Mein Mann und mein Schwager renovieren gerade unser Obergeschoss, und der Krach ist unerträglich. Deshalb komme ich lieber hierher, wenn ich denken muss«, sagte sie und lächelte.

Lilly beugte sich vor.

»Können Sie mir ein bisschen mehr über Mehmet, Gustaf und Kenneth erzählen? Waren die drei befreundet?«

Das Lächeln verschwand. Ein Schatten legte sich über Samiras Gesicht.

»Ja, das waren sie. Es waren lebhafte Jungs, bei allen beliebt. Es ist so schrecklich. Ich sehe noch vor mir, wie sie hier durch die Gänge gelaufen sind. Wenn ich mir vorstelle, man hätte damals geahnt, wie es mit ihnen einmal enden würde …« Die bekümmerte Miene wurde von einem leichten Lächeln abgelöst, als sie sich zurückerinnerte. »Mehmet hatte schon in der zehnten Klasse ein richtiges Bärtchen, auf das er unheimlich stolz war. Er war ein echter Anführer, dem ständig etwas Neues eingefallen ist. Gustaf war damals schon handwerklich sehr geschickt, ich weiß noch, dass er ein Versteck unten am Strandbad gebaut hat, wo die drei sich immer aufgehalten haben. Und Kenneth hatte immer seine Digitalkamera um den Hals hängen. Ich glaube, er hat die meisten Fotos zur Schülerzeitung beigetragen. Ein schlauer Kerl, in fast allen Fächern gut.«

Lilly trank einen Schluck Wasser.

»Waren sie zuverlässig?«

Samira räusperte sich und fand ihre Stimme wieder.

»Sie waren vorlaut, oder ›frech‹, wie man damals sagte. Sie haben ihre Mitschüler oft provoziert. Manche würden sicher sagen, dass es schon manchmal in Richtung Mobbing ging. Wir mussten nach dem Unterricht ab und zu wirklich ernste Gespräche mit ihnen führen, aber danach haben sie sich immer zusammengerissen. Und natürlich gab es ja auch Gründe für ihr Verhalten. Sie stammten alle drei aus Scheidungsfamilien, und es war schon deutlich zu spüren, dass es zu Hause nicht immer friedlich zuging. Es gab Elternsprechtage, an denen niemand aus ihren Familien aufgetaucht ist. Darüber habe ich mich öfter mit ihm unterhalten, mit Mehmet. Aber soweit ich mich erinnere, hat er es meistens mit einem Schulterzucken abgetan«, sagte sie und verdrehte die Augen, wie um einen desinteressierten Teenager nachzuahmen. »Aber es waren lustige Jungs«, fügte sie hinzu. »Sie waren immer von einem Pulk Mädchen umgeben, und sie machten viel Sport. Gustaf war richtig gut im Hallenhockey, das weiß ich noch«, sagte sie mit weicher Stimme. Man merkte deutlich, dass sie die Jungen vor sich sah.

»Sie wurden beim Ladendiebstahl erwischt«, wandte Lilly ein. »Gab es Hinweise auf andere kriminelle Aktivitäten?«

Samira sah sie erschrocken an und kniff dann den Mund zusammen. Ihr war sichtlich bewusst geworden, dass Lilly nicht zu einer Gedenkstunde vorbeigekommen war, sondern mit einem konkreten Anliegen.

»Nein, was hätte das sein sollen? Warum fragen Sie?«

Lilly schüttelte schnell den Kopf.

»Ich versuche nur, mir ein Bild zu machen.«

Samira schwieg einen Moment, als würde sie über etwas nachdenken.

»Waren die drei die ganze Gymnasialzeit über befreundet, wissen Sie etwas darüber?«, fragte Lilly.

Diesmal wog Samira ihre Worte sorgfältig ab, bevor sie antwortete.

»Es mag sein, dass ich sie im letzten Jahr nicht mehr so oft zusammen gesehen habe. Aber so ist das ja mit den Jugendlichen. Freundschaften kommen und gehen. Und Kenneth war da ja schon nicht mehr an der Schule.«

Gustaf Hammarklints Witwe hatte Kenneth Robertssons Namen nicht gekannt. Also hatten die beiden nichts mehr miteinander zu tun gehabt, als Monika Hammarklint auf der Bildfläche erschienen war. Und die Hammarklints waren fast zwanzig Jahre verheiratet gewesen, dachte Lilly. Samira hatte recht. Jugendfreundschaften konnten zerbrechen, manchmal fand man einfach neue Kreise. Aber es konnte auch etwas vorgefallen sein.

Samira warf einen Blick auf die Uhr.

»Ich muss ja leider noch diese Aufsätze korrigieren, wird es noch lange dauern?«

Man merkte ihr an, dass die Frage nach eventuellen kriminellen Aktivitäten ihr gegen den Strich gegangen war. Lilly setzte schnell ein freundliches Lächeln auf.

»Sie erwähnten vorhin eine Schülerzeitung? Gibt es die noch? Könnte ich die mal sehen?«

Samiras Miene hellte sich ein wenig auf.

»Wir geben jedes Halbjahr ein Heft heraus, alle dürfen etwas beisteuern. Unsere Schülerzeitung ist wirklich gut. Wir haben alle Jahrgänge archiviert. Warten Sie hier, dann hole ich sie.«

Sie stand auf und verließ den Raum. Die Wanduhr über der Tür, die sie hinter sich zugezogen hatte, tickte metallisch. Lilly folgte dem Zeiger mit ihrem Blick. Tick, tack. Es war die einzige Zeitangabe, die sie zur Verfügung hatte, ihr Handy war die meiste Zeit ausgeschaltet, das fühlte sich sicherer an. Tick, tack. Hatte dieser Besuch sie wirklich weitergebracht? Kaum.

Samira kam zurück, einen Stapel glänzender Hefte im Arm.

»Ich musste ein bisschen suchen, bis ich die richtigen Jahrgänge gefunden hatte. Hier haben wir alle Ausgaben.«

Sie drückte Lilly den Stapel in die Arme. Jede Zeitung zierte eine Collage aus Schwarzweißbildern der Schüler, darüber standen eine große Jahreszahl und das Logo der Schule. Im Heft waren lachende Gesichter, junge Mädchen, die über den Fußballplatz rannten, ein Bericht über den Schulball mit jeder Menge Fotos. Lilly blätterte hastig weiter und stellte erleichtert fest, dass unter den Bildern die Namen und Klassen der Schüler angegeben waren. Sie hätte Kenneth, Gustaf oder Mehmet sonst niemals erkannt.

»Sie können gern alle mitnehmen, wenn Sie wollen. Wir haben mehrere Kopien davon, aber es wäre trotzdem schön, wenn Sie mir die Hefte zurückbringen würden, sobald Sie damit fertig sind.«

»Selbstverständlich.«

Lilly stand auf. Das war ein deutliches Signal an sie zu gehen.

»Nicht, dass ich verstehen würde, wozu Sie das alles hier brauchen ...?«

Samiras Frage hing in der Luft. Lilly lächelte wieder.

»Es geht nur um Hintergrundinformationen. Ich möchte mir ganz einfach ein besseres Bild machen«, sagte sie so vage wie möglich und bedankte sich bei Samira für ihre Zeit.

Von einem Schuss ins Blaue zum nächsten.

57

7. März 2002

Ich soll laufen. Ich soll mich bewegen, haben die Ärzte gesagt. Also bin ich gelaufen. Ich bin weit gegangen. Der erste Stein hat mich im Nacken getroffen. Dann sind sie mir nachgerannt. Den ganzen Weg. Haben gerufen. Sie sind wieder da. Mehmet und Gustaf und Kenneth. Die verfluchten Teufel hören nicht auf, mich zu quälen. Ich wünschte, ich hätte sie nie erwischt. Hätte nie gesehen, wie sie geklaut haben. Jetzt wollen sie mich zu Tode quälen. Ich hätte den Mund halten sollen. Ich kann nicht mehr. Das habe ich gesagt.

Ich kann nicht mehr.

Die Schonfrist war vorbei. Es war, als hätte es den Brand nie gegeben. Die Unverschämtheit in ihren höhnischen Stimmen war mit voller Wucht zurück. Kleine Steine prasselten gegen die Scheibe, tanzten über das Balkongeländer. Bei jedem Geräusch verkrampften sich seine Nackenmuskeln, schossen seine Schultern ängstlich nach oben. Einmal, als etwas gegen das Küchenfenster knallte, hatte der Nachbar von oben wütend auf den Boden gestampft. Als wäre er es, der leiser sein müsste.

Kiesel regneten auf ihn herab, als er die asphaltierte Straße entlanghumpelte, auf seinen Rollator gestützt. Ab und zu rannten sie an ihm vorbei, überholten ihn mit großen Schritten, wie um ihm zu zeigen, wie beweglich ihre jungen Muskeln waren. Er hätte sie niemals einholen können. Er würde es auch nie wieder versuchen. Also sagte er es, wie es war. »Ich kann nicht mehr.«

Sie blieben stehen, starrten ihm direkt ins Gesicht.

»Monster!«

Sie bewarfen ihn, lachten und verschwanden.

Zwei Tage später klingelte es zum ersten Mal nachts an seiner Wohnungstür. Er hatte sich verschlafen im Bett aufgesetzt. Waren es die Nachbarn? Brannte es? Er hatte panische Angst vor Feuer. Humpelte zum Türspion, spähte in den Flur. Alles war dunkel und leer. Mühsam war er wieder ins Bett gegangen. War eine Stunde später wieder geweckt worden. Vom durchdringenden Läuten der Klingel.

Von da an ertönte es immer wieder. Ein lautes Schrillen. Nur Dunkelheit und Stille im Treppenhaus, wenn er an die Tür kam.

Schließlich hatte er zum Schraubenzieher gegriffen, sich schwer gegen den Türrahmen gelehnt und den kleinen Klingelkasten aufgebogen. Geweint und ihn kaputt gemacht. Die Kabel herausgerissen. Das Ding zum Schweigen gebracht.

Niemand sollte je wieder bei ihm klingeln können.

58

Lilly traf Hilda auf dem Weg zum Haus und lehnte dankend die Einladung auf eine Tasse Tee ab. Das Grün des Rasens verriet ihr, dass sogar Hilda sich über das Bewässerungsverbot hinwegsetzte, aber Lilly sagte nichts dazu. Bei ihrer freundlichen Vermieterin drückte sie ein Auge zu.

Sie schloss den Leuchtturm auf und streifte die Schuhe von den Füßen. Das runde Fenster stand schon einen Spaltbreit offen, aber sie schob es ganz auf. Nicht, dass es einen großen Unterschied machte. Die Abendluft schien still zu stehen. Sie schwitzte am Rücken, zog ihre Uniformjacke aus und stopfte sie in den weichen Wäschekorb aus Stoff. Dann goss sie sich ein großes Glas Wasser ein und warf vier Eiswürfel hinein. Einen davon steckte sie sich in den Mund und freute sich über die wohltuende Kälte am Gaumen. Als er zu einem flachen Plättchen zusammengeschmolzen war, zerbiss sie ihn knisternd.

Sie nahm ihr Handy, schaltete es ein und merkte, wie sich ihr ganzer Körper anspannte, im Gedanken an das, was sie möglicherweise erwartete. Die Anspannung stieg, als das Telefon in ihrer Hand vibrierte und eine Nachricht auf dem Display erschien. Aber sie war von Jesper.

Bin noch im Einsatz. Ein Gasleck. Aber es gibt ein paar Sachen, die ich nicht mehr sagen konnte, als du bei mir warst. Kann ich nachher bei dir vorbeikommen, wenn es nicht zu spät wird?

Sie seufzte leise. Es gab sogar eine ganze Menge mehr zu sagen, aber alles, was zwischen ihnen war, glich im Moment einem Drahtseilakt. Allein der Gedanke an eine Beziehung erfüllte sie mit Panik. Sich einem anderen Menschen auszuliefern. Würde sie je wieder bereit dazu sein?

Gleichzeitig konnte sie nicht leugnen, dass sie sich freute, wenn Jesper sich bei ihr meldete. In seiner Gegenwart blühte sie auf, und sie ertappte sich dabei, dass sie an ihn dachte und sich über seine Aufmerksamkeit freute. Sie wollte und wollte nicht. Freundschaft, das hatte sie gesagt.

Also, wie würde eine gute Freundin auf diese Nachricht antworten, eine Freundin, die nett war, aber Abstand halten wollte? Sie schrieb und drückte auf Senden.

Klar. Komm vorbei, wenn du fertig bist.

Sie legte ihr Handy weg und schielte auf den Stapel mit Schülerzeitungen. Es waren sechs Ausgaben, die sie durchsehen musste, eine für jedes Oberstufenhalbjahr, und das würde sie auch sorgfältig tun. Aber vorher musste sie etwas essen, ihr Magen knurrte bedrohlich. Hilda hatte über ihre kümmerliche Vorratshaltung gelacht, als sie einen Blick in ihren Kühlschrank geworfen hatte. »Ich sorge schon für Abwechslung. Gestern Abend gab es Hanfprotein und heute Erbsenprotein«, hatte sie gespielt beleidigt gesagt, und Hilda hatte wieder gelacht und ihr die Schulter getätschelt.

Lilly füllte Haferjoghurt, zwei gehäufte Löffel Hanfprotein und zwei zerdrückte Bananen in den Mixer. Ließ das Ganze ein paar Sekunden lärmend rotieren und kippte die dickflüssige Masse dann in ein großes Glas. Sie trank ein paar große Schlucke und setzte sich auf einen der Barhocker an den Stehtisch.

Sie schlug die oberste Schülerzeitung auf, die Ausgabe des ersten Halbjahrs, das Kenneth, Gustaf und Mehmet gemeinsam an dieser Schule verbracht hatten. Sie blätterte langsam weiter. Es hatte ein Sportfest gegeben, dann kamen ein Artikel über den Vortrag einer Antirassismusorganisation und Fotos von einem Klassenfest mit wandernden Lichtkegeln auf der Tanzfläche.

Sie trank noch einen Schluck und wollte gerade umblättern, als sie stutzte. Auf einer Seite stand nicht mehr als die Überschrift *DIE NEUEN!*, darunter waren Bilder verschiedener Spiele im Freien, lachende Gesichter, jemand, der sich mit verbundenen Augen über eine Wiese tastete, Tauziehen mit einem langen Seil. Zwei Teenager reckten grinsend das Victory-Zeichen in die Kamera, je einen Arm um die Schulter des anderen gelegt.

Die Bildunterschrift lautete: *Der Eierlauf zwischen Gustaf Hammarklint und Mehmet Demir endete mit einem Unentschieden.* Sie hatten sich also schon früh gefunden, dachte Lilly und sah sich das Bild genauer an. Gustaf hatte kurze, unnatürlich blonde Haare, er sah aus wie Eminem nach seinem großen Durchbruch. Mehmet hatte tatsächlich schon so etwas wie einen sichtbaren Schnauzbart, und den Flecken auf seiner Kapuzenjacke nach zu urteilen, hatte er bei den Spaßwettkämpfen zum Einstand der Neu-Gymnasiasten mehr als einmal Bekanntschaft mit dem Rasen gemacht. Ein Hinweis auf den Fotografen weckte ihre Aufmerksamkeit. *Foto: Kenneth Robertsson.*

Hatten die drei sich schon am ersten Schultag der beiden Jüngeren kennengelernt? Waren sie da schon ein Trio geworden, die drei »frechen«, populären Jungs? Die Unruhestifter. Sporttalente. Alle drei waren Trennungskinder. Hatten sie in dem Unterschlupf, den Gustaf später am Strandbad für sie bauen sollte, über solche Probleme geredet?

Lilly trank ihren Smoothie aus, kratzte den Rest mit einem Löffel aus dem Glas und verzog das Gesicht. Er schmeckte bitter. Vielleicht war es Zeit, dieses Hanfprotein wegzuschmeißen, gut möglich, dass das Haltbarkeitsdatum schon eine Weile abgelaufen war. Sie blätterte weiter, entdeckte Gustaf auf einem Foto von einem Hallenhockeyturnier, daneben prangte ein hässlich gezeichneter Pokal.

Ein Gefühl von Hoffnungslosigkeit überfiel sie. Warum sah sie sich das alles an? Wonach suchte sie hier eigentlich? Ihr Kopf brummte und fühlte sich schwer an, und plötzlich hatte sie Schwierigkeiten, den Blick zu fokussieren. Hatte sie heute Nacht so schlecht geschlafen? Sie blinzelte ein paarmal, schüttelte sich. Was war los mit ihr? Die Gehirnerschütterung sollte mittlerweile doch wirklich ausgestanden sein.

Sie legte die Schülerzeitung beiseite, griff zur nächsten und schlug die erste Seite auf. Aber jetzt wurde ihr auch noch übel. Sie blieb sitzen, versuchte, das flaue Gefühl zu verdrängen und sich zu konzentrieren. Sie schluckte ein paarmal, aber das Unwohlsein wurde immer stärker. Ihr Kopf schien hundert Kilo zu wiegen, das Zimmer um sie herum verschwamm. Sie richtete den Blick fest auf die Seite, die aufgeblättert vor ihr lag. *Spendensammlung in den Klassen – wir können, wenn wir wollen* lautete die Überschrift, aber die Buchstaben gingen plötzlich konturlos ineinander über. Sie blinzelte. Die Wände des Leuchtturms schienen sich zu bewegen, sie hatte das Gefühl, sich übergeben zu müssen, und war auf einmal furchtbar kraftlos. Die Müdigkeit kam über sie wie eine Welle. Sie konnte die Augen kaum noch offen halten. Da standen Kenneth, Gustaf und Mehmet an einem prallvollen Tisch auf einem Wohltätigkeitsbasar, und neben ihnen war noch ein Gesicht, das sie kannte. Aber ihre Augen konnten gar nicht mehr richtig mit ihrem Gehirn kommunizieren und ihm mitteilen, was sie gerade sah. Lilly las die Bildunterschrift, ohne ein Wort zu verstehen.

Ihr Mund war so trocken, sie musste einen Schluck Wasser trinken. Nein, sie musste sich hinlegen, es ging ihr nicht gut. Hatte sie sich eine Grippe eingefangen? Die Übelkeit wurde immer schlimmer, sie stand auf und würgte heftig, ohne dass etwas kam. Ihr Kopf war jetzt viel zu schwer, um ihn hochzuhalten. Der Boden kam rasend schnell auf sie zu. Ihr Schädel dröhnte, aber die Dielen waren angenehm kühl unter ihrer Wange.

Durch das dünne schwarze Gitter ihrer Wimpern sah sie den Leuchtturm auf die Seite gedreht. Es war, als würde sie gar nicht richtig wahrnehmen, was sie gerade erlebte. Eine Bewegung ganz in ihrer Nähe, ein scharrendes Geräusch. Stand da jemand? Ein helles Licht, das nicht weit von ihr aufleuchtete. Wärme. Mehr Licht, das tanzte und verschwommen in ihrem Blickfeld flackerte. Feuer.

Aber es war schon so warm. Es brauchte kein Feuer. Lilly presste die Handflächen auf den Boden und versuchte, sich hochzudrücken. Doch ihr Kopf war zu schwer.

Es spielte keine Rolle. Nichts spielte eine Rolle. Sie wollte nur ein bisschen schlafen. Sie war doch so müde, und dieses eine Mal hinderte ihr klopfendes Herz sie nicht am Einschlafen. Ihr fielen die Augenlider zu, sie hörte auf, sich zu wehren, und war weg.

59

Etwas biss ihr in den Arm, vergrub seine Zähne in ihrem Fleisch und zerrte an ihr. Lilly konnte sich nicht rühren. Der Schmerz machte ihr Angst, er riss sie aus der Bewusstlosigkeit. Ihre Augenlider flatterten, grelle Blitze flackerten auf, rot, weiß und orange. Sie hustete, aber die Luft war viel zu dick, um zu atmen. Ihr Mund schmeckte nach Erbrochenem. Hatte sie sich übergeben? Sie hörte ein lautes Krachen und eine Stimme, die ihren Namen schrie. Etwas Kaltes, Nasses traf ihren Arm, und der schreckliche Schmerz ließ ein wenig nach, nur um von einem heftigen Brennen abgelöst zu werden. Sie wimmerte und unternahm eine neue Anstrengung, die Augen zu öffnen. Das helle Licht blendete, sie musste husten und japste nach Luft. Sie versuchte zu begreifen, was um sie herum passierte, zu verstehen, wo sie war, aber ihre Gedanken waren zäh wie Brei.

Dann wurde sie plötzlich vom Boden hochgezerrt. Sie kippte vornüber, schlug gegen einen weichen Körper und begriff, dass sie getragen wurde. Der Druck auf ihrer Brust war zu groß, wieder überkam sie heftige Übelkeit, und plötzlich übergab sie sich in einem großen Schwall. Sie spuckte und spuckte, bis nur noch die Galle in ihrem Hals brannte. Endlich wurde es ein bisschen leichter, einen halbwegs klaren Gedanken zu fassen, und sie versuchte wieder, die Augen zu öffnen.

Sie war jetzt vor dem Leuchtturm. Der Abendhimmel hatte sich hellblau und rosa gefärbt. Drinnen im Turm brannte es lichterloh, schwarzer Rauch sah aus wie ein hässlicher Tintenfleck vor den zartrosa Wolken. Durch die offene Tür sah sie tanzende Flammen. Sie schloss die Augen und merkte, wie sie in der Nähe des Wassers vorsichtig ins Gras gelegt und in eine stabile Seitenlage gebracht wurde. Sie spürte das Pieken der trockenen Halme, gelb und verdorrt.

»Lilly, hörst du mich? Kannst du die Augen aufmachen und mich ansehen?«, sagte die Stimme wieder, und diesmal erkannte sie ihn. Jesper.

Er saß in der Hocke vor ihr, beugte sich zu ihr und horchte aufmerksam nach ihrer Atmung, dann überprüfte er mit zwei Fingern an ihrem Hals den Puls. Er schien nicht richtig zufrieden zu sein mit dem, was er tasten konnte, und griff nach ihrem Handgelenk.

»Wie viele Finger sind das?«, fragte er und hielt eine Hand in die Luft.

Sie schaute hoch und versuchte, den Blick zu fixieren. Es fiel ihr schwer, denn die ganze Welt drehte sich, und ihr Kopf war immer noch so schwer. Aber schließlich schaffte sie es.

»Drei«, antwortete sie hustend.

»Gut«, sagte er. »Der Krankenwagen ist jetzt unterwegs. Kommst du einen Moment allein zurecht?«

Sie nickte und machte Anstalten, sich auf einen Ellenbogen aufzustützen, aber ihr wurde sofort wieder schwindelig und schlecht, und sie musste sich wieder übergeben, obwohl fast nichts mehr kam. Ihre Lungen brannten.

Jesper stand auf und hastete los. Er rannte zum Auto, riss einen roten Feuerlöscher aus dem Kofferraum und stürmte zum Leuchtturm zurück. Mit brennenden Augen sah Lilly, wie er den Sicherungsstift herauszog und die Düse hob. Dann verschwand er im Leuchtturm. Ihr wurde bewusst, dass sie den Atem angehalten hatte, und sie schnappte japsend nach Luft, was sofort einen neuen Hustenanfall auslöste.

Der Rauch, der aus der Tür und den Fenstern quoll, wurde für einen Moment dichter, dann ließ er nach. Nach kaum mehr als dreißig Sekunden kam Jesper wieder ins Freie gerannt, holte eine große Decke vom Rücksitz seines Wagens und lief in den Leuchtturm zurück. Diesmal ließ der Rauch deutlich nach, bis nur noch ein graues, besiegtes Qualmen übrig war. Jesper rannte mit einem großen Eimer an Lilly vorbei, in dem kurz zuvor noch Erde und eine Geranie gewesen waren, und füllte ihn mit Wasser aus der Bucht. Dann beugte er sich wieder zu ihr herunter.

»Ist bei dir alles okay? Hältst du noch ein bisschen durch?«

Sie nickte, obwohl ihr Kopf sich inzwischen anfühlte, als würde er gleich zerspringen, und ihr Arm brannte, als ob ihre Haut immer noch in Flammen stünde. Ihr Mund war so trocken, dass sie ihre Antwort nur krächzen konnte, aber da war er sowieso schon wieder weg. Er verschwand mit dem Wasser im Leuchtturm.

Sie warf einen vorsichtigen Blick auf ihren Unterarm, drehte ihn und versuchte zu erkennen, was so wahnsinnig schmerzhaft war. Sie keuchte erschrocken. Eine Stelle, so groß wie zwei Handflächen, glänzte weiß und rot, die Haut war dick geschwollen und mit fiesen Blasen bedeckt. Sie fing am ganzen Körper an zu zittern und ließ den Arm wieder ins Gras sinken.

Funken waren auf die Wiese vor dem Leuchtturm geflogen, hatten dort Nahrung gefunden, und nun stiegen überall dünne Rauchfahnen auf. Um sie kümmerte sich Jesper als Nächstes, erstickte sie unter der Decke und löschte alle möglichen Brandnester.

Auf einmal füllten sich ihre Ohren mit dem Lärm von Sirenen, sie konnten nicht mehr weit weg sein. Kurz darauf sah sie die kreisenden blauen Lichter, das durchdringende Heulen dröhnte in ihrem schmerzenden Kopf. Sie schloss die Augen und machte sie erst wieder auf, als sie jemand ansprach. Eine freundliche, aber energische Frau in einer grün-gelben Uniform stellte Fragen und nahm Kontrolluntersuchungen vor. Im Hintergrund hörte sie die Stimme ihrer Vermieterin, schrill vor Entsetzen. Sie ahnte Hildas Gesicht, als sie sich vorbeugte; ihr Mund formte Fragen, die im Lärm untergingen, dann verschwand sie aus Lillys Blickfeld. Schnell und routiniert wurde sie auf eine Trage gelegt, und ehe sie sich versah, war sie auf dem Weg.

An der Decke des Krankenwagens waren breite, hellgelbe Lampen. Jesper war bei ihr, seine Klamotten waren rußig, und er hielt ihre Hand. Sie ließ es zu und sah in seinen Augen, dass er sich Sorgen machte, aber sie hatte jetzt nicht die Kraft, ihn zu beruhigen. Ihr Kopf dröhnte und quälte sie genauso sehr wie die Verbrennung und der Reizhusten. Jemand zog ihr eine Maske über den Kopf und versorgte sie mit herrlichem Sauerstoff, den sie gierig einsaugte.

Behutsam kümmerte sich die Sanitäterin um ihren verletzten Arm. Lilly gelang es immer noch nicht, ihre Gedanken einigermaßen zu sortieren und die Einzelteile zusammenzusetzen. Sie entglitten ihr schneller, als der Krankenwagen in Richtung Notaufnahme raste.

60

Lilly lag in einem abgeschirmten Bereich der Notaufnahme. Sie hörte das Geklapper und die Stimmen um sich herum wie aus der Ferne. Der Raum war grün und weiß, sie sah grelles Neonlicht und Kunststofftrennwände.

In den letzten Stunden hatte man ihr Schläuche in den Mund geschoben und herausgefunden, dass sie sich sehr wohl noch öfter übergeben konnte, sie hatte eine Spritze bekommen, die ihren Kopf mit Watte füllte, war untersucht und abgetastet worden. Die Ärzte hatten scharfe Kommandos über sie hinweg erteilt, die unverständlichen Wörter hallten in ihren Ohren nach.

»Das ist eine Überdosis!«

»Wir brauchen Flumazenil!«

Ihr Magen rebellierte. Der Unterarm war inzwischen ordentlich in einen Verband verpackt.

Lilly war nicht allein. Ihre Mutter saß neben ihr am Bett und hielt ihre Hand. Ihre Handfläche fühlte sich feucht an. Wie lange war sie schon hier? Von ihrem Bett aus konnte Lilly kein Fenster sehen, aber vermutlich war es längst Nacht. Sie sah ein, dass sie jedes Zeitgefühl verloren hatte, in ihrer Erinnerung klafften so viele Lücken, und alles war wie im Nebel.

Ihre Mutter trug eine lange Samttunika, abgetragene Jogginghosen und Sandalen. Sie, die immer so stilbewusst war, hatte sich offensichtlich in aller Eile angezogen und einfach das Erstbeste übergeworfen. Ab und zu rieb sie sich mit der freien Hand die

Nase, und langsam dämmerte Lilly, dass ihre Mutter ungewohnt glasige Augen hatte. Sie weinte.

Stück für Stück betrachtete Lilly den langgestreckten Raum und dachte darüber nach, was sie hierhergebracht hatte. Warum war das Feuer im Leuchtturm ausgebrochen? Sie hatte die Laterne doch gar nicht angemacht? Oder etwa doch? Alles in ihrem Kopf war so verschwommen und vage, sie wusste es wirklich nicht mehr. Sie war sich nur sicher, dass sie sich einen Smoothie gemacht und in den Schülerzeitungen geblättert hatte. Ab da wurden die Bilder unscharf und lösten sich auf. Nur an den Schmerz erinnerte sie sich noch deutlich und an Jespers Kampf gegen die Flammen. An das Gras, das sich so trocken und rau an ihrer Wange angefühlt hatte, als er sie vorsichtig draußen abgelegt hatte.

Jesper war auch hier an ihrem Bett gewesen, aber er war gegangen, um Kaffee zu holen. Ihr wurde bewusst, dass er wohl auch ihrer Mutter begegnet sein musste, aber sie konnte sich nicht entsinnen, das gesehen zu haben.

Schritte wurden laut, jemand räusperte sich leise, und eine kräftige Ärztin mit dicker Brille trat an Lillys Bett. Sie trug Clogs zum Arztkittel, die laut klapperten, als sie rasch ans Kopfende kam.

»Hej, mein Name ist Dr. Larsson, ich bin Notärztin«, sagte sie und begrüßte Lilly und ihre Mutter mit Handschlag. Sie wirkte ein bisschen grimmig, aber ihr Blick war freundlich. »Frau Hed, ich würde mich gern kurz unter vier Augen mit Ihnen unterhalten.«

Sie drehte sich zu Lillys Mutter um und gab ihr ein deutliches Zeichen, sich jetzt bitte zurückzuziehen. Widerwillig stand diese auf.

»Sie können in Gegenwart meiner Mutter offen sprechen, das ist schon in Ordnung«, sagte Lilly schnell.

»Wir werden Sie zur Beobachtung über Nacht hierbehalten.

Wie geht es Ihrem Arm, fangen wir doch damit mal an?«, fragte die Ärztin.

»Na ja, er tut schon weh, aber die Salbe, die Sie draufgemacht haben, hilft«, sagte Lilly und merkte, dass sie sich anstrengen musste, um die Wörter zu formen. Sie hatte das Gefühl, als würde ihre Zunge immer noch nicht richtig hinterherkommen. Sie versuchte, sich zusammenzureißen, und beantwortete die Fragen zu ihrem Allgemeinzustand.

»So«, beendete Dr. Larsson schließlich ihren eigenen Fragefluss, und die Augen hinter den dicken Brillengläsern schienen noch ein bisschen größer zu werden. »Wie Sie sich vielleicht erinnern, haben wir Sie mehrfach gefragt, ob Sie etwas eingenommen haben und wenn ja, was, als Sie eingeliefert wurden. Wissen Sie das noch?«

Lilly schüttelte beschämt den Kopf.

»Am Anfang war alles so chaotisch«, sagte sie unsicher.

»Ja, das ist verständlich«, sagte die Ärztin. »Aber wir haben nicht nur Ihre Verbrennung und eine leichte Rauchvergiftung behandelt. Als sie eingeliefert wurden, haben wir außerdem eine Überdosis Zopiclon festgestellt. Das ist der Wirkstoff, der in ein paar gängigen, aber starken und vor allem rezeptpflichtigen Schlafmitteln eingesetzt wird. Man darf keinesfalls mehr als die verschriebene Dosis einnehmen. Wie konnte es passieren, dass Sie solche Mengen davon geschluckt haben?«

Lilly fühlte sich wie ein lebendes Fragezeichen. Ihre Gedanken rasten. Ihre Mutter, die geblieben war, griff wieder nach ihrer Hand und drückte sie fest.

»Ich habe Schlaftabletten, die ich nehme, wenn ich nicht schlafen kann, aber …«, setzte Lilly an, brach aber sofort wieder ab.

Die Ärztin sah sie durchdringend an.

»Ich muss Sie das fragen, Frau Hed: Haben Sie versucht, sich etwas anzutun?«

Lilly hätte gelacht, wenn der Ernst in den Augen der Ärztin nicht so deutlich gewesen wäre.

»Nein, ich … wirklich nicht. Ich habe keine Ahnung, wie das passiert ist. Aber es kann nur ein Missgeschick gewesen sein, anders kann ich es mir nicht erklären«, stammelte sie und schob hinterher: »Ich bin Polizistin.«

»Auch Polizistinnen können Probleme haben«, sagte Dr. Larsson, und ihr Blick wurde ein wenig weicher. »Vielleicht gerade die. Bei dem, was man in diesem Job tagtäglich zu sehen bekommt … Sie können sich also nicht daran erinnern, dass oder wieso Sie eine solche Menge Tabletten eingenommen haben?«

Die Ärztin stellte Lilly noch weitere Fragen darüber, wie es ihr ging, über ihre Arbeitsbelastung, ihren Schlaf, Stress und die verordnete Medikamentendosis.

Schließlich beugte sie sich vor.

»Ich würde Ihnen empfehlen, jemanden aufzusuchen und über das alles zu sprechen. Bei der Polizei gibt es meines Wissens ja ein gutes Betriebsarztwesen.«

Lilly nickte. In ihrem Kopf drehte sich alles. Das Einzige, woran sie denken konnte, war: Wie zur Hölle sind diese Schlaftabletten in meinen Magen gekommen? Sie liegen doch immer neben meinem Bett. Unmöglich, dass ich sie aus Versehen genommen habe. Ich war ja nicht mal in der Nähe. Oder werde ich etwa verrückt?

»Sie werden gleich in ein kleineres Zimmer verlegt«, sagte Dr. Larsson abschließend.

Geistesabwesend bedankte sich Lilly bei ihr und wandte den Blick ab. Das Klappern der Clogs signalisierte, dass die Ärztin gegangen war.

Plötzlich wurde Lilly bewusst, dass ihre Mutter immer noch ihre Hand hielt, und ein leises Schluchzen machte sie darauf aufmerksam, dass sie weinte. Lilly schloss die Augen. Suchte nach Kraft, um mit der Situation umzugehen.

»Mama, alles wird gut«, sagte sie vorsichtig.

»Ich weiß«, sagte ihre Mutter schniefend. »Ich hatte nur solche Angst, als ich gehört habe, was die Ärztin gerade gesagt hat … Ich hatte Freunde, die auf diese Weise gestorben sind.«

»Aber so war es nicht. Wenn ich tatsächlich irgendetwas eingenommen habe, dann war es ein Versehen«, sagte Lilly schnell und mit Nachdruck.

Es war so ungewohnt, ihre Mutter weinen zu sehen, und der Anblick tat weh. Mit einem plötzlichen Gefühl von Dünnhäutigkeit drehte Lilly sich zu ihr um. Ihre Mutter sah so müde aus, sie hatte einen dünnen Lidstrich über den Wimpern gezogen, aber sonst war sie ungeschminkt. Diese schönen, mandelförmigen Augen hatten in Lillys Kindheit immer so gelangweilt ausgesehen. Als würden sie nach etwas Besserem Ausschau halten, statt immer nur Lilly ansehen zu müssen. Jetzt waren diese Augen rotgeweint.

Lilly suchte nach Worten, fand nicht die richtigen, aber sprach sie trotzdem aus.

»Mama, habe ich dein Leben zerstört? Als du mich bekommen hast?«

Die traurigen Augen weiteten sich und füllten sich dann mit neuen Tränen. Die Hand, die Lillys hielt, drückte sie fast schmerzhaft fest.

»Nein, Lilly, so etwas darfst du nie denken«, sagte ihre Mutter.

Jetzt liefen auch bei Lilly die Tränen. Vielleicht war es die Müdigkeit, vielleicht der Schock, die Schmerzen und die Medikamente. Die üblichen Fassaden hatten Risse bekommen. Sie musste es endlich von ihrer Mutter hören, und schließlich kamen die Worte, mit leiser Stimme.

»Es tut mir leid, wenn ich dir dieses Gefühl gegeben habe«, sagte Eva. »Ich weiß, dass ich kein einfacher Mensch bin. Immer haben mir alle gesagt, ich wäre so begabt, ich würde die nächste große Modedesignerin. Ich hatte große Träume und große Ambitionen, aber ich habe diese Träume selbst begraben. Ich und niemand sonst. Hörst du?« Ihre Mutter sah Lilly durchdringend an. »Ich habe viel zu viele Drogen genommen. In den Kreisen, in denen ich mich bewegt habe, war das völlig normal. Es gab keine Grenzen. Wäre ich nicht schwanger geworden, hätte ich nie damit aufgehört. Und dann wäre ich auch gestorben, wie so viele meiner Freunde. Nur deinetwegen habe ich die Finger davon gelassen. Ich hätte es niemals fertiggebracht, dir zu schaden, egal, wie sehr ich mir selbst schaden konnte. Und deshalb weine ich jetzt. Niemand darf dir etwas antun. Du bedeutest mir mehr als alles andere auf der Welt, auch wenn ich das nicht gut zeigen kann. Und du hast mich gerettet. Verstehst du das?«, sagte sie mit Nachdruck.

Lilly nickte. Der feste Griff um ihre Hand war wieder feucht, vielleicht von den vielen Tränen.

»Ja, das verstehe ich«, sagte sie.

Ihre Mutter fuhr mit dem Fingerknöchel über Lillys Wange, strich ihr eine Träne weg. Dann reichte sie ihr ein dünnes Papiertaschentuch vom Nachttisch.

»Danke«, sagte Lilly schluchzend.

»Aber ich habe auch noch eine Frage«, sagte ihre Mutter sanft, »dieser Jesper, ist das dein Freund? Es sah vorhin so aus. Du scheinst ihm viel zu bedeuten.«

Lilly schüttelte den Kopf, und ein scharfer Schmerz schoss in ihre Schläfen.

»Wir sind nur Freunde«, sagte sie fest.

Im selben Moment bog Jesper um den Paravent und blieb beim Anblick ihrer verheulten Gesichter erschrocken stehen.

»Ist ... alles in Ordnung?«

Lilly wurde bewusst, wie die Szene auf ihn wirken musste, und grinste schief.

»Ja, ja, alles gut.«

Aber er machte keine Anstalten, sich zu ihnen zu setzen, sondern blieb stehen, wo er war. Sein Gesicht wirkte angespannt, wie sie jetzt bemerkte.

»Ich muss los. Es ist ein Notruf eingegangen. Es brennt«, sagte er kurz.

Er kam schnell ans Bett, nahm Lillys Hand und drückte sie leicht. Sie sah ihn erschrocken an.

»Was meinst du? Du hast den Leuchtturm doch gelöscht? Ich ... ich erinnere mich zwar nicht an alles, aber das weiß ich noch genau.«

Er schüttelte den Kopf.

»Es geht nicht um den Leuchtturm. Das Gymnasium brennt. Und der Wald dahinter wohl auch. Ich muss zum Einsatz.«

Und mit diesen Worten verließ er eilig den Raum.

61

Es war wie eine zweite Ohrfeige auf eine bereits schmerzende Wange. Jesper sah es in den Blicken der Kollegen, die damit kämpften, das Feuer aufzuhalten. Da war eine Menge Wut, aber auch der unbedingte Willen, das Äußerste zu geben.

Das Gebiet, das brannte, befand sich ganz in der Nähe des Areals, das erst vor kurzem von den Flammen verwüstet worden war, und in dieser Richtung halfen ihnen natürlich die Brandschneisen, die sie bereits geschlagen hatten. Aber in der anderen Richtung würde sich das Feuer rasend schnell ausdehnen, sobald der launische Wind sich drehte. Von der Schule waren nur noch rauchende Ruinen übrig, das Feuer war an einem zentralen Punkt im Inneren des Gebäudes ausgebrochen und hatte sich von dort ungehindert ausgebreitet. Offenbar war kein Mensch zu Schaden gekommen, aber ein benachbartes Fitnessstudio und eine Tierklinik waren von den Flammen bereits verschlungen worden. Der Besitzer der Tierklinik hatte mit sanfter Gewalt in Sicherheit gebracht werden müssen.

Das Feuer tobte weiter, walzte über ein verdorrtes Feld hinweg und kletterte mit knisternder Kraft die trockenen Bäume und Büsche hinauf. Es dauerte nicht lang, bis die Feuerwehr Wasser nachfüllen musste. Der Boden war so verdammt trocken, dass der Wasserlauf, der zur Nynäsbucht hinunterführte, nur noch ein kümmerliches Rinnsal war. Die Löschfahrzeuge mussten zum Auftanken weiterfahren, bis ganz ans Ufer der Bucht.

Ein paar schnelle Evakuierungen wurden durchgeführt. Einer von Jespers Kollegen rettete im letzten Moment einen entlaufenen Dackel, verfrachtete ihn in ein Auto und raste mit quietschenden Reifen los. Ein Industriegebäude lag in der Gefahrenzone, und die Vorstellung, was all die Chemikalien dort drinnen anrichten konnten, war beängstigend. An der einen Front mussten sie sich zurückziehen, an der anderen gelang es ihnen, das Fortschreiten der Flammen zu verlangsamen, und sie konnten vorrücken. Es kam Jesper fast unwirklich vor, als er die Aufgaben verteilte und auf einmal Kollegen aus Nykvarn, Nacka, Segersäng und von der Freiwilligen Feuerwehr vor sich hatte. Anwohner eilten ihnen spontan zu Hilfe, ausgerüstet mit Motorsägen und Rechen. Und wieder riefen Journalistinnen den Einsatzleiter an, und Jesper wurde gebeten, Bericht zu erstatten. Ganz offensichtlich fanden die Artikel über die wütenden Brände im Land eine Menge Leser. Die Bevölkerung war beunruhigt, alarmiert, es war wie im Krieg, wenn der Feind sich nähert.

Die Sonne ging auf, machte die Hitze noch unerträglicher, der Schweiß rann ihm in Strömen den Körper hinunter und brannte in den Augen. Im gleißenden Morgenlicht wurde das ganze Ausmaß der Zerstörung sichtbar: ein Teppich aus Flammen und verbrannten Bäumen, dichter Rauch, der wie eine schmutzige Schicht den Himmel bedeckte, verkohlte Fichtennadeln, die durch die Luft flogen.

Aber sie waren nicht allein. Dieses Mal würden sie viel früher Unterstützung aus der Luft bekommen, von den Helikoptern des Katastrophenschutzes. Der erste war bereits eingetroffen und schon im Einsatz. Weitere drei wurden noch betankt und würden sich dann direkt auf den Weg machen, um das Gebiet mit Wasser zu bombardieren. Auch aus verschiedenen Teilen Stockholms war umfangreiche Verstärkung unterwegs. Jesper nahm die Informationen entgegen und rief die Nachricht dem Kollegen zu, der ihm am nächsten stand. Die Antwort war ein kurzes Lächeln, das weiß im verrußten Gesicht des Kollegen aufleuchtete. Die Stunden flossen vorbei, Stunden anstrengender Arbeit in drückender Hitze, während ununterbrochen Informationen auf ihn einprasselten, die immer wieder aktualisiert wurden. Sie koordinierten, rückten vor und schufteten. Das Atmen fiel schwer, und die Muskeln schmerzten.

Am Versammlungspunkt sah er mehrere bekannte Gesichter, Freiwillige, die sich ihnen angeschlossen hatten. Viele von ihnen waren schon bei der letzten Brandbekämpfung dabei gewesen. Sie sahen verbissen aus, manche blass vor Angst.

Cilla Hammar dagegen wirkte gefasst und gelassen, als sie mit einer Kiste voll von belegten Broten und Saft erschien. Selbst in Krisensituationen war sie gut gekleidet, ihre weiße Bluse leuchtete förmlich vor dem rauchgrauen Hintergrund. Jesper drückte ihr dankbar die Hand und exte einen halben Liter Apfelsaft, bevor er ein paarmal in eins der Brote biss und sich dann wieder an die Arbeit machte.

Nur Minuten später hörte er den ohrenbetäubenden Lärm einer kleineren Armada von Helikoptern. Und er schämte sich kein bisschen, als er den dicken Kloß im Hals spürte und merkte, wie ihm die Tränen in die Augen schossen.

62

Ihre Beine waren immer noch ein bisschen zittrig, als Lilly vorsichtig aus dem Auto stieg. Sie trug ein ärmelloses T-Shirt, und auf dem Gips, mit dem ihr verbrannter Unterarm ruhiggestellt worden war, hatten mehrere Kollegen bei ihren Besuchen mit bunten Filzstiften unterschrieben. Die Farben leuchteten im Sonnenschein.

Katja stützte sie mit festem Griff um den unverletzten Arm und wedelte eine träge Wespe weg, die ein bisschen zu aufdringlich wurde.

»Das geht doch schon ganz gut«, sagte sie.

Katja hatte eine Doppelschicht hinter sich. Hatte unzählige Fragen von Evakuierten rund um das Brandgebiet beantwortet, das immer noch nicht für sicher erklärt worden war, und hatte an mehreren Notfalleinsätzen teilgenommen. Trotzdem hatte sie die Zeit gefunden, Lilly nach Hause zu begleiten. Ihre Augen waren glasig vor Müdigkeit, und ihre Knöchel waren immer noch rußig. Aber sie lächelte fröhlich, und Lilly war dankbar, sie bei sich zu haben. Für die letzten Schritte zum Leuchtturm biss sie die Zähne zusammen.

Vor diesem Moment hatte Lilly sich gefürchtet, aber hierher zurückzukommen war nicht so schlimm, wie sie erwartet hatte. Hilda hatte sie mehrfach angerufen. Vor ihrem ersten Gespräch hatte Lilly gegraut, da sie fest damit gerechnet hatte, dass ihre Vermieterin sie wütend beschuldigen würde, die Schöpfung ihres

Bruders leichtsinnig beschädigt zu haben. Aber es war genau das Gegenteil eingetreten. Hilda war voller Mitgefühl gewesen, und wenn überhaupt, dann hatte sie sich selbst Vorwürfe gemacht.

»Ich hätte diese alte Laterne niemals aufstellen dürfen, das fordert so ein Unglück ja geradezu heraus!«

Sie hatte Lilly versichert, dass sich die Schäden in Grenzen hielten und problemlos behoben werden konnten. Und sie hatte recht gehabt. Ein Großteil der Einrichtung war hinüber, eine Wand war total verrußt, das Bett und alles, was in der Nähe gestanden hatte, war vollständig zerstört. Es roch auch immer noch ziemlich beißend nach Rauch, aber das Gebäude selbst war fast vollständig intakt, und schon am nächsten Morgen würden Maler und Elektriker kommen und sich daranmachen, alles wieder instand zu setzen. Weiße Farbe würde die schwarzen Spuren beseitigen, zwei Leitungen mussten ersetzt werden, ein neues Bett musste her. Aber schon in ein paar Tagen würde der Leuchtturm bereit für ihre Rückkehr sein.

»Wenn du weiter hier wohnen willst, dann bist du mir mehr als willkommen. Es tut mir so leid, was passiert ist, aber ich bin wahnsinnig froh, dass du nicht schlimmer verletzt worden bist. Gott sei Dank ist Jesper vorbeigekommen«, hatte Hilda atemlos am Telefon gesagt und dann hinzugefügt: »Und bis die Arbeiten fertig sind, kannst du natürlich gern bei mir im Haus wohnen.«

»Wie lieb von dir, danke«, hatte Lilly herzlich geantwortet. »Und natürlich möchte ich weiter im Leuchtturm wohnen.«

Auch wenn das Unbehagen in ihrem Magen rumort hatte.

Jetzt blickte Lilly in ihr Zuhause und versuchte, die Erinnerungsfetzen zu einem Bild zusammenzusetzen, aber alles war ein einziges Wirrwarr. Sie hatte gehofft, dass sie klarer sehen würde, wenn sie zurückkam. Die umgefallene Sturmlaterne war als wahrscheinliche Brandursache festgehalten worden, so viel wusste sie. Aber wie es dazu gekommen sein sollte, das konnte sie sich beim besten Willen nicht erklären.

»Ich nehme an, dass Jesper immer noch mit Löschen beschäftigt ist?«, fragte Katja, die neben Lilly am Türstock lehnte und den runden Raum betrachtete. »Also, ich muss sagen, ich hätte wirklich erwartet, dass es hier drinnen schlimmer aussieht. Das da regeln die ja in null Komma nichts«, fügte sie aufmunternd hinzu.

»Mhm.« Lilly drehte sich halb um, folgte mit ihrem Blick den hässlichen dunklen Brandlöchern im Gras, den vielen Spuren der Glutherde, dort, wo das Feuer sich festgebissen hatte. Ein Stück weiter lag der Eimer, den Jesper benutzt hatte.

»Er hat zwei Tage ohne Pause durchgearbeitet. Zwischendurch bekomme ich immer mal wieder eine Nachricht von ihm«, sagte sie nachdenklich und drehte sich wieder um, schaute nach drinnen, zu der Treppe, die sich nach oben schlängelte.

»Das kenne ich, so was ist wahnsinnig anstrengend. Und er hat dir das Leben gerettet. Komm schon, bist du sicher, dass zwischen euch nichts läuft? Mir kommt es so vor, als würdet ihr irgendwie zusammengehören«, sagte Katja mit einem leichten Lächeln.

Lilly blockte die Frage ab.

»Wir sind nur Freunde«, antwortete sie in einem Ton, der das Thema eindeutig beendete.

Katja nickte nachgiebig und wechselte das Thema.

»Du, willst du heute nicht bei mir übernachten?«, fragte sie. »Ich meine, du kannst so lange bleiben, wie du willst. Ich würde mich freuen. Aber ich gehe früh ins Bett, die Arbeitstage sind im Moment wirklich heftig lang.«

Lilly musste nur kurz darüber nachdenken.

»Ja, das klingt super. Danke«, sagte sie und musste sich selbst eingestehen, dass ihr der Gedanke gefiel, die Nacht weit weg vom Leuchtturm zu verbringen. Sie durfte nur nicht vergessen, Hilda Bescheid zu sagen.

Katja sagte noch etwas von Essen einkaufen, und Lilly antwortete abwesend.

Ihr Blick wanderte von der Kochecke zu dem runden Holzofen, den sie noch nie benutzt hatte, und weiter zu dem Platz, wo das Bett gestanden hatte. Die Bilder von jenem Abend reichten nicht sehr weit, dann riss der Film einfach ab und endete im Nichts. Sie musste versuchen, sich zu erinnern, herausfinden, was passiert war. Normalerweise nahm sie ihre Pillen ein paar Minuten, bevor sie schlafen ging. Wie also war der Wirkstoff in ihren Magen gelangt? Das Medikament war nicht mal in der Nähe der Küche gewesen. Die Erkenntnis traf sie wie ein Schlag in die Magengrube, und für einen Moment schnürte es ihr den Atem ab.

Keine Lebensmittelvergiftung der Welt verursachte solche Symptome. Es gab nur zwei Möglichkeiten – beide gleichermaßen erschreckend. Entweder hatte sie den Verstand verloren und in irgendeiner Art von Delirium eine Überdosis geschluckt, ein Zustand, den sie sich nicht einmal vorstellen konnte, war dann ins Taumeln geraten und hatte dabei versehentlich den Brand verursacht. Nichts von dem, was ihr von dem Abend noch in Erinnerung war, deckte sich mit dieser Theorie. Oder jemand hatte eine große Menge ihrer Schlaftabletten zerkleinert und das Pulver in ihren Joghurt oder das Proteinpulver oder in beides gemischt. Eine vage Momentaufnahme kehrte zurück, der Gedanke, das Proteinpulver wegzuwerfen, weil es wohl schlecht geworden war.

War sie vergiftet worden? Hatte jemand vor dem Leuchtturm gewartet, bis sie weggedämmert war, um dann das Feuer zu legen? Das Gymnasium, in dem sie gewesen war, hatte nur wenig später gebrannt. Konnte das wirklich Zufall sein?

Wie ein plötzlicher Blitz tauchte noch ein Bild vor ihrem inneren Auge auf. Das runde Fenster, das offen gestanden hatte. Das Fenster, das sich nicht mehr richtig schließen ließ. Verzweifelt versuchte sie, darauf zu kommen, was sie an diesem Abend noch gesehen hatte, aber bis auf die ersten Seiten der Schülerzeitung verschwand alles im Nebel. Sie konnte nicht einmal mehr auf die Hefte als Gedächtnisstützen zurückgreifen, weil sie allesamt in den beiden Feuern vernichtet worden waren.

Ihr fiel der Wäschekorb wieder ein. Das kühlende Eiswasser. Das laute Brummen des Mixers. Gustaf Hammarklints lachendes Gesicht in der Schülerzeitung. Dann lösten sich ihre Erinnerungen auf, und nichts hing mehr zusammen. Hatte jemand draußen in der Dämmerung gestanden und ihre Bewegungen beobachtet? Die Verpackung der Schlaftabletten war bei dem Feuer in Rauch aufgegangen. Es gab keine Möglichkeit, nach Fingerabdrücken zu suchen. Aber gab es vielleicht andere Spuren? Schnell nahm sie ihre Hand vom Türrahmen, an den sie sich stützte.

Wörter und Sätze prasselten auf sie ein, solche, die im Zorn gefallen waren.

Margareta Sivers.

Das ist Ihre Schuld. Sie sollten selbst mal zu spüren bekommen, wie sich so etwas anfühlt!

Eine kalte Hand, die sich um ihr Herz schloss, bei dem Gedanken an eine Nachricht von einer anonymen Nummer.

Svante.

Wird es nicht Zeit, dass ich dich besuchen komme?

Was ihr passiert war, konnte kein Unfall gewesen sein. Es passte einfach alles nicht zusammen. Es sei denn, sie wäre vollständig verrückt geworden.

Sie hob den Kopf und zuckte zusammen, als sie bemerkte, dass Katja sie forschend ansah.

»Geht es dir gut, Lilly? Ist alles okay?« Katja kam einen Schritt näher. »Ist dir schlecht?«

Lilly schüttelte den Kopf, aber sie brachte es nicht über sich zu lächeln.

»Können wir noch bei der Dienststelle vorbeifahren? Ich muss mit Bertil sprechen.«

Katja nickte und griff wieder stützend nach ihrem Arm. Das gab Lilly ein sicheres Gefühl.

63

Das Gespräch mit Bertil Strömberg verlief überhaupt nicht so, wie Lilly es sich vorgestellt hatte. Die Tür war zu. Vom Flur drang das gedämpfte Stimmengewirr der Kolleginnen ins Zimmer.

Lilly saß auf dem Besucherstuhl, er auf der Kante seines Schreibtischs, die Hände vor dem Bauch verschränkt. Ein Tabakpäckchen beulte seine Lippe aus, seine Stimme war besorgt.

»Lilly, verdammt, ich hätte merken müssen, dass etwas nicht stimmt. Aber ich wünschte wirklich, du wärst schon früher zu mir gekommen. Du weißt doch, dass man mich bei solchen Sachen jederzeit ansprechen kann?!«

Sie sah ihn verdattert an und wusste gar nicht mehr, was sie eigentlich hatte sagen wollen. Ahnte er etwa schon, dass sie Opfer einer Attacke geworden war?

»Jemand von den Kollegen hat mir anvertraut, was vorgefallen ist, und sich darüber besorgt gezeigt. Wenn ich es richtig verstanden habe, warst du eine ganze Weile krankgeschrieben, bevor du bei uns angefangen hast?«

Sie versteinerte. »Wer war das?«

Bertil Strömberg ging nicht auf ihre Frage ein. Er hob kurz die Hände und verschränkte die Finger dann wieder.

»Ging es dir denn schlecht, als du hergekommen bist? Hast du dich hier unter Druck gefühlt? Haben wir dir zu viel zugemutet?«

Sie wechselte voller Unbehagen die Position auf dem Stuhl und räusperte sich. Ihr Mund war plötzlich ganz trocken, und ihr Herz klopfte. Sie sah ihm starr in die Augen, als sie antwortete, und fluchte innerlich, weil ihre Stimme dabei ganz leicht zitterte.

»Nein, die Arbeit war mir nicht zu viel. Ich fühle mich wohl mit meinen Aufgaben. Dass ich bei meiner alten Stelle eine Weile ausgefallen bin, hatte ganz andere Gründe. *Private Gründe*«, fügte sie mit Nachdruck hinzu. »Ich mache meinen Job hier gut«, sagte sie dann, eine Spur zu hitzig.

»Laut Spurensicherung ist eine brennende Laterne in dein Bett gefallen. Das ist natürlich alles furchtbar. Aber ich weiß auch nicht, was ich glauben soll, Lilly. Es brennt, und du wirst völlig weggetreten in deiner Wohnung aufgefunden. Man erzählt mir, du hättest den Eindruck erweckt, als hättest du irgendwelche Substanzen eingenommen. Ist da ... ist da etwas dran?«

Völlig weggetreten aufgefunden. Mit wem hatte Bertil gesprochen? Mit dem Fahrer des Krankenwagens? Denn Jesper konnte es doch wohl nicht gewesen sein. Ihr Magen krampfte sich zusammen. Jesper wäre ihr niemals so in den Rücken gefallen. Für einen Moment saß sie wie gelähmt da.

Sie war mit der Absicht in die Dienststelle gekommen, dafür zu sorgen, dass sich jemand von der Kriminaltechnik den Leuchtturm noch einmal gründlich ansah und auch den Außenbereich haarklein nach Fingerabdrücken und anderen Spuren absuchte. Aber was würde Bertil Strömberg von ihr denken, wenn sie behauptete, von einem Brandstifter vergiftet worden zu sein? Dass sie übergeschnappt war? Er schien ja jetzt schon zu glauben, dass sie eine Gefahr für sich selbst darstellte. Sie beugte sich vor, holte tief Luft und schob alles beiseite, was sie ursprünglich hatte sagen wollen.

»Es geht mir gut, der Heilungsprozess geht gut voran, und der Leuchtturm ist auch bald wieder vollständig hergestellt. Es war ein furchtbares Unglück, und ich hatte eine Rauchvergiftung, deshalb war ich eine Weile bewusstlos. Das ist alles.«

Er sah sie skeptisch an und presste die Lippen zusammen, wie ein stummer Widerspruch gegen ihre Beteuerung.

»Ich möchte, dass du dir drei Wochen freinimmst. Du hast Anspruch auf bezahlten Urlaub, und jetzt ist ein guter Zeitpunkt dafür«, sagte er.

»Aber das Feuer in der Schule könnte Brandstiftung gewesen sein, und –«, versuchte sie zu protestieren, aber er unterbrach ihren Redestrom mit einer entschlossenen Handbewegung.

»Es bleibt dabei, Lilly. Wir ermitteln in dieser Sache ohne dich.« Sein Blick wurde ein wenig milder. »Niemand zweifelt an deinen Fähigkeiten. Aber ich möchte, dass du dich jetzt ausruhst. Mir ist vor allem wichtig, dass du gesund und gestärkt wiederkommst. Deine Gesundheit geht vor. Okay?«

Lilly richtete den Blick auf eins der Aquarelle an der Wand, das einen Schwan darstellte, um die Tränen zurückzudrängen. Sie kämpfte mit den Gefühlen, die in ihr aufwallten, mit Demütigung und Wut, und mit allem, was sie am liebsten gesagt hätte. Aber sie hielt es zurück.

»Okay«, sagte sie nur.

64

Katja wohnte in einem hellen, frisch renovierten Zwei-Zimmer-Apartment im Lövlundsvägen, eingerichtet mit ein paar bunten Farbklecksen, die sie locker in der ganzen Wohnung verteilt hatte. Auf dem Sofa lagen feuerrote Kissen, in der Küche standen leuchtend blaue Blumentöpfe und im Schlafzimmer ein knallrosa Sessel. Auf einem hellblauen Sekretär bildeten Schwarzweißfotos in hübschen Rahmen einen Kontrast zur Farbenpracht – eine ältere Frau, die Katja unheimlich ähnlich sah, und ein Mann um die fünfzig mit schief sitzendem Strohhut auf einer Hollywoodschaukel.

»Wer sind die beiden?«, fragte Lilly.

In Katjas Stimme schwang plötzlich ein zärtlicher Unterton mit.

»Meine Eltern«, sagte sie. »Mein Vater ist schon lange tot, aber meine Mutter lebt noch.« Sie lächelte. »*Alive and kicking.* Nach der Scheidung damals ist sie richtig aufgeblüht. Dieses Jahr hat sie Anfang des Sommers ihren Tauchschein gemacht.«

Sie richtete Lilly das breite Ikea-Sofa im Wohnzimmer als Bett her.

»So, bitte sehr, das hätten wir. Ich muss dich nur vor einer Sache warnen. In diesem Zimmer wird es noch mal zehn Grad wärmer, wenn die Sonne so wie im Moment morgens draufsteht. Ich stelle dir den Ventilator aus dem Schlafzimmer raus, dann kannst du ihn die ganze Nacht laufen lassen. Diese Wohnung ist echt nicht für so eine Gluthitze gemacht, es ist fast unmöglich, hier richtig zu lüften.«

Sie legte eine Hand auf ihren Bauch und warf einen Blick auf Lilly, die zusammengekauert auf dem fertig bezogenen Sofa saß. »Ich habe heute noch fast nichts gegessen, ich bin hungrig wie ein Wolf. Im Kühlschrank ist noch eine Riesenportion vegetarische Lasagne vom Wochenende, magst du auch ein Stück?«

Lilly war sich nicht sicher, ob sie auch nur einen Bissen herunterbringen würde. Sie hatte keinen Appetit. Aber sie musste ja etwas essen. Den Routinen folgen und versuchen, in den Alltag zurückzufinden. Bertil Strömberg brauchte sie kräftig und gesund, hatte er gesagt. Also beantwortete sie Katjas Frage mit einem Nicken. Zögerte einen Augenblick und entschied sich dann, ehrlich zu sein.

»Katja, ich muss dir etwas erzählen. Ich war so enttäuscht, als ich mit Bertil geredet habe. Er hat durchklingen lassen, dass es womöglich meine Schuld war, dass der Leuchtturm gebrannt hat, dass ich eine Gefahr für mich darstelle. Ich war total schockiert. Ich wusste gar nicht, wie ich reagieren sollte. Und ich hatte keinerlei Mitsprache, was diesen Urlaub betrifft.«

Ihre Freundin setzte sich ihr gegenüber in die andere Sofaecke.

»Er kann manchmal ziemlich unsensibel sein, wenn er mit seinen Leuten redet«, antwortete sie nachdenklich. »Fingerspitzengefühl ist nicht Bertils Stärke, aber man kann ihm wenigstens zugutehalten, dass er es nur gut mit dir meint, wenn er sagt, dass du dich ausruhen sollst.« Sie lächelte. »Und nach dem Urlaub kommst du zurück und beweist ihm, dass es keinen Grund gibt, sich Sorgen zu machen.«

Lillys Handy vibrierte in ihrer Tasche, der Ton war ausgestellt. Sie zog es heraus. Es war Jesper. Er hatte ihr schon früher geschrieben, dass er vorbeikommen und *die Lage checken* wolle. *»Bin ganz in der Nähe, gleich da«*, schrieb er jetzt.

»Das ist Jesper, ich gehe kurz zu ihm runter«, sagte sie zu Katja und stand eilig auf. Sie schlüpfte in Katjas viel zu kleine Turnschuhe mit Tigerprint, die auf dem Fußabtreter vor der Tür standen, und rannte die drei Stockwerke nach unten.

Es war ein schönes Gefühl, dass er sie hier besuchte. Während er einen weiteren großen Brand bekämpfte, waren ihre Gedanken in den letzten Tagen oft zu ihm gewandert. Sie hatte sich gefragt, wie es ihm ging, ob er unnötige Risiken auf sich nahm.

Sein Auto parkte vor der Tür, und Jesper hatte noch seine Uniform an. Er sah müde aus, wie er da an der Motorhaube lehnte, mit seinem Dreitagebart, die Hemdsärmel hochgekrempelt und die braun gebrannten Arme vor der Brust verschränkt. Sie ging auf ihn zu und umarmte ihn. Er erwiderte ihre Begrüßung, zuckte aber zurück, als er beinahe ihren verletzten Arm berührt hätte.

»Nichts passiert«, sagte sie lächelnd.

Die Wärme in seinem Blick machte sie glücklich. Er wirkte zufrieden, als er von den laufenden Löscharbeiten erzählte, auch wenn er über ein paar Dinge seufzte. Er und seine Kollegen hatten wütenden Mails von Bürgern bekommen, die in unmittelbarer Nähe der am schlimmsten betroffenen Gebiete wohnten. Mehrere Gebäude waren abgebrannt, die Schüler würden über Monate hinweg in Baracken unterrichtet werden müssen, und die Nachlöscharbeiten brauchten ihre Zeit.

»Es ist nicht ausgeschlossen, dass der Brand in der Schule gelegt worden ist, tatsächlich deutet einiges darauf hin. Und dann ausgerechnet in der Bibliothek. Eine Tonne Papier, die gebrannt hat wie Zunder, die Sprinkleranlage hatte nicht den Hauch einer Chance. Ich habe nachgelesen, die Zahl der Schulbrände ist in Schweden gestiegen. Schlimm! Meistens, weil irgendwelche hirnverbrannten Teenager ein bisschen zündeln und überhaupt nicht begreifen, was das für Konsequenzen hat. Ich glaube, ich muss wieder mehr Vorträge halten, Anfang des Jahres war ich viel in Schulen unterwegs.«

Nur wenige Stunden zuvor war sie in dieser Schule gewesen. Hieß das, die Jugendlichen, die das Feuer gelegt hatten, waren da bereits im Gebäude gewesen, unbemerkt in der Bibliothek? Oder steckte jemand anderes dahinter? Sie wagte es nicht, den Gedanken zu Ende zu führen.

Sie erzählte von Bertil Strömbergs Anweisung. Drei Wochen frei. Lilly sagte es schnell, es war ihr peinlich, die Worte ihres Chefs wiederzugeben. Sie beugte sich vor und pflückte eine Margerite ab, die im Beet neben ihr blühte, zwirbelte den dünnen Stängel zwischen ihren Fingerspitzen hin und her. Jesper schien der Stimmungsumschwung nicht entgangen zu sein.

»Aber das ist doch gut? Nach allem, was war, kannst du eine Pause wirklich gebrauchen. Und ganz offensichtlich macht sich dein Chef Gedanken um dich«, betonte er.

Es klang wie ein Echo von Katjas Worten. Vielleicht hatten die beiden recht. Sie blickte nach unten, auf die wild gemusterten Turnschuhe an ihren Füßen, und wusste nicht, was sie sagen sollte. Aber der nagende Verdacht, der sich bei ihrem Gespräch mit Bertil geformt hatte, drängte sich wieder in ihr Bewusstsein.

Sie schaute zu ihm hoch.

»Darf ich dich etwas fragen? Hast du mit Strömberg über mich geredet?«, fragte sie leise.

Er sah sie überrascht an.

»Wieso hätte ich das tun sollen?«

Sie schüttelte schnell den Kopf.

»Keine Ahnung. Es war nur so ein Gedanke. Ich verstehe einfach nicht, woher er dieses Bild von mir hat. Es fühlt sich so unfair an.« Sie machte den Versuch, ihre Frage zu relativieren. »Na ja, wahrscheinlich wird an meinem Arbeitsplatz einfach nur genauso viel getratscht wie an jedem anderen.«

Jesper nickte und entschied sich, ihr den Gefallen zu tun und das Thema zu wechseln.

»Warst du schon wieder im Leuchtturm? Wie sieht er jetzt aus?«, fragte er.

»Nicht so schlimm, wie ich dachte. Hilda hat einen ganzen Arbeitstrupp angeheuert, der alles instand setzen soll. Ich kann bald wieder einziehen.«

»Wie schön.«

»Aber fürs Erste umsorgt mich ja Katja. Sie macht und tut und kocht, also bin ich bestimmt bald wieder fit«, fügte sie hinzu.

Er nickte, legte eine Hand auf ihre Schulter und lachte.

»Du, ein Kollege hat etwas Lustiges erzählt. Dieser Nynäshamnblogger war wieder in Fahrt. Es kursieren lauter wilde Verschwörungstheorien zu den Bränden. Und in dem Artikel steht auch etwas über dich, die neue Schnüfflerin in der Stadt. Nämlich, dass das alles erst angefangen hat, seit du in Nynäshamn bist, und warum sich noch niemand die Frage gestellt hat, ob es da einen Zusammenhang gibt. Ist das nicht witzig? So viel zum Thema superschlau.« Er grinste breit, aber stockte, als er ihr entsetztes Gesicht sah. »Entschuldige, ich dachte, du würdest das lustig finden. Das ist doch total bizarr, Lilly. Die Leute haben jede Menge schräge Theorien zu den Feuern«, sagte er eilig und streichelte ihr über den Arm.

Ihr Herz pochte. Die Frage rutschte ihr einfach so heraus.

»Glaubst du auch, dass ich den Brand absichtlich verursacht habe?«

Jespers Augen weiteten sich. Dann wurde seine Stimme ernst.

»Aber, Lilly ... natürlich glaube ich das nicht. Du weißt hoffentlich, dass ich auf deiner Seite bin?«

Sie merkte plötzlich, dass sie nicht mehr konnte. Es war einfach zu viel. Sie dachte an Bertil Strömbergs besorgten Blick: Wie ging es ihr eigentlich wirklich? War sie zurechnungsfähig? Und an die Frage der Ärztin: Hatte sie versucht, sich etwas anzutun? Und jetzt wurde sie in einem populären Blog als Bedrohung dargestellt. Sie wollte nur noch in Katjas Wohnung flüchten, sich auf ihrem Sofa die Decke über den Kopf ziehen und nie wieder darunter hervorkommen. Ihre Wangen glühten.

Sie versuchte zu lächeln.

»Äh, mein Sinn für Humor ist im Moment auch ein bisschen angeknackst. Aber das Essen ist bestimmt fertig, ich sollte Katja nicht so lange warten lassen. Ich melde mich dann, wenn ich wieder im Leuchtturm wohne«, sagte sie so unbeschwert wie möglich.

Jesper war nicht ganz zufrieden mit dieser Antwort, und sie konnte die Sorge in seinen Augen sehen. Er wollte sie zum Abschied umarmen, aber sie machte auf dem Absatz kehrt und verschwand hastig im Haus.

65

Es vergingen ein paar Tage. Es war angenehm, Katjas Untermieterin zu sein, und sie fanden schnell ihre gemeinsamen Routinen. Wenn Katja von der Arbeit nach Hause kam, hatte Lilly schon eingekauft und für Ordnung gesorgt. Abends tranken sie Tee, spielten eine Runde oder sahen sich ein paar Filmklassiker an.

Katja schien die Gespräche von allem wegzulenken, was Lilly belasten könnte. Und Lilly war dankbar dafür und versuchte, nicht zu grübeln. Sie fragte nur ab und zu, wie es Katja im Dienst ergangen war, aber sie wollte am liebsten gar nicht wissen, ob die Kollegen über sie redeten.

Eines Abends senkte Katja die Stimme.

»Du, es tut mir leid, dass ich damals so fies zu dir war. Als ich das mit dem Stockholm-geschädigt gesagt habe. Ich wollte dich schon viel früher darauf ansprechen, aber in der Zwischenzeit ist so viel passiert. Ich habe es nicht so gemeint«, sagte sie sanft.

Lilly grinste schief.

»Vielleicht musste ich das mal hören. Und ich will von Ermittlungen erst mal nichts mehr wissen. Ich habe genug mit mir selbst zu tun«, sagte sie, überzeugt davon, es wirklich so zu meinen.

Katja lächelte. Sie wechselten das Thema und redeten über Liebe, über Zukunftsträume und Entscheidungen. Katja hatte nie eine echte, lange Beziehung geführt und schien es auch nicht zu vermissen. Sie ging lieber ihren eigenen Weg. Und für Lilly wurde sie immer mehr zu einer engen Freundin.

Lillys Arm heilte gut, aber es war schon jetzt abzusehen, dass sie eine halbmondförmige Narbe als Erinnerung an den Brand zurückbehalten würde. Nachts ihre Freundin im Nebenzimmer schnarchen zu hören gab ihr ein Gefühl von Sicherheit, die Anwesenheit eines anderen Menschen vertrieb die innere Unruhe. Aber schließlich rief Hilda an und sagte, die Renovierung des Leuchtturms sei abgeschlossen.

»Komm gern vorbei und sieh dir an, wie schön er geworden ist!«

Es war Zeit zurückzukehren. Katja umarmte sie zum Abschied, gab ihr ein Fresspaket mit und befahl ihr, ordentlich zu essen.

Ein tiefer Atemzug, dann machte Lilly einen Schritt in den Leuchtturm und betrachtete ihr Zuhause. Die Handwerker hatten ganze Arbeit geleistet. Reinigungsmittel und weiße Farbe hatten sämtliche Spuren von Rauch und Feuer beseitigt. Auch der Elektriker hatte seinen Teil der Aufgabe erledigt, und ihre Vermieterin war beim Großeinkauf gewesen. Das neue Bett war zwar genauso schmal wie das alte, aber nicht aus Holz, sondern aus Metall. Nicht mehr so leicht entflammbar, schoss es Lilly durch den Kopf. Auf dem Boden lag ein hübscher neuer Flickenteppich mit blauweißen Streifen, und eine Lampe mit Solarzellen ersetzte die alte Öllaterne.

Lilly fuhr los und besorgte ein stabiles Schloss für das runde Fenster, das sie noch am selben Tag montierte. Außerdem kaufte sie orange-rote Tagetes und pflanzte sie in den Eimer, mit dem Jesper das Feuer gelöscht hatte. Die Blumen leuchteten in der dunklen Erde, und ihr kam die Idee, Hilda zu fragen, ob sie sich ein Gärtchen anlegen dürfte, auch wenn die Saison dafür eigentlich schon vorbei war.

Lilly hatte noch zwei Wochen Nichtstun vor sich, die sie mit irgendetwas füllen musste. Nachts war es am schwersten, jetzt, wo sie wieder allein war und ihre Gedanken freie Bahn hatten. Die Schatten hier waren blauschwarz, und die klebrige Wärme staute sich hartnäckig im hohen Leuchtturm. Sie widerstand der Versuchung, sich neue Schlaftabletten verschreiben zu lassen und in eine betäubende Dunkelheit hinüberzugleiten. So groß ihre Angst vor der Schlaflosigkeit vorher gewesen war, so groß war jetzt ihre Angst vor dem Kontrollverlust. Die Unruhe lauerte immerzu direkt unter der Oberfläche. Also zog sie sich die Laufschuhe an und lief, bis die Erschöpfung ihren pochenden Puls zur Ruhe brachte.

Es gab Nächte, da wand sie sich unter einer Welle von Angst. In solchen Nächten kam es vor, dass sie Jespers Nummer im Handy aufrief, aber sie drückte das Gespräch immer wieder weg, bevor das erste Freizeichen ertönte.

Ihre Mutter Eva lieh sich immer öfter das Auto ihrer Nachbarin in Skärholmen und kam zu Besuch. In ihrem Verhältnis gab es neuerdings einen warmen Hoffnungsschimmer. Es schien, als hätte sich die Stimmung zwischen ihnen aufgehellt, und sie hatten einen Weg gefunden, offener miteinander umzugehen. Lilly umarmte ihre Mutter herzlicher und ertappte sich selbst dabei, dass sie ihre Hand nahm, wenn sie draußen auf der Wiese vor dem Leuchtturm Kaffee tranken. Sie traute sich auch, ein wenig von den dunklen Seiten ihres Lebens zu erzählen, aber Svante erwähnte sie weiterhin nicht und auch nicht den wahren Grund für ihren Umzug. Dazu war sie noch nicht bereit.

Stattdessen redete sie über die unangenehme Situation bei der Arbeit, über den Blogeintrag des Nynäshamn-Fans, der Misstrauen gegen Lillys Anwesenheit in der Stadt gesät und sie mit den vielen Bränden in Verbindung gebracht hatte. Illustriert war das Ganze mit einem Foto aus einem Bericht über die Rettung der kleinen Emma. Die Aufnahme war unmittelbar, nachdem sie das Kind den Eltern übergeben hatte, entstanden. Auf dem Bild sah Lilly blass und wirr aus, ihre Uniform war schwarz vom Ruß.

Es war ein Fehler gewesen, sich den Blog anzusehen. Es gelang Lilly nicht, den gehässigen Tonfall des Artikels abzuschütteln. Und sie hatte immer noch keine Ahnung, wer dahintersteckte. Vermutlich war es nur Einbildung, aber in letzter Zeit hatte sie immer öfter das Gefühl, in der Kassenschlange im Supermarkt misstrauische Blicke auf sich zu ziehen, wie sie ihrer Mutter erzählte.

»Du passt gut hierher«, beteuerte Eva und drückte ihre Hand. »Dieser Unsinn legt sich wieder, warte nur ab. Das ist alles nur Gerede, weil nach diesen ganzen Feuern bei den Leuten die Nerven blank liegen. Alles wird gut.«

Eine Woche verging, eine neue begann. Lilly hatte endlich das Gefühl, langsam Abstand zu den Ereignissen zu gewinnen. Sie schob alles beiseite, was mit den Bränden zu tun hatte. Das Leben musste weitergehen. In einem Secondhandladen fanden drei ramponierte Taschenbücher den Weg in ihre Einkaufstasche. Zu Hause nahm sie sich sofort das erste vor und las, wie Zlatan Ibrahimović seine Karriere als Fußballprofi begonnen hatte.

Liv Kaspi, eine ehemalige Kollegin aus dem Polizeipräsidium Södermalm, kam aus Stockholm zu Besuch und brachte einen Korb Äpfel mit. Sie umarmte Lilly so fest, dass ihr fast die Luft wegblieb. Es war lange her, dass die beiden ausgiebig miteinander geredet hatten, aber jetzt hatte Lilly sie angerufen. Während der Zeit mit Svante war ihr Freundeskreis immer kleiner geworden. Erst als sie Svante verlassen hatte, war ihr bewusst geworden, wie geschickt er sie von allen isoliert hatte. Er hatte an jedem ihrer Freunde etwas auszusetzen gehabt und war sauer geworden, wenn sie sich trotzdem mit ihnen getroffen hatte. Nach einer

Weile hatte sie alles getan, um Streit zu vermeiden. Sein Ärger konnte in Wut umschlagen, und vor diesem Moment hatte sie furchtbare Angst gehabt. Ein Balanceakt, der sie nach und nach immer einsamer gemacht hatte. Jetzt musste sie ihre Freunde zurückgewinnen, einen nach dem anderen.

Ein hübscher Verlobungsring mit einem kleinen Smaragd glänzte an Livs Finger. Sie unterhielten sich darüber, wie lustig die Irrwege waren, die die Liebe bisweilen nahm, erzählten sich alte Geschichten aus ihrer gemeinsamen Zeit auf dem Präsidium und sprachen über neue Fälle. Aber auch gegenüber ihrer Freundin erwähnte Lilly Svante mit keinem Wort. So war es für sie am einfachsten.

Vor ihnen glitzerte das Wasser und lud zum Baden ein, aber sie blieben im Schatten sitzen und redeten. Es war ein schönes Wiedersehen.

Am späten Nachmittag des dreizehnten Tages ihres Zwangsurlaubs hockte sie in dem kleinen Gärtchen, das sie mit Hildas freudiger Erlaubnis vor dem Leuchtturm angelegt hatte. Es schien sich in dem warmen Spätsommer gut zu entwickeln. Im roten Licht der tief stehenden Sonne konnte sie schon die ersten grünen Spitzen sehen, die sich aus der Erde schoben. Karotten, Radieschen, Dill, Bohnen – jede Sorte Saatgut war mit kleinen bunten Zetteln gekennzeichnet. Sie sammelte fleißig alles Brauchwasser vom Duschen und Spülen, um damit die zarten Pflänzchen zu gießen. Es war schön, fast meditativ, mit den Händen in der Erde zu graben, Unkraut zu rupfen und etwas Praktisches zu tun, das sie beschäftigt hielt. Lilly zog das rote Bikinioberteil zurecht, das bei der Gartenarbeit ein wenig verrutscht war. Da sie so viel Zeit im Freien verbrachte, war sie inzwischen richtig braun, während ihre Haare, die normalerweise die Farbe von reifem Roggen hatten, um mehrere Nuancen heller geworden waren. Sonne, Sonne, Sonne und eine Hitzewelle, die nie zu enden schien. Die Wettervorhersage im Fernsehen hatte am Morgen vor siebenunddreißig Grad im Schatten gewarnt und vor allem Ältere und Kranke ermahnt, bei diesen Temperaturen auf sich aufzupassen. Auch sollten alle darauf achten, ausreichend zu trinken. Lilly selbst hatte immer eine kleine Thermosflasche mit Wasser dabei, wenn sie im Garten war.

Sie hörte Schritte im Gras und hob den Kopf. Jesper kam auf sie zu, er trug seine Uniform, die Hände in den Taschen. Seine kurzen Haare waren zerzaust, und er sah ein bisschen müde aus, die Spuren eines langen, harten Arbeitstages. Sie lächelte und hob eine Hand zum Gruß, setzte sich auf und wischte sich die Hände an den geflickten Jeansshorts ab. Er reichte ihr eine Hand und half ihr auf die Beine. Der Ausdruck in seinen blauen Augen war warm.

»Wie sieht's aus? Möchtest du ein Bier?«

Er nickte, aber ohne ihre Frage zu beantworten.

Sie legte ihre Gartenwerkzeuge in einen Eimer und ging vor ihm in den Leuchtturm. In der Küchenecke öffnete sie ein Bier und reichte es ihm. Dann rieb sie sich mit dem Oberarm den Schweiß von der Stirn und machte sich selbst auch eine Flasche auf. Hier drinnen war es angenehm kühl, und das gedämpfte Licht tat gut.

Sie setzte sich auf ihr Bett, während er sich einen der Stühle nahm und seine Bierflasche neben sich auf den Tisch stellte. Er lehnte sich müde zurück und verschränkte die Hände vor dem Knie.

»Hast du für heute Feierabend?«, fragte sie. Seine Einsilbigkeit machte sie neugierig.

Jesper öffnete den Mund, als wolle er etwas sagen, aber dann stockte er. Sein Blick war fest auf seine sonnengebräunten Hände gerichtet. Er ließ sein Bein kurz los, nur um die Finger dann doch wieder zu verschränken.

»Eigentlich«, fing er an, »wollte ich nur kurz vorbeischauen und hören, wie es dir geht. Ob du dich besser fühlst. Denn das ist es ja, was gute Freunde tun.« Er sah hoch, und sein Blick war ernst. »Aber jetzt, da ich hier bin, wird mir klar, dass das für mich so nicht funktioniert.«

Sie ließ die Hand, die gerade im Begriff war, die Flasche an den Mund zu heben, wieder sinken. Sie sah ihn verwirrt an.

»Wie meinst du das?«

»Ich kann nicht mit dir befreundet sein«, sagte er nur. »Ich kann nicht so tun, als wäre das genug, weil ich verliebt in dich bin. Ich habe für niemanden mehr so etwas empfunden, seit ...«

Sein Mund schloss sich, bevor er Pias Namen ausgesprochen hatte, aber sie verstand ihn auch so. Jespers Gesicht war so verletzlich in seiner Offenheit. Es tat ihr weh, auf diesem weichen, abgewetzten Bettüberwurf sitzen zu bleiben, die Hände unter die Oberschenkel zu pressen und nicht zu ihm zu gehen.

»Du hast gesagt, dass du keine Beziehung willst, und das respektiere ich. Aber ich bin ein erwachsener Mann, und ich habe nicht die Absicht, wie ein schmachtender Teenager durch die Gegend zu schleichen und so zu tun, als ob alles in Ordnung wäre«, sagte er. Und um seine Worte ein wenig abzumildern, fügte er hinzu: »Wir wünschen uns einfach unterschiedliche Sachen voneinander. Und das passt eben nicht zusammen. Aber du wirst hier eine Menge anderer Freunde finden.«

»Können wir nicht trotzdem ...«, setzte sie verzweifelt an und suchte nach Worten, die noch etwas ändern konnten, aber er unterbrach sie mit einem Kopfschütteln und atmete langsam aus.

»Nein.«

Er stand auf. Sie kam auf die Füße und wusste nicht, wohin mit sich.

»Aber ich brauche dich«, sagte sie. Sie wusste nicht, wie sie es besser ausdrücken sollte, hatte keine anderen Argumente, um ihn zum Bleiben zu bewegen.

Er lächelte, aber seine Stimme verriet, was er fühlte. Dass das hier schwer war.

»Und ich will dich. Aber so ist es manchmal. Man bekommt nicht immer das, was man will.«

Lilly stellte sich vor ihn, und der tiefe Schatten von Trauer in seinen Augen verwandelte sich in etwas anderes. Sie wusste, dass sich dasselbe Gefühl in ihren Augen widerspiegelte. Ein Schritt, und sie war bei ihm und brachte ihre eigenen Einwände mit seinem Mund zum Schweigen. Seine Hände griffen in ihre Haare, als der Kuss intensiver wurde. Sie fühlte sich, als würde sie tief einatmen und die Lungen endlich mit Luft füllen. Seine Bartstoppeln kratzten über ihre Haut, als seine Lippen ihren Hals liebkosten. Sie spürte, wie seine Hände das Bikiniband lösten, und sie befreiten sich gegenseitig von den Kleidungsstücken, die im Weg waren. Sie taumelten auf den Boden. Lilly fasste mit beiden Händen in seine Haare, als er mit dem Mund ihren Körper erforschte. Dann nahm sie seine Hände, führte sie über ihren Kopf, verschränkte ihre Finger mit seinen, bis sie wie unter ihm verankert war. Sie hörte sich selbst auf die Frage in seinem Blick antworten. Ein Wort.

»Ja.«

Danach lagen sie ganz still und ineinander verschlungen auf dem weichen Flickenteppich, wohlig erschöpft in einem Zustand irgendwo zwischen Traum und Wirklichkeit. Lilly öffnete die Augen nur ein klein wenig und fuhr mit den Fingerspitzen über seine Hand auf ihrem Bauch. Dann fiel ihr Blick auf die halboffene Tür, und sie erstarrte. Es war wie ein plötzlicher Wechsel zwischen hell und dunkel, eine Erinnerung, die genauso schnell auftauchte, wie sie schon wieder verschwunden war. Sie blinzelte, versuchte zu verstehen, was sie gerade gesehen hatte.

Jesper musste gemerkt haben, wie sie kurz versteinert war.

»Was ist los?«, fragte er.

Sie lächelte und versuchte, sich nichts anmerken zu lassen.

»Alles gut. Es war nur ... nein, es war nichts.«

Jesper hob den Kopf, stützte sich auf einen Arm und sah sie forschend an.

»Hat sich jetzt etwas geändert? Zwischen uns?«

Lilly schob eine Haarsträhne aus ihrem Gesicht, zögerte die Antwort hinaus. War sich nicht sicher, was sie sagen sollte.

»Nein. Das heißt ... ich weiß es nicht«, sagte sie schließlich.

Er setzte sich auf, legte sanft eine Hand in ihren Nacken und küsste sie, intensiv, aber ruhiger als vorher. Dann stand er auf und zog sich an.

»Ruf mich an, wenn du es herausgefunden hast«, sagte er leise und ging.

66

5. April 2002

Es stimmt. Ich kann nicht mehr. Ich bin kein Monster. Aber in meinen Gedanken. In meinen Gedanken haben sie recht. Ich hasse es, ich zu sein.

18. September

Lieber Papa, ich leihe mir die letzten Seiten deines Tagebuchs. Ich versuche zu begreifen, was ich getan habe, wie es so weit kommen konnte. Zumindest weiß ich, wie es angefangen hat.

Papa, du warst immer geschickt mit den Händen. Du hast mir alles beigebracht, als ich klein war, und ich habe unsere gemeinsamen Lehrstunden in der Garage geliebt. Wie man einen Motor auseinanderbaut und wieder zusammensetzt, Schritt für Schritt. An den Wochenenden hast du mich zu den Wettkämpfen begleitet und zugeschaut, du warst immer da. Wenn du nicht über Technik oder Sport geredet hast, dann warst du ziemlich wortkarg. Und gelassen, ein guter Kontrast zu Mama, die Stille nie gut aushalten konnte und sie immer mit Gesprächen füllen musste.

Bei dir habe ich mich sicher und geborgen gefühlt, Papa. Und du warst immer fair, auf dich konnte man sich verlassen. Was Recht war, musste Recht bleiben.

Aber der Schlaganfall hat alles verändert. Es passierte, als wir beim Schwimmtraining waren, Mama und ich. Es war dir so wichtig, dass ich gut schwimmen konnte, und du hast jedes kleine Schwimmabzeichen gefeiert, das ich mit nach Hause gebracht habe. Wir haben die dunkelblaue Abzeichentafel aus Samt, die über meinem Bett hing, gemeinsam gefüllt: das Schwimm-Ass, die Goldrobbe, das 200-m-Abzeichen. Ich hatte gerade die Kraulprüfung bestanden und weiß noch genau, wie ich ins Haus gestürmt bin, um es dir zu erzählen, und dass es drinnen so eigenartig still war. Ich kann es nicht besser erklären, aber es war, als würde ein Schrei in dieser Stille mitschwingen.

Ich habe dich gefunden. Im Wohnzimmer. Du lagst auf dem Rücken und hast geblutet. Du hattest dir den Kopf angeschlagen. Die Ärzte sagten später, dass es wohl schon unmittelbar, nachdem wir das Haus verlassen hatten, passiert sein muss. Dazwischen waren mehrere Stunden vergangen.

Schließlich wurdest du aus dem Krankenhaus entlassen, aber du warst nicht mehr der Alte. Aus dem Papa, bei dem ich mich geborgen fühlte, war ein Papa geworden, der im Rollstuhl saß. Dein Gleichgewichtssinn funktionierte nicht mehr. Ein Arm hing schlaff nach unten. Und deine Gelassenheit war verschwunden. Du konntest nur noch undeutlich reden. Warst oft verwirrt, misstrauisch, aggressiv. Mama wechselte auf eine Halbtagsstelle, aber sie arbeitete jetzt nicht mehr nur im Dienst, sondern auch zu Hause als Krankenschwester.

Papa, du hast die Reha gehasst. Es kam dir wie eine Demütigung vor, das Laufen wieder lernen zu müssen, als wärst

du ein Kind. Wie oft habe ich dich begleitet und versucht, dich zu motivieren.
In deinem Zuhause warst du ein Patient. Deine Hände wollten dir nicht länger gehorchen, und Mama musste alles übernehmen. Am Ende hat sie es nicht mehr mit dir ausgehalten. Ihr habt euch getrennt. Papa, du hattest Hilfe, dir wurde Essen gebracht, jemand hat dir den Haushalt gemacht, aber du hast auch das gehasst. Und das wurde dein Antrieb zu trainieren. Dich anzustrengen. Und du wurdest besser. Konntest mit Rollator gehen, ein bisschen schreiben, Mails verschicken und deine Rechnungen bezahlen.
Anfangs habe ich mich bemüht, dich, so oft es ging, zu besuchen. Aber du warst leicht reizbar und meistens schlecht gelaunt. Ab und zu kam es vor, dass man ein Lächeln erhaschen konnte, aber das war selten. Ich war so jung. Damals begriff ich nicht, dass du um alles getrauert hast, was du früher gewesen warst. Und ich hatte keine Geduld. Wenn du etwas sagen wolltest, dauerte es eine Ewigkeit. Deine Sprache war immer noch sehr undeutlich. Meine Besuche wurden seltener.
Ich fing an auszugehen und in Stockholm Party zu machen, mit Freunden zu verreisen. Wir verloren immer mehr den Kontakt zueinander. Ich kam nach Hause zurück und rief dich an. Niemand meldete sich. Ging ein paarmal bei dir vorbei. Es war gerade niemand zu Hause. In solchen Momenten war ich vor allem erleichtert. Ich konnte mir selbst einreden, dass ich es ja schließlich versucht hatte. Wir hatten nichts mehr gemeinsam. Du warst nicht mehr der Vater, den ich einmal gehabt hatte. Mama nahm wieder ihren Mädchennamen an, und ich änderte ebenfalls

meinen Nachnamen. Das half mir, Distanz zu wahren. Einige meiner Freunde hatten kein gutes Verhältnis zu ihren Eltern. Ich war nur eine von vielen, dachte ich oft im Stillen. Und wenn du etwas von mir gewollt hättest, dann hättest du dich ja auch bei mir melden können, oder nicht? Warum sollte ich mich allein verantwortlich fühlen? Obwohl ich tief im Inneren natürlich wusste, dass du einsam warst. Dass du mich niemals darum bitten würdest, dich zu besuchen. Dafür warst du zu stolz. Und so vergingen die Jahre.

Papa, du warst mein schlechtes Gewissen, ein dunkler Fleck auf der Karte. Wir lebten in derselben Stadt, aber wir sahen uns nie. Meistens warst du für dich. Und als ich dich einmal im Supermarkt gesehen habe, schwer auf deinen Rollator gestützt, habe ich schnell weggeschaut und bin in die andere Richtung gegangen. Ich konnte deinen langsamen, schlurfenden Gang nicht ertragen. Es hat mir das Herz zerrissen. Ich bin geflüchtet. Wir hatten uns verloren. Nein, das stimmt nicht, das ist das, was ich mir viele Jahre eingeredet habe. Die Wahrheit ist, dass ich dich verloren habe. Ich habe dich fallenlassen.

Dass ich an jenem Tag zu dir nach Hause gefahren bin, war ein spontaner Einfall. Ich hatte im Internet herausgefunden, dass du umgezogen warst, aber noch nicht sehr lang. Es waren viele Jahre vergangen, und was auch immer dabei herauskommen würde, wir mussten miteinander reden. Ich konnte mich nicht länger vor meiner Verantwortung für unser Verhältnis drücken. Vielleicht würdest du mir zuhören, wenn ich mich bei dir entschuldigen würde. Vielleicht würdest du mir verzeihen.

Die Fahrt zu dir dauerte nur eine Viertelstunde. Weiter war der Weg nicht. Es war eine kurze und trotzdem lange Reise – der Versuch, etwas zu reparieren, das kaputtgegangen war.
Ich drückte zuerst auf den Klingelknopf, aber es war kein Ton zu hören. Dann klopfte ich an die Wohnungstür. Keine Reaktion. Ich ging in die Hocke und rief durch den Briefkastenschlitz. Dann versuchte ich, durch den schmalen Spalt zu spähen. Es war so still. Diese Stille rief alte Erinnerungen wach. Also probierte ich, die Türklinke herunterzudrücken, und es war nicht abgeschlossen. Die Tür ging auf.
Ich sah dich fast sofort. Das Seil war an einem Metallhaken befestigt, an dem eigentlich die Deckenlampe hängen sollte. Erstaunlicherweise hatte er dein Gewicht gehalten. Auch wenn man eigentlich gar nicht mehr von Gewicht sprechen konnte, denn du warst unglaublich abgemagert.
Deine Augen waren weit aufgerissen. Gerade so, als wärst du überrascht. Als wärst du erstaunt, mich zu sehen, Papa. Aber du warst schon lange tot. Dein Körper war steif, hatte dunkle Flecken und verströmte einen beißenden Geruch. Du warst nicht mehr du. Vielleicht hätte ich dich retten können, aber ich habe meine Chance verpasst, um mehrere Tage.
Ich habe dich heruntergeholt, Papa. Habe neben dir gesessen, bis die Männer vom Bestattungsunternehmen deinen Körper zugedeckt und auf eine Bahre gehoben haben. Es war so kalt und leer in dieser Wohnung. Du hattest eine ganze Weile dort gewohnt, und trotzdem stand noch ein

Umzugskarton in der Küche auf dem Boden. Als wäre diese Wohnung nie ein Zuhause geworden. Auf einem Regal, in einem schlichten Rahmen aus hellem Holz, stand ein Bild von mir. Ein Schulfoto aus der dritten Klasse.
Du hattest niemanden außer mir, und ich habe dich im Stich gelassen. Was macht man mit dieser Schuld? Nichts kann diese Last leichter machen.
Also betrinkt man sich ein paar Wochen lang besinnungslos. Weint eine Weile. Und dann kann man nur noch versuchen, das Richtige zu tun, ein besserer Mensch zu werden, der zu etwas Gutem beiträgt. Und in den folgenden Jahren habe ich alles getan, dieser Mensch zu sein. Aber trotzdem gibt es nichts, das mich von dieser Schuld befreit.
Nichts. Aber jetzt weiß ich, dass das, was sie dir angetan haben, noch viel schlimmer war.

67

Hilda hatte Lilly zum Einkaufen mitgenommen. Der kleine Garten hatte sie auf die Idee gebracht zu kochen und einen Teil ihrer Ernte in dem Gericht zu verarbeiten. Sie hatte Hilda und Katja als Versuchskaninchen zum Abendessen eingeladen. Sie lächelte vor sich hin. Die beiden waren ihre Freundinnen. Sollte das Ergebnis furchtbar werden, dann würden sie zumindest ehrlich sein.

Jetzt stapelte sie die Lebensmittel auf der Spüle, ging das Rezept durch, um zu überprüfen, ob sie an alles gedacht hatte, und stellte fest, dass sie die Lorbeerblätter vergessen hatte. Hoffentlich konnte sie sich welche bei Hilda borgen. Im Gedanken an sie hatte Lilly auch die aktuelle Ausgabe des *Aftonbladet* gekauft, denn ihre Vermieterin liebte Kreuzworträtsel. Vielleicht konnte sie ihr ja einen kleinen Tauschhandel unter Nachbarinnen vorschlagen

Lilly klappte die Zeitung auf. Die Titelseite wurde von der pechschwarzen Schlagzeile *SOMMERBRÄNDE FORDERN ACHT TODESOPFER* dominiert. Auf die Berichte der trauernden Angehörigen folgte eine Einschätzung des landesweiten Zustands des Löschwesens. Sie hörte auf zu lesen und schob die Einkaufstasche beiseite. Dann blätterte sie weiter bis zu der Seite, auf der die Bilder aller Toten nebeneinander präsentiert wurden. Einige der Gesichter waren Lilly bekannt. Drei von ihnen hatten ihre Gedanken lange beschäftigt: Kenneth Robertsson, Mehmet Demir und Gustaf Hammarklint.

Sie presste die Faust gegen die Lippen und dachte nach.

Bis vor kurzem hatte ihr Instinkt sie meistens in die richtige Richtung gelenkt. Aber in letzter Zeit schien sie ihren inneren Kompass irgendwie verloren zu haben.

Plötzlich fiel ihr die Versicherungsgesellschaft wieder ein, von der sie sich einen Auszug aus dem Brandregister hatte schicken lassen, den sie selbst noch mit internen Polizeiinformationen ergänzt hatte. Eilig verstaute sie die Lebensmittel und klappte die Kühlschranktür zu. Sie holte ihren Laptop und einen Notizblock, kramte einen schwarzen Tintenschreiber aus ihrer Umhängetasche und setzte sich damit aufs Bett. Auf wen sollte sie sich konzentrieren? Sie entschied sich für eine breite Auswahl. Personen in und um Nynäshamn, deren Häuser in den letzten vierzig Jahren abgebrannt waren, Großbrände auf Privatgrundstücken, mit und ohne Todesopfer. Auch wenn die Fälle, bei denen Menschen ums Leben gekommen waren, zunächst interessanter erschienen. Ihr Blick wanderte über die Liste, und sie machte sich auf dem Zettel in Großbuchstaben Notizen: Familien, deren Häuser in Flammen aufgegangen waren, Singlehaushalte, eine lange, deprimierende Liste von Menschen, deren Zuhause bis auf die Grundmauern abgebrannt war. Sie würde sich später die Zeit nehmen, sich die Namen auf dieser Liste genauer anzusehen. Andere Leute legen riesige Puzzle mit Tausenden von Teilen, dachte sie.

Neben ihr brummte der Ventilator, und jedes Mal, wenn er sich in ihre Richtung drehte, wehte er ihr die langen Haare von der Schulter wie eine kühle Liebkosung. Das seltsame Bild fiel ihr wieder ein, das vor ihrem inneren Auge aufgetaucht war, als sie in Jespers Armen gelegen hatte. Als würde ihr Gedächtnis Erinnerungsfetzen ausschneiden und an Stellen einfügen, wo sie gar nicht hingehörten. Sie seufzte genervt, schob den Laptop weg und stand auf, erfüllt von einer rastlosen Energie.

Auch Jesper war ständig in ihren Gedanken und Teil dieser Rastlosigkeit. Es kam ihr vor, als hätten seine Berührungen Spuren auf ihrer Haut hinterlassen, und sie schloss die Augen beim Gedanken an ihre letzte Begegnung. Wie sehr sie auch versuchte, sich etwas anderes einzureden, konnte sie nicht leugnen, dass sie Sehnsucht nach ihm hatte. Er hatte alles riskiert und ehrlich gesagt, was er fühlte. Das machte es so viel schwerer. Am schlimmsten war die Angst, eine voreilige Entscheidung zu treffen, die sie beide verletzte. Und so wanderte sie im Leuchtturm auf und ab, räumte dabei auf und putzte. Ihre Gedanken drehten sich im Kreis.

Aber heute musste sie nichts mehr entscheiden, sagte sie sich schließlich. Sie schnappte sich die Zeitung und schlüpfte in ihre Badelatschen. Zeit herauszufinden, ob Hilda Lorbeerblätter hatte.

Als sie aus dem Leuchtturm kam, war der Himmel bleigrau. Die Luft war schwül und vollkommen windstill. Von weitem war leises Donnergrollen zu hören, es klang wie das warnende Knurren eines Hundes. Hitzegewitter. Laut Wetterbericht war nicht viel Regen zu erwarten, wenn überhaupt. Die Herbstdunkelheit pirschte sich schon heran, auch wenn die Hitzewelle des Sommers sich im September fortgesetzt hatte. Die Bäume zeichneten sich als dunkelblaue Umrisse gegen das Wasser ab.

Sie fand ihre Nachbarin im Garten, mit einem Unkrautstecher in der Hand, kniend in die Jagd auf Grasbüschel vertieft. Hilda trug ein grün gepunktetes Kleid, den Kopf schützte ein breiter Sonnenhut.

Als sie Lilly sah, ließ sie strahlend ihr Werkzeug fallen. Sie stand auf und rieb sich die Hände an ihrem Kleid ab.

»Kommt da etwa meine heutige Gastgeberin? Fehlt dir was?«, fragte Hilda lächelnd.

Lilly grinste, schon entlarvt. Sie streckte Hilda die Zeitung entgegen.

»Würdest du ein paar Lorbeerblätter gegen Kreuzworträtsel tauschen?«

»Na klar. Ich habe welche in der Speisekammer, komm mit.«

Sie gingen hintereinander her zum Haus. Hildas gemütlicher, wiegender Gang stockte, als das Donnergrollen über ihnen lauter wurde.

»Das hört sich an, als würde es heute Abend noch ordentlich krachen. Ich spüre das aufziehende Gewitter schon den ganzen Tag in den Schläfen«, sagte Hilda über die Schulter zu Lilly.

In ihrer blitzsauberen, grün gestrichenen Küche leuchteten mehrere Solarlampen. Sie holte eine angebrochene Tüte Lorbeerblätter aus ihrer Vorratskammer und reichte sie Lilly.

»Die sollten genügen, meinst du nicht?«, fragte sie.

»Auf jeden Fall, danke!«, sagte Lilly und ließ sich an Hildas Klapptisch nieder, dessen karierte Tischdecke farblich perfekt auf die Küchenschränke abgestimmt war. Hilda setzte Wasser auf und stellte gleich mehrere kleine Porzellandosen mit duftenden Teesorten bereit.

»Hilda«, setzte Lilly zögernd an und fuhr mit dem Finger das Karomuster der Tischdecke nach. Versuchte, die richtigen Worte für das zu finden, was ihr durch den Kopf ging.

»Ja?« Hilda drehte sich um.

»Wenn ein Mensch einer traumatischen Situation ausgesetzt ist, denkst du, dass das Gehirn dann nachträglich Erinnerungsbilder produzieren kann? Sozusagen, um das zu verdecken, was man eigentlich sehen würde?«

Hilda sah sie fragend an.

»Wovon sprichst du?«

Lilly saß nachdenklich da und ließ weiter die Fingerkuppe über das Muster wandern.

»Gestern lag ich neben Jesper, und ich …« Sie verstummte und spürte, wie sie errötete, als ihr bewusst wurde, was sie gerade gesagt hatte.

»Ich habe schon verstanden, dass ihr beide Gefallen aneinander gefunden habt«, sagte Hilda freundlich. »Sprich weiter.«

»Wir lagen auf dem Boden, und vielleicht lag es daran, dass ich wieder an derselben Stelle war und den Raum aus derselben Perspektive gesehen habe. Jedenfalls habe ich mich wieder daran erinnert, wie es aussah, als es gebrannt hat, aber das, was ich vor mir gesehen habe, kann unmöglich stimmen. Und deshalb frage ich mich, ob das Gehirn vielleicht das, was ich eigentlich hätte sehen müssen, durch etwas anderes ersetzt hat.«

Hilda grinste schief.

»Du weißt schon, dass ich Physiotherapeutin bin und keine Psychologin?« Sie stemmte die Hände in die Hüften und nahm sich Zeit, ihre Antwort zu formulieren. »Allerdings habe ich über die Jahre in der Tat eine Menge interessanter psychischer Reaktionen auf Traumata erlebt. Menschen, die von Unfällen und Krankheit betroffen waren und auf die seltsamste Art und Weise darauf reagiert haben. Manchmal schaltet der Körper gewisse Funktionen ganz einfach aus, als eine Art Selbstschutz. Nicht selten das Gedächtnis.« Und dann fügte sie hinzu: »Für mich klingt es aber so, als wärst du gestern in einem eher entspannten Zustand gewesen …« Lilly lachte etwas verlegen, aber Hilda ließ sich davon nicht stören. »… und das hilft dem Gedächtnis ja bestimmt eher auf die Sprünge. Sieh es so, dass dein Kopf damit beschäftigt ist, das Erlebte zu verarbeiten. Gib dir einfach ein bisschen Zeit, dann wird es bestimmt klarer.«

Lilly gab sich mit dem Gedanken zufrieden. Der Teekessel auf dem Herd pfiff, und Hilda reichte ihr ein kleines, herzförmiges Teesieb. Lilly entschied sich für grünen Tee mit Vanille-Rhabarber-Aroma, und Hilda nahm Kamillentee. Sie blieben am Tisch sitzen und unterhielten sich weiter. Draußen dämmerte es. Hilda unternahm noch ein paar vorsichtige Versuche, sich dem Thema Jesper zu nähern, aber Lilly wich hartnäckig aus. Noch hatte sie nichts Definitives über ihn zu sagen. Schließlich fiel ihr Blick auf Hildas Küchenuhr, die Zeiger näherten sich halb sechs.

»Danke für den Tee. Katja ist sicher bald da. Komm doch mit rüber, dann kannst du in der ersten Reihe sitzen und mir zusehen, wie ich durch die Küche wirbele«, sagte Lilly mit einem Selbstbewusstsein, das sie gar nicht von sich kannte.

Hilda nahm eine Flasche Wein aus dem Regal über der Arbeitsplatte, überprüfte noch einmal, ob sie den Herd auch wirklich ausgemacht hatte, und gab Lilly das Signal vorzugehen.

»Ja, gern, das wird bestimmt spannend«, sagte sie amüsiert.

Der Himmel war eine dunkle, wabernde Decke, als sie nach draußen kamen, die Luft schien mit statischer Elektrizität aufgeladen zu sein. Das Donnergrollen wurde von einem lauten Knirschen übertönt, das verkündete, dass Katjas Wagen soeben die Einfahrt hochfuhr. Die Autotür schlug, und dann hörten sie Katjas Schritte näher kommen. Sie wirkte ein bisschen überrascht, als sie Hilda sah, und ging schneller.

Katja sah schicker aus, als Lilly sie je zuvor gesehen hatte. Sie trug eine schwarze Bluse und einen rosafarbenen Jeansrock, in der Hand hielt sie eine Flasche Rotwein.

»Hej! Danke für die Einladung!«, sagte sie und umarmte Lilly, bevor sie ihr die Weinflasche überreichte. »Du siehst richtig gut aus.«

Dann drehte Katja sich zu Hilda um, und die Umarmung, die sie Lillys Nachbarin gab, fiel länger aus.

»Wie schön, dich zu sehen Hilda!«, rief sie herzlich.

»Ja, das ist wirklich eine Ewigkeit her«, sagte Hilda fröhlich.

Vor dem Leuchtturm angekommen, blieb Lilly stehen und betrachtete bekümmert den halbgedeckten Tisch im Freien.

»Ich hatte mir vorgestellt, nachher Kerzen anzuzünden, so dass wir es uns hier draußen richtig gemütlich machen können, aber bei diesem Wetter geht das natürlich nicht.«

»Ach, wir tragen den Tisch einfach rein. Es wird ein bisschen eng, aber der Platz wird schon reichen«, sagte Katja unbekümmert.

Und so machten sie es.

Als alles wohlbehalten im Leuchtturm war, wanderte Katjas Blick neugierig durch Lillys ungewöhnliches Heim. Lilly wies auf ein paar Neuerungen hin. Auf die hübschen Kissen, Kerzen und Topfpflanzen, die den Leuchtturm seit ihrer Rückkehr noch wohnlicher machten.

»Wie schön du es hier hast. Man kann sich gar nicht vorstellen, dass es hier gebrannt hat«, sagte Katja beeindruckt.

Lilly versorgte ihre Gäste mit einem Glas Wein aus der Flasche, die Hilda beigesteuert hatte, und füllte Chips und Nüsse in Schalen um, während ihre Freundinnen sich auf die Barhocker an den Stehtisch setzten.

»Okay, laut Rezept wird das jetzt anderthalb Stunden dauern. Aber ich kann euch nicht versprechen, dass ich euch nicht zu Hilfe rufen werde«, sagte Lilly und lachte.

Katja hatte Lillys kabellose Lautsprecher gefunden und Musik angemacht. Das übertönte einigermaßen den Gewitterdonner von draußen. Lilly nippte am Wein, schnibbelte Wurzelgemüse und hörte mit halbem Ohr zu, während Hilda einen Nachbarschaftsstreit schilderte, der sich über mehrere Jahre hingezogen hatte. Sie lachten und füllten die Gläser.

»Ach Mensch, ich hatte dir doch Blumen mitgebracht. Die liegen noch im Kofferraum. Bin gleich wieder da«, hörte sie Katja sagen, die gleich darauf aus der Tür verschwunden war.

Hilda stand auf und sah sich in Lillys runder Wohnung um. Sie betrachtete ein Foto, das am Kühlschrank hing, und vor Lillys Bett stutzte sie und blieb stehen. Sie schien etwas zu fragen, aber das ging in Elton Johns Ballade unter.

Lilly legte das Messer ab und drehte sich zu ihr um.

»Was hast du gesagt?«

»Ich sagte: Auf deiner Liste da steht einer von meinen ehemaligen Patienten.«

Lilly runzelte die Stirn.

»Tatsächlich?«

Hilda hob Lillys angefangene Ermittlungsliste mit den achtunddreißig abgebrannten Wohnhäusern hoch. Sie zeigte auf den zehnten Namen von unten: *2001 – Simon Haraldsson, Singlehaushalt.*

»Katjas Vater. Ich war die letzten Jahre seine Physiotherapeutin«, sagte Hilda. »Simons Schicksal hat mich damals sehr berührt. Er hatte es wirklich schwer und hat sich viel zu sehr isoliert. Ich habe mich oft gefragt, was seinerzeit eigentlich wirklich los war.«

»Was meinst du?«, fragte Lilly mit einem wachsenden Gefühl von Unbehagen.

Hilda verschränkte die Hände vor dem Bauch.

»Einmal bin ich zu einem Hausbesuch zu ihm gefahren, und da hatte jemand gemeine Sachen an seine Haustür geschmiert. Er hat sich geweigert, mir aufzumachen. Dann waren seine Fensterscheiben gesprungen, für mich sah es so aus, als hätte jemand Steine dagegengeworfen oder so. Ich habe ihn danach gefragt, aber er hat sich geweigert, mit mir darüber zu reden. Doch es war offensichtlich, dass er gelitten hat. Soviel ich mitbekommen habe, muss es wirklich schlimm gewesen sein. Und ich weiß, wie böse Menschen zu jemandem sein können, dem es schon schlecht geht.«

»Sein Haus ist abgebrannt«, sagte Lilly mit einer Stimme, die seltsam tonlos klang.

Hilda nickte bekümmert.

»Ich habe nie ganz verstanden, wie es zu diesem Brand gekommen ist. Hat Katja dir davon erzählt?«

Lilly schüttelte den Kopf.

»Wir haben nie darüber geredet. Sie hat nur erwähnt, dass er tot ist, aber mehr nicht.«

Hilda zögerte ein wenig.

»Ich weiß nicht, ob es richtig ist, wenn ich dir das erzähle. Aber vielleicht solltest du das besser wissen, falls du Katja auf deine Liste hier ansprechen willst.« Sie zeigte auf Lillys Notizen. »Es endete leider damit, dass Simon Selbstmord beging. Und ich glaube, die beiden hatten keinen besonders guten Kontakt. Vor ein paar Jahren ist Katja mit einer Menge Fragen über ihren Vater zu mir gekommen. Ich habe die Lücken, so gut ich konnte, gefüllt. Das war das letzte Mal, dass ich mich richtig mit ihr unterhalten habe.«

Eine Böe rüttelte an der Tür, ein trockner, heißer Wind, der dort draußen immer kräftiger wehte.

Lilly stand wie versteinert da. Ihr Mund war plötzlich trocken.

»Hilda«, sagte sie, aber ihre Stimme trug nicht richtig. Sie hatte das Gefühl, als würde der ganze Leuchtturm schwanken. Aber vielleicht schwankte auch nur sie.

Hilda schien sie nicht zu hören. »Ich bin froh, dass ihr beiden jetzt zusammenarbeitet, und es ist richtig schön, sie heute Abend wiederzusehen. Aber du hast mir noch gar nicht gesagt, warum ihr Vater auf deiner Liste steht«, sagte Hilda und bemerkte erst jetzt die Veränderung in Lillys Ausdruck. »Aber was ist denn mit dir?«

Die Puzzlestücke fügten sich vor Lillys innerem Auge zusammen: Simon Haraldsson, körperlich eingeschränkt, alleinstehend. Jemand beschmiert seine Haustür. Spuren von Steinwürfen an seinen Fenstern. Sein Haus abgebrannt. Drei Teenager, die miteinander in Verbindung stehen, »Unruhestifter«, wie die Lehrerin sie genannt hatte. Beliebte Jungs, aber auch einfallsreich, wenn es darum ging, jemanden zu mobben. Dann werden sie getrennt, hören auf, sich zu treffen. Als Erwachsene sterben sie, einer nach dem anderen, bei Feuern in ihren Häusern. Es gab Fragen, die Antworten verlangten. Aber da war noch etwas.

»Hilda«, sagte Lilly wieder, mit einer unnatürlich schrillen Stimme, die sie selbst kaum wiedererkannte.

Hilda sah sie fragend an und beugte sich vor, um die Musik leiser zu machen.

»Diese Erinnerung, die nicht gepasst hat, als es hier gebrannt hat.«

»Ja?«

»Ich habe Turnschuhe mit Tigermuster neben mir auf dem Boden gesehen. Ich habe sie selbst schon angehabt.«

Die Tür klickte, und sie drehten sich um. Lilly hatte das leise Geräusch schon einmal gehört. Hier, in diesem Raum, als ihr Bewusstsein in bodenlose Dunkelheit gestürzt war.

68

»Was hast du gesagt?«, fragte Hilda und schaute verwirrt von Lilly zu Katja, die mit Augen glänzend wie Glasperlen in der offenen Tür stand. Ihr Blick war fest auf Lilly gerichtet, während der Wind ihre dunklen Haare zerzauste.

»Was für Schuhe? Wovon sprichst du?« Hilda sank aufs Bett und sah Lilly fragend an.

Katja stand reglos da, eine Hand hinter dem Rücken versteckt.

Es krachte gewaltig, und Hilda schrie auf. Der Donner war so laut, dass der ganze Leuchtturm zu beben schien. Der Adrenalinstoß war beinahe schmerzhaft, und Lilly musste sich auf die Tischplatte stützen, um das Gleichgewicht wiederzufinden. Es dauerte eine Ewigkeit, bis das Grollen verebbt war, die elektrische Spannung schien sich durch das ganze Gebäude fortzupflanzen. Lilly spürte, wie sich die Härchen an ihren Unterarmen aufstellten.

Katja trat ein und zog die Tür hinter sich zu. Niemand rührte sich.

»Ich wurde vergiftet«, setzte Lilly an, erst halb zu sich selbst. »Und irgendwie hat es angefangen zu brennen. Wie kann es sein, dass ich deine Schuhe hier neben mir im Leuchtturm vor mir sehe, Katja?«, fragte sie dann, und ihre Gedanken rasten.

Katja sank zu Boden. Sie saß mit dem Rücken an die Tür gelehnt und sah Lilly stumm an.

»Wie kann mich mein Gedächtnis so sehr täuschen?«, fragte Lilly, als würde sie um eine logische Erklärung bitten.

Katja senkte den Kopf, eine Haarsträhne verbarg ihre Augen.

»Du erinnerst dich an meine Schuhe? Ich verstehe nicht, wie du dich an meine Schuhe erinnern kannst«, murmelte sie.

Sie hob den Blick. Ihre Augen glänzten, und Tränen liefen ihr die Wangen hinunter. »Ich war so froh, dass du überlebt hast, Lilly«, sagte sie und schluchzte leise. Sie fuhr sich mit dem Arm über die Nase. »Mehr als alles andere hätte ich mir gewünscht, mit dir reden zu können. Über das, was sie ihm angetan haben.«

Lilly schnappte nach Luft. Sie kam sich vor wie in einem bizarren Traum. Ihre Stimme trug kaum, als sie die Frage stellte, aber sie musste es wissen.

»Mehmet, Gustaf und Kenneth. Es muss irgendetwas vorgefallen sein, als ihr jung wart«, sagte sie.

Während Katjas Tränen liefen, schien hinter den dunklen Augen ein Tauziehen stattzufinden, das eine Seite schließlich gewann.

»Sie haben meinen Vater gequält. Über ein Jahr lang. Am Ende wollte er nicht mehr leben.« Und im selben Atemzug, ohne Lilly eine Zwischenfrage stellen zu lassen, fuhr sie fort: »Ich bin dir gefolgt. Du hast dich mit unserer Lehrerin getroffen, und du hast uns in den Schülerzeitungen gefunden. Du hast in der Vergangenheit gegraben und einfach nicht lockergelassen. Und die ganze Zeit hatte ich Angst, dass du mit Hilda über mich reden würdest.«

Lillys Gefühl von Unwirklichkeit verwandelte sich in grausame Klarheit. »Du bist meine Freundin! Verdammt, weißt du überhaupt, was du da gerade sagst?«, schrie sie. Ihr Gesicht verkrampfte sich, durch den Tränenschleier nahm sie den Raum nur noch verschwommen war. Sie konnte nicht mehr denken, ihr Körper fühlte sich vollkommen kraftlos an. Mehr als alles andere spürte sie eine unglaubliche Traurigkeit aufsteigen.

Als Katja wieder anfing zu sprechen, war ihre Stimme so leise, dass sie von der Musik und dem Unwetter fast übertönt wurde.

»Vor einiger Zeit habe ich das Tagebuch meines Vaters gefunden, als ich seinen alten Sekretär neu streichen wollte. Es lag in einer der Schubladen. Darin stand, wie sie ihn gequält haben. Es war ein nie endender Terror. Er hat alles nur ganz knapp notiert, das Schreiben fiel ihm nach dem Schlaganfall bis zuletzt schwer, deshalb bin ich losgefahren und habe mit seinen Nachbarn gesprochen, mit Hilda und mit der Versicherungsgesellschaft. So konnte ich das Bild vervollständigen.« Katja presste die Lippen zusammen und schloss für einen Moment die Augen. Tränen glänzten in ihren Wimpern. »Ich habe ihn im Stich gelassen, ihn alleingelassen, und ich dachte immer, es wäre meine Schuld, dass er sich umgebracht hat. Aber sie waren es, die ihm das Leben zur Hölle gemacht haben.«

Sie hatte eine Hand immer noch hinter dem Rücken. Die andere hob sie zu einer resignierten Geste.

»Ich habe mich so sehr dafür geschämt, dass ich nicht für ihn da gewesen bin. Das war der einzige …« Sie lachte auf, ein vollkommen freudloses Lachen. »Das war der einzige Grund, warum ich Polizistin werden wollte. Ich wollte etwas Gutes tun, etwas, worauf mein Vater stolz gewesen wäre.« Sie wischte sich einen Tropfen von der Nase. »Sie haben es mir einmal fast gestanden, bei einem Wohltätigkeitsbasar an der Schule, aber ich habe es nicht kapiert. Jemand hat ein Foto von uns gemacht, du hast es in der Schülerzeitung gesehen. Sie sind zu mir gekommen und haben sich bei mir entschuldigt, weil sie fies zu meinem Vater gewesen seien. Da war er noch nicht lange tot, und ich habe überhaupt nicht verstanden, was sie von mir wollten. Ich war achtzehn Jahre alt und fühlte mich einfach nur unglaublich schuldig. Was kümmerte es mich, ob irgendwelche Typen irgendwann mal etwas

Blödes zu meinem Vater gesagt hatten?« Sie presste die geballte Faust gegen den Mund. »Aber damals hatte ich auch noch keine Ahnung. Als ich das Tagebuch fand und mir klarwurde, was sie getan hatten, konnte ich es nicht mehr ertragen, sie hier in Nynäshamn zu sehen. Sie hatten ihre Familien, Jobs und ein Leben. Alles das, was mein Vater verloren hatte.« Sie weinte immer noch stumm, aber plötzlich lächelte sie unter den Tränen. »Vielleicht haben sie es auch nicht ertragen, denn sie haben aufgehört, sich zu treffen. Ich hoffe, dass sie ihr Leben lang unter der Schuld gelitten haben, dass sie genau wussten, warum ich vor ihnen stand, als sie schließlich dafür bezahlen mussten.«

Jeff Wilson hat recht gehabt, dachte Lilly. Die Person, nach der sie suchte, hatte ein starkes Motiv. Sie hatte eine wirkungsvolle Mordwaffe ausgewählt, die einerseits Beweise zerstörte und die Opfer andererseits einem grausamen Tod aussetzte. Aber die Brände hatten sich ausgebreitet, ausgetrockneten Boden verschlungen und weitere Opfer gefordert. Plötzlich fiel ihr ein Gespräch wieder ein, das sie mit Katja geführt hatte, als sie noch neu in der Stadt gewesen war. Sie hörte es wie ein Echo ihrer jetzigen Worte. *»Ich muss dir ja hoffentlich nicht sagen … dass, wenn dir jemand etwas angetan hat, Lilly, dann darfst du diese Person nicht damit davonkommen lassen.«*

Rasende Wut überlagerte alle anderen Gefühle.

»Du bist Polizistin, Katja!«, schrie Lilly. »Du hast Menschen ermordet! Rolf Stenström ist in dem Feuer gestorben, das du bei Gustaf Hammarklint gelegt hast. Und du hättest beinahe die kleine Emma getötet!«

Die Gestalt neben der Tür sackte weiter in sich zusammen, und Katja klang heiser, als sie antwortete, als würden die Worte in ihrem Mund schmerzen.

»Ich konnte nicht verstehen, dass sie nicht selbst darauf gekommen sind. Dass noch nicht einmal Mehmet es kapiert hat. Dass diese drei nacheinander sterben mussten, weil sie meinen Vater gequält haben, dass sie für das brennen mussten, was sie ihm angetan haben. Wahrscheinlich habe ich das Rolf Stenström zu verdanken. Er ist in das Feuer geraten und hat das Muster durchbrochen.«

Die Wut verlieh Lillys Stimme Kraft.

»Hatte Rolf es etwa verdient zu sterben? Und was ist mit all den Menschen, die ihr Zuhause verloren haben? War es das wert? Und was ist mit mir? Hatte ich es verdient zu sterben?«

»Ich habe sonst nichts, verstehst du das nicht?«, antwortete Katja tonlos. »Mein Job, diese Stadt, das ist alles, was ich bin und habe. Und ich konnte sie doch nicht damit davonkommen lassen. Als es so aussah, als würdest du dich an gar nichts erinnern, als hättest du mit der ganzen Sache abgeschlossen und würdest nur noch nach vorne schauen – da war ich so froh. Das war alles, was ich wollte.«

Lillys Stimme zitterte. Sie hatte noch ein fehlendes Puzzleteil gefunden.

»Der Nynäshamn-Fan? Dieser Blog, der es auf mich abgesehen hat? Die ganzen wirren Theorien, mit denen die Bevölkerung aufgehetzt wird. Das bist du?«

Ein leichtes Nicken von Katja bestätigte es.

»Ich habe alles versucht, damit du aufhörst nachzuforschen. Ich habe den Fokus auf Sivers gelenkt. Ich wollte dir nie schaden. Aber als ich heute hierhergekommen bin und die Liste auf deinem Bett gesehen habe, da wusste ich, dass du nie Ruhe geben wirst.«

Während Katjas Bericht hatte Hilda die Hände vors Gesicht geschlagen, als könnte sie anders nicht aushalten, was sie gerade hörte. Lilly sah, dass Hilda am ganzen Leib zitterte. Lilly schloss die Augen. Sie wünschte, sie hätte die Wahrheit nie erfahren, könnte einfach so tun, als wäre nichts gewesen und den Fall hinter sich lassen. Ein Gedanke brachte ihr Herz zum Rasen. Mörder, die gestehen, haben sich für einen von zwei Wegen entschieden: Sie geben auf und akzeptieren ihre Strafe, oder aber ihr Geständnis ist eine Art Geschenk, ein Schlussstrich, der sie nichts kostet.

Wieder krachte draußen ein Donner, noch lauter als der vorherige. Lilly blickte hoch und sah, wie Katja für einen Moment den Kopf senkte. Dann fluchte sie leise und zog die Hand hinter dem Rücken hervor. Legte sie vor sich auf den Oberschenkel, zusammen mit dem Gegenstand, den sie die ganze Zeit festgehalten hatte. Glänzend schwarz hob er sich von dem rosafarbenen Stoff ab. Dann stand sie langsam auf. Es war, als würden sich alle Konturen auflösen, der Raum verschwamm. Nur ein Detail war deutlich zu erkennen.

Die Pistole in Katjas Hand.

69

Hilda schnappte nach Luft, und es klang wie ein Zischen.

»Aufstehen«, sagte Katja. Ihre Augen waren rot geweint, aber sie wirkte entschlossen. Sie sah weder Lilly noch Hilda richtig an. Langsam ging Lilly zu Hilda, nahm ihre Hände und zog sie hoch. Sie schwankte und hielt sich an Lilly fest.

Katja machte einen Wink mit der Pistole, forderte die beiden auf, sich zu bewegen. Vorsichtig wichen sie ein paar Schritte zur Seite.

»Geht die Treppe hoch«, sagte Katja, und ihre Stimme klang brüchig. »Lilly, du zuerst. Los, beeilt euch.«

Hilda öffnete den Mund. Es war nur ein Flüstern.

»Warum sollen wir nach oben?«

Ein Schuss fiel. Hilda schrie auf, und feiner Staub rieselte auf sie herunter. Katjas Arm zeigte senkrecht nach oben, wie ein schwarzes Ausrufezeichen. Jetzt senkte sie ihn und richtete die Waffe nach vorn. Die Botschaft war deutlich. Der nächste Schuss würde nicht die Decke treffen.

»Geht jetzt«, sagte sie.

Lilly drückte Hildas Hand auf das Geländer, und die Wendeltreppe führte sie langsam nach oben. Das Metall fühlte sich kühl an, und ihre Füße waren seltsam schwer, jede Stufe kostete Kraft, während sie in engen Kreisen aufwärtsstiegen, elf Meter hoch. Lilly zuerst, dann kam Hilda, und Katja folgte dicht hinter ihnen, die Pistole ununterbrochen auf sie gerichtet.

Im Laternenhaus angekommen, blieb Lilly so unvermittelt stehen, dass Hilda in sie hineinstolperte. Sie versuchte, ihre Stimme unter Kontrolle zu halten.

»Was sollen wir hier oben, Katja?«

Es war, als würde sie versuchen, ihre Freundschaft heraufzubeschwören, indem sie ihren Namen sagte, Kontakt zu der Katja herzustellen, zu der sie eben noch durchgedrungen war. Der Katja, die mit sich gekämpft hatte.

Lilly machte Hilda Platz und stellte sich neben die große Laterne. Katja war auf der obersten Stufe stehen geblieben, einen Fuß auf dem Treppenabsatz. Ein Blitz zuckte über den Abendhimmel und erhellte ihre blassen Gesichter. Nur Sekunden später dröhnte der Donner los, hier oben war das Krachen noch lauter.

»Mach die Tür zur Plattform auf, Lilly«, sagte Katja, als es wieder still war.

»Warum sind wir hier, Katja?«, nahm Lilly einen neuen Anlauf. Adrenalin rauschte durch ihren Körper, es fiel ihr schwer, die Stimme ruhig zu halten.

Katjas Blick war leer und undurchdringlich, wie der einer Puppe. »Es tut mir leid«, sagte sie tonlos, »aber ich habe keine Wahl. Entweder ihr oder ich.« Ihre Augen wurden glasig. Sie zeigte auf die Tür, die auf eine kleine Plattform mit Geländer hinausführte. »Ihr werdet springen. Auf dieser Seite sind Felsen, und es ist hoch genug.«

Hilda stieß ein panisches Wimmern aus.

»Katja, bitte, wir finden eine Lösung. Es gibt Hilfe für dich. Du musst nicht …« Wieder übertönte ein Donnergrollen Lillys Worte. Sie suchte Halt am Glas der gewaltigen Lampe hinter sich, ihre Hände waren eiskalt und nass geschwitzt. Sie versuchte, sich aus der Lähmung zu befreien. »Katja, du wirst damit niemals davonkommen. Überall im Leuchtturm sind deine Spuren«, krächzte sie. »Du bist Polizistin, verdammt! Wach auf!«

Katja verzog die Lippen zu einem schmalen, harten Strich. Sie blinzelte ein paarmal. »Was hast du mir neulich noch erzählt? Unser Chef denkt, dass du eine Gefahr für dich selbst darstellst. Dass du labil bist. Und so viele haben inzwischen alles über deine Verstrickung in die Brände gelesen.« Sie zeigte nach unten in die Tiefe. »Dieser Leuchtturm wird wieder brennen. Das Feuer wird alle Beweise vernichten. Und ich, ich war zum Abendessen eingeladen, aber ich habe mich verspätet. Da hattest du den Leuchtturm schon angezündet und dich und deine Vermieterin bereits ins Jenseits befördert. Ich konnte nur noch die Feuerwehr rufen.«

Ein neuer Wink mit der Pistole, und Hilda trat zitternd und weinend zur Tür, um sie zu öffnen. Der Wind, der ihr entgegenschlug, war so heftig, dass sie taumelte. Sie klammerte sich am Türrahmen fest und drehte sich zu Katja um.

»Bitte … bitte, tu das nicht.« Ihre Stimme kippte. Der Wind zerrte an ihr, wieder zuckte ein Blitz über den Himmel, und der folgende Donner war ohrenbetäubend. Für einen kurzen Moment ließ Hilda die Tür los. In ihren Augen stand die blanke Angst.

»Das bist du nicht, Katja. Ich kenne dich, ich sehe doch, wie sehr dich das, was du getan hast, belastet. Mach es nicht noch schlimmer«, flehte Lilly.

All der Hass, der in Katjas Innerem wütete, schien wieder nach außen zu drängen. Der Schmerz brannte in ihren Augen.

»Sie haben meinen Vater zu Tode gequält. Ich hatte keine Wahl. Geht jetzt. Sonst erschieße ich Hilda zuerst. Wer weiß, wozu du noch imstande bist, Lilly.« Sie verlor die Beherrschung. »Ich kann nicht ins Gefängnis«, stieß sie keuchend hervor. »Das schaffe ich nicht.«

Lilly starrte Katja an, und plötzlich sah sie einen Schmerz, den sie kannte. Wut und Ohnmacht. Sie selbst war weggezogen und hatte alles zurückgelassen. Hatte verzweifelt nach einem Strohhalm gesucht, an dem sie sich aus der Dunkelheit herausziehen konnte. Katja dagegen hatte der Wut das Ruder überlassen, bis sie am Ende alle Bedenken über Bord geworfen hatte.

Etwas drängte sich in ihr Bewusstsein. Der Geruch von Rauch und helles Licht. Der hohe Baum vor dem Leuchtturm stand lodernd in Flammen – der Blitz hatte eingeschlagen.

Katjas Blick flackerte, und für einen Moment war sie abgelenkt.

Lilly warf sich nach vorn. Als sie Katja zurückstieß, fühlte es sich an, als würde ihre Schulter von innen explodieren. Der Pistolenschuss hallte im ganzen Gebäude wider. Sie fielen. Hildas Schrei mischte sich mit dem Aufprall ihrer weichen Körper auf der eisernen Treppe, und die Welt drehte sich. Jede Stufe schleuderte Lilly und Katja brutal gegeneinander, während sie weiter nach unten stürzten. Schlag folgte auf Schlag, als ob die gewaltige Eisenkonstruktion mit geballten Fäusten auf sie beide einprügelte.

Bäm.

Du wirst ...

Bäm.

damit ...

Bäm.

nicht durchkommen.

70

Alles tat weh. Jede Zelle ihres Körpers schien zu schreien. Ihre Schulter pochte auf eine ganz seltsame Weise, der Schmerz kam stoßweise.

Lilly hob den Kopf nur leicht an, und schon bei dieser Bewegung durchfuhr sie ein scharfes Stechen. Sie versuchte zu erfassen, was sie sah. Katja lag neben ihr auf dem Boden, das eine Bein unnatürlich abgewinkelt. Sie war so nah, dass Lilly nur die Hand hätte ausstrecken müssen, um sie anzufassen. Sie sah aus wie ein Spielzeug, das jemand weggeworfen hatte. Ihr Gesicht war kreideweiß, und sie hatte die Augen geschlossen. Aber sie atmete. Ganz schwach bewegte sich ihr Brustkorb auf und ab.

Hilda war die Treppe heruntergekommen und hockte neben Lilly, die Hände auf ihre Schulter gepresst. Hildas Blick war voller Sorge. Sie drückte Lilly nach unten, das war der Grund, warum Lilly sich nicht aufrichten konnte.

»Um Himmels willen, Lilly, liebe Lilly, halte durch. Der Krankenwagen ist schon auf dem Weg.«

Ihre Hände fühlten sich so merkwürdig warm auf Lillys Haut an. Sie fröstelte, merkte, dass sie vor Kälte zitterte und mit den Zähnen klapperte. Um sie herum war alles rot, das sah sie aus dem Augenwinkel. Der Boden war dunkelrot, und Hildas grün gepunktetes Kleid hatte große rote Flecken. Lilly hob den Kopf noch einen Zentimeter und versuchte, etwas mehr zu erkennen. Aber alles um sie herum wurde immer dunkler. Und da begriff sie. Sie war selbst getroffen worden. Deshalb sah Hilda so ängstlich aus. Mit jedem Herzschlag pumpte das Blut aus Lillys Körper. Hilda tat, was in ihrer Macht stand, um die Blutung zu stoppen. Lilly spürte, wie der Schmerz in ihren Körper ausstrahlte. Ihr war so schrecklich kalt.

Sie sah Lichtstreifen, Lampen, in einem Raum, der sich zu bewegen schien, sie hörte Motorengeräusche und Stimmen. Sie fror immer noch, obwohl sie unter einer Decke lag, die bis an ihr Kinn reichte. Als sie nach oben blinzelte, entdeckte sie Hilda, die immer noch da war und ihre Hand hielt. Lilly schloss die Augen.

Als Nächstes spürte sie, wie sie bewegt wurde, und hörte schnelle Schritte. Es war, als würde jemand anderes das erleben, was sie wahrnahm. Stimmen redeten über sie, berichteten, wo sie aufgefunden worden war, wie sie hieß und welche Verletzungen sie hatte. Für einen Augenblick sank Lilly in die Tiefe, wo alles still war, schwarz und lautlos. Dann kam sie wieder zu sich, durchdringende Geräusche schlugen ihr entgegen. Gestresste Stimmen, grell blendende Lampen. Lilly schnappte ein paar Wortfetzen auf: »Kompression … Flüssigkeit … Blutdruck … Puls … Atemfrequenz …« Ein Gestell wurde hereingerollt, jemand nahm vorsichtig ihren rechten Arm und gab ihr eine Spritze.

Ihr Blick wurde klarer. Sie war umgeben von Menschen, die Kittel trugen und Handschuhe. Eine Frau schrieb etwas auf eine Tafel, eine andere redete davon, dass sie mehr Blut bräuchten. Ein Mann beugte sich zu ihr herunter. Er hatte freundliche braune Augen, und seine Stimme war die ruhigste von allen.

»Hej, mein Name ist Ahmed Shalheh, und ich bin Arzt.«

Dann veränderte sich seine Stimme abrupt, sein Ton wurde scharf.

»Der Blutdruck fällt ab, wir verlieren sie. Wir brauchen einen OP. Jetzt!«

Es wurde wieder dunkel um sie.

71

Lillys Augenlider flackerten, gingen auf und zu, als sie etwas zu erkennen versuchte. Allein das war ein Kraftakt.

Im Totenreich war alles weiß. Weiße Wände, weiße Deckenplatten, eingerahmt von dünnen Linien aus Metall. Ihre Hände ruhten auf einer weißen Decke mit einem hellgrünen Überwurf. Oder war sie nicht tot? Alle möglichen Gefühle wallten in Lillys benebeltem Zustand auf. Heiße Tränen brannten auf ihren Wangen.

Eine Hand griff nach der ihren.

»Sie weint. Warum weint sie? Hat sie Schmerzen?« Die Stimme ihrer Mutter war ganz nah an ihrem Gesicht. »Wir sind hier, mein Schatz. Wir sind beide da, Jesper und ich.«

Die Konturen des Raumes lösten sich auf und verschwanden.

Als sie das nächste Mal zu sich kam, war sich Lilly ganz sicher, dass sie lebte. Ihr war nicht mehr so furchtbar kalt, dafür war ihr ganzer Körper empfindlich wie Glas. Sie verzog das Gesicht vor Schmerz. Jede kleinste Bewegung tat weh. Sie drehte den Kopf zur Seite und blickte in ein freundliches Gesicht, eingerahmt von blonden Haaren.

»Hej, mein Name ist Jenny. Ich bin Krankenschwester. Ich gebe Ihnen jetzt etwas gegen die Schmerzen. Die Ärztin wird gleich bei Ihnen sein. Ihre Mutter war bis eben auch da, sie ist nur kurz rausgegangen, um etwas zu essen.«

Das Schmerzmittel rauschte durch eine Kanüle in ihren Körper, und die Welt wurde weicher, angenehmer. Lilly lächelte.

Ein paar Minuten später setzte eine Ärztin Lilly über ihre Situation in Kenntnis, kurz und prägnant.

»Als Sie eingeliefert wurden, hatten Sie viel Blut verloren, weshalb eine Transfusion nötig war. Die Reste des Projektils konnten wir ohne Probleme entfernen. Sie haben drei gebrochene Rippen, ein gebrochenes Schlüsselbein und noch eine ganze Reihe kleinerer Verletzungen. Es wird eine ganze Weile dauern, bis das alles verheilt ist, aber Sie werden wieder ganz gesund werden.«

Die Erinnerungen an den Abend kamen zurück, eine nach der anderen. Ein bleiches, ausdrucksloses Gesicht, das dicht neben ihr auf dem Boden lag. Sie schnappte nach Luft, musste es wissen.

»Ist Katja Bromander auch hier?«

Der Mund der Ärztin verschloss sich zu einem Strich, der keine Information herausließ. Stattdessen wechselte sie schnell das Thema, als hätte sie Lillys Frage gar nicht gehört.

»Es ist ja noch nicht lange her, seit Sie das letzte Mal in einem schlimmen Zustand hier bei uns in der Notaufnahme waren. Nun wollen wir aber wirklich hoffen, dass das nicht noch öfter vorkommt.«

Sie machte eine Notiz und ging mit schnellen Schritten aus dem Zimmer. In der Tür wirbelte ein geblümter Kaftan an ihr vorbei, begleitet vom eiligen Klappern eleganter Lackschuhe. Lillys Mutter Eva. Ihr Gesicht verzog sich, als sie Lilly im Bett sah. Tränen traten ihr in die Augen. Die Umarmung war vorsichtig, aber trotzdem protestierten Lillys gebrochene Rippen.

»Aua!« Lilly zuckte lachend zusammen.

»Worüber lachst du?«, fragte ihre Mutter fassungslos, selbst irgendwo zwischen Lachen und Weinen.

»Ich lebe, Mama«, antwortete Lilly.

72

Im größten Konferenzraum der Dienststelle war der Tisch gedeckt. In der Mitte standen eine viereckige Torte, eine Thermoskanne Kaffee und ein Stapel Pappbecher. Lilly wurde mit Umarmungen empfangen, besorgten Fragen nach ihrem Befinden und vielen anerkennenden Schulterklopfern. Jemand tupfte sich ein paar Tränen aus den Augen, sagte, dass es wirklich verdammt knapp gewesen sei. Fast alle fanden Platz im Zimmer, die anderen warteten geduldig auf dem Flur. Lilly erwiderte die Umarmungen, so gut sie konnte, einen Arm noch in der Schlinge. Ihre Rippen schmerzten.

Aber die Freude, die sonst geherrscht hätte, fehlte. Kam man normalerweise ins Revier zurück, nachdem man einen großen und wichtigen Fall gelöst hatte, wurde man mit Gratulationen empfangen. So war es diesmal nicht. Neben der Erleichterung, Lilly wiederzusehen, und darüber, dass sie überlebt hatte, überwogen bei allen Trauer und Entsetzen über das, was Katja Bromander getan hatte. Eine beliebte und erfahrene Kollegin, eine, die hier aus der Gegend stammte.

Alle hatten sie gekannt und mit ihr zusammengearbeitet, und niemand hatte etwas geahnt. Und der Preis für das Ganze war hoch. Vier Tote in Nynäshamn, ein kleines Mädchen, das nur knapp mit dem Leben davongekommen war, ein gewaltiger Verlust an Wohnhäusern, Gebäuden und Waldgebieten. Brände, die zum denkbar schlechtesten Zeitpunkt ausgebrochen waren, als sie sowieso schon große Probleme mit der Feuergefahr hatten, gelegt von einer Kollegin.

Sie sah es in Bertil Strömbergs Augen, der in der Tür stand und seine Mitarbeiter begrüßte. Die Falten in seinem Gesicht schienen durch die Ereignisse der letzten Zeit noch tiefer geworden zu sein. Er erwiderte ihren Blick und lächelte, aber es war kein wirklich herzliches Lächeln. Die Scham belastete ihn, das spürte sie. Und sie hatten noch einiges zu klären. Nachdem sie sich die Zeit genommen hatte, mit allen zu reden, gab sie ihm ein Zeichen, und er nickte.

Wenig später gingen sie in sein Büro und machten die Tür hinter sich zu. Es war noch nicht lange her, dass sie zum allerersten Mal hier gesessen hatte. Aber seitdem war so viel passiert. War sie jetzt stärker? Vielleicht. Die Morgenzeitungen lagen auf seinem Schreibtisch. Es gab neue Schlagzeilen über Katja, schon den dritten Tag in Folge. Als Bertil sich auf die Schreibtischkante setzte, rutschten die Zeitungen zur Seite, und die Titelseite der *Expressen* brüllte ihnen ihre Botschaft entgegen:

So suchte sich die Feuerpolizistin von Nynäshamn ihre Opfer aus

»Wie geht es dir?«, fragte Bertil und schien die Schlagzeile gar nicht zu bemerken.

»Den Umständen entsprechend eigentlich ganz gut. Es war ein riesiger … Schock.« Lilly suchte nach Worten und zog mit der freien Hand die Armschlaufe zurecht. »Hilda war völlig verstört. Wir haben viel über alles geredet. Aber es ist schwer, damit klarzukommen, dass es Katja war.«

Sie machte eine Pause, dann fügte sie hinzu:

»Diesmal hat der Leuchtturm es gut überstanden, aber durch den Blitzeinschlag sind zwei Häuser in der Nähe abgebrannt. Und der Zirkus in den Medien war natürlich gewaltig. Ich habe versucht, mich, so gut es ging, aus allem herauszuhalten und mich nur um mich und meine Gesundheit zu kümmern. Meine Mutter hat eine Weile bei mir gewohnt.«

»Das klingt vernünftig«, warf Bertil ein.

Lilly räusperte sich und zuckte mit den Schultern.

»Es wird wohl noch eine Weile dauern, bis ich wieder ganz hergestellt bin. Aber es gibt ein paar Dinge, die ich gern mit dir besprechen würde.« Sie sah ihm direkt ins Gesicht, und ihr Ton war scharf, als sie fortfuhr. »Ich muss sagen, dass ich mich ... in Frage gestellt gefühlt habe, als ich das letzte Mal hier war. Ich wurde unter Drogen gesetzt, Bertil. Meine eigene Kollegin hat mich vergiftet, um mich in meiner Wohnung im Feuer umkommen zu lassen. Ich wusste ganz tief drinnen, dass das, was im Leuchtturm passiert war, nicht meine Schuld war. Aber nach dem, wie du die Sache dargestellt hast, habe ich es nicht mehr gewagt, meinen Verdacht anzusprechen. Ich habe befürchtet, dass du mir nicht glauben würdest.«

Bertils freundliche, entgegenkommende Miene veränderte sich, und er schaute nach unten auf seine Hände. Als er den Kopf wieder hob, war sein Blick zerknirscht.

»Es tut mir leid. Ich bin mit der Situation nicht gut umgegangen. Überhaupt nicht gut.«

Er verschränkte die Finger und legte die Hände um sein Knie.

»Das lag einerseits an ... Katja. Sie ist zu mir gekommen und sagte, sie würde sich Sorgen um dich machen und über dein Verhalten im Dienst. Und ich habe ihr geglaubt und daraus meine Schlüsse gezogen, dumm wie ich war.«

Lilly hatte bereits geahnt, dass es so abgelaufen war, und sich auf diese Erklärung vorbereitet. Natürlich hatte Katja alles getan, um sie daran zu hindern, weiter in den Brandfällen zu ermitteln. Aber was Bertil dann sagte, ließ ihren Puls in die Höhe schnellen.

»Und dann habe ich einen Bekannten aus Stockholm getroffen, Oberstaatsanwalt Svante Sandström. Aus irgendeinem Grund sind wir auf dich zu sprechen gekommen, und er sagte wohl etwas in die Richtung, dass du ... aus der Bahn geraten seist, bevor du die Stelle gewechselt hast. Er sagte, er würde dich gut kennen. Ich wusste nicht, was ich glauben soll.«

Für einen Moment war Lilly wie betäubt. Sie versuchte, Bertils Worte sacken zu lassen und ruhig zu atmen. Schließlich fühlte sie sich wieder in der Lage, ihm in die Augen zu sehen.

»Lilly«, sagte Bertil, und er sagte es mit Nachdruck. »Ich hätte auf dich hören sollen. Kannst du mir verzeihen?«

Sie reichte ihm die Hand und schaffte es, die Mundwinkel ein wenig nach oben zu ziehen.

»Schon geschehen.«

Er sah erleichtert aus. Sie verstand jetzt besser, warum er sich so verhalten hatte. Svante hatte zu einem weiteren Schlag gegen sie ausgeholt.

Sie ließ die Hand ihres Chefs los und verzog das Gesicht, versuchte, eine bequemere Haltung auf dem Stuhl zu finden, und schob den Arm zurecht. Die Ärzte hatten ihr geraten, die Schlinge zwischendurch abzunehmen, aber sie entlastete den Arm so angenehm. Die Kugel hatte ihr Schlüsselbein zertrümmert, und es würde mindestens sechs Wochen brauchen, um zu heilen. Sie schluckte Schmerzmittel nach einem festen Plan.

»Ich bin ja noch eine Weile krankgeschrieben, aber ich freue mich darauf, wieder zurückzukommen«, sagte sie, und Bertils Gesicht hellte sich auf.

Aber Lilly hatte noch mehr Fragen, auf die sie eine Antwort brauchte.

»Wo wir gerade über Katja reden, wie geht es ihr?«

Sie hatte die Frage schon anderen im Team gestellt, aber es war, als würden sich alle vor dem Thema drücken. Vielleicht, um Lilly zu schützen, vielleicht, weil es zu schmerzhaft war.

Bertil schob die Zeitung beiseite, als erschienen ihm die Schlagzeilen zu aufdringlich, und holte tief Luft.

»Ich habe Einblick in den aktuellen Stand. Die Voruntersuchungen laufen, die ersten Verhöre haben bereits stattgefunden. Katja hat eine Gehirnerschütterung, einen gebrochenen Oberschenkel und einen gebrochenen Arm. Sie steht wegen der Selbstmordgefahr rund um die Uhr unter Beobachtung.« Er machte eine Pause und fuhr sich müde über die Augen. »Bei der Wohnungsdurchsuchung wurden Beweise gefunden, die eine sorgfältige Planung der Brände belegen. Sie hatte mehrere Dateien mit Informationen auf ihrem Rechner und jede Menge Fotos, die sie abends von den Häusern und der jeweiligen Umgebung gemacht hat. Sie hat die Familien und die Wohnsituation der Opfer durchleuchtet. Auch hier auf der Dienststelle wurde Material sichergestellt. Sie hat genau recherchiert, hat sich sowohl über Brände schlau gemacht, die Unfälle waren, als auch über Brände, die gezielt gelegt wurden. Sie hat nachgelesen, was zur Ergreifung der Täter geführt hat. Sie ist technisch versiert und gut darin, ihre eigenen Spuren zu verwischen. Wärst du nicht gewesen, wäre sie vermutlich damit durchgekommen. Dann würde sie immer noch hier arbeiten, mitten unter uns.«

Lilly sah ihn angespannt an.

»Dann redet sie in den Verhören?«

»Ja. Sie kooperiert. Es scheint fast wie eine Befreiung für sie zu sein, endlich erzählen zu können, was sie getan hat, was sie gedacht und wie sie es vorbereitet hat.«

»Wie lange hatte sie diese Verbrechen schon geplant?«

»Als ihr klarwurde, was die drei ihrem Vater angetan haben. Ungefähr vor einem Jahr ... Ja, es sieht so aus, als hätte sie da bereits den Beschluss gefasst.«

Lilly hörte atemlos zu, sie konnte es vor sich sehen.

»Sie hatte von Anfang an die Vorstellung, Feuer als Tatwaffe einzusetzen. Es war ja naheliegend, nachdem die drei das Haus ihres Vaters angezündet hatten. Dass es zwischenzeitlich in ganz Schweden anfing zu brennen, scheint ihren Plan buchstäblich befeuert zu haben. Es ist eine enorm angespannte Lage für den gesamten Katastrophenschutz, und das hat natürlich auch unsere Ermittlungsmöglichkeiten in diesen Fällen beeinträchtigt.«

Er verstummte und rieb sich das Kinn.

»Die psychologische Untersuchung hat ergeben, dass sie voll zurechnungsfähig ist, wenngleich sie unter einer Depression leidet. Ich kenne Katja als scharfsinnige, fröhliche Frau, die ihren Job immer gut gemacht hat. Das hier ist ein riesiger Schock für uns alle. Ich muss zugeben, dass mein alter Schädel es noch nicht so richtig verarbeitet hat.« Er seufzte gedämpft. »Sie kennt den Ablauf und weiß, was auf sie zukommt, und sie ist in der Lage, ihr eigenes Handeln zu analysieren.«

Lilly schwieg eine Weile und dachte über das alles nach, was sie gerade erfahren hatte.

»Ihr Vater hat nie Anzeige gegen die drei erstattet«, sagte sie schließlich. »Diese Typen konnten trotz ihrer Taten ungestraft durchs Leben gehen. Das hat es einfacher gemacht, sie so viele

Jahre später zu ermorden. Nichts in den Archiven hat Katja oder ihren Vater mit den Opfern in Verbindung gebracht. Es gab kein erkennbares Motiv.«

Bertil nickte und stützte sich mit den Händen hinter dem Rücken auf den Schreibtisch.

»Vielleicht wäre alles ganz anders ausgegangen, wenn Katjas Vater sich überwunden hätte, diese Jungs anzuzeigen. Es ist schrecklich, was sie ihm angetan haben.«

Lilly ließ seine Worte sacken, und ihr Magen verkrampfte sich. Der Zeitpunkt war gekommen.

»Bertil«, sagte Lilly. »Da ist noch etwas, worüber wir reden müssen. Es geht um das, was ich in Stockholm hinter mir gelassen habe.«

73

Eine Woche war vergangen. Er war da gewesen und hatte im Krankenhaus ihre Hand gehalten. War geblieben, bis er sicher war, dass sie allein zurechtkam. Hatte sich dann zurückgezogen.

Als Lilly nun an Jespers Tür klingelte, war sie angespannt. Aus mehreren Gründen. Sie drehte sich um, hob die Hand und winkte Hilda dankbar zu, die sie hierhergefahren hatte.

Jetzt hörte sie seine Schritte hinter der Tür. Er ließ sich Zeit, um einen Blick durch den Türspion zu werfen und den Schlüssel umzudrehen. Als würde er die Bewegungen hinauszögern. Aber als die Tür aufging, lächelte Jesper, und sie erahnte ein Grübchen zwischen seinen Bartstoppeln. Er trug Shorts und ein T-Shirt mit blauen Malerflecken. Er war barfuß, und das weiße Shirt leuchtete geradezu auf seiner sonnengebräunten Haut.

»Ich bin gerade dabei, meine Küchenstühle zu streichen. Komm rein.«

Er erkundigte sich, wie es ihr gehe, ob sie Schmerzen habe, und schaute auf ihren Arm, den sie heute mal nicht in der Schlinge hatte. Sie versicherte ihm einsilbig, dass sie auf dem Weg der Besserung sei.

Sie gingen in die Küche, deren Boden er großflächig mit Zeitungspapier abgedeckt hatte. Die grauen Holzstühle sollten blau werden. Zwei waren schon fertig lackiert, ein dritter war gerade in Arbeit. Er kochte ihr eine Tasse Tee, und sie setzte sich auf einen Hocker.

Jesper ging in die Knie, nahm die Unterseite des Stuhls in Augenschein und hob den Pinsel. In langen, lockeren Strichen färbte sich die graue Oberfläche himmelblau.

»Warst du gerade in der Gegend?«, fragte er.

Er hob den Blick und sah sie neugierig an. Dann schien er eine Veränderung in ihrer Stimmung zu bemerken, etwas Neues. Sie konnte nicht verbergen, dass sie nervös war, und er legte den Pinsel beiseite und wartete ab, was sie ihm sagen würde. Lilly befeuchtete die Lippen.

»Ich ... ich habe nachgedacht.«

Sie schluckte und stellte die Teetasse ab.

»Und ich bin zu dem Schluss gekommen, dass es wohl doch eine Grenze gibt, wie viel er mir kaputt machen darf.«

Jesper sah sie aufmerksam an. Aber er sagte nichts, ließ sie in ihrem eigenen Tempo fortfahren.

»Ich lasse es nicht zu, dass Svante das zerstört, was wir beide haben. Kann sein, dass ich eigentlich noch nicht so weit bin, aber vielleicht können wir es langsam angehen lassen? Wir müssen viel miteinander reden. Und ich kann dir nicht versprechen, dass ich mich nicht zwischendurch zurückziehe. Aber ich will mit dir zusammen sein. Das weiß ich ganz sicher.« Sie atmete aus. »Klingt das für dich okay?«

Sein Blick war in ein Strahlen übergegangen, während sie geredet hatte. Jetzt nickte er. Er stand auf und ging zu ihr. Er stand so nah vor ihr, dass sie die Hände auf seine Hüften legen, die Arme um ihn schlingen und die Geborgenheit seiner Umarmung spüren konnte. Er hatte Farbe an den Fingern, das sah sie jetzt. Er griff in ihre Haare, beugte sich zu ihr und küsste sie. Es war ein hungriger Kuss, aber einer, der warten konnte. Nach einer Weile machte sie sich von ihm los.

»Da ist noch eine Sache«, sagte sie vorsichtig.

Das Strahlen in seinen Augen verwandelte sich in Ernst, als er ihren Gesichtsausdruck sah.

»Ich brauche deine Hilfe. Kannst du bei mir bleiben, während ich einen Anruf mache?«

»Ja, natürlich. Warum …?«

Sie schüttelte den Kopf.

»Das erkläre ich dir später.«

Er drückte ihre Hand, die jetzt ein wenig feucht vor Anspannung war, und nickte nur.

»Okay. Wir setzen uns aufs Sofa. Ruf an.«

Sie gingen ins Wohnzimmer. Im Radio, das leise lief, begannen gerade die Nachrichten, und durch das große Fenster sah sie hinaus in den Himmel, der langsam dunkler wurde. Irgendwo, sehr weit entfernt, grollte ein Donner. Der Herbst war im Anmarsch, und der Radiosprecher sprach gerade darüber, dass die Hitze, die wie ein Deckel über Schweden gelegen hatte, nun endlich nachzulassen schien.

Dann folgte der nächste Beitrag.

»Am Montag trifft sich die Welt zur Klimakonferenz der Vereinten Nationen. Viele Wissenschaftler gehen davon aus, dass die Mehrzahl der unumkehrbaren Wendepunkte, der sogenannten ›tipping points‹, unseres Ökosystems, zwischenzeitlich überschritten wurden. Die Lage spitzt sich immer weiter zu, und es wird erwartetet, dass der detaillierte Handlungsplan, der bei der letzten Konferenz verabschiedet wurde, jetzt …«

Lilly schaltete den Ton aus. Sie brauchte Stille, musste ihre eigenen Gedanken hören. Auch wenn dadurch ihr rasender Puls noch deutlicher spürbar wurde. Wie auch immer das hier ausging, sie würde damit fertigwerden.

Sie nahm ihr Handy und wählte die Nummer einer Telefonzentrale.

»Können Sie mich mit Kriminalkommissarin Liv Kaspi verbinden?«

Sie wartete. Schließlich klickte es in der Leitung.

»Ja, hallo? Hier ist Liv Kaspi.«

»Hej, hier ist Lilly.«

Es schien ganz selbstverständlich, ausgerechnet Liv anzurufen, die alte Freundin, die sie erst kürzlich im Leuchtturm besucht hatte. Sie kannten sich seit ihrer gemeinsamen Zeit auf der Polizeischule, hatten in derselben Hallenhockeymannschaft gespielt und auf stinkenden Matten miteinander gerungen. Während langer Dienste im Streifenwagen hatten sie sich die Zeit mit endlosen Gesprächen vertrieben. An Livs Seite hatte sie sich immer sicher gefühlt, selbst dann, wenn sie bei gewalttätigen Krawallen eine Kette bilden mussten. Sie waren verschieden und doch gleich. Die Kriegerin und die Späherin, hatte ihr Kollege Mats sie immer scherzhaft genannt. Liv war schlau, ehrlich und hartnäckig, eine gute Freundin. Auch wenn Lilly sie jetzt nicht in erster Linie als Freundin brauchte, sondern vor allem als Polizistin.

Die Freude war Liv deutlich anzuhören.

»Oh, hej! Wieso rufst du mich denn nicht auf der privaten Nummer an? Danke für den schönen Abend neulich. Was für ein tolles Zuhause du hast! Ich muss dich bald wieder besuchen, aber diesmal mit Badesachen.«

Draußen grollte leise der Donner. Plötzlich war Lillys Mund ganz trocken.

»Liv, ich muss jemanden anzeigen.«

Livs Stimme veränderte sich sofort.

»Was ist los? Bist du an einem Tatort?«

Lilly sah vor sich, wie Liv sich aufrichtete und ihr Gesichtsausdruck von freundlich entspannt auf alarmiert umschaltete.

»Die Geschädigte bin ich. Ich möchte Anzeige gegen Svante Sandström erstatten. Es geht unter anderem um Belästigung, Bedrohung, häusliche Gewalt und Körperverletzung.«

Liv schwieg einen Moment.

»Svante Sandström? Der Oberstaatsanwalt? Mit dem du zusammen warst?«

»Ich habe mich von ihm getrennt, aber er hat sich geweigert, mich in Ruhe zu lassen. Ich habe viel Beweismaterial, Schriftstücke und Fotos, ich habe alles aufgehoben. Er hat sich vor kurzem bei mir gemeldet, von einer unbekannten Nummer aus, aber ich habe die Art zu schreiben sofort erkannt. Er hat angekündigt, mich besuchen zu kommen«, sagte Lilly und hörte Jesper nach Luft schnappen. »Außerdem hat er versucht, meine neue Stelle hier zu sabotieren. Die Anzeige ist längst überfällig«, fügte Lilly hinzu.

Jesper hielt jetzt ihre freie Hand. Und sie drückte die seine fest.

Ihr Mund war nicht mehr so trocken, sie fühlte sich mehr im Hier und Jetzt.

Livs Stimme am anderen Ende der Leitung war ruhig, es war die Stimme einer Freundin, aber nun klang auch die tatkräftige Polizistin durch. Die Kommissarin, die einen Job zu erledigen hatte.

»Komm her. Es gibt keinen Grund, noch länger zu warten. Ich bin da.«

»Danke. Ich mache mich gleich auf den Weg.«

Sie beendeten das Gespräch. Sie würde an ihren alten Arbeitsplatz in Stockholm fahren und den Mann anzeigen, der sie gequält und fast gebrochen hatte. Sie durfte niemals das Gefühl vergessen, das sie jetzt in diesem Moment erfüllte – wie die Last von ihren Schultern gefallen war, als sie für sich selbst eingetreten war. Dieses Gefühl war wichtig, ganz egal, wie diese Sache ausgehen würde, und das musste sie im Gedächtnis behalten für alle kommenden Gespräche mit Gewaltopfern.

Plötzlich nahm sie ein sanftes Prasseln wahr. Es war so lange her, dass sie dieses Geräusch gehört hatte, dass sie zuerst dachte, es wären Eicheln, die vom Baum fielen. Es regnete.

Lilly stand auf, sie hielt noch immer Jespers Hand und sah aus dem Fenster. Es regnete immer kräftiger, die Tropfen wurden zu kleinen Rinnsalen auf der Scheibe, und das Atmen fiel auf einmal viel leichter.

Sie drehte sich zu Jesper um.

»Kann ich mir dein Auto leihen?«

Er runzelte die Stirn.

»Aber ich begleite dich.«

Sie strich ihm über die Wange. Lächelte leicht.

»Nein, das hier will ich allein machen.«

DANK

Zuallererst – mein Dank an Åsa Selling und Susanna Romanus von Romanus & Selling. Es ist eine Ehre, dem ersten Jahrgang eures neuen Verlags in der Bonniergruppe anzugehören. Danke meiner Lektorin Lena von Sydow, an Lina Rönning vom Marketing und an meine Agentur Bonnier Rights.

Außerdem möchte ich Nils Fröman danken, meinem Stiefvater, der langjährige Erfahrung als Feuerwehrmann hat, unter anderem als Vize-Brandmeister in Örnsköldsvik. Dein Wissen und deine lebendigen Erzählungen in meiner Kindheit waren mir eine große Hilfe beim Schreiben dieses Buches. Du spielst immer herunter, was du für andere getan hast, aber ich weiß, dass eine Menge Menschen dir sehr viel zu verdanken haben. Der Nachbar, dessen Balkonbrand du gelöscht hast, als du schon in Rente warst, ist vermutlich auch dankbar.

Ein großes Dankeschön auch an den Feuerwehrmann Kim Ekman, Einsatzleiter in Södertälje, der nebenbei noch Teilzeit in Nykvarn arbeitet. Das Interview mit dir in der Feuerwache war wahnsinnig informativ und hat mir unglaublich viele Anregungen gegeben, und ich bin sehr froh, dass du dir die Zeit genommen hast, die Teile meines Manuskripts zu lesen, die deine Arbeit betreffen.

Danke auch Kriminalkommissar Ludvig Sandberg, dass du so großzügig dein Wissen mit mir geteilt hast. Du bist ein Fels, und ich freue mich sehr, dass ich dich interviewen durfte.

Danke der Notärztin Fanny Nilsson, die mir so professionell erklärt hat, wie ein Ärzteteam im Schockraum der Notaufnahme in einer kritischen Situation agiert.

Danke an Musse Hasselvall, Kampfsportexperte und der Erste, den ich um Rat frage, wenn es um Szenen geht, in denen Gewalt vorkommt. Du bist immer eine große Hilfe.

Danke der Journalistin und guten Freundin Carina Bergfeldt, die mich auf ein wunderbares Fest eingeladen hat, das zu einer wunderbaren neuen Zusammenarbeit führte.

Danke dem größten Krimifan der Familie, meinem Vater Tommy Eriksson, der alles gelesen und kluge Kommentare beigesteuert hat.

Kurze Abschnitte einzelner Artikel, in denen über die Brände im Sommer 2018 berichtet wurden, wurden im Buch übernommen und mit Lillys Wirklichkeit verwoben. Die Artikel sind ursprünglich in den Zeitungen *Dagens Nyheter*, *Örnsköldsviks Allehanda*, *Aftonbladet* sowie in *SVT Nyheter* und *Sveriges Radio* erschienen.

Danke meiner wunderbaren Großfamilie, dass ihr immer für mich da seid. Mama, Nils, Ylva, Tina, Marie, Daniel, Sigge, Maiken, Niklas, Catrin, Bea und Niklas. Ihr macht mich besser.

Danke meinen lieben Freunden. Ich werde euch nicht einzeln auflisten, denn ich habe Angst, jemanden zu vergessen.

Ein großes Dankeschön an dich, Andreas, für deine liebevolle Unterstützung.

Zum Abschluss: Den Hintergrund meines Buches bildet der fortschreitende Klimawandel. Während ich meine Dankesworte schreibe, befinden wir uns mitten in einer anderen Krise, einer Pandemie. Ein weiteres Mal wird uns bewusst, wie verwundbar wir sind, wie sehr wir von unserer medizinischen Versorgung und unseren Rettungsdiensten abhängen. Im Rückblick wird diese Zeit und das, was wir alle gemeinsam durchgestanden haben, daher immer auch von großer Dankbarkeit geprägt sein.

LESEN SIE WEITER!

Du kannst keinen Alarm auslösen, du kannst nicht um Hilfe rufen, du kannst nicht einmal Licht anmachen

Nach dem mörderischen Hitzesommer brauen sich heftige Herbststürme zusammen. Ermittlerin Lilly Hed fährt nach Stockholm, um sich ihrer Vergangenheit zu stellen. Dort trifft sie ihre gute Freundin, Detective Liv Kaspi. Liv soll sich um einen ungelösten Fall in Nordschweden kümmern und holt Lilly ins Team. Als die beiden im Dorf Skageby ankommen, bricht dort der Sturm los und verursacht schwere Überschwemmungen und Stromausfälle. Jeglicher Kontakt zur Außenwelt wird abgebrochen – und im Dunkeln geschieht ein weiterer Mord.

Aus dem Schwedischen von Friederike Buchinger
Die Originalausgabe erschien 2021 unter dem Titel »Släcka Liv«
im Verlag Romanus & Selling, Stockholm

Hedderichstraße 114, D-60596 Frankfurt am Main

LESEPROBE

Einfach nur ein weiterer verregneter Herbst.

1

3. September FOLKBLADET

Ein Spaziergang im Wald – und plötzlich war überall Rauch: »Ich bekam Panik.«

Die riesige Schlagzeile über den Waldbrand bei Lycksele, nur wenige Kilometer entfernt, füllte die gesamte Titelseite der zerknitterten Tageszeitung. Der Feuerwehr war es gelungen, einen Mann zu retten, der sich verirrt hatte. Gunnar Dörner strich mit seiner faltigen Hand das Papier glatt und trank den letzten Schluck aus seiner Kaffeetasse. Der Waldbrand war inzwischen wohl unter Kontrolle. In diesem Sommer hatte es so viele Feuer und so viel Elend gegeben, eine Hitzewelle, die kein Ende zu nehmen schien. Da waren die sinkenden Temperaturen des Herbstes mehr als willkommen. Gunnar schlief auch viel besser, seit es nicht mehr so warm war. Er hatte Hitze noch nie gut vertragen, nicht mal in der Blüte seiner Tage. Überhaupt war es für viele Menschen, Tiere und Pflanzen ein Segen, endlich nicht mehr in dieser Glutsonne braten zu müssen. Er warf einen zufriedenen Blick durch das Küchenfenster in den Garten, auf die üppigen Verbenen und Kosmeen in der Abenddämmerung, die immer noch blühten. Wie eine Bestätigung, dass der Herbst wirklich gekommen war, landeten ein paar Regentropfen auf der Fensterscheibe. Die grauen Wolken am Himmel hatten dieselbe Farbe wie sein Haus. Der Regen wurde schnell stärker und Gunnar fiel der Berg Bettwäsche wieder ein, der in der Waschküche darauf wartete, sortiert und zusammengelegt zu werden. Worauf er allerdings überhaupt keine Lust hatte, war, die Laken zu mangeln. Aber außer ihm würde ja ohnehin niemand merken, dass sie zerknittert waren. Gunnar Dörner schlief allein.

Er schob den Stuhl zurück, warf die Zeitung in die Altpapierkiste und stellte seine Tasse in die Spülmaschine. Im Radio auf der Fensterbank lief der Sender P1. Ein Jingle verkündete, dass es jetzt achtzehn Uhr war, und dann folgte das Lied einer Dame, die offenbar Laleh hieß, und sang, dass alles gut werden würde.

Gunnar steckte die Füße in ein Paar warme Hausschuhe, der Steinboden in der Waschküche war immer so kalt. Neuerdings verlegten die Leute ja sogar im Keller Fußbodenheizung, hatte er gehört, aber er kam sehr gut ohne diesen neumodischen Kram zurecht. Er ging in den Flur und machte die Kellertür auf. Dort unten hatte er eine gut ausgerüstete Waschküche, mit Waschmaschine, Trockner und sogar einer Wäschemangel. Gunnar hatte das ganze Zeug für einen Spottpreis übernommen, als die Nachbarin vor knapp einem halben Jahr völlig überraschend verstorben war und ihre Kinder das alte gelbe Haus so schnell wie möglich loswerden wollten. Aber noch war niemand Neues nebenan eingezogen und der nächste Nachbar befand sich ein ganzes Stück entfernt.

Die mit Teppich ausgekleidete Treppe endete am grauen, rauen Kellerboden, seine Hand tastete nach dem Lichtschalter über dem Handlauf und die Deckenlampe ging an. Gunnar öffnete den Wäschetrockner, aus dem ihm warme Luft und der wohlige Duft von Waschmittel entgegenströmte, und machte sich an die Arbeit.

Eine Viertelstunde später lag ein hoher Stapel gefalteter, sortierter Wäsche vor ihm auf der Waschmaschine. Von oben drang gedämpftes Gedudel aus dem Radio herunter, das er für ein wenig Gesellschaft angeschaltet gelassen hatte. Gerade lief etwas Jazziges von Monica Zetterlund. Dann nahm er ein leises knackendes Geräusch wahr und plötzlich wurde es um ihn herum schwarz. Der Song riss mitten im Refrain ab. Es herrschte absolute Stille.

Erschrocken schnappte Gunnar nach Luft und fasste sich an die Brust. Sein Herz klopfte. Die Dunkelheit machte ihm Angst. Das war schon immer so gewesen, schon seit seiner Kindheit. Noch dazu waren seine Augen über die Jahre schlechter geworden und er sah nachts gar nicht mehr gut.

Er streckte tastend die Hände aus, versuchte, das Unbehagen abzuschütteln, das in ihm heraufkroch. Es war ja nur eine Sicherung, die rausgeflogen war. Aber die Dunkelheit in dem fensterlosen Raum war genauso kompakt, als hätte er die Augen zum Schlafen zugemacht. Also stellte er sich die Waschküche vor, drehte sich um und suchte sich mit einer Hand an der Wand den Weg zur Treppe. Dort probierte er ein paarmal den Lichtschalter, aber wie erwartet tat sich gar nichts. Mit einem festen Griff um den Handlauf stieg er vorsichtig nach oben, nahm mit Bedacht eine Stufe nach der anderen. Das Letzte, was jetzt passieren durfte, war, dass er alter Mann im Dunklen die Treppe hinunterfiel und sich ein Bein brach, dachte Gunnar.

Als er nach oben kam, war der Himmel draußen dunkelblau und dämmrig, die großen Fenster waren die einzige Lichtquelle. Der Regen rann in Strömen an den Scheiben hinunter und außer dem gedämpften Prasseln war in der Stille nichts zu hören. Im ganzen Haus war es stockfinster.

Hatte er die Taschenlampe nicht in den Putzschrank geräumt? Ein leises Geräusch ließ ihn erstarren. Sein Herz fing wieder an zu rasen. War die Katze unbemerkt durch die Katzenklappe ins Haus gekommen?

»Simone, miez-miez-miez, komm zu Herrchen«, rief er fragend, aber schnell verstummte er wieder. Seine Stimme klang so seltsam hohl in der Dunkelheit, als würde sie gar nicht zu ihm gehören. Das Scharren hatte aufgehört und es rührte sich auch nichts. Also machte er sich wieder auf die Suche nach der Taschenlampe, aber obwohl er den ganzen Schrank durchwühlte, bekamen seine Finger den rettenden Kunststoffgriff nicht zu fassen.

Es war so schwer, etwas zu erkennen. Gunnar stellte sich auf die Zehenspitzen und zu seiner Erleichterung fand er wenigstens die Blechdose, in der er die Sicherungen aufbewahrte. Die solide Dose fest an die Brust gedrückt, ging er in die Küche. Hier, im schwachen Licht, das durchs Fenster fiel, würde er bestimmt finden, wonach er suchte. Ein erneutes Geräusch hinter ihm ließ Gunnar zusammenzucken und er drehte sich um. Die Hände, die die Dose hielten, wurden ein bisschen feucht.

»Simone?«, rief er. Seine Stimme zitterte. Seine Augen spähten in das Halbdunkel.

Die Konturen im Wohnzimmer nebenan verschwammen, Sessel und Stühle schienen plötzlich menschliche Formen anzunehmen. Mit steifen Bewegungen ging er angespannt zur Haustür, aber dann blieb er wie angewurzelt stehen. Die dröhnenden Herzschläge und das Rauschen in den Ohren übertönten erst alles andere, aber dann schnappte er heftig nach Luft. Denn jetzt hörte er es ganz deutlich – hinter ihm war jemand. Schnelle, leichte Atemzüge. Er ließ die Dose auf den Küchentisch fallen. Die Sicherungen, Batterien und Schrauben darin schepperten ohrenbetäubend laut.

Gunnar taumelte, dann fand er das Gleichgewicht wieder,

drehte sich um und ballte instinktiv die Fäuste. Der Atem eines Menschen streifte seine Wange. Und plötzlich wusste er, wen er vor sich hatte und seine Angst verwandelte sich in eine Mischung aus Erleichterung und Erstaunen.

»Aber warum bist du …«

Die Antwort war nur ein Flüstern in seinem Ohr.

Dann zerschnitt Stahl den Baumwollstoff seines Hemds. Silbriges Metall blitzte auf und färbte sich rot, verschwand erneut. Gunnar sah seine eigenen Hände, die Worte in die Luft zeichneten, während sein Blickfeld immer kleiner wurde. Die Dunkelheit, vor der er sich so fürchtete, wurde immer größer, verschluckte ihn Stück für Stück. Sein letzter Atemzug war nur noch ein schreckensstarres Zischen.

2

OKTOBER

Die Deckenlampe spiegelte sich für einen Augenblick im Bildschirm, bevor der Film anfing, der in ein träumerisches, sommerwarmes Licht getaucht war.

Die Streuobstwiese mit Apfelbäumen stand in voller Blüte, ein Meer aus weißen und hellrosa Blütenblättern. Einige segelten herunter und landeten auf Liv Kaspis kurzgeschnittenen, dunkelroten Haaren. Leuchtend wie kleine, helle Lichter. Livs sonnengebräunte Arme bildeten einen scharfen Kontrast zu ihrem kurzen, weißen Baumwollkleid. Dazu trug sie schlichte Sandalen. Aber das Outfit passte zu ihr, es betonte ihre langen Beine und die muskulösen Schultern. Der großgewachsene Mann neben ihr, Rickard Falke, sah in seinem hellgrauen, gutsitzenden Anzug, mit hellblauem Hemd und Einstecktuch, dagegen bedeutend festlicher aus. Die beiden waren umgeben von Menschen mit strahlenden Gesichtern, auf einigen Wangen glänzten Freudentränen. Aber der Mann, der Liv ansah, schien nur Augen für sie zu haben.

»Nun, Rickard«, sagte eine ältere Frau, die eine elegante Bluse mit Schleifenkragen trug, und dann sagte sie noch mehr, aber ein Teil ihrer Frage ging im plötzlichen Triller einer Amsel unter, der klang wie ein spontaner Freudenausbruch. »... zu lieben, in guten wie in schlechten Zeiten?«

»Ja«, antwortete er sofort und nach einer kurzen Pause. »Darf ich sie jetzt küssen?« Alle um sie herum lachten, und ohne auf Antwort zu warten, küsste sich das frisch verheiratete Paar unter dem großen Jubel der Umstehenden.

Kriminalkommissarin Liv Kaspi blieb in der offenen Tür stehen und lächelte. Zog die Tür leise hinter sich zu. Das Wohnzimmer lag im Halbdunkel vor ihr, kein Licht brannte.

Ihr Mann Rickard saß zurückgelehnt auf dem Sofa, mit dem Rücken zu ihr, und sah sich ein Video von ihrer Hochzeit an. Sie waren jetzt etwas über drei Jahre verheiratet und noch immer rollte bei der Erinnerung an jenen Juniabend eine warme Welle von Glück durch ihren Körper. Und Rickard ging es offensichtlich ganz genauso.

Liv legte ihre Uniformjacke ab und zog ihre Turnschuhe aus. Schlich sich an ihren Mann heran, der den Blick fest auf den Laptopbildschirm geheftet hatte. Sie beugte sich vor, berührte mit den Lippen seine Wangen und legte die Arme um seinen Hals. Erst schnappte Rickard nach Luft, überrascht von ihrem plötzlichen Erscheinen, aber dann lachte er leise und erwiderte ihre Umarmung. Fasste sie um die Taille und zog sie zu sich aufs Sofa.

Ihr Mund fand seinen und ohne sie aus den Augen zu lassen, schob er den Computer weg. Der Kuss wurde inniger. Liv war manchmal immer noch überrascht, wie heftig ihr Verlangen nach ihm war. Als könnte sie nie genug von ihm bekommen. Sie war immer ein hitziger Mensch gewesen, impulsiv, in ihrem Körper war ab und zu einfach nicht genug Platz für all die vielen Gefühle. Mit Rickard schienen die ständigen Entladungen noch häufiger geworden zu sein, als ob ununterbrochen neue Funken entzündet wurden. Ab und zu überforderte es sie, wie viel sie für ihn empfand und er für sie. Rasch knöpfte Liv ihre Uniformbluse auf, öffnete ihren BH und zog ihm das T-Shirt über den Kopf. Seine Hände schlossen sich um ihre Brüste, er küsste erst die eine, dann die andere und sie hörte sich selbst stöhnen. Er machte den Knopf ihrer Hose auf, rutschte tiefer und flüsterte lachend zwischen ihren Beinen:

»Versuch, leise zu sein. Felicia ist endlich eingeschlafen.«

Eine Stunde später lag sie ausgestreckt in Rickards Arm, das Kinn auf seiner nackten Brust. Strich mit den Fingern durch seine dunkelbraunen, leicht gewellten Haare. Ein sachter Sprühregen vor dem Fenster sorgte für eine gemütliche Geräuschkulisse.

»Hatte sie schon wieder Probleme mit dem Einschlafen?«

Liv hob den Kopf und sah ihn mit ihren grünen Augen fragend an.

Er nickte.

»Aber es wird langsam besser. Sie hat tausend kleine Rituale, alle Kuscheltiere müssen an einem ganz bestimmten Platz liegen, aber wenn ich ganz ruhig bin, dann kommt sie irgendwann auch zur Ruhe.«

Es war Liv gewesen, die Felicia kennengelernt hatte, als das Mädchen über sein Alter gelogen hatte, um sich für das Kampfsporttraining anmelden zu dürfen, das Liv an einem Abend in der Woche leitete. Liv selbst nahm jetzt mit vierunddreißig immer seltener an Wettkämpfen teil, aber junge Mädchen in brasilianischem Ju-Jutsu, in Kickboxen und Ringen zu trainieren, bestärkte sie nur noch mehr in ihrer Liebe zum Sport. Felicias Anblick hatte die Erinnerung an sie selbst wachgerufen, an das kleine, dünne Mädchen, das eingeschüchtert und ängstlich zum ersten Mal in Javiers Kampfsportstudio erschienen war. Selbstverteidigung zu lernen war ein Bestandteil der Trauerarbeit gewesen, nachdem Liv ihre große Schwester verloren hatte, und ein

Hobby geworden, durch das sie lebenslange Freundschaften und ein neues Selbstvertrauen gewonnen hatte.

Felicia trug eine andere dunkle Last mit sich herum, eine psychisch kranke Mutter, die weder Trost noch Unterstützung geben konnte, als ihre Tochter in der Schule gemobbt wurde. Hartnäckig, mit verbissener Dickköpfigkeit, war Felicia immer wieder beim Training aufgetaucht. Das kleine Mädchen war Stück für Stück stärker geworden, selbstsicherer, und Stück für Stück hatte sie sich geöffnet und mehr von ihrer Lebenssituation erzählt. Felicias häusliches Umfeld war schädlich für das Kind. Ihre Mutter betäubte den inneren Schmerz immer öfter mit Alkohol und Drogen und nach allem, was die Elfjährige ihr erzählte, war es für Liv unmöglich gewesen, nicht zu reagieren. Danach war die Verantwortung für Felicia erst hin und her geschoben worden und als sich das Jugendamt schließlich an Liv wandte, hatte sie Rickard nur die eine Frage gestellt: Können wir uns um Felicia kümmern? Sie hatte geahnt, wie seine Antwort lauten würde.

Rickard hatte selbst erlebt, wie es war, in einem gewalttätigen Elternhaus aufzuwachsen. Als Liv und er sich kennenlernten, galt er als Schlüsselfigur im kriminellen Milieu, er war der Mann für alles, mit einem großen Netzwerk. Auszusteigen und neu anzufangen war schwer und gefährlich gewesen, aber heute lebte Rickard ein völlig neues Leben und betrieb zusammen mit Freunden Barbershops in Stockholm, Göteborg und Sydney. Als Liv ihn gefragt hatte, bekam er sofort leuchtende Augen, und er hatte keine Sekunde gezögert. Felicia war mit ein paar wenigen Habseligkeiten und auf zittrigen Beinen in ihren Alltag getreten. Sie war in ein Haus voller Musik gekommen, in dem viel gelacht wurde und eigentlich immer jemand zu Besuch war, aber in dem es vor allem jede Menge Liebe gab. Im ersten Stock wohnte Livs beste Freundin

Maya, inzwischen zusammen mit ihrer Partnerin Karin. Der ausgebaute Dachboden, den Liv bis dahin als Trainingsraum genutzt hatte, wurde geteilt und zum Spielzimmer für Felicia und ihre Freundinnen umfunktioniert. Das Wohnzimmer im Erdgeschoss wurde mit einer Schiebetür verkleinert, so dass Felicia ein eigenes Zimmer hatte, direkt neben Liv und Rickard. Nach und nach bekam die blasse, hohläugige Elfjährige einen aufrechteren Gang, sie redete lauter und aß größere Portionen. Ihr fröhliches Lachen war eine Belohnung, auf die zu warten sich gelohnt hatte.

Amüsiert beobachtete Liv, wie das Mädchen Rickard um den kleinen Finger wickelte, aber sie erinnerte ihn auch immer wieder daran, wie wichtig Regeln und Routine waren. Und sie liebte ihn nur noch mehr, wenn sie ihm dabei zusah, wie er mit Felicia einen Comic zeichnete, den er ihr dann lebhaft und mit unterschiedlichen Stimmen für jede Figur laut vorlas.

»Wie war es heute auf der Arbeit?«, fragte Rickard jetzt und schob sich ein Kissen unter den Kopf.

Liv war gerade dabei, ihm zu erzählen, dass sie mit Hilfe der angeheuerten Researcherin Aminah auf einem guten Weg war, ein größeres Pädophilen-Netzwerk einzukreisen, als sie von einem energischen Klopfen an der Haustür unterbrochen wurde. Sie verstummte und setzte sich auf. Rickard hob den Arm und warf einen Blick auf seine digitale Armbanduhr. Es war 21:45 Uhr.

»Wer kommt denn um diese Zeit noch vorbei?«

Liv hob ahnungslos die Schultern, warf sich hastig die Bluse über, machte wenigstens einen Knopf zu und zog ihre Hose an. Als sie sich der Milchglasscheibe der Haustür näherte, sah sie die Umrisse einer großgewachsenen Gestalt im Licht der Außenbeleuchtung, geschützt von einem Regenschirm. Sie murmelte ein kurzes Stoßgebet, dass ihre nackte Brust nicht allzu deutlich durch den hellblauen Stoff schimmern möge, stopfte den letzten Zipfel der Bluse in die Hose und öffnete die Tür.

Draußen stand ihre direkte Vorgesetzte, Magda Stenlund. Eine große, breitschultrige Frau, die schon viele Dienstjahre auf dem Buckel hatte, mit Augen, die genauso grau waren wie die Haare, die sie immer in einem strengen Knoten trug. Magdas Erscheinung verströmte Autorität und Disziplin. Ihre engsten Mitarbeiter wussten aber, dass sich hinter der strikten Fassade eine ordentliche Portion Humor und ein unkonventioneller Kopf verbargen.

»Es tut mir wirklich leid, dass ich so spät noch störe, Liv. Ich habe in den letzten Stunden ein paarmal versucht, dich auf dem Handy zu erreichen, aber es scheint ausgeschaltet zu sein.«

Liv lächelte etwas verlegen und fuhr sich mit der Hand durch die roten Haare, in dem Versuch, die zerzauste Frisur in Ordnung zu bringen.

»Oh je, ja, das kann sein. Ist etwas passiert?«

»Ja, das kann man wohl sagen.«

Liv machte einen Schritt zurück und bat ihre Chefin herein, während Rickard schon Teewasser aufsetzte und die beiden Frauen dann allein ließ. Magda hängte ihren Mantel auf und lehnte den nassen Regenschirm an die Haustür.

»Schön habt ihr es hier«, war ihr kurzer Kommentar, als sie in die Küche trat und sich an den Tisch setzte. Dann zog sie eine Mappe aus ihrer Schultertasche. Liv goss duftenden Pfefferminztee in zwei große Becher und setzte sich ihr gegenüber. Sie schickte einen dankbaren Gedanken an Maya und Karin, die heute ausnahmsweise einmal nicht ihren halben Bekanntenkreis zum Abendessen in die gemeinsame Küche eingeladen hatten.

Magda breitete zwei Papiere auf dem Tisch aus, wovon das eine aussah wie der Ausdruck eines Verhörprotokolls. Dann verschränkte sie die kräftigen Arme vor der Brust und sah Liv entschlossen an.

»Ich bin hier, um dich vorzuwarnen. Du wirst eine interne Auftragsanfrage bekommen und ich denke, du solltest sie ablehnen.«

3

Liv zog die Augenbrauen hoch und lehnte sich auf dem Stuhl zurück.

»Und warum?«

Magda Stenlund sah sie ein wenig abwartend an und beantwortete Livs schnelle Frage mit einer Gegenfrage.

»Hast du schon mal von der Operation Speerspitze gehört?«

Zuerst schüttelte Liv den Kopf, aber dann fiel es ihr wieder ein.

»Doch, warte, ich habe in unserer Fachzeitschrift irgendwas darüber gelesen. Und in den Zwanzig-Uhr-Nachrichten kam es auch. Jemand von der Gewerkschaft hat sich kritisch geäußert. Worum ging es noch mal?«

Magda tippte mit einem unlackierten Fingernagel auf das Verhörprotokoll.

»Die Führungsetage hat beschlossen, sogenannte Spitzenkompetenzen zur Unterstützung loszuschicken, wenn irgendwo Mordermittlungen ins Stocken geraten sind. Auf dem Papier klingt das ja erst mal gut. Aber wenn man das Ganze ein bisschen zynisch betrachtet, dann erkennt man schnell, dass es um Fälle geht, die große mediale Aufmerksamkeit auf sich gezogen haben, aber bislang keinerlei Ergebnisse vorweisen können. Wenn du mich fragst, ist das eine PR-Kampagne und sonst gar nichts.«

Ihre Chefin konnte ein Schnauben nicht zurückhalten, bevor sie fortfuhr:

»Für viele in der Truppe ist das nichts anderes, als die Kollegen den Wölfen zum Fraß vorzuwerfen, weil schon die Maßnahme an sich die bisherigen Ermittler wie Idioten dastehen lässt. Man öffnet einer Medienattacke ja Tür und Tor, wenn man das so rausposaunt. Unsere Leute fühlen sich allein durch den Namen der Operation provoziert. Wie ein Gewerkschaftsvertreter angemerkt hat, sollte Spitzenkompetenz in den verschiedenen Abteilungen selbstverständlich auch so bereits vorhanden sein.«

Magda schien Livs Körpersprache unbewusst zu imitieren und lehnte sich jetzt ebenfalls auf dem Stuhl zurück.

»Man wird dich bitten, dich in den Fall Gunnar Dörner einzuklinken, einem fünfundsiebzigjährigen Mann aus Skageby, der ermordet wurde. Mehr als anderthalb Monate sind vergangen und die Ermittler treten immer noch auf der Stelle. Gleichzeitig macht seine Tochter Klara eine wahnsinnige Welle in der Presse. Sie hat ihren Vater gefunden, erstochen in seiner Küche.«

Liv nickte, nicht ohne Mitgefühl.

»Ich habe davon gelesen. ›Jemand hat meinen Vater umgebracht und die Polizei dreht Däumchen und tut nichts‹, so etwas in dem Stil.«

Magda überflog das Blatt, das sie vor sich hatte, schien von Absatz zu Absatz zu springen.

»Ja, genau. Am Tatort wurden keine DNA-Spuren gefunden, die Hintertür zum Balkon war aufgebrochen und es wird vermutet, dass der Mörder dort ins Haus eingedrungen ist. Auf dem Balkon wurden Fußabdrücke in Schuhgröße vierundvierzig gefunden, aber die Spuren enden dort. Es gibt keine Zeugen, da das Nachbarhaus seit langem leer steht. Die Kollegen waren schnell mit den Hunden vor Ort, aber der Regen hatte die meisten Duftspuren vermutlich längst weggespült, denn weit sind sie nicht gekommen. Es fehlen ein paar Wertsachen, Schubladen wurden durchwühlt. Feinde sind nicht bekannt. Die Tochter hat ein Alibi. Sie arbeitet bei einem ambulanten Pflegedienst und war zur Tatzeit auf ihrer Runde. Die Polizei hat neue Fahrzeuge im Umkreis überprüft, Mobilfunkdaten ausgewertet, Anwohner befragt, Zeugen gesucht und ein Hinweistelefon eingerichtet, sämtliche Kleinkriminelle kontrolliert, die sich in der Gegend herumtreiben, ja, sie haben alles gemacht, was man normalerweise macht. Außerdem ist es ein kleines Dorf. Fremde Gesichter fallen auf.«

Liv verzog das Gesicht.

»Und ich nehme an, jetzt gehen die Kollegen davon aus, dass es eine dieser Einbrecherbanden war, die von Ort zu Ort ziehen?«

Magda brummte etwas, das man als Zustimmung deuten konnte, legte das Blatt auf den Tisch und sah Liv direkt in die Augen.

»Ich bin verdammt zufrieden, mit deinem Einsatz bei uns im Dezernat. Du weißt, was ich von deiner Arbeit halte, auch wenn ich dir das viel zu selten sagen. Schon allein, was du in den letzten Wochen zusammen mit Aminah auf die Beine gestellt hast, imponiert mir enorm. Du musst nicht versuchen, anderer Leute unlösbare Fälle aufzuklären, um deine Karriere voranzutreiben. Die Führungsetage will dich natürlich haben, weil du gut bist, aber wenn wir ehrlich sind, wollen sie auch ausnutzen, dass man dich kennt, Liv. Aber du bist ihnen nichts schuldig.«

Liv verzog ein wenig den Mund. Vor ein paar Jahren war sie Teil eines Ermittlerteams gewesen, dessen erfolgreiche Arbeit großes Medieninteresse geweckt hatte. Seitdem war sie immer noch ein gerngesehener Gast in Fernseh- und Rundfunkdiskussionen und wurde oft um Kommentare gebeten oder sollte Fragen beantworten. Ihr war sehr wohl bewusst, dass so etwas intern einerseits gut ankam, aber andererseits auch vielen Kollegen ein Dorn im Auge war. Deshalb wählte sie sehr sorgfältig aus, welche Anfragen sie zusagte. Jetzt beugte sie sich vor und erwiderte den festen Blick ihrer Chefin.

»Du bezeichnest es als PR-Kampagne, aber für die Angehörigen spielt es doch keine Rolle, aus welchen Gründen einer Ermittlung zusätzliche Ressourcen zugeteilt werden. Hauptsache, es trägt dazu bei, den Fall aufzuklären. Außerdem ist das ja keine neue Methode, auch wenn sie es jetzt so aussehen lassen.«

Magda kräuselte die Lippen, aber dann gab sie mit einem Nicken zu, dass sie recht hatte.

»Und diese Tochter, Klara, hat allen Grund, verzweifelt zu sein«, fuhr Liv fort. »Spuren erkalten schnell und nach fast zwei Monaten ohne Anhaltspunkte sieht das ziemlich düster aus.«

Erneutes Nicken. »Liv, ich widerspreche dir nicht. Ohne Zweifel verdient die Frau jede Hilfe und Unterstützung. Aber alles an diesem Fall schreit *Mission Impossible.* Was soll man noch tun, das nicht schon getan worden ist? Das Einzige, was ihr erreichen werdet, sind Reibereien in der Truppe. Die Leute werden sagen, dass du nur dabei bist, um dein Ego zu befriedigen.«

»Sagt man das nicht immer über Frauen, die sich nicht der Gruppe unterordnen? Und wenn wir den Mörder fangen, kann es uns doch egal sein, was ein paar Kollegen darüber denken?«

Draußen hatte der Regen zugenommen und trommelte jetzt rhythmisch gegen die Scheiben. Magda lachte leise.

»Das ist gründlich schiefgegangen, oder? Ich bin hergekommen, um dir zu sagen, dass der Fall eine Sackgasse ist und es nicht deine Aufgabe ist, für die Polizei die PR-Arbeit zu machen, aber stattdessen habe ich deine Neugier geweckt.«

Liv rieb sich mit den Knöcheln die sommersprossige Wange, bevor sie Magdas Lächeln erwiderte.

»Du hast total versagt.«

4

Fahle Leuchtstoffröhren erhellten den Raum im Stockholmer Stadtteil Södermalm.

Sonderermittlerin Selma Vågh sah in ihre Aufzeichnungen, setzte an, um etwas zu sagen, überlegte es sich anders und beugte sich vor. Ihre braunen Augen waren freundlich.

»Geht es Ihnen gut, Frau Hed? Sie sehen ein bisschen blass aus. Sagen Sie gern Bescheid, wenn Sie eine Pause machen möchten.«

Lilly Heds ganzer Rücken war nass geschwitzt, obwohl die Klimaanlage auf Hochtouren arbeitete. Sie zog am Kragen ihrer kleinkarierten Bluse, fächelte sich etwas Luft zu. Sie hatte das Gefühl, als würde ihr Herz in der Halsgrube feststecken. Sie war Polizistin, eine verdammt gute. Ihr Lebenslauf war ein deutlicher Beleg dafür. Leitende Ermittlerin beim Landeskriminalamt. Jüngste Sektionschefin, die es je in der Nationalen Einsatzabteilung gegeben hatte. Die Aufklärung der Brandstiftungen in Nynäshamn letzten Sommer hatte in ganz Schweden für Schlagzeilen gesorgt. Sie war erfahren, in der ganzen Truppe respektiert. Und so ängstlich wie noch nie in ihrem Leben.

Auszusprechen, was ihr Exfreund, Oberstaatsanwalt Svante Sandström, ihr vor über einem Jahr angetan hatte, fühlte sich an, als müsste sie eine sorgsam errichtete Mauer mit bloßen Händen einreißen. Es bereitete ihr körperliche Schmerzen. Dahinter befand sich eine Frau, die erst psychisch und dann physisch misshandelt worden war. Lilly hatte selbst so viele Zeugenaussagen aufgenommen, war in so vielen Wohnungen und Häusern gewesen, in denen die Gewalt direkt unter der Oberfläche gebrodelt hatte. Hatte das Entsetzen in den Augen so vieler Klägerinnen gesehen und es ruhig und vorsichtig geschafft, sie zum Erzählen zu bewegen. Und jetzt saß sie hier und kämpfte mit sich selbst. Mit der Scham, der Angst, der Unruhe. Ein Hauch Trauer war auch mit dabei. Trauer darüber, dass das, was bis zu einem gewissen Punkt die größte Liebe ihres Lebens gewesen war, ein Umwerben, wie sie es noch nie zuvor erlebt hatte, in Gereiztheit, Zorn, Kontrollzwang, Gewalt und Bedrohung umgeschlagen war.

Schnell trank sie einen Schluck Wasser aus dem Glas, das vor ihr stand, schlang die dicken, blonden Haare zu einem nachlässigen Knoten im Nacken zusammen. Holte tief Luft.

»Es war im Juni 2022, als er anfing, mir Angst zu machen.«

Die Ermittlerin Selma Vågh sah sie aufmerksam an.

»Auf welche Weise?«

»Als wir ein paar Monate zusammen waren, reagierte Svante immer heftiger. Ständig suchte er nach Fehlern, und sei es nur, dass ich eine kleine Nudel in der Spüle übersehen hatte. Ich wurde vorsichtiger in seiner Nähe. Er konnte furchtbar wütend werden und schob es darauf, dass er im Job so unter Druck stand. Aber eine Nacht ist mir besonders in Erinnerung geblieben. Ich wachte davon auf, dass er mich anschrie und mit der Faust gegen das Kopfende des Betts schlug. Es war die Nacht vor einer wichtigen Gerichtsverhandlung und er fühlte sich gestört, weil ich mich im Schlaf bewegt hatte. Danach lag ich stocksteif da und wagte es die ganze Nacht nicht mehr, mich zu rühren. Aber das war erst der Anfang.«

Sie gingen Ereignisse, Daten, Nachweise durch. Gespeicherte Nachrichten. Fotografien von Blutergüssen. Mögliche Zeugen. Davon gab es nicht viele, da Lilly wie so viele andere in ihrer Situation enorm geschickt darin gewesen war, die Fassade nach außen hin zu wahren. Svante war ein Gesellschaftsmensch. Häufig ein geschätzter Gast auf exklusiven Einladungen oder edlen Abendessen mit anderen einflussreichen Juristen. Vor anderen konnte er Lilly in den Himmel heben, nur um sie niederzumachen, sobald sie die Wohnungstür wieder hinter sich geschlossen hatten. Am Ende hatte Lilly ihrem eigenen Urteil nicht mehr vertraut, ihrer eigenen Stimme. Sie war so still geworden, hatten ihre Freunde gesagt. Hatte sich zurückgezogen. Der erste Schlag war nach einer feucht-fröhlichen Party gefallen. Sie hatte einen Barkeeper um Feuer gebeten. Hatte über eine Bemerkung von ihm gelacht und sich die Zigarette von ihm anzünden lassen. Die Ohrfeige hatte sie auf dem Rücksitz im Taxi nach Hause getroffen, obgleich der Fahrer vermutlich alles mitbekam. Aber einer gewissen Gruppe Menschen der schwedischen Gesellschaft schenkte Svante gar keine Beachtung. Und Lilly war wie betäubt gewesen.

»Willst du vielleicht auch noch mit diesem Barkeeper ficken? Hat es sich gut angefühlt, mich vor allen meinen Freunden so zu demütigen?«, hatte er gezischt.

Hier notierte Selma Vågh einen potenziellen Zeugen.

Es war nicht bei einer Ohrfeige geblieben. Lilly hatte schnell gelernt, die blauen Flecken zu verbergen und Erklärungen dafür zu erfinden. War genauso darauf bedacht gewesen wie Svante, dass niemand davon erfuhr. Lange hatte sie gehofft, dass es nur eine vorübergehende Krise war, dass ihre Beziehung irgendwann wieder so werden würde, wie sie am Anfang gewesen war. So himmelhochjauchzend, schwindelerregend schön. Ab und zu blitzte das alte Gefühl auf. Ab und zu war es genauso wundervoll. Sein Blick, der so wach und intelligent war, sah sie wieder und betete sie an. Aber es war nie von langer Dauer und fast wie eine Erleichterung, wenn er ihr auf irgendeine Weise wehtat. Denn dann war er derjenige, der um Entschuldigung bitten musste, dann musste er sich nach ihr richten. Für eine kleine Weile. Es war ein krankes Leben, das sie führten, im Rückblick war ihr das klar.

Ihr Freundeskreis war immer weiter geschrumpft, weil Lilly sich bei niemandem mehr gemeldet hatte. Ihr Selbstvertrauen am Boden. Als sie es endlich schaffte, die Beziehung zu beenden, hatte sie keine Anzeige erstattet. Aber Svante hatte sie nicht in Ruhe gelassen. Überall war er aufgetaucht. Als sie seine Handynummer blockierte, besorgte er sich eine neue.

Hier notierte Selma Vågh die Nummern, unter denen Svante Lilly kontaktiert hatte, alle mit derselben Nachricht: *Glaub ja nicht, dass das hier vorbei ist, nicht mal für eine Sekunde.*

Lilly hatte eine glänzende Karriere in Stockholm aufgegeben und eine bedeutend einfachere Stelle bei der Polizei in Nynäshamn angenommen, nur um sich selbst Luft zum Atmen zu verschaffen. Ihre Drohung, ihn anzuzeigen, und die Angst vor einem beschädigten Ansehen waren die einzige Möglichkeit gewesen, den Oberstaatsanwalt Svante zum Rückzug zu bewegen. Aber obwohl sie den Kontakt abgebrochen hatte und weggezogen war, hatte er weiter versucht, sie zu sabotieren. Svantes Tentakeln reichten weit. Er war ein alter Bekannter ihres neuen Chefs, Bertil Strömberg, und ein paar wenige Worte des berühmten Svante Sandström hatten Bertil genügt, um an seiner jüngsten Neueinstellung zu zweifeln. War Lilly wirklich so gut, wie ihr Lebenslauf glauben machte? Wirkte sie nicht ein wenig labil? Ihren Ex schließlich anzuzeigen war eine Erleichterung gewesen, aber gleichzeitig hatte sie das Gefühl gehabt, als würde sie sich ins Moor begeben, ohne zu wissen, wo der Untergrund fest genug war, um sie zu tragen.

Schließlich war sie fertig mit ihrer Aussage. Lilly sank auf dem Stuhl zurück. Sie war vollkommen erschöpft, als hätte sie gerade einen Langstreckenlauf absolviert. Dabei war das erst der Anfang.

Als die Tür hinter ihr zufiel und sie statt in das bläulich weiße Licht im Gebäude wieder in die klare Herbstsonne blinzelte, blieb sie einen Moment auf dem Bürgersteig stehen. Sie wartete darauf, dass ihr Herzschlag wieder einen ruhigeren Takt fand. Rieb sich die verschwitzten Hände an den Jeans ab und betrachtete ihre abgekauten Fingernägel. Eine schlechte Angewohnheit, die Svante hasste und die sie während ihrer gesamten Beziehung geradezu zwanghaft weitergeführt hatte, obwohl es ihn so offensichtlich nervte. Nach der Trennung hatte sie damit aufgehört. Aber im selben Moment, in dem sie Svante angezeigt hatte, hatte sie wieder mit dem Nägelkauen angefangen. Vielleicht aus Angst. Vielleicht, um sich auf eine seltsame Art selbst daran zu erinnern, dass ihr Körper nur ihr allein gehörte und niemandem sonst. Lilly konnte es selbst nicht sagen und natürlich sahen ihre Nägel furchtbar aus, aber jetzt gerade war ihr das scheißegal. Sie ballte die Hände.

Für die Jahreszeit war das Wetter ziemlich mild und nachdem es mehrere Wochen hartnäckig geregnet hatte, schien endlich die Sonne. Der leichte Wind war trotzdem so kühl, dass sie ihren Anorak über die karierte Bluse zog. Sie machte den Dutt wieder auf und ihre Haare fielen schwer und lockig auf ihren Rücken herunter. Nach einem Blick auf die Armbanduhr ging sie zügig die Torkel Knutssonsgata hinunter, wo sie ihr Auto geparkt hatte. Noch immer fühlte sich das, was sie getan hatte, irgendwie unwirklich an. Als wären die Worte, die über ihre Lippen gekommen waren, gar nicht ihre. Obwohl sie all das, was diese Worte beschrieben hatten, tatsächlich erlebt hatte. Sie zuckte zusammen, als das Handy in der Brusttasche ihrer Jacke vibrierte und sie holte tief Luft, um sich zu sammeln, bevor sie es herauszog. Sie sah auf das Display. Ein vertrauter Name leuchtete ihr entgegen. Es war der Psychologieprofessor Jeff Wilson, von dem sie viel über Täter gelernt hatte, die Feuer als Waffe verwendeten. Sie hatten schon länger nicht mehr miteinander gesprochen. Aber sie hatte immer mal wieder an den freundlichen und sehr engagierten Professor gedacht, der in San Francisco lebte und ihr bei der Jagd auf einen mordenden Brandstifter eine große Hilfe gewesen war. Sie tippte auf das grüne Telefonsymbol, um das Gespräch anzunehmen, und blieb stehen.

»Lilly! Wie geht es Ihnen?«

Jeff Wilsons Stimme am anderen Ende wurde von Klappern und einem pfeifenden Geräusch begleitet, aber der Fünfundfünfzigjährige klang gut gelaunt. Lilly sah das breite, bärtige Gesicht vor sich, das sie auf der Internetseite der Universität gefunden hatte. Neugierige, intelligente Augen, eingerahmt von Lachfalten, buschige Augenbrauen und eine Brille mit dünnem Metallgestell.

»Hi, Jeff, mir geht es gut. Und selbst? Wie geht es Ihnen?«, fragte sie und merkte, dass sich ihre Stimme noch nicht wieder ganz gefangen hatte. Die Erlebnisse und Gefühle, die sie sich gerade wieder ins Bewusstsein hatte rufen müssen, lagen wie eine Decke über ihr. Zum Glück schien Jeff nichts zu merken.

»Das freut mich zu hören. Ich bin immer noch nicht über diese ganze Sache mit den Brandstiftungen in Nynäshamn hinweg, über alles, was Sie durchmachen mussten. Was für ein Fall!«

Er machte eine kurze Pause, um Luft zu holen.

»Mir selbst geht es gut, danke, aber durch das Wetter hier konnte ich meine Pläne leider nicht umsetzen. Ich bin in Baton Rouge, Louisiana, um an einer Konferenz teilzunehmen. Ich bin einer der Hauptredner. Aber wir haben dieses Jahr eine brutale Orkansaison. So schlimm war es noch nie. Unglaubliche Schäden. Und jetzt sieht es so aus, als wäre der nächste Orkan im Anmarsch, ein großer, der seinem Namen alle Ehre macht, und alles wird eingestellt. Ich kann nicht einmal mein Flugticket umbuchen, weil alle Flugzeuge am Boden bleiben müssen. Ich werde wohl für ein paar Tage bei einem Kollegen unterkriechen müssen.«

Er schnalzte verärgert mit der Zunge und jetzt erkannte sie auch deutlich das Heulen des Windes im Hintergrund.

»Aber der eigentliche Grund meines Anrufs ist, dass ich die Anfrage von zwei schwedischen Universitäten bekommen habe, im Frühling eine Gastvorlesung zu halten. Die eine davon ist in Stockholm und da würde ich gern mit Ihnen einen Kaffee trinken, wenn Sie Zeit und Lust haben?«

Lilly lächelte.

»Sehr gern, das würde mich freuen, Jeff.«

»Ich hoffe, in Schweden ist das Wetter besser? Ich habe gehört, dass einer der Stürme nach Europa weiterziehen soll, ein echter Riese.«

»Ach ja? Das wusste ich nicht. Aber von solchen Orkanen wie in Amerika sind wir zum Glück ja bislang verschont geblieben.«

»Und sonst ist es bei Ihnen auch ein bisschen ruhiger geworden, Lilly? Jetzt, da der Fall gelöst ist?«

Seine Tonlage war gedämpfter, als hätte er trotz allem gemerkt, dass irgendetwas nicht ganz in Ordnung war. Sie zögerte, wollte den Psychologieprofessor nicht anlügen, der das Potenzial hatte, ein Freund zu werden.

Im selben Moment, in dem sie antworten wollte, hörte sie einen kurzen, scharfen Pfiff hinter sich und drehte sich um.

Liv Kaspi stieg aus einem zivilen Polizeiwagen und hob die Hand zum Gruß. Lilly nickte ihr zu.

»Jeff, ich habe jetzt leider keine Zeit mehr. Eine Freundin von mir ist gerade gekommen. Aber sagen Sie mir auf jeden Fall rechtzeitig Bescheid, wann Sie nach Schweden kommen.«

Der Amerikaner sagte noch etwas, das Lilly nicht mehr verstand und sie drückte das Gespräch weg.

Liv Kaspi kam auf sie zu gejoggt. Die jungenhaft kurz geschnittenen roten Haare hoben sich wie ein Ausrufezeichen gegen den asphaltgrauen Hintergrund ab und ihre grünen Augen leuchteten warm. Sie trug Sportleggins, Kapuzenjacke, darüber einen Anorak mit Tarnfleckenmuster und wadenhohe Sneaker. Umarmte Lilly so fest, dass ihr die Luft wegblieb.

»Wie ist es gelaufen?«, fragte Liv.

»Gut, glaube ich. Das Wichtigste habe ich alles gesagt.«

Wie immer war Lilly von der Ausstrahlung ihrer Freundin beeindruckt. Livs Auftreten war herzlich und herausfordernd zugleich. Eine Frau, die ihren eigenen Weg ging. Mehr als einmal hatte sie Liv um die selbstverständliche Sicherheit beneidet, mit der sie sich bewegte. Aber sie wusste auch, dass es jetzt, wo ihre Freundin da war, nicht länger nötig war, die Fassade aufrechtzuerhalten. Die Gefühle wallten erneut in ihr hoch und Tränen brannten hinter ihren Augenlidern.

Liv legte den Arm um sie.

»Wie geht es dir?« Die Frage war freundlich, direkt.

Lilly beschloss, ehrlich zu sein: »Das alles ist so verdammt schwer für mich. Als Polizistin. Mehr als einmal habe ich gedacht ›wie bin ich hier gelandet?‹. Und ich habe keine Antwort darauf. Ich fühle mich so nackt.«

Die Freundin drückte sie.

»Wie meinst du das?«

Lilly schluckte.

»Alle werden es erfahren. Noch mehr Kollegen, natürlich, aber heute morgen ist mir erst so richtig bewusst geworden, dass das hier in den Medien landen wird. Ein Reporter hat angerufen und wollte mit mir über meine Anzeige reden, da Svante so ein hohes Tier ist. Ich habe nur ›kein Kommentar‹ gesagt und aufgelegt, aber ... Ich bekomme Panik.«

Liv sah ihr fest in die Augen.

»Du bist nicht allein, hörst du?« Sie drückte wieder Livs Schulter, wie um ihren Worten Nachdruck zu verleihen. »Und egal, was passiert, wir werden es schaffen. Immer schön einen Schritt nach dem anderen. Den ersten hast du jetzt schon geschafft. Und mal ganz ehrlich – wer hat wirklich Grund zur Panik, dass diese ganze Geschichte in den Medien landen könnte?«, sagte Liv und lächelte sie an.

Der Tränennebel lichtete sich. Das Atmen wurde leichter. Lilly umarmte Liv und ihre Freundin erwiderte die Umarmung.

Sie hatten gemeinsam die Ausbildung bei der Polizei gemacht, hatten auf den stinkenden Matten in der Sporthalle miteinander gerungen, dieselben Schulbänke gedrückt. Bei Krawallen gemeinsam Ketten gebildet, waren bei Einbrüchen und häuslicher Gewalt als Erste vor Ort gewesen. Ihre Mitschüler im selben Jahrgang hatten sie »LL« genannt oder auch »die Späherin und die Kriegerin«, mit Blick auf ihre hervorstechenden Eigenschaften. Die analytische, sorgfältige, stille Lilly. Die sture, kämpferische und nicht selten ihrem Bauchgefühl folgende Liv. Später hatten sie unterschiedliche Richtungen eingeschlagen, sich für verschiedene Karrierewege entschieden. Lillys Beziehung mit Svante hatte den Abstand zwischen ihnen weiter vergrößert. Aber seit einiger Zeit waren sie wieder in Kontakt miteinander. Liv war inzwischen eine bekannte Kriminalkommissarin, die eine Reihe aufsehenerregender Fälle gelöst hatte und seitdem oft in der Presse zitiert wurde.

Bei Liv hatte Lilly auch die Anzeige gegen Svante erstattet, weil sie wusste, dass sie ihr vertrauen konnte.

»Hast du Zeit für einen Kaffee?«, fragte Liv jetzt und nickte zu einem Café gegenüber. »Ich würde gern eine Sache mit dir besprechen.«

Liv schnitt eine Grimasse.

»Ich habe nachher noch einen Termin mit meinem Chef«, sagte sie zögernd. »Ich sollte mich eigentlich auf den Rückweg nach Nynäshamn machen.«

»Bertil weiß, dass du später kommst«, sagte Liv unbekümmert.

Lilly zuckte zusammen und sah ihre Freundin mit gerunzelter Stirn an.

»Hast du mit meinem Chef geredet?«

Liv zeigte auf die Außenterrasse, wo einige wenige Gäste zusammengekauert im Schein der Wärmelampen saßen.

»Wir setzen uns nur kurz da drüben hin«, sagte sie.

Sie gingen über die Straße, Lilly sank auf einen Stuhl und kaute an einem Fingernagel, während sie darauf wartete, dass Liv mit zwei Tassen Kaffee und dem Gebäckstück, das sie bestellt hatte, zurückkam. Es störte sie, dass Liv mit Bertil gesprochen hatte, ohne erst mit ihr zu reden. Auch das war eine Folge ihrer Beziehung mit Svante. Es fiel ihr verdammt schwer, Leuten zu vertrauen. Selbst einer guten Freundin, obwohl sie ja wusste, wie impulsiv Liv war und dass sie zu Spontanentscheidungen neigte.

Sogar ihr Freund, der Feuerwehrmann Jesper Hansson, hatte sich erst durch die Mauer kämpfen müssen, die sie um sich herum errichtet hatte. Seit sie einmal von jemandem, den sie geliebt hatte, so vernichtet worden war, fiel es ihr sehr viel schwerer, daran zu glauben, dass etwas, das man vor ihr verheimlichte, mit guten Absichten geschah. Sie hatte oft mit ihrem Kontrollbedürfnis zu kämpfen, mit den rein körperlichen Reaktionen, die gewisse Situationen hervorriefen. Jetzt rührte sie eine Spur zu schnell mit dem Löffel in ihrem Kaffee herum und ein paar Tropfen spritzten auf den Tisch. Liv ließ sich ihr gegenüber auf den Stuhl sinken, legte die Unterarme auf den Tisch und beugte sich vor.

»Also, ich musste mit deinem Chef sprechen, um herauszufinden, ob für das Ganze überhaupt die nötigen Voraussetzungen gegeben sind. Und das sind sie. Und er stimmt mir zu, dass es eine gute Idee sein könnte. Vor allem im Hinblick auf das, was du gerade durchmachst.«

Lilly merkte, wie sie innerlich brodelte.

»Wovon redest du?«, fragte sie scharf.

Liv grinste breit, völlig unbeeindruckt von ihrem unübersehbaren Ärger.

»Du bist die beste Ermittlerin, die ich kenne. Du bist verdammt schlau und unglaublich analytisch und ich habe gezielt um dich gebeten. Wenn du willst, dann fahren wir beide, du und ich, Anfang nächster Woche nach Skageby. Wir werden ausgeliehen. Sagt dir die Operation Speerspitze etwas?«

Überrumpelt trank Lilly einen Schluck Kaffee, um Zeit zu gewinnen. Ihr Ärger wich einer wachsenden Neugier. Natürlich hatte sie schon von der Operation Speerspitze gehört. Ein Projekt, bei dem es darum ging, die Ermittlerteams in besonders schwierigen Fällen zu verstärken, in denen die Kollegen offensichtlich in einer Sackgasse steckten. Es hatte sie in den Fingern gejuckt, sich daran zu beteiligen, als sie davon gelesen hatte, das musste sie zugeben. Auch wenn viele sich durch das Projekt provoziert fühlten und sich darüber beschwerten.

Schnell und effektiv schilderte Liv ihr den Fall des erstochenen Gunnar Dörner und ein paarmal musste Lilly sie bitten, das Band kurz zurückzuspulen, um alle Schritte und Maßnahmen zu erfassen, die bislang unternommen worden waren. Ihr Interesse wuchs weiter.

»Ich habe mich umgehört. Falls es tatsächlich ein Einbrecher auf der Durchreise gewesen sein sollte, dann hat er sich sein Opfer schlecht ausgesucht. Ein billiger Gebrauchtwagen, und laut Protokoll lässt nichts am Haus vermuten, dass dort Gegenstände von größerem Wert zu holen sein könnten. Trotzdem ist alles gründlich durchwühlt worden«, sagte Liv.

»Dann denkst du also, dass vielleicht jemand einen Tipp bekommen hat, dass etwas Wertvolles im Haus ist?«, überlegte Lilly und faltete die Finger um ihre Kaffeetasse.

»Möglich. Oder der Mörder hat etwas ganz anderes gesucht.«

Liv lehnte sich zurück und sah sie gespannt an.

»Also was sagst du?«

Lilly betrachtete ihre Freundin einen Augenblick unter gesenkten Augenlidern heraus. Liv hatte eindeutig besser begriffen als sie selbst, wie wichtig es war, dass sie jetzt, da die Anzeige ihren Lauf nahm, etwas zu tun hatte. Sich nicht die ganze Zeit als Opfer fühlte, sondern sich auf das konzentrierte, was sie am besten konnte. Vielleicht war ihr Chef zu demselben Schluss gekommen, als er zugestimmt hatte, sie gehen zu lassen. Und sie war sich auch sicher, dass Liv niemals nur aus Nettigkeit um ihre Mitarbeit bitten würde. Ihre Freundin wusste, was sie konnte.

Lilly lächelte.

»Guter Pitch, Kaspi. Ich bin dabei.«